D1694964

Conan Doyle

Die Abenteuer des Sherlock Holmes

—

Sherlock Holmes

Werkausgabe in neun Einzelbänden

nach den Erstausgaben neu und getreu

übersetzt

—

erzählungen

band i

SIR ARTHUR CONAN DOYLE

# Die Abenteuer des Sherlock Holmes

NEU ÜBERSETZT VON

GISBERT HAEFS

HAFFMANS VERLAG

Titel der Originalausgabe:
»The Adventures of Sherlock Holmes«,
London und New York 1892,
Umschlagzeichnung von
Tatjana Hauptmann

1.–6. Tausend, Frühling 1984
7.–8. Tausend, Sommer 1988


Satz aus der Baskerville von Mühlberger, Gersthofen
Druck: Wiener Verlag, Wien
ISBN 3 251 20012 7

Inhalt

*Meinem*

*alten Lehrer*

JOSEPH BELL, M. D. *etc.*

*von*

*2 Melville Crescent, Edinburgh*

# EIN SKANDAL IN BÖHMEN

I

FÜR SHERLOCK HOLMES bleibt sie immer *die* Frau. Selten habe ich ihn sie mit einem anderen Namen erwähnen hören. In seinen Augen überstrahlt und beherrscht sie ihr gesamtes Geschlecht. Keineswegs war es so, daß er für Irene Adler eine mit Liebe verwandte Empfindung gehegt hätte. Alle Gefühle, und dieses ganz besonders, waren seinem kalten, genauen, aber wundervoll ausgewogenen Geist zuwider. Für mich war er die vollkommenste Denk- und Beobachtungsmaschine, die die Welt je gesehen hat; als Liebhaber hätte er sich jedoch in eine falsche Position begeben. Über die sanfteren Leidenschaften sprach er niemals anders denn mit einer höhnischen oder spöttischen Bemerkung. Als Beobachter kamen ihm diese Regungen prächtig zupaß – sie eigneten sich vorzüglich dazu, den Schleier über den Beweggründen und Handlungen der Menschen zu lüften. Dem geübten Denker hingegen wäre das Zulassen solcher Einflüsse in sein kompliziertes und feinstens austariertes Seelenleben gleichbedeutend gewesen mit der Einführung eines Ablenkungsfaktors, der all seine geistigen Erträge zweifelhaft machen mußte. Sand in einem empfindlichen Instrument oder ein Sprung in einem seiner starken Vergrößerungsgläser könnten für eine Natur wie die seine nicht störender sein als eine starke Gefühlsregung. Und dennoch gab es für ihn nur eine Frau, und diese Frau war die inzwischen verstorbene Irene Adler, zweifelhaften und fragwürdigen Angedenkens.

In letzter Zeit hatte ich Holmes kaum zu Gesicht bekommen. Meine Heirat hatte uns auseinandertreiben lassen. Mein vollkommenes Glück und die auf die unmittelbare Umgebung bezogenen Interessen, die dem Mann erwachsen, der sich erstmals Herr eines eigenen Hausstands findet, reichten aus, um meine ganze Aufmerksamkeit in Anspruch zu nehmen;

Holmes dagegen, der jede Form von Gesellschaft mit seiner ganzen Bohème-Seele verabscheute, blieb in unserer Behausung in der Baker Street, vergrub sich zwischen seinen alten Büchern und verbrachte die Wochen abwechselnd mit Kokain und Ehrgeiz, der Schläfrigkeit der Droge und der unbezähmbaren Tatkraft seines lebhaften Wesens. Wie zuvor zog ihn das Studium des Verbrechens zutiefst an, und er verwandte seine gewaltigen Geistesgaben und seine außerordentlichen Beobachtungskünste darauf, jenen Hinweisen nachzugehen und jene Rätsel zu lösen, die von der Polizei als hoffnungslos aufgegeben worden waren. Von Zeit zu Zeit hörte ich vage Berichte über seine Taten: Über seine Einladung nach Odessa im Mordfall Trepoff, seine Aufklärung der einzigartigen Tragödie der Brüder Atkinson in Trincomalee, schließlich über den Auftrag, den er für das holländische Herrscherhaus mit so viel Feingefühl und Erfolg erfüllte. Über diese Anzeichen seiner Aktivität hinaus, an denen ich den gleichen Anteil hatte wie alle Leser der Tagespresse, wußte ich jedoch kaum etwas über meinen früheren Freund und Gefährten.

Eines Abends – es war der 20. März 1888 – kehrte ich eben von der Fahrt zu einem Patienten zurück (denn ich hatte wieder im zivilen Bereich zu praktizieren begonnen), als mein Weg mich durch die Baker Street führte. Beim Passieren der wohlbekannten Tür, die in meinem Herzen stets mit der Zeit meines Werbens und mit den düsteren Ereignissen im Zusammenhang mit der Studie in Scharlachrot verbunden sein wird, befiel mich der lebhafte Wunsch, Holmes wiederzusehen und zu erfahren, worauf er zur Zeit seine außergewöhnlichen Fähigkeiten verwandte. Seine Räume waren strahlend hell erleuchtet, und noch als ich emporschaute, sah ich seine große hagere Gestalt zweimal als dunkle Silhouette an der Gardine vorbeigehen. Er schritt schnell und versunken im Raum auf und ab, das Kinn auf der Brust, die Hände hinter dem Rücken verschränkt. Mir, der ich alle seine Stimmungen und Angewohnheiten kannte, erzählten seine Haltung und sein Verhalten ihre Geschichte. Er war wieder bei der Arbeit. Er hatte sich aus den von der Droge erschaffenen Träumen erhoben und war einem neuen Problem eng auf der Fährte. Ich zog an der Türglocke und wurde zu dem Zimmer emporgeführt, das früher teilweise mein eigenes gewesen war.

Er war nicht gerade überschwenglich. Das war er selten; ich glaube aber, daß er sich freute, mich zu sehen. Fast ohne ein Wort zu sagen, aber mit freundlichen Blicken wies er mir einen Lehnstuhl an, warf mir seine Zigarrenkiste zu und deutete auf eine Ecke, in der sich ein Kabinett mit alkoholischen Getränken und eine Flasche Sodawasser befanden. Dann stand er vor dem Kamin und musterte mich in seiner merkwürdig eindringlichen Weise.

»Der Ehestand bekommt Ihnen gut«, bemerkte er. »Ich glaube, Sie haben siebeneinhalb Pfund zugenommen, seit ich Sie zuletzt gesehen habe, Watson.«

»Sieben«, gab ich zurück.

»So? Ich hätte gedacht, es wäre ein wenig mehr. Natürlich nur ein kleines bißchen mehr, schätze ich, Watson. Und Sie praktizieren wieder, wie ich sehe. Sie haben mir doch gar nichts davon erzählt, daß Sie wieder in die Sielen steigen wollten.«

»Woher wissen Sie es dann?«

»Ich sehe es, ich deduziere es. Woher weiß ich denn wohl, daß Sie vor kurzem sehr naß geworden sind und daß Sie ein sehr ungeschicktes und unaufmerksames Dienstmädchen haben?«

»Mein lieber Holmes«, sagte ich, »das ist mir zu hoch. Wenn Sie vor ein paar Jahrhunderten gelebt hätten, wären Sie bestimmt verbrannt worden. Ich habe zwar am Donnerstag einen Spaziergang über Land gemacht und schlimm ausgesehen, als ich nach Hause kam; da ich aber meine Kleidung gewechselt habe, weiß ich wirklich nicht, wie Sie das deduziert haben. Was Mary Jane angeht, die ist unverbesserlich, und meine Frau hat ihr gekündigt; aber auch hier begreife ich nicht, wie Sie dahintergekommen sind.«

Er lachte in sich hinein und rieb seine langen, nervigen Hände.

»Nichts einfacher als das«, sagte er; »meine Augen sagen mir, daß auf der Innenseite Ihres linken Schuhs, gerade dort, wo das Licht des Feuers hinfällt, das Leder von sechs fast parallelen Streifen markiert ist. Offensichtlich stammen sie daher, daß jemand um die Kanten der Sohle herum gekratzt hat, um verkrusteten Lehm zu entfernen. Daher also meine doppelte Deduktion, daß Sie bei üblem Wetter unterwegs gewesen sind, und daß Sie es mit einem besonders schlimmen schuhschänderischen Exemplar der Gattung Londoner Kratzbürste zu tun haben. Was Ihr Praktizieren angeht – wenn ein Gentleman meine Räumlichkeiten betritt, nach Jodoform riecht, am rechten Zeigefinger einen schwarzen Silbernitratfleck hat und eine Ausbuchtung an der Seite seines Zylinders mir zeigt, wo er sein Stethoskop versteckt, dann müßte ich wirklich stumpfsinnig sein, wenn ich ihn nicht zum aktiven Mitglied der ärztlichen Zunft erklärte.«

Die Mühelosigkeit, mit der er seinen Deduktionsprozeß erläuterte, brachte mich zum Lachen. »Wenn ich höre, wie Sie Ihre Gründe anführen«, bemerkte ich, »scheint mir die Sache immer so lächerlich einfach, daß ich es leicht selbst machen könnte, und trotzdem bin ich bei jedem neuen Beweis Ihrer Denkprozesse wieder verblüfft, bis Sie mir die Einzelschritte erklären. Und bei alledem glaube ich immer noch, daß meine Augen ebenso gut sind wie Ihre.«

»Sicher sind sie es«, antwortete er; er zündete eine Zigarette an und warf sich in einen Lehnsessel. »Sie sehen, aber Sie beobachten nicht. Der Unterschied ist klar. Zum Beispiel haben Sie doch die Stufen, die von der Diele zu diesem Raum heraufführen, häufig gesehen.«

»Oft.«

»Wie oft?«

»Also, einige hundert Mal.«

»Und wie viele sind es?«

»Wie viele! Das weiß ich nicht.«

»Sehen Sie? Sie haben nicht beobachtet. Und trotzdem haben Sie gesehen. Darauf wollte ich hinaus. Nun, ich dagegen weiß, daß es siebzehn Stufen sind, weil ich sie sowohl gesehen als auch beobachtet habe. Übrigens: Da Sie sich für diese kleinen Probleme interessieren und da Sie so freundlich waren, eine oder zwei von meinen nebensächlichen Erfahrungen aufzuzeichnen, könnte es sein, daß das hier Sie interessiert.« Er warf mir ein Blatt dicken, rosafarbenen Briefpapiers zu, das offen auf dem Tisch gelegen hatte. »Das ist mit der letzten Post gekommen«, sagte er. »Lesen Sie es laut.«

Die Note trug weder Datum noch Unterschrift, noch Adresse.

»›Heute abend um Viertel nach acht wird ein Gentleman Sie aufsuchen, der Sie in einer Angelegenheit von allergrößter Bedeutung zu konsultieren wünscht. Ihre jüngsten Dienste an einem der Königshäuser Europas haben gezeigt, daß Ihnen unbesorgt Angelegenheiten anvertraut werden können, deren Bedeutsamkeit kaum zu übertreiben ist. Diese Einschätzung Ihrer Person haben wir allenthalben vorgefunden. Seien Sie also zur genannten Stunde in Ihren Räumen, und nehmen Sie keinen Anstoß daran, daß Ihr Besucher möglicherweise eine Maske trägt.‹ – Das ist wirklich mysteriös«, bemerkte ich. »Haben Sie eine Vorstellung davon, was es bedeuten könnte?«

»Ich habe noch keine Tatsachen. Es ist ein schwerer Fehler, Theorien aufzustellen, bevor man Tatsachen hat. Dann fängt man unmerklich an, die Tatsachen zu verdrehen, bis sie zu den Theorien passen, statt die Theorien den Tatsachen anzupassen. Aber die Note selbst. Was können Sie daraus ableiten?«

Sorgfältig untersuchte ich den Text und das Papier, auf dem er geschrieben war.

»Der Mann, der das geschrieben hat, ist vermutlich wohlhabend«, bemerkte ich; ich versuchte, die Denkprozesse meines Gefährten zu imitieren. »Solch ein Papier bekommt man nicht unter einer halben Krone pro Päckchen. Es ist eigenartig dick und steif.«

»Eigenartig – das ist genau das Wort«, sagte Holmes. »Es ist gar kein englisches Papier. Halten Sie es vor das Licht.«

Ich hielt es hoch und sah ein großes *E* mit einem kleinen *g*, ein *P* und ein großes *G* mit einem kleinen *t* ins Papier eingewirkt.

»Was schließen Sie daraus?« fragte Holmes.

»Das ist ohne Zweifel der Name des Herstellers; oder eher sein Monogramm.«

»Keineswegs. Das *G* mit dem kleinen *t* steht für das deutsche Wort ›Gesellschaft‹. Die Abkürzung ist so üblich wie unser Co. für Company. *P* steht natürlich für ›Papier‹. Nun zu dem *Eg*. Werfen wir einen Blick in unser *Handbuch des Kontinents*.« Er nahm einen schweren braunen Band aus dem Regal. »Egeln, Egelsee – da haben wir's, Eger. Es liegt in einem deutschsprachigen Land – in Böhmen, nicht weit von Karlsbad entfernt. ›Bekannt als Schauplatz von Wallensteins Tod sowie für seine zahlreichen Glasbläsereien und Papiermühlen.‹ Ha, ha, mein Junge, was halten Sie davon?« Seine Augen sprühten, und von seiner Zigarette ließ er eine große blaue Wolke des Triumphs aufsteigen.

»Das Papier ist in Böhmen hergestellt worden«, sagte ich.

»Genau. Und der Mann, der darauf geschrieben hat, ist ein Deutscher. Fällt Ihnen der merkwürdige Satzbau auf – ›Diese Einschätzung Ihrer Person haben wir allenthalben vorgefunden‹? Kein Franzose oder Russe könnte das geschrieben haben. Nur der Deutsche ist seinen Verben gegenüber so unhöflich. Also bleibt nun nur noch zu entdecken, was dieser Deutsche will, der auf böhmischem Papier schreibt und lieber eine Maske trägt als sein Gesicht zeigt. Und da kommt er schon, wenn ich mich nicht irre, um uns aus allen Zweifeln zu erlösen.«

Noch während er sprach, hörten wir deutlich den harten Klang von Pferdehufen und Wagenräder, die am Bordstein entlangknirschten, gefolgt von einem scharfen Läuten der Türglocke. Holmes pfiff.

»Doppelgespann, dem Klang nach«, sagte er. »Ja«, meinte er dann, als er aus dem Fenster schaute. »Ein nettes kleines Coupé und ein Paar schöner Tiere. Einhundertfünfzig Guineen pro Stück. In diesem Fall steckt Geld, Watson, wenn auch vielleicht sonst nichts.«

»Ich glaube, ich gehe wohl besser nach Hause, Holmes.«

»Kommt nicht in Frage, Doktor. Bleiben Sie, wo Sie sind. Ohne meinen Eckermann bin ich verloren. Und die Sache verspricht, interessant zu werden. Es wäre ein Jammer, wenn sie Ihnen entginge.«

»Aber Ihr Klient . . .«

»Kümmern Sie sich nicht um ihn. Ich könnte Ihre Hilfe benötigen, und er vielleicht auch. Da kommt er. Setzen Sie sich in diesen Lehnstuhl da, Doktor, und schenken Sie uns Ihre ganze Aufmerksamkeit.«

Ein langsamer, schwerer Schritt, den wir schon auf der Treppe und im Korridor gehört hatten, hielt unmittelbar vor der Tür inne. Dann folgte ein lautes, gebieterisches Klopfen.

»Herein!« sagte Holmes.

Ein Mann trat ein, der kaum kleiner als sechs Fuß sechs Zoll sein konnte, mit Brust und Gliedern eines Herkules. Seine Kleidung war in einer Weise kostbar, die in England als schlechter Geschmack gegolten hätte. Sein zweireihiger Rock war vorn und an den Ärmeln mit schweren Streifen von Astrachanpelz besetzt, während der tiefblaue Umhang, den er über die Schultern geworfen hatte, von flammenfarbener Seide gesäumt und am Hals mit einer Brosche befestigt war, die aus einem einzigen lodernden Beryll bestand. Stiefel, die bis zur Hälfte seiner Waden reichten und deren Schäfte mit schwerem braunem Pelz geschmückt waren, vervollständigten den Eindruck barbarischen Reichtums, der von seiner ganzen Erscheinung ausging. Er trug einen breitkrempigen Hut in der Hand, und die obere Hälfte seines Gesichts bis unterhalb der Wangenknochen war mit einer schwarzen visierartigen Maske bedeckt, die er anscheinend eben erst zurechtgerückt hatte, denn als er eintrat, lag seine Hand noch an der Larve. Dem unteren Teil seines Gesichts nach schien er ein Mann mit kraftvollem Charakter zu sein, mit schwerer, hängender Unterlippe und einem geraden, ausgeprägten Kinn, das Entschlossenheit bis hin zur Starrköpfigkeit andeutete.

»Sie haben meine Note erhalten?« fragte er mit einer schroffen, tiefen Stimme und einem sehr merklichen deutschen Akzent. »Ich habe Ihnen geschrieben, ich würde kommen.« Er blickte zwischen uns hin und her, als sei er unsicher, an wen er sich wenden solle.

»Bitte nehmen Sie Platz«, sagte Holmes. »Das ist mein Freund und Kollege Dr. Watson, der bisweilen so freundlich ist, mir bei meinen Fällen zu helfen. Mit wem habe ich die Ehre?«

»Sie können mich Baron von Kramm nennen; ich bin ein böhmischer Edelmann. Ich nehme an, dieser Gentleman, Ihr Freund, ist ein Mann von Ehre und Verschwiegenheit, dem ich in einer Angelegenheit von allergrößter Bedeutung trauen kann. Falls nicht, zöge ich es vor, mit Ihnen allein zu sprechen.«

Ich erhob mich, um zu gehen, aber Holmes ergriff mein Handgelenk und drückte mich wieder in meinen Stuhl. »Beide oder keiner«, sagte er. »Alles, was Sie mir zu sagen haben, können Sie auch vor diesem Gentleman sagen.«

Der Graf zuckte mit seinen breiten Schultern. »Dann muß ich beginnen«, sagte er, »indem ich Sie beide für zwei Jahre zu absoluter Geheimhaltung verpflichte; nach dieser Zeit wird die Angelegenheit keinerlei Bedeutung mehr haben. Gegenwärtig übertreibe ich nicht, wenn ich sage, daß sie von einem solchen Gewicht ist, daß sie die europäische Geschichte beeinflussen könnte.«

»Ich verspreche es«, sagte Holmes.

»Ich ebenfalls.«

»Sie werden diese Maske entschuldigen«, fuhr unser seltsamer Besucher fort. »Die erhabene Person, in deren Diensten ich stehe, wünscht, daß ihr Agent Ihnen unbekannt bleibe, und ich will gleich zugeben, daß der Titel, mit dem ich mich Ihnen eben vorgestellt habe, nicht wirklich der meine ist.«

»Das war mir klar«, sagte Holmes trocken.

»Die Umstände sind überaus heikel, und man hat alle Vorsichtsmaßnahmen getroffen, um etwas im Keime zu ersticken, was sich zu einem ungeheuren Skandal auswachsen und eine der herrschenden Familien Europas ernstlich kompromittieren könnte. Um es deutlich zu sagen, die Angelegenheit betrifft das hohe Haus Ormstein, das Haus der erblichen Könige von Böhmen.«

»Auch das war mir klar«, murmelte Holmes; er machte es sich in seinem Lehnstuhl bequem und schloß die Augen.

Unser Besucher betrachtete mit offensichtlicher Überraschung die matt daliegende Gestalt des Mannes, der ihm ohne Zweifel als der schärfste Denker und energischste Detektiv Europas dargestellt worden war. Holmes öffnete seine Augen langsam wieder und sah seinen riesigen Klienten ungeduldig an.

»Wenn Sie sich dazu herablassen wollten, Ihr Anliegen darzulegen, Majestät«, bemerkte er, »könnte ich Sie besser beraten.«

Der Mann sprang aus seinem Sessel auf und begann, in nicht zu unterdrückender Erregung im Raum hin und her zu gehen. Mit einer Gebärde der Verzweiflung riß er sich schließlich die Maske vom Gesicht und schleuderte sie zu Boden. »Sie haben Recht«, rief er, »ich bin der König. Wozu sollte ich versuchen, es zu verheimlichen?«

»Tatsächlich, wozu?« murmelte Holmes. »Ihre Majestät hatten noch nichts gesagt, als mir schon klar war, daß ich mit Wilhelm Gottsreich Sigismund von Ormstein, dem Großherzog von Kassel-Falstein und erblichen König von Böhmen sprach.«

»Sie werden aber verstehen«, sagte unser seltsamer Besucher, wobei er sich wieder niederließ und mit der Hand über seine hohe weiße Stirn fuhr, »Sie werden verstehen, daß ich nicht daran gewöhnt bin, solche Geschäfte persönlich abzuwickeln. Die Sache ist jedoch so heikel, daß ich sie keinem Beauftragten anvertrauen konnte, ohne mich ihm dadurch auszuliefern. Ich bin *incognito* aus Prag hergekommen, um Sie zu konsultieren.«

»Dann konsultieren Sie doch bitte«, sagte Holmes; er schloß seine Augen wieder.

»Dies sind zusammengefaßt die Umstände: Vor etwa fünf Jahren lernte ich während eines längeren Aufenthalts in Warschau die bekannte Abenteurerin Irene Adler kennen. Sie haben diesen Namen sicherlich schon gehört.«

»Suchen Sie sie doch bitte in meinem *Index*, Doktor«, murmelte Holmes, ohne die Augen zu öffnen. Vor vielen Jahren hatte er sich ein System zurechtgelegt, um alle Daten über Personen und Dinge übersichtlich zu erfassen, so daß es schwierig war, ein Thema oder einen Menschen zu erwähnen, zu dem er nicht sogleich Informationen liefern konnte. In diesem Fall fand ich ihre Biographie eingeklemmt zwischen der eines Rabbiners und der eines Stabscommanders, der eine Monographie über Tiefseefische geschrieben hatte.

»Lassen Sie mal sehen«, sagte Holmes. »Hm! Geboren in New Jersey im Jahre 1858. Kontra-Alt – hm! La Scala, hm! Primadonna der Kaiserlichen Oper Warschau – Ja! Rücktritt von der Opernbühne – ha! Lebt in London – aha, genau! Wenn ich mich nicht irre, Majestät, haben Sie sich mit dieser jungen Person eingelassen, ihr einige kompromittierende Briefe geschrieben, und nun wünschen Sie, diese Briefe zurückzubekommen.«

»Das ist richtig. Aber wie . . .«

»Hat es eine geheime Eheschließung gegeben?«

»Nein.«

»Keine rechtsgültigen Papiere oder Urkunden?«

»Keine.«

»Dann kann ich Majestät nicht folgen. Wenn diese junge Person Ihre Briefe für eine Erpressung oder andere Zwecke sollte benutzen wollen, wie soll sie ihre Echtheit beweisen?«

»Die Handschrift.«

»Ah, bah! Fälschung.«

»Mein privates Briefpapier.«

»Gestohlen.«

»Mein persönliches Siegel.«

»Nachgemacht.«

»Meine Photographie.«

»Gekauft.«

»Wir sind beide auf der Photographie zu sehen.«

»O du liebe Güte! Das ist sehr schlimm! Majestät haben da wirklich eine Indiskretion begangen.«

»Ich war verrückt – wahnsinnig.«

»Sie haben sich ernstlich kompromittiert.«

»Ich war damals nur Kronprinz. Ich war jung. Ich bin heute erst dreißig.«

»Das Bild muß beschafft werden.«

»Wir haben es versucht und sind gescheitert.«

»Majestät müssen bezahlen. Man wird es kaufen müssen.«

»Sie will es nicht verkaufen.«

»Dann muß man es stehlen.«

»Fünf Versuche sind unternommen worden. Zweimal haben Einbrecher, die in meinem Sold standen, ihr Haus durchwühlt. Einmal haben wir ihr Gepäck fehlgeleitet, als sie reiste. Zweimal hat man ihr aufgelauert. Alles ohne Ergebnis.«

»Niemand hat das Bild zu Gesicht bekommen?«

»Absolut niemand.«

Holmes lachte. »Das ist wirklich ein nettes kleines Problem«, sagte er.

»Für mich aber ein sehr ernstes«, sagte der König vorwurfsvoll.

»Natürlich. Und was hat sie mit der Photographie vor?«

»Mich ruinieren.«

»Aber wie?«

»Ich werde bald heiraten.«

»Ich habe davon gehört.«

»Und zwar Clothilde Lothman von Sachsen-Meningen, die zweite Tochter eines skandinavischen Königs. Vielleicht ist Ihnen bekannt, daß ihre Familie sehr strenge Prinzipien hat. Sie selbst ist die Inkarnation der Feinfühligkeit. Der Schatten eines Zweifels, was mein Verhalten angeht, brächte der Angelegenheit ein jähes Ende.«

»Und Irene Adler?«

»Sie droht, ihnen die Photographie zu senden. Und sie wird

es tun. Ich weiß, daß sie es tun wird. Sie kennen sie nicht, aber sie hat eine eherne Seele. Sie hat das Gesicht der schönsten aller Frauen und den Verstand des entschlossensten aller Männer. Es gibt nichts, was sie nicht unternähme, um mich davon abzuhalten, eine andere Frau zu heiraten – nichts.«

»Sind Sie sicher, daß sie das Bild noch nicht abgeschickt hat?«

»Ich bin sicher.«

»Und warum?«

»Weil sie gesagt hat, sie würde es an dem Tag abschikken, an dem das Verlöbnis öffentlich proklamiert wird. Das wird am kommenden Montag geschehen.«

»Oh, dann bleiben uns noch drei Tage«, sagte Holmes mit einem Gähnen. »Das ist sehr erfreulich, da ich mich gegenwärtig noch um eine wichtige Angelegenheit oder zwei zu kümmern habe. Majestät werden natürlich vorerst in London bleiben?«

»Gewiß. Sie können mich im ›Langham‹ finden, unter dem Namen des Grafen von Kramm.«

»Dann werde ich Sie schriftlich wissen lassen, welche Fortschritte wir machen.«

»Ich bitte darum. Ich weiß nicht mehr aus noch ein.«

»Nun zur Frage des Geldes.«

»Sie haben *carte blanche*.«

»Absolut?«

»Ich sage Ihnen, ich würde eine der Provinzen meines Königreiches geben, wenn ich damit die Photographie bekäme.«

»Und für anfallende Ausgaben?«

Der König holte einen schweren sämischledernen Beutel unter seinem Umhang hervor und legte ihn auf den Tisch.

»Hier sind dreihundert Pfund in Gold und siebenhundert in Banknoten«, sagte er.

Holmes kritzelte eine Empfangsbestätigung auf ein Blatt aus seinem Notizbuch und reichte es ihm.

»Und die Adresse von Mademoiselle?« fragte er.

»Sie lautet Briony Lodge, Serpentine Avenue, St. John's Wood.«

Holmes notierte es. »Noch eine Frage«, sagte er. »War die Photographie größer als eine Visitenkarte?«

»Ja.«

»Dann wünsche ich Gute Nacht, Majestät, und ich bin sicher, daß wir bald gute Nachrichten für Sie haben werden. Und auch Ihnen Gute Nacht, Watson«, setzte er hinzu, als die Räder des königlichen Coupés die Straße hinabrollten. »Wenn Sie so freundlich sein wollen, morgen am Nachmittag vorbeizukommen, um drei Uhr, dann würde ich gern mit Ihnen über diese kleine Angelegenheit plaudern.«

## II

Genau um drei Uhr stellte ich mich in der Baker Street ein, aber Holmes war noch nicht zurückgekehrt. Die Hauswirtin teilte mir mit, er sei kurz nach acht Uhr morgens aus dem Haus gegangen. Ich ließ mich jedoch neben dem Kamin nieder in der Absicht, auf ihn zu warten, gleich wie lang es dauern mochte. Ich war von dieser Untersuchung längst gefesselt, denn wenn sie auch keinen der grimmen und merkwürdigen Züge aufwies, die die zwei von mir an anderer Stelle aufgezeichneten Verbrechen umgaben, so erhielt die Untersuchung doch durch die Art des Falles und die hohe Stellung von Holmes' Klienten einen ganz eigenen Charakter. Abgesehen von den Eigentümlichkeiten dieser Nachforschung, mit der sich mein Freund befaßte, gab es da etwas in seiner meisterhaften Erfassung der Lage und seinem kühlen, scharfen Denken, das es mir zu einem Vergnügen machte, seine Arbeitsweise zu studieren und die schnellen, feinsinnigen Griffe zu verfolgen, mit denen er die verwickeltsten Rätsel entwirrte. So sehr war ich an seine ständigen Erfolge gewöhnt, daß auch nur die Möglichkeit eines Scheiterns mir längst nicht mehr in den Kopf kam.

Es war fast vier Uhr, als sich endlich die Tür öffnete und ein

Mensch, der ein betrunkener Pferdeknecht hätte sein können, mit wirrem Haar und Backenbart, rotglühendem Gesicht und verkommener Kleidung den Raum betrat. Obwohl ich doch meines Freundes erstaunliche Fähigkeiten bei der Verwendung von Verkleidungen kannte, mußte ich dreimal hinschauen, bevor ich sicher war, daß es sich wirklich um ihn handelte. Er nickte mir zu und verschwand im Schlafraum, aus dem er fünf Minuten später im Tweedanzug und respektabel wie eh und je zurückkehrte. Er steckte die Hände in die Taschen, streckte seine Beine vor dem Feuer aus und lachte eine ganze Weile herzhaft.

»Nein, wirklich!« rief er und verschluckte sich; dann lachte er wieder, bis er sich schlaff und hilflos im Lehnstuhl zurückfallen lassen mußte.

»Was gibt es denn?«

»Es ist einfach zu lustig. Ich wette, Sie kämen nie darauf, wie ich meinen Vormittag zugebracht oder was ich zuletzt getan habe.«

»Ich habe keine Ahnung. Ich nehme an, Sie haben die Gewohnheiten und vielleicht das Haus von Miss Irene Adler beobachtet.«

»Das habe ich, aber was dann kam, war ziemlich ungewöhnlich. Ich will es Ihnen aber erzählen. Ich bin heute morgen kurz nach acht Uhr aus dem Haus gegangen, als arbeitsloser Pferdeknecht. Unter Pferdeleuten herrschen wunderbares Einvernehmen und Freizügigkeit. Wenn Sie einer von ihnen sind, werden Sie bald alles wissen, was zu wissen ist. Ich habe Briony Lodge schnell gefunden. Ein Schmuckstück von einer Villa, mit einem rückwärtigen Garten, aber vorn bis an die Straße gebaut, zwei Stockwerke. Ein Chubb-Schloß an der Tür. Rechts ein großer Wohnraum, gut möbliert, mit langen Fenstern fast bis zum Boden und diesen albernen englischen Fensterriegeln, die ein Kind öffnen könnte. Dahinter war nichts Bemerkenswertes, abgesehen davon, daß man das Korridorfenster vom Dach der Remise aus erreichen kann. Ich habe einen Rundgang gemacht und alles aus allen möglichen

Blickwinkeln gründlich untersucht, konnte aber sonst nichts Interessantes feststellen.

Dann bin ich die Straße hinabgeschlendert und habe wie erwartet einen Pferdestall an einer Straße gefunden, die an einer der Gartenmauern verläuft. Ich habe den Stallburschen beim Abreiben der Pferde geholfen, und als Gegenleistung habe ich zwei Pence, ein Glas halb Porter halb Ale, zwei Pfeifen voll Shag und über Miss Adler so viele Informationen bekommen, wie ich mir nur wünschen konnte, ganz zu schweigen von einem halben Dutzend anderer Leute in der Nachbarschaft, an denen ich nicht im geringsten interessiert war, deren Biographien ich mir aber anhören mußte.«

»Und was ist mit Irene Adler?« fragte ich.

»Oh, die hat in der Gegend allen Männern den Kopf verdreht. Auf diesem Planeten ist sie das süßeste Ding, das eine Haube trägt. So heißt es im Serpentine-Stall, wie aus einem Mund. Sie führt ein ruhiges Leben, singt bei Konzerten, fährt jeden Tag um fünf Uhr aus und kommt Punkt sieben zurück zum Dinner. Zu anderen Zeiten geht sie selten aus, außer wenn sie singt. Sie hat nur einen männlichen Besucher, den aber oft. Er ist dunkelhaarig, hübsch und schneidig; er kommt nie seltener als einmal pro Tag und oft auch zweimal. Er ist ein Mr. Godfrey Norton, vom Gericht am Inner Temple. Sie sehen, wie gut es ist, einen Kutscher als Vertrauensmann zu haben. Sie haben ihn ein Dutzend Mal vom Serpentine-Stall nach Hause gefahren und wissen alles über ihn. Nachdem ich mir alles angehört hatte, was sie erzählen konnten, bin ich wieder in der Nähe von Briony Lodge auf und ab gegangen und habe mir meinen Schlachtplan zurechtgelegt.

Dieser Godfrey Norton ist offenbar ein wichtiger Faktor in der Angelegenheit. Er ist Anwalt. Das klingt ominös. Wie sieht ihre Beziehung aus, und was ist der Sinn seiner wiederholten Besuche? Ist sie seine Klientin, seine Freundin oder seine Maitresse? Im ersten Fall hat sie ihm vermutlich die Photographie zur Aufbewahrung übergeben, im letzten ist das weniger wahrscheinlich. Von der Beantwortung dieser Frage hing nun ab, ob ich meine Arbeit in Briony Lodge fortsetzen oder meine Aufmerksamkeit den Räumlichkeiten des Gentleman im Temple zuwenden sollte. Das war ein heikler Punkt, und er dehnte den Bereich meiner Nachforschungen aus. Ich fürchte, ich langweile Sie mit diesen Einzelheiten, aber ich muß Ihnen meine kleinen Schwierigkeiten vor Augen führen, damit Sie die Situation begreifen können.«

»Ich kann Ihnen ganz gut folgen«, antwortete ich.

»Ich war immer noch damit beschäftigt, die Sache im Geiste abzuwägen, als eine Droschke vor Briony Lodge vorfuhr und ein Gentleman heraussprang. Er war ein bemerkenswert gutaussehender Mann, dunkelhaarig, mit Adlernase und Schnurrbart – augenscheinlich der Mann, von dem ich so viel gehört hatte. Er schien in großer Eile zu sein, rief dem Kutscher zu, er solle warten, und dann ist er an dem Mädchen, das die Tür öffnete, vorbeigestürmt wie einer, der sich sehr gut auskennt.

Er ist ungefähr eine halbe Stunde im Haus geblieben, und ich konnte ihn hin und wieder sehen, wie er hinter den Fenstern des Wohnraums auf und ab ging, erregt redete und mit den Armen fuchtelte. Dann kam er wieder heraus und sah noch gehetzter aus als zuvor. Als er zum Wagen ging, hat er eine goldene Uhr aus der Tasche gezogen und sie besorgt angesehen. ›Fahren Sie wie der Teufel‹, hat er gerufen, ›erst zu Gross and Hankey's in der Regent Street und dann zur Kirche St. Monica in der Edgware Road. Eine halbe Guinee, wenn Sie es in zwanzig Minuten schaffen!‹

Damit sind sie losgebraust, und ich überlegte mir gerade, ob ich ihnen nicht besser folgen sollte, als ein hübscher kleiner Landauer die Straße heraufkam; der Kutscher hatte seine Jacke nur zur Hälfte zugeknöpft und die Krawatte saß unter dem Ohr, und alle Riemen starrten aus den Schnallen des Geschirrs heraus. Der Wagen stand noch nicht, als sie auch schon aus der Tür geschossen kam und einstieg. Ich habe in diesem Moment nur einen kurzen Blick auf sie werfen können, aber sie ist eine wunderschöne Frau, mit einem Gesicht, für das mancher Mann sein Leben hingäbe.

›Die St. Monica-Kirche, John‹, rief sie, ›und einen halben Sovereign, wenn wir in zwanzig Minuten dort sind.‹

Die Gelegenheit war zu gut, um sie verstreichen zu lassen, Watson. Ich habe noch überlegt, ob ich laufen oder hinten auf ihrem Landauer aufsitzen soll, als eine Mietdroschke die Straße herunterkam. Der Fahrer hat seinen schäbigen Fahrgast mißtrauisch angesehen, ich bin aber in den Wagen gesprungen, bevor er Einwände erheben konnte. ›Die St. Monica-Kirche‹, habe ich gesagt, ›und einen halben Sovereign, wenn Sie es in zwanzig Minuten schaffen.‹ Es war fünfundzwanzig Minuten vor zwölf, und natürlich war mir klar, was in der Luft lag.

Mein Kutscher ist sehr schnell gefahren. Ich glaube nicht, daß er jemals schneller gefahren ist, aber die anderen waren vor uns dort. Droschke und Landauer mit dampfenden Pferden standen vor der Tür, als ich ankam. Ich habe den Mann bezahlt und bin in die Kirche gestürzt. Keine Menschenseele war in der Kirche, außer den beiden, denen ich gefolgt war, und einem Priester im Chorhemd, der ihnen Vorhaltungen zu machen schien. Sie standen alle drei dicht zusammen vor dem Altar. Ich bin durch den Seitengang nach vorn geschlendert wie ein beliebiger Müßiggänger, der zufällig in eine Kirche hineinschaut. Zu meiner Überraschung drehen sich die drei am Altar plötzlich zu mir um, und Godfrey Norton kommt zu mir gestürmt, so schnell er kann.

›Gott sei Dank!‹ ruft er, ›Sie können uns helfen. Kommen Sie! Kommen Sie!‹

›Was gibt's denn?‹ frage ich.

›Kommen Sie, Mann, kommen Sie, nur noch drei Minuten, sonst ist es nicht rechtsgültig.‹

Er hat mich förmlich zum Altar gezerrt, und bevor ich so recht wußte wo ich war, murmelte ich schon Antworten, die man mir ins Ohr flüsterte, und verbürgte mich für Dinge, von denen ich nichts wußte, und im übrigen half ich dabei, die Jungfer Irene Adler fest und sicher an den Junggesellen Godfrey Norton zu binden. Alles war im Nu erledigt, und da standen der Gentleman auf einer und die Lady auf der anderen Seite und dankten mir, und der Priester strahlte mich von vorn an. Es war die lächerlichste Situation, in der ich mich in meinem Leben je befunden habe, und beim Gedanken daran habe ich vorhin so gelacht. Anscheinend hatte es in ihren Papieren einen Formfehler gegeben, so daß der Priester sich kategorisch weigerte, sie ohne einen Zeugen zu vermählen, und mein glückliches Auftauchen hat den Bräutigam davor gerettet, einen Ausfall auf die Straße unternehmen und einen Brautführer suchen zu müssen. Die Braut hat mir einen Sovereign gegeben, und ich beabsichtige, ihn als Andenken an dieses Ereignis an meiner Uhrkette zu tragen.«

»Die Sache nimmt einen reichlich unerwarteten Verlauf«, sagte ich; »und was ist dann geschehen?«

»Nun ja, meine Pläne waren natürlich vom Scheitern bedroht. Es sah so aus, als könnte das Paar sich sofort auf eine Reise begeben, was umgehende und energische Maßnahmen meinerseits erfordert hätte. Sie trennten sich aber an der Kirchentür; er ist zurückgefahren zum Temple und sie zu ihrem Haus. ›Ich werde wie üblich um fünf im Park ausfahren‹, sagte sie, als sie von ihm wegging. Mehr habe ich nicht gehört. Sie sind in verschiedene Richtungen gefahren, und ich bin aufgebrochen, um meine eigenen Vorkehrungen zu treffen.«

»Welcher Art?«

»Kaltes Rindfleisch und ein Glas Bier«, antwortete er, wobei er die Glocke betätigte. »Ich war zu beschäftigt, um an Essen zu denken, und wahrscheinlich werde ich heute abend noch beschäftigter sein. Übrigens, Doktor, ich brauche Ihre Mitwirkung.«

»Mit dem größten Vergnügen.«

»Macht es Ihnen etwas aus, das Gesetz zu übertreten?«

»Nicht im mindesten.«

»Oder möglicherweise verhaftet zu werden?«

»Nicht wenn es für eine gute Sache ist.«

»Oh, es ist eine ganz ausgezeichnete Sache!«

»Dann bin ich dabei.«

»Ich war sicher, daß ich mich auf Sie würde verlassen können.«

»Aber was haben Sie denn vor?«

»Ich werde es Ihnen erklären, wenn Mrs. Turner das Tablett gebracht hat. – So«, sagte er, als er sich hungrig auf die einfache Mahlzeit stürzte, die unsere Wirtin beschafft hatte, »wir müssen das besprechen, während ich esse, ich habe nämlich nicht viel Zeit. Es ist jetzt fast fünf. In zwei Stunden müssen wir auf dem Schauplatz sein. Miss Irene, oder genauer Madame, kommt um sieben Uhr von ihrer Ausfahrt zurück. Wir müssen in Briony Lodge sein, um sie zu treffen.«

»Und was dann?«

»Das müssen Sie mir überlassen. Ich habe schon für alles Vorkehrungen getroffen. Es gibt nur einen Punkt, auf dem ich bestehen muß. Sie dürfen sich nicht einmischen, ganz gleich, was geschieht. Haben Sie das verstanden?«

»Ich soll unbeteiligt bleiben?«

»Sie sollen gar nichts tun. Vermutlich werden sich einige kleine Unfreundlichkeiten ereignen. Halten Sie sich heraus. Es wird damit enden, daß man mich ins Haus schleppt. Vier oder fünf Minuten später wird sich das Fenster des Wohnraums öffnen. Sie sollen sich nahe bei diesem offenen Fenster aufhalten.«

»Ja.«

»Und Sie sollten mich im Auge behalten, denn Sie werden mich sehen können.«

»Ja.«

»Und wenn ich meine Hand hebe – so –, werden Sie etwas in den Raum werfen, was ich Ihnen gebe, und gleichzeitig werden Sie ›Feuer‹ rufen. Können Sie mir folgen?«

»Ich kann.«

»Es ist nichts besonders Großartiges«, sagte er; er nahm eine längliche, zigarrenförmige Walze aus der Tasche. »Das ist eine gewöhnliche Rauchpatrone, wie Klempner sie zum Aufspüren von Rohrbrüchen benutzen, auf jeder Seite eine Kappe zur Selbstzündung. Das ist alles, was Sie zu tun haben. Wenn Sie

›Feuer‹ rufen, wird eine ganze Menge Leute in den Schrei einstimmen. Danach können Sie zum Ende der Straße gehen, und ich werde innerhalb von zehn Minuten zu Ihnen stoßen. Ich hoffe, ich habe mich verständlich ausgedrückt?«

»Ich soll unbeteiligt bleiben, in die Nähe des Fensters kommen, Sie im Auge behalten und auf Ihr Zeichen hin diesen Gegenstand in den Raum werfen, dann ›Feuer‹ schreien und an der Straßenecke auf Sie warten.«

»Ganz genau.«

»Wenn das alles ist, können Sie sich voll und ganz auf mich verlassen.«

»Ausgezeichnet. Ich glaube, es ist fast an der Zeit, mich auf meine neue Rolle vorzubereiten.«

Er verschwand in seinem Schlafgemach und kam einige Minuten später als freundlicher und einfältig dreinblickender nonkonformistischer Geistlicher zurück. Sein breiter schwarzer Hut, die ausgebeulten Hosen, das weiße Beffchen, das sympathische Lächeln und der allgemeine Ausdruck spähender und wohlwollender Neugier ließen ihn wie die Bilderbuchausgabe eines betulichen Priesters erscheinen. Nicht, daß Holmes nur seine Kleidung gewechselt hätte. Sein Ausdruck, seine Haltung, ja seine Seele schien sich mit jeder neuen Rolle, in die er schlüpfte, zu verändern. Die Bühne verlor einen prächtigen Schauspieler und die Wissenschaft verlor einen scharfen Denker, als er zum Verbrechensexperten wurde.

Es war Viertel nach sechs, als wir aus dem Haus in der Baker Street gingen, und zehn vor sieben, als wir Serpentine Avenue erreicht hatten. Die Abenddämmerung war bereits gefallen und man zündete gerade die Lampen an, während wir vor Briony Lodge auf und ab wanderten und auf die Heimkehr der Bewohnerin warteten. Das Haus war genau so, wie ich es mir nach Sherlock Holmes' bündiger Beschreibung vorgestellt, doch schien die Lage weniger abgeschieden zu sein, als ich erwartet hatte. Im Gegenteil: Für eine kleine Straße in ruhiger Gegend war sie auffallend lebhaft. Eine Gruppe schäbig gekleideter Männer rauchte und lachte an einer Ecke, da war ein Scherenschleifer mit seinem Schleifstein, zwei Gardisten schäkerten mit einem Kindermädchen, und mehrere gutgekleidete junge Männer mit Zigarren schlenderten hin und her.

»Sie sehen«, bemerkte Holmes, während wir vor dem Haus auf und ab gingen, »diese Eheschließung vereinfacht die Sache entschieden. Damit wird die Photographie zu einer zweischneidigen Waffe. Es besteht die Möglichkeit, daß die Dame ebenso dagegen ist, daß Mr. Godfrey Norton das Bild sieht, wie unser Klient dagegen ist, daß es seiner Prinzessin zu Augen kommt. Nun ist allerdings die Frage: Wo können wir die Photographie finden?«

»Ja, das stimmt. Wo?«

»Es ist nicht wahrscheinlich, daß sie sie bei sich trägt. Sie ist fast so groß wie eine Postkarte. Zu groß, um irgendwo in der Kleidung einer Frau versteckt zu werden. Sie weiß, daß der König imstande ist, ihr auflauern und sie durchsuchen zu lassen. Zwei derartige Versuche sind schon unternommen worden. Wir können also wohl davon ausgehen, daß sie sie nicht bei sich trägt.«

»Wo hat sie sie denn dann?«

»Bei ihrem Bankier oder ihrem Anwalt. Diese doppelte Möglichkeit gibt es. Ich glaube aber eher, daß keine von beiden zutrifft. Frauen sind von Natur aus Geheimniskrämer, und sie möchten ihre Geheimnisse für sich behalten. Warum sollte sie das Bild jemandem übergeben? Sich selbst kann sie vertrauen, aber sie könnte niemals sicher sein, daß nicht indirekt oder politisch Einfluß auf einen Geschäftsmann ausgeübt wird. Und denken Sie außerdem daran, daß sie sich entschlossen hat, das Bild innerhalb der nächsten Tage zu verwenden. Es muß an einer Stelle sein, an der sie es sofort findet. Es muß in ihrem eigenen Haus sein.«

»Aber da ist doch zweimal eingebrochen worden.«

»Pah! Die wissen nicht, wie man gründlich sucht.«

»Und wie wollen Sie suchen.«

»Ich werde nicht suchen.«

»Was denn?«

»Ich werde sie dazu bringen, es mir zu zeigen.«

»Sie wird sich bestimmt weigern.«

»Das wird sie gar nicht können. Aber ich höre Räder rattern. Das ist ihr Wagen. Führen Sie nun bitte meine Anweisungen buchstabengetreu aus.«

Noch während er sprach, kam das Leuchten der Seitenlampen einer Kutsche um die Biegung der Avenue. Es war ein ansehnlicher kleiner Landauer, und er ratterte bis zur Tür von Briony Lodge. Als der Wagen zum Stehen kam, stürzte einer der herumlungernden Männer von der Ecke vor, um die Tür zu öffnen, in der Hoffnung, eine Kupfermünze zu verdienen; er wurde jedoch von einem anderen Faulenzer beiseitegestoßen, der in der gleichen Absicht zum Wagen gerannt war. Ein heftiger Streit brach aus, der noch größere Ausmaße annahm, weil die beiden Gardisten sich auf die Seite eines der Lungerer schlugen und der Scherenschleifer sich mit gleicher Hitzigkeit auf die andere stellte. Schläge wurden ausgeteilt, und innerhalb eines Augenblicks war die Dame, die aus der Kutsche gestiegen war, der Mittelpunkt eines Knäuels zornroter, kämpfender Männer, die einander wild mit Fäusten und Stöcken bearbeiteten. Holmes stürzte sich in die Menge, um die Dame zu schützen; genau in dem Moment jedoch, da er sie erreichte, stieß er einen Schrei aus und stürzte zu Boden, und Blut strömte über sein Gesicht. Bei seinem Sturz zahlten die Gardisten Fersengeld nach der einen, die Lungerer nach der anderen Seite, wogegen eine Anzahl besser gekleideter Leute, die dem Handgemenge zugesehen hatten, ohne sich zu beteiligen, sich nun herandrängten, um der Dame zu helfen und sich um den verletzten Mann zu kümmern. Irene Adler, wie ich sie immer noch nennen will, war die Stufen hinaufgeeilt; nun jedoch stand sie oben auf der Treppe und blickte zurück zur Straße, und ihre herrliche Gestalt war umrissen von der Beleuchtung der Eingangshalle.

»Ist der arme Gentleman schlimm verletzt?« fragte sie.

»Er ist tot«, riefen mehrere Stimmen.

»Nein, nein, er lebt noch«, schrie eine andere. »Aber er wird hinüber sein, bevor man ihn ins Hospital bringen kann.«

»Er ist ein tapferer Kerl«, sagte eine Frau. »Wenn er nicht gewesen wäre, dann hätten sie die Börse und die Uhr der Lady bekommen. Das muß eine Bande gewesen sein, und rauh außerdem. Ah, er atmet noch.«

»Er kann nicht hier auf der Straße liegen bleiben. Können wir ihn reinbringen, Ma'm?«

»Natürlich. Bringen Sie ihn in den Wohnraum. Da steht ein bequemes Sofa. Hier entlang, bitte!«

Langsam und feierlich trugen sie ihn nach Briony Lodge hinein und legten ihn im großen Raum nieder, während ich die Vorgänge weiterhin von meinem Posten beim Fenster aus beobachtete. Die Lampen waren angezündet worden, aber man hatte die Gardinen nicht zugezogen, so daß ich Holmes auf der Couch liegen sehen konnte. Ich weiß nicht, ob er in diesem Moment Gewissensbisse wegen der von ihm gespielten Rolle verspürte, ich weiß aber, daß ich mich in meinem ganzen Leben nie so sehr geschämt habe wie in diesem Augenblick, als ich das wunderschöne Geschöpf sah, gegen das ich konspirierte, und die Anmut und Güte, mit der die Frau sich um den verletzten Mann kümmerte. Und dennoch wäre es der finsterste Verrat an Holmes gewesen, wenn ich mich nun von der mir anvertrauten Aufgabe fortgestohlen hätte. Ich verschloß mein Herz und zog die Rauchpatrone unter meinem Ulster hervor. Wenigstens, dachte ich bei mir, fügen wir ihr keinen Schaden zu. Wir hindern sie nur daran, einem anderen zu schaden.

Holmes hatte sich auf der Couch aufgerichtet, und ich sah ihn gestikulieren wie einen, der keine Luft bekommt. Ein Dienstmädchen stürzte ans Fenster und riß es auf. Im gleichen Augenblick sah ich, wie er die Hand hob, und auf das Zeichen hin warf ich mit dem Schrei »Feuer« meine Patrone in den Raum. Ich hatte das Wort noch kaum gerufen, als auch schon die ganze Menge der Zuschauer, gut und schlecht Gekleidete – Gentlemen, Stallknechte und Dienstmädchen – allesamt

»Feuer« zu schreien begannen. Dicke Rauchwolken bildeten sich im Raum und quollen aus dem Fenster. Undeutlich sah ich eilende Gestalten, und einen Augenblick später hörte ich Holmes' Stimme im Haus, wie sie alle damit beruhigte, daß es ein falscher Alarm sei. Ich schlüpfte durch die rufende Menge und begab mich zur Straßenecke, und zehn Minuten später fühlte ich zu meiner Erleichterung den Arm meines Freundes in meinem, und wir entfernten uns von der Szene des Aufruhrs. Einige Minuten lang schritt Holmes schnell aus und schwieg, bis wir in eine der ruhigen Straßen eingebogen waren, die zur Edgware Road führen.

»Das haben Sie sehr gut gemacht, Doktor«, bemerkte er. »Es hätte nicht besser sein können. Alles ist in Ordnung.«

»Dann haben Sie die Photographie?«

»Ich weiß, wo sie ist.«

»Und wie haben Sie das herausgefunden?«

»Sie hat sie mir gezeigt, wie ich es Ihnen vorausgesagt habe.«

»Ich begreife noch immer nichts.«

»Ich will kein Geheimnis daraus machen«, sagte er lachend. »Die Sache war ganz einfach. Sie haben natürlich sofort gesehen, daß alle auf der Straße Komplizen waren. Ich hatte sie alle für diesen Abend engagiert.«

»So viel hatte ich mir gedacht.«

»Als dann das Durcheinander losging, hatte ich ein wenig feuchte rote Farbe in der Handfläche. Ich bin losgerannt, gestürzt, habe die Hand vors Gesicht geschlagen und wurde zu einem erbarmungswürdigen Anblick. Das ist ein alter Trick.«

»Auch das habe ich noch durchschaut.«

»Dann hat man mich hineingetragen. Sie mußte mich natürlich ins Haus holen. Was hätte sie sonst tun können? Und in ihren Wohnraum, und das ist genau der Raum, den ich in Verdacht hatte. Das heißt, dieser oder ihr Schlafraum, und ich war entschlossen, herauszufinden, welcher es war. Man hat mich auf eine Couch gelegt, ich habe so getan, als bekäme ich keine Luft, sie mußten das Fenster öffnen und das war Ihre Gelegenheit.«

»Inwiefern hat Ihnen das geholfen?«

»Das war das Wichtigste überhaupt. Wenn eine Frau glaubt, ihr Haus stehe in Flammen, dann läßt ihr Instinkt sie zuerst zu dem Objekt laufen, das sie am höchsten schätzt. Dieser Impuls ist unwiderstehlich, und ich habe mehr als nur einmal meinen Nutzen daraus gezogen. Im Fall des Skandals um die Darlington-Unterschiebung hat er mir genutzt, und ebenso in der Sache Answorth Castle. Eine verheiratete Frau greift nach ihrem Baby – eine unverheiratete nach ihrer Schmuckschatulle. Nun war mir klar, daß unsere heutige Dame nichts für sie Kostbareres im Haus hatte als das, was wir suchen. Sie würde also loslaufen, um es in Sicherheit zu bringen. Der Feueralarm war hervorragend gemacht. Der Rauch und das Geschrei reichten völlig aus, um auch Nerven aus Stahl zu erschüttern. Sie hat wunderbar reagiert. Die Photographie befindet sich in einer Höhlung hinter einer beweglichen Täfelung, gerade oberhalb des rechten Glockenzugs. Sie war im Nu da, und ich konnte einen Blick auf das Bild erhaschen, als sie es halb aus dem Versteck zog. Als ich dann rief, daß es ein falscher Alarm gewesen sei, hat sie es wieder zurückgesteckt, die Patrone angestarrt, dann ist sie aus dem Raum gestürzt, und seither habe ich sie nicht gesehen. Ich bin aufgestanden, habe mich entschuldigt und das Haus verlassen. Ich habe überlegt, ob ich nicht sofort versuchen sollte, das Bild in Sicherheit zu bringen; inzwischen war aber der Kutscher hereingekommen, und da er mich mißtrauisch beobachtet hat, schien es mir besser, zu warten. Ein wenig Übereiltheit kann alles ruinieren.«

»Und nun?« fragte ich.

»Unsere Aufgabe ist fast erledigt. Ich werde morgen mit dem König dort vorsprechen, mit Ihnen zusammen, wenn Sie mit uns kommen mögen. Man wird uns in den Wohnraum führen, wo wir auf die Lady warten können, aber es steht zu vermuten, daß sie, wenn sie kommt, weder uns noch die Photographie antrifft. Es könnte Seiner Majestät eine besondere Befriedigung sein, das Bild eigenhändig wiederzubeschaffen.«

»Und wann wollen Sie dort vorsprechen?«

»Um acht Uhr morgens. Sie wird noch nicht auf sein, wir werden also freies Spiel haben. Außerdem müssen wir schnell sein, denn diese Heirat könnte eine völlige Umstellung in ihrem Leben und ihren Gewohnheiten bedeuten. Ich muß unverzüglich dem König drahten.«

Wir hatten die Baker Street erreicht und waren vor der Tür stehengeblieben. Er suchte in seinen Taschen nach dem Schlüssel, als ein Passant sagte:

»Gute Nacht, Mister Sherlock Holmes.«

Zu dieser Zeit waren mehrere Leute auf dem Gehweg, aber der Gruß schien von einem schmächtigen Jüngling in einem Ulster zu kommen, der an uns vorbeigeeilt war.

»Die Stimme habe ich schon einmal gehört«, sagte Holmes; er starrte die undeutlich erhellte Straße hinab. »Also, ich wüßte gern, wer zum Teufel das gewesen sein mag.«

## III

Ich schlief diese Nacht in der Baker Street, und wir saßen bei unserem Toast und Kaffee, als der König von Böhmen ins Zimmer gestürmt kam.

»Sie haben das Bild wirklich!« rief er; er packte Sherlock Holmes an beiden Schultern und starrte aufgeregt in sein Gesicht.

»Noch nicht.«

»Aber Sie sind hoffnungsvoll?«

»Das bin ich.«

»Dann kommen Sie; ich kann es kaum erwarten.«

»Wir brauchen eine Droschke.«

»Nein, mein Wagen wartet unten.«

»Das vereinfacht die Sache.«

Wir gingen hinab und machten uns abermals auf den Weg zu Briony Lodge.

»Irene Adler ist verheiratet«, bemerkte Holmes.

»Verheiratet! Seit wann?«

»Seit gestern.«

»Mit wem denn nur?«

»Mit einem englischen Anwalt namens Norton.«

»Sie kann ihn aber doch nicht lieben?«

»Ich hoffe doch sehr, daß sie es tut.«

»Und warum hoffen Sie?«

»Weil das Majestät von aller Furcht vor künftiger Behelligung befreien würde. Wenn die Dame ihren Gatten liebt, liebt sie Majestät nicht. Wenn sie Majestät nicht liebt, gibt es keinen Grund, weshalb sie sich in die Pläne von Majestät einmischen sollte.«

»Das stimmt. Und dennoch –! Nun gut! Ich wollte, sie wäre meines eigenen Standes gewesen! Welch eine Königin sie abgegeben hätte!« Er fiel in melancholisches Schweigen, das nicht gebrochen wurde, bis wir die Serpentine Avenue erreicht hatten.

Die Tür von Briony Lodge war offen, und eine ältere Frau stand auf den Stufen. Sie betrachtete uns mit einem sardonischen Gesichtsausdruck, während wir aus dem Coupé stiegen.

»Mr. Sherlock Holmes, nehme ich an?« sagte sie.

»Ich bin Mr. Holmes«, antwortete mein Gefährte; er musterte sie fragend und fast erschrocken.

»Aha! Meine Herrin hat mir gesagt, Sie würden wahrscheinlich vorbeikommen. Sie ist heute früh, zusammen mit Ihrem Gemahl, mit dem Zug 5 Uhr 15 ab Charing Cross zum Kontinent abgereist.«

»Was!« Sherlock Holmes fuhr zurück, blaß von Schrecken und Überraschung. »Wollen Sie damit sagen, sie hat England verlassen?«

»Und sie wird nie zurückkommen.«

»Und die Papiere?« fragte der König heiser. »Alles ist verloren.«

»Wir werden sehen.« Er drängte sich an der Dienerin vorbei und lief in den Wohnraum, gefolgt vom König und mir. Die Möbel standen überall durcheinander, mit leeren Borden und offenen Schubladen, als hätte die Dame sie vor ihrer Flucht in größter Eile geplündert. Holmes stürzte zum Klingelzug, riß eine kleine Klappe auf, steckte die Hand in die Höhlung und zog eine Photographie und einen Brief heraus. Die Photographie zeigte Irene Adler persönlich im Abendkleid, und der Brief trug die Aufschrift »An Sherlock Holmes, Esq. Liegenlassen, bis er abgeholt wird.« Mein Freund riß den Umschlag auf, und alle drei lasen wir den Brief gemeinsam. Er war mit der vergangenen Mitternacht datiert und lautete wie folgt:

> Mein lieber Mr. Sherlock Holmes,
> Sie haben es wirklich sehr gut angestellt. Sie haben mich vollständig überrumpelt. Bis nach dem Feueralarm hatte ich nicht den geringsten Verdacht. Als ich dann aber bemerkte, daß ich mich selbst verraten hatte, begann ich nachzudenken. Ich war bereits vor Monaten vor Ihnen gewarnt worden. Man hatte mir gesagt, daß der König, sollte er einen Agenten beauftragen, sicherlich Sie wählen würde. Und man gab mir Ihre Adresse. Trotz alledem brachten Sie mich dazu, Ihnen das zu offenbaren, was Sie wissen wollten. Selbst nachdem ich mißtrauisch geworden war, fiel es mir schwer, über so einen lieben, netten alten Geistlichen Schlechtes zu denken. Aber wie Sie wissen, habe ich selbst auch eine Schauspielausbildung genossen. Ein Männerkostüm ist mir nichts Neues. Ich mache mir oft die Freiheit zunutze, die es verleiht. Ich schickte den Kutscher John hinein, um auf Sie aufzupassen, lief nach oben, schlüpfte in meine Wanderkleider, wie ich sie nenne, und kam wieder hinab, gerade als Sie aus dem Haus gingen.
> Nun, dann bin ich Ihnen bis zu Ihrer Tür gefolgt, und so habe ich mich versichert, daß ich tatsächlich Objekt des Interesses des gefeierten Mr. Sherlock Holmes war. Danach habe ich Ihnen, reichlich unvorsichtig, eine

gute Nacht gewünscht und mich zum Temple begeben, um meinen Gemahl aufzusuchen.

Wir kamen beide zu dem Schluß, angesichts der Verfolgung durch einen so furchterregenden Gegner sei Flucht die beste Lösung; Sie werden also das Nest leer vorfinden, wenn Sie morgen vorbeikommen. Was die Photographie angeht, so mag Ihr Klient unbesorgt sein. Ein besserer Mann als er liebt mich, und ich liebe ihn. Der König mag tun, was ihm am besten scheint, ohne Anfechtung durch eine, die er grausam und ungerecht behandelt hat. Ich habe das Bild nur aufbewahrt, um mich zu schützen und eine Waffe zu behalten, die mich stets gegen alle Schritte absichern wird, die er in der Zukunft unternehmen könnte. Ich hinterlasse eine Photographie, die er vielleicht gern besäße; und ich verbleibe, lieber Mr. Sherlock Holmes, ganz die Ihre

IRENE NORTON *née* ADLER

»Welch eine Frau – oh, welch eine Frau!« rief der König von Böhmen, als wir alle dieses Schreiben gelesen hatten. »Habe ich Ihnen nicht gesagt, daß sie schnell und entschlossen ist? Hätte sie nicht eine prachtvolle Königin abgegeben? Ist es nicht ein Jammer, daß sie nicht vom gleichen *niveau* ist wie ich?«

»Nach allem, was ich von der Dame gesehen habe, scheint sie wirklich von einem ganz anderen *niveau* zu sein als Ihre Majestät«, sagte Holmes kalt. »Ich bedaure sehr, daß ich nicht in der Lage gewesen bin, den Auftrag Ihrer Majestät zu einem erfolgreicheren Ende zu bringen.«

»Im Gegenteil, mein lieber Sir«, rief der König. »Ich könnte mir keinen größeren Erfolg denken. Ich weiß, daß sie ihr Wort nie brechen wird. Die Photographie ist nun so sicher, als ob sie im Feuer wäre.«

»Ich freue mich, zu hören, daß Majestät die Sache so sehen.«

»Ich stehe tief in Ihrer Schuld. Bitte sagen Sie mir, wie ich es Ihnen vergelten kann. Dieser Ring ...« Er streifte einen gewundenen Smaragdring vom Finger, legte ihn auf seine Handfläche und hielt ihn empor.

»Majestät haben etwas, das ich für noch wertvoller hielte«, sagte Holmes.

»Sie brauchen es nur zu nennen.«

»Diese Photographie.«

Der König starrte ihn verblüfft an.

»Irenes Photographie!« rief er. »Natürlich, wenn Sie es so haben wollen.«

»Ich danke Ihnen, Majestät. Dann gibt es in dieser Sache nichts mehr zu tun. Ich habe die Ehre, Ihnen einen besonders guten Morgen zu wünschen.« Er verneigte sich und wandte sich ab, ohne die Hand zu beachten, die ihm der König entgegenstreckte, und mit mir zusammen machte er sich auf den Weg zu seiner Wohnung.

Und so hatte ein großer Skandal über das Königreich Böhmen zu kommen gedroht, und so ist Sherlock Holmes' beste Planung durch die Klugheit einer Frau vereitelt worden. Er pflegte sich einstmals über weibliche Schlauheit lustig zu machen, aber seither habe ich derlei nicht mehr bei ihm gehört. Und wenn er von Irene Adler spricht oder auf ihre Photographie verweist, dann immer unter dem ehrenden Titel *die* Frau.

## DIE LIGA DER ROTSCHÖPFE

An einem Tag im Herbst letzten Jahres besuchte ich meinen Freund Sherlock Holmes und fand ihn vertieft in ein Gespräch mit einem sehr stämmigen, älteren Gentleman mit blühender Gesichtsfarbe und feurig rotem Haar. Ich wollte mit einer Entschuldigung ob meines Eindringens sogleich wieder gehen, doch zerrte Holmes mich jäh in den Raum hinein und schloß die Tür hinter mir.

»Sie hätten unmöglich zu einer besseren Zeit kommen können, mein lieber Watson«, sagte er herzlich.

»Ich dachte, Sie seien beschäftigt.«

»Das bin ich auch. Sehr sogar.«

»Dann will ich gern im Nebenzimmer warten.«

»Das kommt nicht in Frage. Dieser Gentleman, Mr. Wilson, ist bei vielen meiner erfolgreichsten Fälle mein Partner und Helfer gewesen, und ich zweifle nicht daran, daß er mir auch in Ihrem Fall überaus nützlich sein wird.«

Der stämmige Gentleman erhob sich zur Hälfte aus seinem Sessel, nickte grüßend und warf mir aus seinen kleinen, von Fettkringeln umgebenen Augen einen schnellen, fragenden Blick zu.

»Nehmen Sie das Sofa«, sagte Holmes; er ließ sich wieder in seinen Lehnsessel sinken und legte die Fingerspitzen aneinander, wie gewöhnlich, wenn er in scharfem Denken begriffen war. »Ich weiß, mein lieber Watson, daß Sie meine Liebe für alles Bizarre teilen, das außerhalb der Konventionen und des Alltagseinerleis liegt. Ihr Gefallen daran haben Sie durch die Begeisterung gezeigt, mit der Sie viele meiner kleinen Abenteuer aufgezeichnet und, wenn Sie mir diese Bemerkung erlauben, gern auch ausgeschmückt haben.«

»Ihre Fälle haben wirklich immer mein größtes Interesse gefunden«, bemerkte ich.

»Sie werden sich daran erinnern, daß ich vor einiger Zeit, kurz bevor wir uns mit dem sehr einfachen Problem beschäftigten, das uns Miss Mary Sutherland vorlegte, angemerkt habe, daß jemand, der merkwürdige Vorfälle und außergewöhnliche Zusammenfügungen haben will, sich dem Leben selbst zuwenden muß, das immer viel kühner ist als alle Höhenflüge der Phantasie.«

»Eine Behauptung, die anzuzweifeln ich mir erlaubt habe.«

»So ist es, Doktor, aber trotzdem müssen Sie sich zu meiner Ansicht bequemen; andernfalls werde ich Tatsachen über Tatsachen auf Sie häufen, bis Ihr Verstand darunter zusammenbricht und zugibt, daß ich recht habe. Nun hat heute morgen Mr. Jabez Wilson hier die Freundlichkeit besessen, mich aufzusuchen, und begonnen, mir eine Geschichte zu erzählen, die eine der ausgefallensten zu sein verspricht, die ich seit langem vernommen habe. Sie haben sicher meine Feststellung gehört, daß die seltsamsten und einzigartigen Dinge sehr oft nicht mit den großen, sondern mit den kleineren Verbrechen zusammenhängen oder gelegentlich sogar dort zu finden sind, wo man bezweifeln darf, daß ein eindeutiges Verbrechen überhaupt begangen worden ist. Soweit ich bis jetzt gehört habe, ist es mir unmöglich, zu sagen, ob im vorliegenden Fall ein Verbrechen vorliegt oder nicht, aber der Ablauf der Ereignisse gehört gewiß zu den seltsamsten Dingen, denen ich je gelauscht habe. Vielleicht hätten Sie die große Güte, Mr. Wilson, mit Ihrer Erzählung noch einmal von vorn zu beginnen. Ich bitte Sie darum nicht nur, weil mein Freund Dr. Watson den Beginn nicht gehört hat, sondern auch, weil die Eigentümlichkeit Ihrer Geschichte mich wünschen läßt, jede nur denkbare Einzelheit aus Ihrem Munde zu erfahren. In der Regel bin ich imstande, wenn ich erst einige einfache Hinweise auf den Ablauf der Dinge erhalten habe, mich selbst darin zurechtzufinden, und zwar mit Hilfe der tausende ähnlicher Fälle, deren ich mich entsinne. Im vorliegenden Fall muß ich jedoch zugeben, daß die Tatsachen, soweit ich dies glaube beurteilen zu können, einmalig sind.«

Mit einem Anflug von leisem Stolz wölbte der stattliche

Klient seine Brust und zog eine schmutzige, zerknüllte Zeitung aus der Innentasche seines Paletots. Während er die Spalte mit Annoncen überflog, mit vorgestrecktem Kopf und auf den Knien ausgebreiteter Zeitung, sah ich mir den Mann gründlich an und versuchte, nach der Art meines Gefährten das zu lesen, was seine Kleidung oder sein Äußeres an Hinweisen enthalten mochten.

Ich gewann jedoch nicht viel durch meine Prüfung. Unser Besucher wies alle Kennzeichen eines durchschnittlichen, normalen britischen Geschäftsmannes auf: beleibt, wichtigtuerisch, behäbig. Er trug ziemlich ausgebeulte, grauweiß karierte Wollhosen, einen nicht übermäßig sauberen, vorn aufgeknöpften Gehrock, eine mausgraue Weste mit einer kurzen schweren Uhrkette aus Messing und einem viereckigen, durchbohrten Metallstück, das zur Zierde daran baumelte. Ein abgeschabter Zylinder und sein ausgeblichen brauner Mantel mit runzligem Samtkragen lagen auf einem Stuhl neben ihm. So genau ich auch hinsehen mochte, alles in allem war an diesem Mann nichts besonders bemerkenswert, abgesehen von seinem feuerroten Schopf und dem auf seinen Zügen liegenden Ausdruck von großem Kummer und Unzufriedenheit.

Sherlock Holmes' schnelles Auge nahm meine Beschäftigung wahr, und lächelnd schüttelte er den Kopf, als er meine fragenden Blicke bemerkte. »Neben den offensichtlichen Tatsachen, daß er zu irgendeiner Zeit mit seinen Händen gearbeitet hat, daß er Tabak schnupft, daß er Freimaurer ist, daß er in China war und daß er in der letzten Zeit sehr viel geschrieben hat, kann ich nichts deduzieren.«

Mr. Jabez Wilson fuhr in seinem Sessel auf; sein Zeigefinger lag auf der Zeitung, seine Augen jedoch auf meinem Gefährten.

»Wie um alles in der Welt können Sie das wissen, Mr. Holmes?« fragte er. »Woher wissen Sie zum Beispiel, daß ich mit den Händen gearbeitet habe? Es ist so wahr wie die Bibel, ich habe als Schiffszimmermann angefangen.«

»Ihre Hände, mein lieber Sir. Ihre rechte Hand ist um

einiges größer als Ihre linke. Sie haben mit ihr gearbeitet, und die Muskeln sind besser entwickelt.«

»Gut, und der Schnupftabak, und die Freimaurerei?«

»Ich will Ihre Intelligenz nicht dadurch beleidigen, daß ich Ihnen erzähle, woran ich das ablesen kann, vor allem da Sie, wohl eher gegen die strikten Weisungen Ihres Ordens, eine Brosche mit Bogen und Zirkel tragen.«

»Ah, natürlich, das hatte ich vergessen. Aber die Schreibarbeit?«

»Was sonst könnte es bedeuten, daß Ihr rechter Ärmelaufschlag bis fast fünf Zoll oberhalb des Handgelenks so glänzt und daß der linke Ärmel am Ellenbogen da glatt ist, wo Sie den Arm auf den Tisch stützen?«

»Nun gut, aber China?«

»Ein Fisch, wie Sie ihn unmittelbar über dem rechten Handgelenk tätowiert tragen, kann nur in China verfertigt worden sein. Ich habe mich ein wenig mit Tätowierungen beschäftigt und sogar einen Beitrag zur Literatur über dieses Thema geleistet. Diese Art, die Fischschuppen zartrosa zu tönen, ist nur in China üblich. Wenn ich zusätzlich dazu eine chinesische Münze an Ihrer Uhrkette hängen sehe, wird die Sache noch einfacher.«

Mr. Jabez Wilson lachte betroffen. »Also, das hätte ich nicht für möglich gehalten!« sagte er. »Zuerst habe ich gemeint, Sie tun da etwas besonders Schlaues, aber jetzt sehe ich, daß gar nichts dabei ist.«

»Ich beginne zu fürchten, Watson«, sagte Holmes, »daß ich einen Fehler begehe, indem ich erkläre. *Omne ignotum pro magnifico*, Sie wissen ja, und meine bescheidene Reputation, wenn es sie denn gibt, wird Schiffbruch erleiden, wenn ich so aufrichtig bin. Können Sie die Anzeige nicht finden, Mr. Wilson?«

»Doch, hier habe ich sie endlich«, erwiderte er; sein dicker rötlicher Finger zeigte auf eine Stelle etwa in der Mitte der Spalte. »Da ist sie. Damit hat alles angefangen. Sie müssen das selbst lesen, Sir.«

Ich nahm die Zeitung aus seinen Händen und las das Folgende:

> An die Liga der Rotschöpfe – In Zusammenhang mit dem Vermächtnis des verstorbenen Ezekiah Hopkins aus Lebanon, Penn., U.S.A., ist nun eine weitere Stelle zu besetzen, die ein Mitglied der Liga für rein symbolische Dienste zu einem Wochenlohn von vier Pfund berechtigt. Alle rotschöpfigen Männer, die körperlich und geistig gesund und älter als einundzwanzig Jahre sind, kommen hierfür in Frage. Bewerben Sie sich persönlich am Montag, um elf Uhr, bei Duncan Ross in den Geschäftsräumen der Liga, 7 Pope's Court, Fleet Street.

»Was um alles in der Welt soll das bedeuten?« rief ich aus, nachdem ich diese außergewöhnliche Ankündigung zweimal durchgelesen hatte.

Holmes kicherte und rutschte in seinem Sessel hin und her, wie er es gewöhnlich tat, wenn er bester Laune war. »Das ist ein wenig außerhalb des Üblichen, nicht wahr?« sagte er. »Und nun, Mr. Wilson, schießen Sie los und erzählen Sie uns alles über sich, Ihren Haushalt, und die Auswirkung, die diese Anzeige auf Ihr Leben hatte. Zuerst aber, Doktor, merken Sie sich Zeitung und Datum.«

»Es ist die *Morning Chronicle* vom 27. April 1890. Nur knapp zwei Monate alt.«

»Sehr gut. Nun, Mr. Wilson?«

»Also, es ist genau, wie ich es Ihnen erzählt habe, Mr. Sherlock Holmes«, sagte Jabez Wilson. Er wischte sich die Stirn. »Ich habe eine kleine Pfandleihe am Coburg Square, in der Nähe der City. Es ist nichts besonders Großes, und in den letzten Jahren hat es nicht mehr abgeworfen als eben meinen Lebensunterhalt. Früher konnte ich mir einmal zwei Assistenten leisten, jetzt nur noch einen; und auch ihn könnte ich nicht bezahlen, wenn er nicht bereit wäre, für den halben Lohn zu arbeiten, um das Geschäft zu erlernen.«

»Wie heißt dieser entgegenkommende junge Mann?« fragte Sherlock Holmes.

»Sein Name ist Vincent Spaulding, und so jung ist er auch nicht mehr. Sein Alter ist schwer zu schätzen. Einen fähigeren Assistenten könnte ich mir nicht wünschen, Mr. Holmes, und ich weiß sehr wohl, daß er sich verbessern und mindestens das Doppelte von dem verdienen könnte, was ich ihm zahlen kann. Aber was tut's? Wenn er zufrieden ist, warum sollte ich ihm dann Rosinen in den Kopf setzen?«

»Das ist richtig, warum auch? Sie scheinen sehr viel Glück zu haben mit einem Angestellten, der unter dem Marktpreis arbeitet. Das ist in dieser Zeit nicht eben eine verbreitete Erfahrung unter Arbeitgebern. Ich bin nicht sicher, ob Ihr Assistent nicht ebenso bemerkenswert ist wie Ihre Anzeige.«

»Oh, er hat auch seine Fehler«, sagte Mr. Wilson. »Noch nie hat es einen derartigen Liebhaber der Photographie gegeben. Er knipst mit seiner Kamera herum, statt wichtigere Dinge zu lernen, und dann taucht er in den Keller wie ein Kaninchen ins Loch, um seine Bilder zu entwickeln. Das ist sein Hauptfehler; aber insgesamt arbeitet er gut. Er hat keine Laster.«

»Ich nehme an, er ist noch immer bei Ihnen?«

»Ja, Sir. Er und ein vierzehnjähriges Mädchen, das ein wenig kocht und saubermacht – das ist alles, was ich im Hause habe, ich bin nämlich Witwer, und Familie habe ich nie gehabt. Wir leben sehr ruhig, wir drei; wir haben ein Dach über dem Kopf und zahlen unsere Schulden, wenn wir auch sonst nicht viel tun.

Was uns zuallererst verblüfft hat, war diese Anzeige. Spaulding ist heute vor genau acht Wochen mit dieser Zeitung hier in der Hand in den Laden gekommen und sagt: ›Bei Gott, ich wünschte, ich wäre ein Rotschopf, Mr. Wilson.‹

›Warum?‹ frage ich.

›Warum?‹ sagt er. ›Hier, da ist schon wieder eine Stelle bei der Liga der Rotschöpfigen Männer frei. Wer die Stelle bekommt, kann ein nettes Vermögen dabei machen, und soviel ich weiß gibt es mehr freie Stellen als Männer, deshalb wissen die Treuhänder nicht mehr, wohin mit dem Geld. Wenn sich mein Haar nur verfärben wollte, da ist ein schönes gemachtes Bett, in das ich mich gern legen würde.‹

›Was ist denn nun damit?‹ frage ich. Wissen Sie, Mr. Holmes, ich bin ein sehr häuslicher Mann, und weil mein Geschäft zu mir kommt, statt daß ich zu ihm gehen muß, habe ich oft wochenlang den Fuß nicht aus dem Haus gesetzt. Deswegen weiß ich nicht viel über das, was draußen passiert, und bin immer froh über ein paar Neuigkeiten.

›Haben Sie denn noch nie von der Liga der Rothaarigen Männer gehört?‹ fragt er mich mit aufgerissenen Augen.

›Nie.‹

›Also, das verblüfft mich, Sie kommen doch selbst für eine der freien Stellen in Frage.‹

›Und was sind die wert?‹ frage ich.

›Oh, nur ein paar hundert im Jahr, aber die Arbeit ist leicht und braucht einen nicht bei dem zu stören, was man sonst zu tun hat.‹

Sie können sich wohl denken, daß ich die Ohren gespitzt habe, weil mein Geschäft seit einigen Jahren nicht besonders gut war und ein paar hundert extra hätte ich sehr gut gebrauchen können.

›Erzählen Sie mir alles, was Sie wissen‹, sage ich.

›Hier‹, sagt er und zeigt mir die Anzeige, ›da können Sie selbst sehen, daß die Liga eine Stelle frei hat, und da ist die Adresse, wo Sie nach Einzelheiten fragen sollten. Soweit ich das feststellen kann, ist die Liga von einem amerikanischen Millionär, Ezekiah Hopkins, gegründet worden, der reichlich seltsame Gewohnheiten hatte. Er war selbst rothaarig und hatte große Sympathie für alle Rotschöpfe; als er gestorben ist, hat man herausgefunden, daß er sein ganzes riesiges Vermögen Treuhändern hinterlassen hat mit der Anweisung, die Zinsen zu verwenden, um Männern mit dieser Haarfarbe gute und gemütliche Posten zu verschaffen. Nach allem, was ich gehört habe, ist die Bezahlung sehr gut, und man braucht nicht viel zu tun.‹

›Aber‹, sage ich, ›es gibt doch bestimmt Millionen von Rotschöpfen, die sich da bewerben.‹

›Nicht so viele, wie man glauben könnte‹, sagt er. ›Sehen Sie, das Angebot gilt nur für Londoner, und für Erwachsene. Dieser Amerikaner war aus London aufgebrochen, als er jung war, und er wollte dem lieben alten Ort etwas Gutes tun. Außerdem habe ich gehört, man braucht sich nicht erst zu bewerben, wenn man hellrotes oder dunkelrotes und sonst ein anderes Haar als wirklich leuchtendes, flammendes, feuerrotes hat. Also, wenn Sie sich da bewerben würden, Mr. Wilson, dann hätten Sie die Stelle, aber vielleicht ist es für Sie die Mühe nicht wert, für ein paar hundert Pfund Ihre gewohnte Umgebung zu verlassen.‹

Nun ist es, wie Sie selbst sehen können, Gentleman, eine Tatsache, daß mein Haar eine sehr volle, kräftige Farbe hat, deshalb dachte ich, daß ich eine genauso gute Chance wie jeder, den ich je getroffen habe, hätte, wenn es in der Sache einen Wettbewerb geben sollte. Vincent Spaulding schien so viel darüber zu wissen, daß ich mir gedacht habe, er könnte von Nutzen sein, und deshalb habe ihm sofort befohlen, für den Tag die Fensterläden anzubringen und gleich mit mir zu kommen. Er war sehr für einen freien Tag zu haben, also haben wir den Laden geschlossen und uns auf den Weg zu der Anschrift gemacht, die in der Anzeige stand.

Ich hoffe, nie wieder solch einen Anblick zu sehen, Mr. Holmes. Von Norden, Süden, Osten und Westen waren alle Männer mit einem Anflug von Rot im Haar in die City gekommen, um sich auf die Anzeige zu bewerben. Die Fleet Street war von Rotschöpfen verstopft, und Pope's Court sah aus wie der Verkaufswagen eines Orangenhändlers. Ich hätte nie geglaubt, daß es im ganzen Land so viele Rotschöpfe gibt, wie da wegen dieser einen Anzeige zusammengebracht worden waren. Sie hatten alle möglichen Farbtöne – Stroh, Zitrone, Orange, Ziegel, irischer Hühnerhund, Leber, Tonerde; aber wie Spaulding gesagt hatte, gab es nicht viele, die die richtige, lebendige, flammendrote Farbe hatten. Als ich gesehen habe, wie viele da warteten, hätte ich am liebsten die Hoffnung aufgegeben, aber Spaulding wollte nichts davon wissen. Ich habe keine Ahnung, wie er es geschafft hat, aber er hat gezogen und gestoßen und gerempelt, bis er mich durch die Menge gebracht hatte, und dann gleich die Treppe hinauf, die zu dem Büro führt. Auf der Treppe war ein doppelter Strom – einige gingen hoffnungsvoll hinauf, andere kamen niedergeschlagen herunter, aber wir haben uns durchgedrängt so gut es ging, und bald waren wir im Büro.«

»Ihre Erlebnisse sind ausgesprochen unterhaltsam«, bemerkte Holmes, als sein Klient eine Pause machte und sein Gedächtnis mittels einer großen Prise Schnupftabaks auffrischte. »Bitte, fahren Sie fort mit Ihrem sehr interessanten Bericht.«

»In dem Büro war nichts außer ein paar Holzstühlen und einem Verkaufstisch, hinter dem ein kleiner Mann saß, mit einem Schopf, der noch röter war als meiner. Er hat mit jedem Kandidaten, der an die Reihe kam, ein paar Worte gewechselt, und dann hat er immer irgendeinen Fehler an ihnen gefunden, der sie ausschloß. So einfach schien es dann doch nicht zu sein, an die freie Stelle zu kommen. Als wir an die Reihe gekommen sind, war der kleine Mann mir gegenüber aber wohlwollender als zu irgendeinem der anderen, und als wir eingetreten waren, hat er die Tür geschlossen, um ungestört mit uns reden zu können.

›Das ist Mr. Jabez Wilson‹, sagt mein Assistent, ›und er ist bereit, eine freie Stelle in der Liga aufzufüllen.‹

›Und er ist bestens dazu geeignet‹, antwortet der andere. ›Er erfüllt alle Voraussetzungen. Ich kann mich nicht erinnern, jemals etwas so Schönes gesehen zu haben.‹ Er geht einen Schritt zurück, legt seinen Kopf auf die Seite und starrt mein Haar an, bis ich ganz verlegen werde. Dann ist er plötzlich vorwärts gesprungen, hat mir die Hand geschüttelt und mir sehr freundlich zu dem Erfolg gratuliert.

›Es wäre ungerecht, zu zögern‹, sagt er. ›Trotzdem werden Sie mir sicher verzeihen, daß ich eine verständliche Vorsichtsmaßnahme treffe.‹ Damit packt er mich mit beiden Händen am Haar und zieht, bis ich vor Schmerzen schreie. ›Sie haben Wasser in den Augen‹, sagt er, als er mich losläßt. ›Ich sehe, alles ist, wie es sein sollte. Aber wir müssen uns vorsehen, wir sind nämlich schon zweimal mit Perücken und einmal mit Farbe getäuscht worden. Ich könnte Ihnen Geschichten von Schusterpapp erzählen, die Sie mit Abscheu vor der menschlichen Natur erfüllen würden.‹ Dann ist er zum Fenster gegangen und hat, so laut er konnte, hinausgeschrien, daß die freie Stelle besetzt ist. Von unten kam ein Stöhnen der Enttäuschung, und die ganzen Leute haben sich in alle Himmelsrichtungen davongemacht, bis außer meinem und dem des Geschäftsführers kein roter Schopf mehr zu sehen war.

›Ich bin Mr. Duncan Ross‹, sagt er, ›und ich selbst bin einer derjenigen, die aus dem Fonds, den unser edler Wohltäter hinterlassen hat, ein Gehalt beziehen. Sind Sie verheiratet, Mr. Wilson? Haben Sie Familie?‹

Ich antworte ihm, daß ich keine habe.

Sein Gesicht wird sogleich düster.

›Liebe Güte!‹ sagt er ernst, ›das ist schlimm! Ich bin sehr traurig, das zu hören. Der Fonds war natürlich gedacht für die Fortsetzung und Verbreitung von Rotschöpfen und ihren Unterhalt. Es ist sehr traurig, daß Sie Junggeselle sind.‹

Ich habe natürlich ein langes Gesicht gemacht, Mr. Holmes, weil ich dachte, ich würde die freie Stelle am Ende doch nicht bekommen; aber nachdem er es sich ein paar Minuten überlegt hatte, sagte er, es ginge in Ordnung.

›Bei einem anderen‹, sagt er, ›wäre das ein entscheidendes Hindernis, aber bei einem Mann mit einem Schopf, wie Sie ihn haben, muß man schon einmal fünf gerade sein lassen. Wann werden Sie sich Ihren neuen Pflichten widmen können?‹

›Nun, das ist ein bißchen schwierig, weil ich nämlich schon ein Geschäft habe‹, sage ich.

›Oh, machen Sie sich deswegen keine Sorgen, Mr. Wilson‹, sagt Vincent Spaulding. ›Darum werde ich mich schon für Sie kümmern.‹

›Wie sehen meine Dienstzeiten aus?‹ frage ich.

›Zehn bis zwei.‹

Nun macht ein Pfandleiher seine Geschäfte meistens am Abend, Mr. Holmes, vor allem donnerstags und freitags, vor dem Zahltag; es würde mir also gut zupaß kommen, an den Vormittagen ein wenig zu verdienen. Außerdem wußte ich, daß mein Assistent ein guter Mann ist und sich um alles kümmert, das anfallen kann.

›Das ist mir sehr recht‹, sage ich. ›Und die Bezahlung?‹

›Vier Pfund pro Woche.‹

›Und die Arbeit?‹

›Ist rein symbolisch.‹

›Was nennen Sie rein symbolisch?‹

›Nun, Sie müssen die ganze Zeit im Büro oder wenigstens im Gebäude zubringen. Wenn Sie es verlassen, geben Sie Ihre gesamte Stellung für immer auf. Das Testament ist in dieser Beziehung sehr klar. Sie erfüllen die Bedingungen nicht, wenn Sie sich in dieser Zeit aus dem Büro rühren.‹

›Es sind ja nur vier Stunden am Tag, und ich denke nicht daran, in dieser Zeit zu gehen‹, sage ich.

›Alle Entschuldigungen wären zwecklos‹, sagt Mr. Duncan Ross, ›weder Krankheit noch Geschäft noch sonst etwas. Sie müssen dableiben, oder Sie verlieren Ihre Stellung.‹

›Und die Arbeit?‹

›Besteht daraus, aus der *Encyclopedia Britannica* abzuschreiben. In dem Schrank da liegt der erste Band. Tinte, Federn und Löschpapier müssen Sie sich selbst beschaffen, aber wir stellen diesen Tisch und diesen Stuhl zur Verfügung. Können Sie morgen anfangen?‹

›Natürlich‹, sage ich.

›Dann good-bye, Mr. Jabez Wilson, und erlauben Sie, daß ich Sie nochmals zu der wichtigen Stellung beglückwünsche, die Sie so glücklich errungen haben.‹ Er hat mich höflich aus dem Raum geleitet, und ich bin zusammen mit meinem Assistenten heimgegangen; ich wußte kaum, was ich sagen oder tun sollte, so zufrieden war ich mit meinem glücklichen Los.

Dann habe ich den ganzen Tag lang über die Sache nachgedacht, und abends war ich wieder in bedrückter Stimmung, denn ich hatte mir selbst eingeredet, daß die ganze Angelegenheit ein großer Scherz oder Schwindel sein mußte, obwohl ich mir nicht denken konnte, was man damit bezwecken mochte. Es erschien mir gänzlich unglaublich, daß jemand solch ein Testament machen oder solch eine Summe für eine so einfache Arbeit, wie die *Encyclopedia Britannica* abschreiben, bezahlen sollte. Vincent Spaulding hat getan, was er konnte, um mich aufzuheitern, aber als es Zeit war, ins Bett zu gehen, hatte ich mir die ganze Sache aus dem Kopf geschlagen. Am Morgen war ich jedoch entschlossen, mir jedenfalls alles anzusehen, also habe ich für einen Penny eine kleine Flasche Tinte gekauft und mich mit einem Federkiel und sieben Blatt Kanzleipapier nach Pope's Court auf den Weg gemacht.

Zu meiner Überraschung und Freude war aber alles so, wie es nicht besser sein konnte. Der Tisch stand für mich bereit, und Mr. Duncan Ross war anwesend, um dafür zu sorgen, daß ich gut in die Arbeit hineinkam. Er hat mich mit dem Buchstaben A anfangen lassen, und dann ist er gegangen, aber er wollte von Zeit zu Zeit hineinschauen, um sicher zu sein, daß mit mir alles in Ordnung war. Um zwei Uhr hat er mir einen guten Tag gewünscht, mir Komplimente wegen der Menge gemacht, die ich geschrieben hatte, und dann hinter mir die Bürotür abgeschlossen.

So ging es Tag für Tag, Mr. Holmes, und am Samstag kam der Geschäftsführer und hat mir für meine Wochenarbeit vier goldene Sovereigns auf den Tisch gelegt. Genau so war es in der nächsten Woche und auch in der Woche danach. Jeden Morgen war ich um zehn Uhr da, und jeden Nachmittag bin ich um zwei Uhr gegangen. Nach und nach gewöhnte sich Mr. Duncan Ross daran, nur noch einmal am Vormittag hereinzukommen, und nach einiger Zeit kam er überhaupt nicht mehr. Natürlich habe ich trotzdem nie gewagt, den Raum auch nur für einen Augenblick zu verlassen, weil ich nicht sicher war, ob er nicht doch kommen würde, und die Stellung war so schön und paßte mir so gut, daß ich es nicht riskieren wollte, sie zu verlieren.

So vergingen acht Wochen, und ich hatte über Äbte und Arkaden und Armenrecht und Architektur und Attika geschrieben, und ich hoffte zuversichtlich, daß ich bald zu den Bs kommen würde. Das hatte mich einiges an Büttenpapier gekostet, und mit meinem Geschreibe hatte ich ein Regalbord fast gefüllt. Und dann war plötzlich alles zu Ende.«

»Zu Ende?«

»Ja, Sir. Und zwar genau heute früh. Ich bin wie üblich um zehn Uhr zu meiner Arbeit gegangen, aber die Tür war zu und verschlossen, und ein kleines viereckiges Pappschild war auf die Tür genagelt. Hier ist es, und Sie können es selbst lesen.«

Er hielt ein Stück weißer Pappe hoch, etwa so groß wie ein Blatt Notizpapier. Es lautete wie folgt:

DIE LIGA DER ROTSCHÖPFE IST AUFGELÖST
9. OKTOBER 1890

Sherlock Holmes und ich betrachteten diese knappe Mitteilung und das traurige Gesicht dahinter, bis die komische Seite der Angelegenheit jede sonstige Erwägung restlos beiseite schob und wir beide in brüllendes Gelächter ausbrachen.

»Ich wüßte nicht, daß da irgend etwas komisch ist«, rief unser Klient; er errötete bis an die Wurzel seines flammenden Schopfes. »Wenn Sie nichts Besseres tun können als mich auslachen, kann ich genausogut anderswo hingehen.«

»Nein, nein«, rief Holmes und schob ihn zurück in den Sessel, aus dem er sich zur Hälfte erhoben hatte. »Ich möchte Ihren Fall um nichts in der Welt missen. Er ist überaus erfrischend ungewöhnlich. Aber, wenn Sie mir das zu sagen erlauben, es ist daran etwas, das ein klein wenig lustig ist. Bitte, welche Schritte haben Sie unternommen, als Sie die Mitteilung an der Tür gefunden hatten?«

»Ich war fassungslos, Sir. Ich wußte nicht, was ich tun sollte. Schließlich bin ich zum Hausbesitzer gegangen, einem Revisor, der im Erdgeschoß wohnt, und habe ihn gefragt, ob er mir vielleicht sagen könnte, was aus der Liga der Rotschöpfe geworden ist. Er sagte, er hätte nie von einer solchen Körperschaft gehört. Dann habe ich ihn gefragt, wer Mr. Duncan Ross ist. Er hat geantwortet, der Name sei ihm neu.

›Na‹, sage ich, ›der Gentleman in Nummer 4.‹

›Was, der Rotschopf?‹

›Ja.‹

›Oh‹, sagt er, ›sein Name war William Morris. Er ist Anwalt und hat meine Räumlichkeiten vorübergehend benutzt, bis seine neue Kanzlei fertig ist. Er ist gestern ausgezogen.‹

›Wo könnte ich ihn finden?‹

›Na, in seinem neuen Büro. Er hat mir die Anschrift genannt. Ja, 17 King Edward Street, nahe St. Paul's.‹

Ich bin sofort aufgebrochen, Mr. Holmes, aber als ich zu dieser Adresse kam, war es eine Manufaktur für künstliche Kniescheiben, und niemand dort hatte je weder von Mr. William Morris noch von Mr. Duncan Ross gehört.«

»Und was haben Sie dann getan?« fragte Holmes.

»Ich bin heimgegangen, zum Saxe-Coburg Square, und habe den Rat meines Assistenten eingeholt. Aber er konnte mir in keiner Weise helfen. Er konnte nur sagen, ich würde postalisch etwas hören, wenn ich nur Geduld hätte. Aber das war mir nicht genug, Mr. Holmes. Ich wollte eine so gute Stellung nicht kampflos aufgeben, und deshalb bin ich sofort zu Ihnen gekommen, weil ich gehört habe, daß Sie so gut sind, armen Leuten, die sie brauchen, Ratschläge zu geben.«

»Das war ein sehr kluger Entschluß von Ihnen«, sagte Holmes. »Ihr Fall ist über alle Maßen bemerkenswert, und es ist mir ein Vergnügen, mich damit zu befassen. Nach dem, was Sie mir erzählt haben, halte ich es für möglich, daß ernstere Dinge daran hängen, als man auf den ersten Blick denken könnte.«

»Ziemlich ernst«, sagte Jabez Wilson. »Ich habe nämlich vier Pfund die Woche verloren.«

»Soweit Sie persönlich betroffen sind«, meinte Holmes, »sehe ich für Sie keinen Grund, sich über diese außergewöhnliche Liga zu beklagen. Im Gegenteil – wenn ich Sie richtig verstanden habe, sind Sie um etwa dreißig Pfund reicher geworden, ganz zu schweigen von den eingehenden Kenntnissen, die Ihnen über alle mit A beginnenden Themen zuteil geworden sind. Sie haben durch die Liga keinen Verlust erlitten.«

»Nein, Sir. Aber ich möchte herausbekommen, wer sie sind und welches Ziel sie hatten, als sie mir diesen Streich gespielt haben – wenn es ein Streich war. Für sie war es ein ziemlich teurer Spaß, er hat sie nämlich zweiunddreißig Pfund gekostet.«

»Wir werden versuchen, diese Fragen für Sie zu klären. Zunächst eine oder zwei Fragen dazu. Ihr Assistent, der Sie überhaupt erst auf die Anzeige aufmerksam gemacht hat – wie lange war er da bei Ihnen gewesen?«

»Damals ungefähr einen Monat.«

»Wie ist er zu Ihnen gekommen?«

»Auf eine Annonce hin.«

»War er der einzige Bewerber?«

»Nein, ich hatte ein Dutzend.«

»Warum haben Sie ihn genommen?«

»Weil er sehr geschickt war, und außerdem billig.«

»Er wollte nur den halben Lohn, nicht wahr?«

»Ja.«

»Erzählen Sie mir etwas über diesen Vincent Spaulding.«

»Er ist klein, stämmig, in allem sehr schnell, hat kein Haar im Gesicht, obwohl er nicht viel unter dreißig sein kann. Er hat ein weißes Säuremal auf der Stirn.«

Mit beträchtlicher Erregung richtete sich Holmes in seinem Sessel auf.

»Das hatte ich fast erwartet«, sagte er. »Ist Ihnen schon einmal aufgefallen, ob seine Ohren wie für Ohrringe durchbohrt sind?«

»Ja, Sir. Er hat mir erzählt, daß ein Zigeuner das gemacht hat, als er noch ein Junge war.«

»Hmmm«, machte Holmes; gedankenschwer ließ er sich wieder in den Sessel sinken. »Er ist noch immer bei Ihnen?«

»O ja, Sir; ich habe ihn eben erst verlassen.«

»Und hat er sich während Ihrer Abwesenheit um Ihr Geschäft gekümmert?«

»Kein Grund zur Klage, Sir. Vormittags ist da aber nie sehr viel zu tun.«

»Das hilft mir schon weiter, Mr. Wilson. Es wird mir ein Vergnügen sein, Ihnen innerhalb von einem Tag oder zweien ein Gutachten zu diesem Problem geben zu können. Heute ist Samstag, und ich hoffe, daß wir bis Montag zu einem Schluß gelangt sind.«

»Nun, Watson«, sagte Holmes, als unser Besucher uns verlassen hatte, »was halten Sie von der Sache?«

»Ich kann nichts damit anfangen«, antwortete ich freimütig. »Das ist eine ganz mysteriöse Geschichte.«

»In der Regel«, sagte Holmes, »stellt sich eine Sache, je bizarrer sie zu sein scheint, als desto weniger rätselhaft heraus. Es sind die gewöhnlichen Verbrechen ohne auffällige Züge, die am schwierigsten zu lösen sind, genau so, wie ein gewöhnliches Gesicht am schwierigsten zu identifizieren ist. Aber diese Sache muß ich unverzüglich in Angriff nehmen.«

»Was wollen Sie denn machen?« fragte ich.

»Rauchen«, erwiderte er. »Dies ist durchaus ein Drei-Pfeifen-Problem, und ich bitte Sie, die nächsten fünfzig Minuten nicht mit mir zu sprechen.« Er rollte sich in seinem Sessel zusammen, zog die dürren Knie bis zur Falkennase empor und blieb so sitzen, mit geschlossenen Augen, und die schwarze Tonpfeife ragte wie der Schnabel eines seltsamen Vogels hervor. Ich war zu dem Schluß gekommen, daß er eingeschlafen sein mußte, und begann eben selbst einzunicken, als er jäh aus seinem Sessel aufsprang, mit der Miene eines Mannes, der einen Entschluß gefaßt hat; er legte seine Pfeife auf den Kaminsims.

»Sarasate spielt heute nachmittag in der St. James' Hall«, bemerkte er. »Was meinen Sie, Watson? Können Ihre Patienten Sie ein paar Stunden entbehren?«

»Ich habe heute nichts zu tun. Meine Praxis nimmt mich nie sehr in Anspruch.«

»Dann setzen Sie Ihren Hut auf und kommen Sie. Ich will zuerst durch die City gehen, und unterwegs können wir einen Lunch zu uns nehmen. Wie ich sehe, besteht das Programm zum größten Teil aus deutscher Musik, die meinem Geschmack eher entspricht als italienische oder französische. Sie ist grüblerisch, und ich möchte grübeln. Kommen Sie!«

Wir fuhren mit der Untergrundbahn bis Aldersgate, und ein kurzer Fußmarsch brachte uns zum Saxe-Coburg Square, dem Schauplatz der einzigartigen Geschichte, der wir morgens gelauscht hatten. Es war ein dumpfer, enger, schäbigfeiner Ort; vier Reihen trüber, zweistöckiger Ziegelhäuser blickten auf eine kleine, von Geländern umgebene Fläche, auf der ein von Unkraut durchsetzter Rasen und einige Grüppchen welker Lorbeerbäume schwer gegen eine rauchüberladene und unfreundliche Atmosphäre anzukämpfen hatten. Drei vergoldete Kugeln und ein braunes Schild an einem Eckhaus, auf dem in weißen Buchstaben JABEZ WILSON stand, zeigten uns, wo unser rothaariger Klient seine Geschäfte machte. Sherlock Holmes blieb vor dem Haus stehen, legte den Kopf schief und sah sich alles gründlich an; zwischen halbgeschlossenen Lidern leuchteten seine Augen hell. Danach ging er langsam die Straße hinauf und dann wieder hinab bis zur Ecke und musterte weiter die Häuser. Schließlich kam er zum Haus des Pfandleihers zurück, und nachdem er mit seinem Stock zwei- oder dreimal heftig auf das Pflaster geschlagen hatte, ging er zur Tür und klopfte. Sogleich wurde sie von einem aufgeweckt dreinblickenden, glattrasierten jungen Mann geöffnet, der ihn aufforderte, einzutreten.

»Danke sehr«, sagte Holmes, »aber ich wollte Sie nur fragen, wie man von hier aus nach The Strand kommt.«

»Dritte rechts, vierte links«, antwortete der Assistent prompt und schloß die Tür wieder.

»Das ist ein gerissener Bursche«, bemerkte Holmes, als wir uns von dem Haus entfernten. »Meiner Meinung nach ist er der viertschlaueste Mann in London, und was Verwegenheit angeht, bin ich nicht sicher, ob er nicht Anspruch auf Platz Drei erheben kann. Ich habe von ihm schon einiges gehört.«

»Offenbar spielt Mr. Wilsons Assistent eine nicht unbeträchtliche Rolle in diesem Rätsel der Liga der Rotschöpfe«, sagte ich. »Ich schätze, Sie haben nur deshalb nach dem Weg gefragt, um ihn zu sehen.«

»Nicht ihn.«

»Was denn?«

»Die Knie seiner Hosen.«

»Und was haben Sie gesehen?«

»Was ich erwartet hatte.«

»Warum haben Sie auf das Pflaster geschlagen?«

»Mein lieber Doktor, dies ist nicht die Zeit für Gespräche, sondern für Beobachtungen. Wir sind Spione im Land des Feindes. Wir wissen einiges über den Saxe-Coburg Square. Erforschen wir jetzt die Pfade, die dahinter liegen.«

Als wir am Ende des abgeschiedenen Saxe-Coburg Square um die Ecke bogen, befanden wir uns in einer Straße, die sich von dem Platz so sehr unterschied wie die Vorderseite eines Bildes von der Rückseite. Es war eine der Hauptschlagadern des Verkehrs von der City nach Norden und Westen. Die Fahrbahn war von den ungeheuren, gegenläufigen Gezeitenströmen des in die Stadt und aus ihr heraus fließenden Verkehrs überfüllt, und die Gehsteige waren schwarz von den wimmelnden Schwärmen der Fußgänger. Als wir die Reihen vornehmer Läden und stattlicher Geschäftshäuser betrachteten, konnten wir uns kaum vorstellen, daß auf ihrer Rückseite wirklich der welke, in der Zeit stehengebliebene Platz liegen sollte, den wir eben erst verlassen hatten.

»Nun wollen wir mal sehen«, sagte Holmes; er stand an der Straßenecke und blickte die Häuserfront entlang. »Ich möchte mir die Reihenfolge der Häuser hier genau einprägen. Es ist eines meiner Steckenpferde, London genau zu kennen. Mortimer, der Tabakhändler, der kleine Zeitungsladen, die Coburg-Filiale der City and Suburban Bank, das Vegetarische Restaurant, und das Lagerhaus von McFarlane, dem Wagenbauer. Da beginnt dann der nächste Block. Und nun, Doktor, haben wir unsere Arbeit getan, also ist es an der Zeit für ein wenig Spiel. Ein Sandwich und eine Tasse Kaffee, und dann auf ins Land der Geigen, wo alles Süße und Feinheit und Harmonie ist und keine rotschöpfigen Klienten uns mit Scherzfragen schikanieren.«

Mein Freund war ein begeisterter Musiker und selbst nicht nur ein sehr guter Geiger, sondern auch ein Komponist mit ansehnlichen Leistungen. Er brachte den ganzen Nachmittag in der Parkettloge zu, angetan mit der vollkommensten Heiterkeit; seine langen, schmalen Finger bewegten sich sanft im Takt der Musik, während sein milde lächelndes Gesicht und seine verträumt schmachtenden Augen denen von Holmes dem Spürhund, Holmes dem unerbittlichen, scharfsinnigen, zupakkenden Kriminalisten so unähnlich waren, wie man es sich unähnlicher nicht vorstellen kann. Die zwei Wesen seines einzigartigen Charakters setzten sich abwechselnd durch, und seine äußerste Genauigkeit und Schlauheit stellten, wie ich oft bei mir überlegte, eine Reaktion auf die poetische und beschauliche Stimmung dar, die sich seiner gelegentlich bemächtigte. Der Pendelschlag seines Wesens trug ihn von äußerster Mattheit zu verzehrender Energie, und wie ich wohl wußte, war er nie furchtbarer, als wenn er tagelang in seinem Lehnsessel die Zeit zwischen Improvisationen auf der Geige und seinen alten Fraktur-Editionen vertändelt hatte. Dann mochte jählings das Jagdfieber ihn packen, und sein glänzendes Denkvermögen schwang sich zu den Höhen der Intuition auf, bis jene, die mit seinen Methoden nicht vertraut waren, ihn scheel ansahen, als einen Mann, dessen Kenntnisse nicht die anderer Sterblicher waren. Als ich ihn an diesem Nachmittag in der St. James' Hall so völlig in Musik eingehüllt sah, fühlte ich, daß eine schlimme Zeit über jene zu kommen sich anschickte, die zur Strecke zu bringen er sich vorgenommen hatte.

»Sie wollen sicher nach Hause gehen, Doktor«, meinte er, als wir das Konzert verließen.

»Ja, das sollte ich wohl besser tun.«

»Und ich habe Arbeit, die zu erledigen einige Stunden in Anspruch nehmen wird. Diese Geschichte am Coburg Square ist sehr ernst.«

»Inwiefern ernst?«

»Da ist ein großes Verbrechen in Vorbereitung. Ich habe gute Gründe für die Annahme, daß wir es noch rechtzeitig verhindern können. Aber daß heute Samstag ist, macht die Sache noch ein wenig verwickelter. Ich werde heute nacht Ihre Hilfe brauchen.«

»Zu welcher Zeit?«

»Zehn ist früh genug.«

»Ich werde um zehn in der Baker Street sein.«

»Sehr gut. Ach, übrigens, Doktor, es könnte ein wenig gefährlich werden, also seien Sie so gut und stecken Sie Ihren Armeerevolver ein.« Er winkte mir zu, wandte sich auf dem Absatz um und war im Nu in der Menge verschwunden.

Ich nehme an, daß ich nicht beschränkter bin als meine Mitmenschen, aber bei meinem Umgang mit Sherlock Holmes deprimierte mich doch immer das Gefühl meiner eigenen Dummheit. Da hatte ich nun gehört, was er gehört hatte, gesehen, was er gesehen hatte, und doch war aus seinen Worten ersichtlich, daß er nicht nur deutlich sah, was geschehen war, sondern auch, was erst geschehen sollte, während mir die ganze Angelegenheit immer noch verworren und grotesk erschien. Auf der Heimfahrt zu meinem Haus in Kensington überdachte ich alles, von der außerordentlichen Geschichte des rotschöpfigen Kopisten der *Encyclopedia* bis hin zum Besuch am Saxe-Coburg Square und den ominösen Worten, mit denen sich Holmes von mir verabschiedet hatte. Was war mit dieser nächtlichen Expedition, und warum sollte ich bewaffnet sein? Wohin wollten wir gehen, um dort was zu tun? Ich hatte von Holmes den Hinweis erhalten, daß dieser glattgesichtige Assistent des Pfandleihers ein Mann sei, den man fürchten müsse – ein Mann, der ein dunkles Spiel spielen mochte. Ich zerbrach mir den Kopf, um es auszutüfteln, gab dann aber verzweifelt auf und ließ die Sache auf sich beruhen, in der Hoffnung darauf, daß die Nacht eine Erklärung bringen würde.

Es war Viertel nach neun, als ich von zu Hause aufbrach und mich auf den Weg durch den Park und über die Oxford Street zur Baker Street machte. Zwei zweisitzige Droschken standen vor der Tür, und als ich den Korridor betrat, hörte ich von oben Stimmen. Ich betrat seinen Raum und fand Holmes in angeregtem Gespräch mit zwei Männern vor, deren einen ich als den Polizeibeamten Peter Jones erkannte; der andere war ein langer, dürrer Mann mit traurigem Gesicht, glänzendem Hut und bedrückend respektablem Gehrock.

»Ha! Die Gesellschaft ist versammelt«, sagte Holmes; er knöpfte seine Seemannsjacke zu und nahm die schwere Jagdpeitsche aus dem Ständer. »Watson, ich glaube, Sie kennen Mr. Jones von Scotland Yard? Ich möchte Sie Mr. Merryweather vorstellen, der heute nacht bei unserem Abenteuer mit von der Partie sein wird.«

»Wir jagen wieder als Gespann, Doktor, wie Sie sehen«, sagte Jones in seiner wichtigtuerischen Art. »Unser Freund hier ist bestens geeignet, zur Jagd zu blasen. Er braucht nur einen gerissenen alten Hund, um die Hatz zu Ende zu bringen.«

»Ich hoffe, wir bringen nicht nur ein Hirngespinst zur Strecke«, bemerkte Mr. Merryweather düster.

»Sie können einiges Vertrauen auf Mr. Holmes setzen, Sir«, sagte der Polizeibeamte hochmütig. »Er hängt zwar an seinen eigenen netten Methoden, die – wenn er mir diese Äußerung nicht übelnimmt – ein klein wenig zu theoretisch und phantastisch sind, aber aus ihm könnte ein guter Detektiv werden. Man übertreibt nicht, wenn man feststellt, daß er ein- oder zweimal, wie in der Sache mit dem Sholto-Mord oder dem Schatz von Agra, fast besser war als die offizielle Polizei.«

»Oh, wenn Sie das sagen, Mr. Jones, dann ist es wohl in Ordnung«, meinte der Fremde nachgiebig. »Ich muß trotzdem gestehen, daß ich meine Whist-Partie vermisse. Das ist der erste Samstagabend seit siebenunddreißig Jahren, an dem ich meinen Robber ausfallen lasse.«

»Ich glaube, Sie werden feststellen«, sagte Sherlock Holmes, »daß Sie heute nacht um einen höheren Einsatz spielen als je zuvor und daß das Spiel sehr viel aufregender ist. Für Sie, Mr. Merryweather, stehen ungefähr dreißigtausend Pfund auf dem Spiel, und für Sie, Jones, der Mann, den Sie in die Hände bekommen wollen.«

»John Clay, der Mörder, Dieb, Falschmünzer und Fälscher. Er ist noch jung, Mr. Merryweather, aber an der Spitze seiner Zunft, und ich würde lieber ihm Handschellen anlegen als jedem anderen Verbrecher in London. Ein bemerkenswerter Mann, der junge John Clay. Sein Großvater war ein Herzog von königlichem Geblüt, und er selbst war in Eton und Oxford. Mit dem Gehirn arbeitet er genauso gerissen wie mit den Fingern, und obwohl wir immer wieder Hinweise auf ihn finden, können wir an den Mann selbst doch nie herankommen. Er bringt es fertig, in der einen Woche in Schottland einen Einbruch zu verüben und in der nächsten in Cornwall Geld für den Bau eines Waisenhauses zu sammeln. Ich bin seit Jahren auf seiner Fährte und habe ihn nicht ein einziges Mal zu Gesicht bekommen.«

»Ich hoffe, daß mir diese Nacht das Vergnügen zuteil wird, Sie beide einander vorzustellen. Auch ich habe schon ein- oder zweimal mit Mr. John Clay zu tun gehabt und stimme Ihnen zu: Er ist der Beste in seiner Profession. Es ist jetzt aber nach zehn und Zeit für uns, aufzubrechen. Wenn Sie beide bitte den ersten Zweisitzer nehmen, werden Watson und ich im zweiten folgen.«

Während der langen Fahrt war Sherlock Holmes nicht sehr mitteilsam; er lehnte sich im Wagen zurück und summte die Melodien, die er am Nachmittag gehört hatte. Wir ratterten durch ein endloses Labyrinth von Straßen mit Gasbeleuchtung, bis wir die Farringdon Street erreichten.

»Wir sind jetzt fast da«, bemerkte mein Freund. »Dieser Merryweather ist Bankdirektor und von der Sache persönlich betroffen. Ich war außerdem dafür, Jones mitzunehmen. Er ist kein schlechter Kerl, wenn auch in seinem Beruf ein absoluter Schwachkopf. Er hat eine entschiedene Tugend: Er ist tapfer wie eine Bulldogge und zäh wie ein Hummer, wenn er erst einmal jemanden in seine Klauen bekommt. Da sind wir, und sie warten schon auf uns.«

Wir hatten eben jene bevölkerte Hauptstraße erreicht, in der wir uns am Morgen aufgehalten hatten. Unsere Wagen wurden fortgeschickt, und unter der Führung von Mr. Merryweather durchquerten wir eine enge Gasse und traten durch eine Seitentür, die er für uns öffnete. Dahinter lag ein schmaler Korridor, der vor einem sehr massiven Eisentor endete. Auch dieses wurde geöffnet, und wir stiegen eine Flucht steinerner Wendeltreppen hinab, die vor einem weiteren mächtigen Tor endete. Mr. Merryweather blieb stehen und zündete eine Laterne an; dann führte er uns einen dunklen Gang hinab, der nach Erde roch, und nachdem er schließlich eine dritte Tür geöffnet hatte, gelangten wir in ein großes Gewölbe oder einen Keller. Überall standen Schachteln und schwere Kisten gestapelt.

»Von oben sind Sie nicht sehr verwundbar«, bemerkte Holmes. Er hielt die Laterne hoch und sah sich um.

»Von unten genauso wenig«, sagte Mr. Merryweather. Er stampfte mit seinem Stock auf die Fliesen des Bodens. »Oh, liebe Zeit, das klingt ja ganz hohl!« meinte er und sah verblüfft auf.

»Ich muß Sie wirklich bitten, ein wenig leiser zu sein«, sagte Holmes streng. »Sie haben jetzt schon den ganzen Erfolg unserer Expedition in Frage gestellt. Ich ersuche Sie hiermit, die Güte haben zu wollen, sich auf eine dieser Kisten zu setzen und sich nicht einzumischen.«

Der gravitätische Mr. Merryweather hockte sich auf eine Kiste und machte ein beleidigtes Gesicht, während Holmes auf dem Boden niederkniete und mit der Laterne und einem Vergrößerungsglas die Ritzen zwischen den Steinen sehr gründlich zu untersuchen begann. Nach einigen Sekunden schien er schon zufrieden zu sein, denn er sprang auf und steckte das Glas ein.

»Wir haben noch mindestens eine Stunde Zeit«, bemerkte er. »Sie können nämlich kaum etwas unternehmen, bevor nicht der gute Pfandleiher im Bett liegt. Dann werden sie keine Zeit verlieren, denn je früher sie ihre Arbeit erledigen, desto länger haben sie Zeit für die Flucht. Im Moment, Doktor, befinden wir uns – wie Sie zweifellos erraten haben – im Keller der City-Filiale einer der wichtigsten Londoner Banken. Mr. Merryweather ist der Vorsitzende der Geschäftsleitung, und er wird Ihnen erklären, daß es Gründe gibt, aus denen die verwegensten Verbrecher Londons zur Zeit lebhaftes Interesse an diesem Keller haben.«

»Unser französisches Gold«, flüsterte der Direktor. »Wir haben mehrere Warnungen erhalten, daß jemand versuchen könnte, an das Gold zu kommen.«

»Ihr französisches Gold?«

»Ja. Wir waren vor einigen Monaten veranlaßt, unsere Mittel zu erhöhen und haben dazu dreißigtausend *Napoléons* von der Bank von Frankreich geliehen. Man hat erfahren, daß wir noch keine Gelegenheit hatten, das Geld umzupacken, und daß es noch immer in unserem Keller liegt. Die Kiste, auf der ich sitze, enthält zweitausend *Napoléons*, gepackt zwischen Schichten von Bleifolie. Unsere Goldreserven betragen zur Zeit viel mehr, als man normalerweise in einer einzigen Filiale aufbewahrt, und die Direktoren äußerten dazu ihre Bedenken.«

»Die sehr berechtigt waren«, bemerkte Holmes. »Und jetzt ist es an der Zeit, Vorkehrungen für die Ausführung unserer kleinen Pläne zu treffen. Ich nehme an, daß sich alles innerhalb der nächsten Stunde zuspitzen wird. In der Zwischenzeit, Mr. Merryweather, müssen wir die Blende unserer Laterne betätigen.«

»Und im Dunkel sitzen?«

»Ich fürchte, ja. Ich hatte ein Kartenspiel mitgebracht und angenommen, da wir ja eine *partie carrée* darstellen, wir könnten Ihnen doch noch zu Ihrem Robber verhelfen. Ich stelle aber fest, daß die Vorbereitungen unseres Gegners so weit gediehen sind, daß wir ein Licht auf keinen Fall riskieren können. Und zuallererst müssen wir unsere Positionen wählen. Diese Männer sind verwegen, und wenn wir sie auch in einer Lage empfangen, die ihnen zum Nachteil gereicht, können sie uns doch einigen Schaden zufügen, wenn wir nicht vorsichtig sind. Ich will mich hinter dieser Kiste aufstellen, und verbergen Sie sich bitte hinter jenen dort. Wenn ich sie dann anstrahle, stürzen Sie sich bitte sofort auf sie. Falls sie feuern, dann haben Sie keine Bedenken, sie niederzuschießen, Watson.«

Ich legte meinen gespannten Revolver auf die Holzkiste, hinter der ich niederkauerte. Holmes schloß den Schieber an der Vorderseite seiner Laterne, und wir waren von pechschwarzer Dunkelheit umgeben – einer so vollkommenen Dunkelheit, wie ich sie nie zuvor erlebt hatte. Der Geruch heißen Metalls erinnerte uns weiter daran, daß das Licht noch da war und innerhalb eines Augenblicks eingesetzt werden konnte. Meine erregten Nerven befanden sich auf einem Gipfel der Erwartung, daher hatten für mich die jähe Finsternis und die kalte, feuchte Luft im Gewölbe etwas Niederschlagendes und Bedrückendes.

»Sie haben nur eine Möglichkeit des Rückzugs«, flüsterte Holmes. »Und zwar durch das Haus zurück auf den Saxe-Coburg Square. Ich hoffe, Sie haben das getan, worum ich Sie gebeten habe, Jones?«

»Ich habe dafür gesorgt, daß ein Inspektor und zwei Schutzleute an der Vordertür warten.«

»Dann haben wir alle Löcher verstopft. Und nun müssen wir still sein und warten.«

Wie lang die Zeit wurde! Als wir hinterher unsere Aufzeichnungen verglichen, stellten wir fest, daß es nur eine Stunde und eine Viertelstunde gewesen waren, und doch erschien es mir, als müsse die Nacht fast verstrichen und die Morgendämmerung über uns bereits hereingebrochen sein. Meine Glieder waren müde und steif, da ich meine Stellung aus Vorsicht nicht verändern mochte, doch waren meine Nerven zum Zerreißen gespannt, und mein Gehör war so geschärft, daß ich nicht nur meine Gefährten leise atmen hörte, sondern sogar das tiefere, schwerere Einatmen des massigen Jones vom dünnen seufzenden Ton des Bankdirektors unterscheiden konnte. Von dort, wo ich mich befand, konnte ich über die Kiste hinweg auf den Boden sehen. Plötzlich nahmen meine Augen das Schimmern eines Lichts wahr.

Zunächst war es nur ein fahler Fleck auf dem Steinboden. Dann wurde es länger, bis eine gelbe Linie daraus geworden war, und ohne jede Vorwarnung und ohne jedes Geräusch schien sich dann ein klaffender Spalt zu öffnen, und eine Hand erschien, eine weiße, beinahe weibliche Hand, die in der Mitte der kleinen hellen Fläche umhertastete. Etwa eine Minute oder länger ragte die Hand mit den sich windenden Fingern aus dem Boden. Dann wurde sie so plötzlich zurückgezogen, wie sie erschienen war, und alles war wieder dunkel, bis auf den einzelnen fahlen Fleck, der eine Ritze zwischen den Steinen kennzeichnete.

Das Verschwinden der Hand war jedoch nur vorübergehend. Mit einem ziehenden, reißenden Geräusch kippte einer der breiten weißen Steine auf die Seite und hinterließ ein viereckiges, gähnendes Loch, durch welches das Licht einer Laterne strömte. Über die Kante spähte ein deutlich sichtbares, jungenhaftes Gesicht, das sich aufmerksam umblickte; mit einer Hand auf jeder Seite der Öffnung zog der Mann sich dann hoch bis zur Schulter und bis zur Hüfte und bis ein Knie den Rand berührte. Einen Augenblick später stand er neben dem Loch und zog einen Kumpanen nach, der ebenso beweglich und klein war wie er selbst, mit blassem Gesicht und einem Schopf sehr roten Haars.

»Alles klar«, flüsterte er. »Hast du die Brechstange und die Taschen? Großer Gott! Spring, Archie, spring; dafür werde ich hängen!«

Sherlock Holmes war vorgesprungen und hatte den Eindringling am Kragen gepackt. Der andere tauchte tief ins

Loch, und ich hörte das Geräusch reißender Kleidung, als Jones an seinem Rock zerrte. Das Licht fiel auf einen Revolverlauf, aber Holmes' Jagdpeitsche sauste auf das Handgelenk des Mannes hinab, und die Waffe klirrte auf den Steinboden.

»Es hat keinen Zweck, John Clay«, sagte Holmes mild; »Sie haben überhaupt keine Chance.«

»Das sehe ich«, sagte der andere mit äußerster Gelassenheit. »Ich nehme an, mein Kumpel ist entkommen, auch wenn Sie da, wie ich sehe, seine Rockschöße haben.«

»Auf ihn warten drei Mann an der Tür«, sagte Holmes.

»Ach, so ist das! Sie scheinen die Sache sehr gründlich gemacht zu haben. Ich muß Ihnen ein Kompliment machen.«

»Und ich Ihnen«, gab Holmes zurück. »Ihr Einfall mit den Rotschöpfen war sehr neu und wirkungsvoll.«

»Sie werden Ihren Kumpel bald wiedersehen«, sagte Jones. »Er ist beim Einsteigen in Löcher schneller als ich. Halten Sie still, während ich die Krampen festmache.«

»Bitte, berühren Sie mich nicht mit Ihren schmutzigen Händen«, bemerkte unser Gefangener, als die Handschellen um seine Gelenke schnappten. »Vielleicht ist es Ihnen nicht bekannt, daß ich königliches Blut in den Adern habe. Seien Sie auch so gut, wenn Sie mit mir sprechen, immer ›Sir‹ und ›bitte‹ zu sagen.«

»In Ordnung«, sagte Jones mit einem starren Blick und einer höhnischen Grimasse. »Also, würden Sie bitte, Sir, treppauf schreiten, wo wir einen Wagen bekommen können, um Eure Hoheit zur Polizeistation zu bringen?«

»Das ist besser«, sagte John Clay heiter. Mit einer schwungvollen Halbkreisbewegung verneigte er sich vor uns dreien und entfernte sich gelassen, im Gewahrsam des Detektivs.

»Also wirklich, Mr. Holmes«, sagte Mr. Merryweather, als wir ihnen aus dem Keller nach oben folgten, »ich weiß nicht, wie die Bank Ihnen danken oder es Ihnen vergelten soll. Ohne jeden Zweifel haben Sie einen der entschlossensten Bankraubversuche aufgedeckt und aufs gründlichste vereitelt, von denen ich je erfahren habe.«

»Ich hatte selbst eine oder zwei kleine Rechnungen mit Mr. John Clay zu begleichen«, sagte Holmes. »Ich habe in dieser Angelegenheit einige kleine Unkosten gehabt und nehme an, daß die Bank sie mir erstatten wird, aber darüber hinaus fühle ich mich reichlich entlohnt durch eine Erfahrung, die in vieler Hinsicht einzigartig war, und dadurch, daß ich der sehr bemerkenswerten Erzählung von der Liga der Rotschöpfe lauschen konnte.«

»Wie Sie sehen, Watson«, erläuterte er in den frühen Morgenstunden, als wir in der Baker Street bei Whisky mit Soda saßen, »es war von Anfang an völlig offensichtlich, daß es das einzige mögliche Ziel dieser ziemlich phantastischen Geschichte mit der Anzeige der Liga und dem Abschreiben aus der *Encyclopedia* sein mußte, diesen nicht allzu hellen Pfandleiher jeden Tag ein paar Stunden aus dem Weg zu haben. Der Weg zu diesem Ziel war sehr merkwürdig, aber es wäre wirklich schwierig, einen besseren vorzuschlagen. Es war zweifellos die Haarfarbe seines Komplizen, die Clays einfallsreichem Geist diese Methode eingab. Die vier Pfund pro Woche waren ein Köder, der ihn anlocken mußte, und was bedeutete es schon für sie, die um tausende spielten? Sie haben die Anzeige aufgegeben; einer der Schurken sitzt im zeitweiligen Büro, der andere bringt den Mann dazu, sich für die Stellung zu bewerben, und gemeinsam gelingt es ihnen, dafür zu sorgen, daß er jeden Morgen eines Wochentags abwesend ist. Von dem Augenblick an, da ich hörte, daß der Assistent für den halben Lohn arbeitete, war es für mich offensichtlich, daß er ein starkes Motiv hatte, sich diese Stellung zu sichern.«

»Aber wie konnten Sie erraten, welches das Motiv war?«

»Wenn Frauen im Haus gewesen wären, hätte ich eine ganz gewöhnliche Intrige vermutet. Das kam aber nicht in Frage. Der Mann hatte ein kleines Geschäft, und in seinem Haus gab es nichts, was solch ausgeklügelte Vorbereitungen und solche Kosten, wie sie sie hatten, gerechtfertigt hätte. Also mußte es etwas außerhalb des Hauses sein. Was konnte es sein? Ich dachte an den Hang des Assistenten zur Photographie und daran, daß er im Keller zu verschwinden pflegte. Der Keller! Das war das Ende dieses verwickelten Fadens. Dann habe ich Nachforschungen nach diesem mysteriösen Assistenten angestellt und herausgefunden, daß ich es mit einem der kaltblütigsten und verwegensten Verbrecher Londons zu tun hatte. Er tat etwas im Keller – etwas, das monatelang jeden Tag viele Stunden in Anspruch nahm. Also noch einmal – was konnte es sein? Ich konnte mir nichts anderes denken, als daß er einen Tunnel zu irgendeinem anderen Gebäude trieb.

So weit war ich gekommen, als wir den Schauplatz besichtigten. Sie waren überrascht, daß ich mit dem Stock auf das Pflaster schlug. Ich wollte feststellen, ob sich der Keller nach vorn oder nach hinten erstreckte. Nach vorn war es nicht. Dann habe ich geläutet, und wie ich gehofft hatte, öffnete der Assistent. Wir haben schon einige Scharmützel miteinander gehabt, aber zuvor hatten wir einander nie zu Gesicht bekommen. Sein Gesicht habe ich kaum beachtet. Seine Knie waren das, was ich sehen wollte. Sie müssen doch auch selbst gesehen haben, wie abgeschabt, faltig und schmutzig sie waren. Sie erzählten von den Stunden des Grabens. Nun blieb nur noch zu klären, wonach sie gruben. Ich ging um die Ecke, sah die City and Suburban Bank auf der Rückseite des Hauses unseres Freundes, und da wußte ich, daß ich mein Problem gelöst hatte. Als Sie nach dem Konzert heimgefahren sind, habe ich bei Scotland Yard und danach beim Vorsitzenden der Bankdirektoren vorgesprochen, mit dem Ihnen bekannten Ergebnis.«

»Und woher konnten Sie wissen, daß sie ihren Versuch heute nacht unternehmen würden?«

»Nun, als sie ihr Liga-Büro geschlossen haben, war das ein Zeichen, daß Mr. Jabez Wilsons Anwesenheit ihnen in Zukunft gleichgültig war; mit anderen Worten, daß sie ihren Tunnel vollendet hatten. Es war aber wichtig für sie, ihn bald zu verwenden, denn man konnte ihn entdecken, oder das Gold konnte fortgebracht werden. Der Samstag mußte ihnen besser gelegen sein als jeder andere Tag, weil er ihnen zwei Tage für ihre Flucht gab. Aus all diesen Gründen habe ich erwartet, daß sie heute nacht kommen würden.«

»Das haben Sie wunderschön ausgedacht«, rief ich voll ehrlicher Bewunderung aus. »Solch eine lange Kette, und doch stimmt jedes Glied.«

»Es hat mich vor der Langeweile bewahrt«, antwortete er gähnend. »Ach, ich fühle, wie sie sich schon wieder an mich heranmacht! Ich verbringe mein Leben in einem einzigen großen Versuch, den Gemeinplätzen des Daseins zu entrinnen. Diese kleinen Probleme helfen mir dabei.«

»Und Sie sind ein Wohltäter des Menschengeschlechts«, sagte ich.

Er zuckte mit den Schultern. »Nun ja, vielleicht ist es am Ende irgendwie nützlich«, meinte er. *»›L' homme n'est rien – l'œuvre tout‹*, wie Gustave Flaubert an George Sand schrieb.«

## EINE FRAGE DER IDENTITÄT

»MEIN lieber Freund«, sagte Sherlock Holmes, als wir beiderseits des Feuers in seiner Wohnung in der Baker Street saßen, »das Leben ist viel seltsamer als alles, was der Geist des Menschen erfinden könnte. Wir würden es nie wagen, uns manche Dinge auszudenken, die tatsächlich doch nur simple Gemeinplätze des Daseins darstellen. Wenn wir Hand in Hand aus diesem Fenster fliegen könnten, um über dieser großen Stadt zu schweben, sachte die Dächer zu entfernen und all die merkwürdigen Dinge auszuspähen, die sich ereignen, die seltsamen Zufälligkeiten, das Pläneschmieden, die einander entgegengesetzten Absichten, die wunderbare Kette der Ereignisse, die über Generationen hinweg wirksam wird und zu den ausgefallensten Ergebnissen führt, dann würde das alle Dichtung mit ihren Konventionen und voraussehbaren Schlüssen überaus schal und unersprießlich machen.«

»Und dennoch bin ich davon nicht überzeugt«, antwortete ich. »Die Fälle, die in den Zeitungen ans Tageslicht gelangen, sind in der Regel ziemlich dürftig und reichlich vulgär. In unseren Polizeiberichten findet sich bis auf die äußerste Spitze getriebener Realismus, und trotzdem muß man zugeben, daß das Ergebnis weder faszinierend noch künstlerisch befriedigend ist.«

»Wenn man einen realistischen Effekt hervorrufen will, muß man schon eine gewisse Willkür walten lassen und eine Auslese vornehmen«, bemerkte Holmes. »Das fehlt im Polizeibericht, wo vielleicht auf die Platitüden des Behördenwegs mehr Wert gelegt wird als auf die Einzelheiten, in denen ein Beobachter die wirklich wichtige Essenz der ganzen Angelegenheit erblickt. Verlassen Sie sich darauf: Nichts ist so unnatürlich wie das Gewöhnliche.«

Ich lächelte und schüttelte den Kopf. »Ich begreife durchaus, wie Sie darauf kommen«, sagte ich. »In Ihrer Stellung als inoffizieller Berater und Helfer für jeden, der absolut ratlos ist, und zwar in drei Kontinenten, bekommen Sie es natürlich mit allem zu tun, was seltsam und bizarr ist. Aber hier« – ich hob die Morgenzeitung vom Fußboden auf – »sollten wir die Sache praktisch erproben. Hier, die erste Schlagzeile, auf die ich stoße. ›Grausamkeit eines Mannes gegenüber seiner Frau.‹ Es folgt eine halbe Druckspalte, aber ohne zu lesen weiß ich, daß mir das alles sehr vertraut ist. Natürlich finden wir da die andere Frau, Alkohol, Püffe, Schläge, Verletzungen, die mitleidige Schwester oder Wirtin. Der plumpeste Schriftsteller könnte nichts Plumperes erfinden.«

»Sie haben wirklich ein ausgesprochen unglückliches Beispiel für Ihre Behauptung gewählt«, sagte Holmes; er nahm die Zeitung und überflog sie. »Das ist der Scheidungsfall Dundas, und wie der Zufall es will, war ich an der Aufhellung einiger kleiner Punkte im Zusammenhang damit befaßt. Der Gatte war ein strenger Nichttrinker, es gab keine andere Frau, und das beklagte Verhalten bestand in seiner Gewohnheit, am Ende einer jeden Mahlzeit sein falsches Gebiß herauszunehmen und es nach seiner Frau zu werfen, was, wie Sie zugeben werden, nicht gerade eine Handlungsweise ist, wie sie einem durchschnittlichen Erzähler in den Sinn käme. Nehmen Sie eine Prise Schnupftabak, Doktor, und geben Sie zu, daß dieses Beispiel ein Punkt für mich ist.«

Er reichte mir seine Schnupftabaksdose aus Altgold, mit einem großen Amethysten in der Mitte des Deckels. Diese Pracht stand in einem so großen Gegensatz zu seinen schlichten Gewohnheiten und seinem einfachen Leben, daß ich einen Kommentar hierzu nicht unterdrücken konnte.

»Ah«, sagte er, »ich hatte vergessen, daß ich Sie einige Wochen lang nicht gesehen habe. Das ist ein kleines Souvenir des Königs von Böhmen als Gegenleistung für meine Hilfe im Fall Irene Adler.«

»Und der Ring?« fragte ich, wobei ich den bemerkenswerten Brillanten musterte, der an seinem Finger glitzerte.

»Der stammt von der holländischen Herrscherfamilie; die

Angelegenheit, in der ich ihr zu Diensten war, war allerdings so delikat, daß ich sie nicht einmal Ihnen anvertrauen kann, obwohl Sie so freundlich waren, eines oder zwei meiner kleinen Probleme aufzuzeichnen.«

»Und? Beschäftigt Sie zur Zeit wieder ein Fall?« fragte ich interessiert.

»Vielleicht zehn oder zwölf, aber es ist nichts dabei, was besonders interessant wäre. Verstehen Sie – wichtig, ohne interessant zu sein. Übrigens habe ich festgestellt, daß es meistens die unwichtigen Fälle sind, die Gelegenheiten zu interessanten Beobachtungen und zur schnellen Analyse von Ursachen und Wirkungen bieten, die den Reiz einer Untersuchung ausmacht. Die größeren Verbrechen sind häufig die einfacheren, denn je größer das Verbrechen, desto offensichtlicher ist in der Regel das Motiv. Abgesehen von einer reichlich verwikkelten Angelegenheit, die mir aus Marseille zugekommen ist, gibt es in keinem dieser augenblicklichen Fälle interessante Besonderheiten. Es wäre aber möglich, daß ich etwas Besseres in Händen habe, ehe allzu viel Zeit verstrichen ist; wenn ich mich nicht sehr irre, kommt nämlich da einer meiner Klienten.«

Er hatte sich von seinem Stuhl erhoben, stand zwischen den auseinandergezogenen Vorhängen und schaute hinab auf die fade, farblose Londoner Straße. Ich blickte über seine Schulter und sah, daß auf dem gegenüberliegenden Gehsteig eine große Frau stand, die eine schwere Pelzboa um den Nacken und eine lange, gekräuselte, rote Feder in einem breitkrempigen Hut trug, den sie in der koketten Art der Herzogin von Devonshire schräg über dem Ohr sitzen hatte. Unter diesem gewaltigen Helm warf sie nervöse, zögernde Blicke zu unseren Fenstern hinauf, während ihr Körper leicht vor und zurück schwankte und ihre Finger nervös mit den Knöpfen ihrer Handschuhe spielten. Plötzlich, mit einem förmlichen Eintauchen wie dem eines Schwimmers, der vom Ufer abstößt, eilte sie quer über die Straße, und wir hörten das schrille Klingeln der Glocke.

»Mir sind solche Symptome vertraut«, sagte Holmes. Er

warf seine Zigarette ins Feuer. »Zögerndes Schwanken auf dem Gehsteig bedeutet immer eine *affaire du cœur*. Sie möchte einen Rat haben, ist aber nicht sicher, ob die Sache nicht allzu delikat ist, als daß man sie jemandem mitteilen könnte. Aber selbst hier gibt es noch Unterschiede. Wenn einer Frau von einem Mann schlimmes Unrecht zugefügt worden ist, dann schwankt sie nicht mehr, und das übliche Symptom ist ein zerrissener Klingelzug. Hier können wir aber davon ausgehen, daß es sich um eine Liebesangelegenheit handelt, daß die Maid aber weniger zornig denn verwirrt oder bekümmert ist. Aber da kommt sie persönlich, um uns aus unseren Zweifeln zu erlösen.«

Noch während er sprach, hörten wir ein Klopfen an der Tür, und der Hausbursche trat ein, um Miss Mary Sutherland anzukündigen; die Lady selbst ragte indessen hinter seiner kleinen schwarzen Gestalt auf wie ein Handelsschiff unter vollen Segeln hinter einem kleinen Lotsenboot. Sherlock Holmes hieß sie mit der ihm eigenen zwanglosen Höflichkeit willkommen, und nachdem er die Tür geschlossen und der Dame mit einer knappen Verneigung einen Lehnstuhl angeboten hatte, musterte er sie in der eingehenden und dennoch abstrakten Weise, die für ihn eigentümlich war.

»Finden Sie nicht«, sagte er, »daß bei Ihrer Kurzsichtigkeit das viele Maschineschreiben ein wenig anstrengend ist?«

»Am Anfang war es so«, antwortete sie, »aber inzwischen weiß ich auch ohne hinzusehen, wo die Buchstaben sind.« Dann ging ihr plötzlich die volle Bedeutung seiner Worte auf, sie fuhr heftig zusammen und sah hoch, mit Furcht und Staunen auf ihrem breiten, gutmütigen Gesicht. »Sie müssen schon von mir gehört haben, Mr. Holmes«, rief sie, »wie könnten Sie sonst all das wissen?«

»Beunruhigen Sie sich nicht«, sagte Holmes lachend, »Wissen gehört zu meiner Arbeit. Vielleicht habe ich mich dazu erzogen, das zu sehen, was andere übersehen. Wenn es anders wäre, kämen Sie doch wohl nicht, um mich zu konsultieren?«

»Ich bin zu Ihnen gekommen, Sir, weil ich über Sie von

Mrs. Etheredge einiges gehört habe, deren Mann Sie so mühelos gefunden haben, als die Polizei und alle anderen ihn für tot aufgegeben hatten. Oh, Mr. Holmes, wenn Sie für mich doch auch so viel tun könnten. Ich bin zwar nicht reich, aber immerhin habe ich hundert Pfund im Jahr zur Verfügung, neben dem wenigen, das ich mit der Schreibmaschine verdiene, und ich würde alles hergeben, wenn ich erfahren könnte, was aus Mr. Hosmer Angel geworden ist.«

»Warum sind Sie in solcher Eile aufgebrochen, um mich zu konsultieren?« fragte Sherlock Holmes; er hatte seine Fingerspitzen aneinandergelegt und die Augen an die Zimmerdecke geheftet.

Abermals trat ein Ausdruck des Erschreckens in Miss Mary Sutherlands eher leeres Gesicht. »Ja, ich habe das Haus Knall auf Fall verlassen«, sagte sie, »weil ich darüber verärgert war, daß Mr. Windibank – das heißt, mein Vater – die ganze Sache so leicht nimmt. Er will nicht zur Polizei gehen, und er will nicht zu Ihnen kommen, und weil er nichts unternehmen will, und immer wieder sagt, daß doch nichts Schlimmes geschehen ist, bin ich sehr wütend geworden, habe mich in meine Sachen geworfen und bin sofort zu Ihnen gekommen.«

»Ihr Vater?« sagte Holmes. »Doch sicher Ihr Stiefvater, da er einen anderen Namen hat?«

»Ja, mein Stiefvater. Ich nenne ihn Vater, obwohl es komisch klingt, er ist nämlich nur fünf Jahre und zwei Monate älter als ich.«

»Und Ihre Mutter lebt noch?«

»Oh, ja, Mutter lebt, es geht ihr gut. Ich war gar nicht glücklich, Mr. Holmes, daß sie so kurz nach Vaters Tod wieder geheiratet hat, und dazu noch einen Mann, der fast fünfzehn Jahre jünger ist als sie. Vater war Klempner in der Tottenham Court Road, und er hat ein ordentliches Geschäft hinterlassen, das Mutter zusammen mit dem Vorarbeiter Mr. Hardy weitergeführt hat, aber als Mr. Windibank kam, hat er dafür gesorgt, daß sie das Geschäft verkauft, er ist nämlich etwas viel Besseres, Reisender in Wein. Für das Geschäft und alle Anrechte haben sie viertausendsiebenhundert bekommen, bei weitem nicht, was Vater hätte bekommen können, wenn er noch lebte.«

Ich hatte erwartet, daß Sherlock Holmes bei diesem weitschweifigen und nebensächlichen Bericht ungeduldig würde, doch hatte er im Gegenteil mit größter und gesammelter Aufmerksamkeit gelauscht.

»Ihr eigenes kleines Einkommen«, fragte er, »stammt das aus dem Geschäft?«

»O nein, Sir, das hat damit nichts zu tun; mein Onkel Ned aus Auckland hat es mir hinterlassen. Es steckt in neuseeländischen Anlagen zu viereinhalb Prozent. Zweitausendfünfhundert Pfund war die Summe, aber ich kann nur über die Zinsen verfügen.«

»Das ist sehr interessant«, sagte Holmes. »Und mit einer so großen Summe wie hundert im Jahr, dazu mit dem, was Sie nebenher verdienen, können Sie sicherlich Reisen machen und überhaupt Ihren Wünschen nachgehen. Ich nehme an, daß eine alleinstehende Dame schon mit einem Einkommen von etwa sechzig Pfund sehr gut zurechtkommen kann.«

»Ich könnte mit viel weniger auskommen, Mr. Holmes, aber, wissen Sie, solange ich zu Hause lebe, möchte ich den anderen nicht zur Last fallen, und deshalb können sie über das Geld verfügen, solange ich bei ihnen wohne. Das gilt natürlich nur vorläufig. Mr. Windibank hebt jedes Vierteljahr meine Zinsen ab und gibt sie an Mutter weiter, und ich komme sehr gut mit dem zurecht, was ich durch Maschineschreiben verdiene. Ich bekomme zwei Pence pro Seite, und ich bringe es oft auf fünfzehn bis zwanzig Seiten pro Tag.«

»Sie haben mir Ihre Lage sehr klar dargelegt«, sagte Holmes. »Das ist mein Freund, Dr. Watson, vor dem Sie genauso frei sprechen können wie vor mir. Erzählen Sie uns doch nun bitte alles über Ihre Beziehung zu Mr. Hosmer Angel.«

Ein Hauch von Röte flog über Miss Sutherlands Gesicht, und nervös zupfte sie am Saum ihres Jacketts. »Ich habe ihn auf dem Ball der Rohrleger kennengelernt«, sagte sie. »Sie haben Vater immer Karten geschickt, als er noch lebte, und danach haben sie noch immer an uns gedacht und die Karten an Mutter geschickt. Mr. Windibank wollte nicht mitkommen. Er will nie, daß wir irgendwohin ausgehen. Er würde sich schrecklich aufregen, wenn ich auch nur an einem Ausflug der Sonntagsschule teilnehmen wollte. Aber dieses Mal war ich entschlossen hinzugehen, und welches Recht hätte er denn auch gehabt mich daran zu hindern? Er sagte, diese Leute wären nicht der richtige Umgang für uns, wo doch alle alten Freunde von Vater da sein würden. Und er sagte, ich hätte nichts Passendes anzuziehen, wo ich doch ein rotes Kleid aus Baumwollsamt habe, das ich nie auch nur aus dem Schrank genommen hatte. Als er schließlich nichts mehr tun konnte, ist er in Geschäften nach Frankreich gereist, aber wir sind zum Ball gegangen, Mutter und ich, mit Mr. Hardy, der unser Vorarbeiter gewesen war, und da habe ich dann Mr. Hosmer Angel getroffen.«

»Ich nehme an«, sagte Holmes, »daß Mr. Windibank nach seiner Rückkehr aus Frankreich sehr böse mit Ihnen war, daß Sie doch zum Ball gegangen sind.«

»Oh, also, er hat es sehr leichtgenommen. Er hat gelacht, ich weiß es noch, und mit den Schultern gezuckt und gesagt, es hätte keinen Zweck, einer Frau irgendwas zu verbieten, weil sie doch ihren Kopf durchsetzt.«

»Aha. Wenn ich Sie recht verstehe, haben Sie dann auf dem Ball der Rohrleger einen Gentleman namens Mr. Hosmer Angel kennengelernt.«

»Ja, Sir. An diesem Abend habe ich ihn kennengelernt, und am nächsten Tag ist er vorbeigekommen, um sich zu erkundigen, ob wir auch alle gut nach Hause gekommen wären, und danach haben wir ihn getroffen – das heißt, Mr. Holmes, ich habe ihn zweimal getroffen, um mit ihm spazierenzugehen, aber dann ist Vater wieder heimgekehrt, und Mr. Hosmer Angel konnte nicht mehr in unser Haus kommen.«

»Nein?«

»Nun ja, Sie wissen, daß Vater nichts derartiges haben will.

Er will keine Besucher haben, wenn es sich vermeiden läßt, und er sagt immer, daß eine Frau im Kreise ihrer eigenen Familie glücklich sein soll. Aber wie ich Mutter immer sage, will eine Frau doch vor allem ihren eigenen Kreis, und meinen hatte ich noch nicht gefunden.«

»Aber was ist mit Mr. Hosmer Angel? Hat er keinen Versuch gemacht, Sie wiederzusehen?«

»Also, Vater wollte eine Woche später wieder nach Frankreich fahren, und Hosmer hat mir geschrieben, daß es sicherer und besser wäre, uns nicht zu treffen, bevor er nicht abgereist ist. In der Zwischenzeit könnten wir uns schreiben, und er hat jeden Tag geschrieben. Ich habe morgens früh die Post ins Haus geholt, also brauchte Vater nichts davon zu erfahren.«

»Waren Sie damals schon mit dem Gentleman verlobt?«

»O ja, Mr. Holmes. Wir haben uns nach unserem ersten gemeinsamen Spaziergang verlobt. Hosmer – Mr. Angel – ist Kassierer in einem Büro in der Leadenhall Street – und ... «

»In welchem Büro?«

»Das ist ja das Schlimmste, Mr. Holmes. Ich weiß es nicht.«

»Wo wohnt er denn?«

»Er schläft in der Firma.«

»Und Sie kennen seine Anschrift nicht? «

»Nein. Ich weiß nur, es ist in der Leadenhall Street.«

»Wohin haben Sie denn Ihre Briefe geschickt?«

»Postlagernd an das Postamt in der Leadenhall Street. Er sagte, wenn ich sie in sein Büro schicke, werden die anderen Angestellten ihn hänseln, weil er Briefe von einer Dame bekommt, und deshalb habe ich vorgeschlagen, daß ich meine Briefe auch, wie er seine, mit der Maschine schreibe, aber davon wollte er nichts wissen, er sagte nämlich, wenn ich sie schreibe, dann kommen sie für ihn unmittelbar von mir, aber wenn sie mit der Maschine geschrieben sind, dann hat er das Gefühl, daß zwischen uns eine Maschine steht. Das müßte Ihnen zeigen, wie viel ihm an mir liegt, Mr. Holmes, und welche Kleinigkeiten er bedenkt.«

»Das ist sehr aufschlußreich«, sagte Holmes. »Es ist schon sehr lange eines meiner Axiome, daß die kleinen Dinge bei weitem die wichtigsten sind. Erinnern Sie sich noch an andere Kleinigkeiten im Zusammenhang mit Mr. Hosmer Angel?«

»Er ist ein sehr scheuer Mensch, Mr. Holmes. Er wollte mit mir immer lieber abends als bei Tageslicht spazieren gehen, er sagte nämlich, daß er es haßt aufzufallen. Er ist immer sehr zurückhaltend gewesen und hat sich wie ein Gentleman benommen. Sogar seine Stimme ist sanft. Er hat mir erzählt, daß er als Kind Halsbräune und geschwollene Drüsen hatte, und davon ist ein schwacher Kehlkopf zurückgeblieben, und eine stockende, flüsternde Redeweise. Er war immer gut gekleidet, sehr sauber und einfach, aber seine Augen sind genauso schwach wie meine, und er trägt dunkle Gläser gegen die Helligkeit.«

»Aha. Und was ist geschehen, als Ihr Stiefvater, Mr. Windibank, wieder nach Frankreich fuhr?«

»Mr. Hosmer Angel ist wieder zu uns nach Hause gekommen und hat vorgeschlagen, wir sollten heiraten, ehe Vater zurückkommt. Es war ihm sehr ernst damit, und er hat mich meine Hände auf die Bibel legen und schwören lassen, daß ich ihm die Treue halte, ganz gleich, was auch passiert. Mutter sagte, es wäre ganz richtig, mich schwören zu lassen, und es wäre ein Zeichen für seine Leidenschaft. Mutter war von Anfang an ganz für ihn und von ihm sogar noch mehr eingenommen als ich. Als sie dann davon gesprochen haben, daß wir innerhalb einer Woche heiraten sollten, habe ich gefragt, was denn mit Vater würde, aber beide haben mir gesagt, ich sollte mich nicht um Vater kümmern und es ihm erst hinterher erzählen, und Mutter sagte, sie würde schon dafür sorgen, daß er zustimmt. Das war mir gar nicht recht, Mr. Holmes. Es kam mir seltsam vor, daß ich um seine Erlaubnis bitten sollte, wo er doch nur wenige Jahre älter ist als ich; ich wollte aber auch nichts hinter seinem Rücken tun, deshalb habe ich Vater nach Bordeaux geschrieben, wo die Gesellschaft ihre französische Niederlassung hat, aber ausgerechnet am Morgen der Trauung kam der Brief an mich zurück.«

»Er hat ihn also nicht erreicht?«

»Ja, Sir, mein Vater war nämlich zurück nach England aufgebrochen, kurz bevor der Brief dort unten ankam.«

»Ha! Das war ein unglücklicher Zufall. Ihre Trauung war also für Freitag festgesetzt. Sollte sie in der Kirche stattfinden?«

»Ja, Sir, aber sehr still. Sie sollte in St. Saviour's nahe King's Cross stattfinden, und anschließend wollten wir im St.-Pancras-Hotel frühstücken. Hosmer ist in einem Zweisitzer gekommen, um uns abzuholen, aber weil wir zu zweit waren, hat er uns in diesen Wagen gesetzt und selbst eine vierrädrige Kutsche genommen, die gerade die einzige andere Droschke auf der Straße war. Wir sind als erste an der Kirche angekommen, und als dann die Droschke vorfuhr, haben wir darauf gewartet, daß er endlich aussteigt, aber nichts rührte sich, und als der Kutscher schließlich abgestiegen ist und nachgeschaut hat, da war niemand im Wagen! Der Kutscher sagte, er hätte keine Ahnung, wo er geblieben sein könnte, er hätte ihn doch mit eigenen Augen einsteigen sehen. Das war am letzten Freitag, Mr. Holmes, und seitdem habe ich nichts gesehen oder gehört, was mir helfen könnte, die Frage nach seinem Verbleib zu beantworten.«

»Mir scheint, Sie sind schändlich behandelt worden«, sagte Holmes.

»O nein, Sir! Er war zu gut und zu lieb, um mich so zu verlassen. Er hat mir doch noch am selben Morgen immer wieder gesagt, ich sollte ihm treu bleiben, was auch immer geschieht; und sogar wenn etwas Unvorhergesehenes eintritt, was uns trennt, soll ich doch immer daran denken, daß ich ihm versprochen bin und daß er dieses Pfand früher oder später einlösen würde. Es kam mir seltsam vor, daß er am Hochzeitsmorgen so redet, aber das, was seitdem geschehen ist, gibt seinen Worten ja eine Bedeutung.«

»Zweifellos. Nach Ihrer Meinung ist ihm also eine unvorhergesehene Katastrophe zugestoßen?«

»Ja, Sir. Ich glaube, daß er irgendeine Gefahr erwartet hat, sonst hätte er nicht so gesprochen. Und ich glaube, das, was er erwartet hatte, ist dann eingetroffen.«

»Sie haben aber keine Vorstellung, was das gewesen sein könnte?«

»Nein.«

»Noch eine Frage. Wie hat Ihre Mutter die Sache hingenommen?«

»Sie war sehr verärgert und hat gesagt, ich sollte nie wieder davon sprechen.«

»Und Ihr Vater? Haben Sie es ihm erzählt?«

»Ja, und wie ich scheint er zu glauben, daß etwas geschehen ist und daß ich bald wieder von Hosmer hören werde. Er sagt, welches Interesse könnte jemand daran haben, mich bis zur Kirchentür zu bringen und mich dann zu verlassen? Wenn er nun Geld von mir geliehen oder mich geheiratet und mein Geld auf sich überschrieben hätte, dann könnte das ein Grund sein; aber Hosmer war in Geldsachen sein eigener Herr, und er wollte nie auch nur einen Shilling von meinem. Aber was kann denn nur geschehen sein? Und warum hat er mir noch nicht geschrieben? Oh, es macht mich fast verrückt, wenn ich daran denke! Und ich mache nachts kein Auge mehr zu.« Sie zog ein kleines Tuch aus ihrem Muff und begann heftig hineinzuschluchzen.

»Ich werde mich für Sie dieser Sache annehmen«, sagte Holmes; er stand auf. »Und ich habe keinen Zweifel, daß wir zu einem eindeutigen Ergebnis kommen. Überlassen Sie die ganze Angelegenheit nun ruhig mir, denken Sie nicht mehr unausgesetzt daran. Und versuchen Sie vor allem, Mr. Hosmer Angel aus Ihrem Gedächtnis verschwinden zu lassen, so wie er aus Ihrem Leben verschwunden ist.«

»Dann glauben Sie nicht, daß ich ihn wiedersehen werde?«

»Ich fürchte, nein.«

»Aber was ist denn nur mit ihm geschehen?«

»Überlassen Sie mir diese Frage. Ich hätte gern eine genaue Beschreibung und all die Briefe von ihm, von denen Sie sich trennen können.«

»Ich habe am letzten Samstag im *Chronicle* nach ihm annonciert«, sagte sie. »Hier ist der Ausschnitt, und hier sind vier Briefe von ihm.«

»Ich danke Ihnen. Und Ihre Anschrift?«

»31 Lyon Place, Camberwell.«

»Mr. Angels Anschrift haben Sie nie besessen, wenn ich Sie recht verstehe. Wo befindet sich die Firma Ihres Vaters?«

»Er reist für Westhouse & Marbank, den großen Weinimport in der Fenchurch Street.«

»Danke sehr. Ihre Auslassungen waren sehr klar. Lassen Sie mir die Papiere hier, und denken Sie an den Ratschlag, den ich Ihnen gegeben habe. Betrachten Sie die Vorfälle als beendet und abgeschlossen, und lassen Sie nicht zu, daß Ihr Leben davon beeinträchtigt wird.«

»Sie sind sehr freundlich, Mr. Holmes, aber das kann ich nicht. Ich werde Hosmer treu bleiben. Er wird mich bereit finden, wenn er zurückkommt.«

Trotz ihres grotesken Huts und des leeren Gesichts hatte der schlichte Glaube unserer Besucherin etwas Edles, das unseren Respekt erheischte. Sie legte ihr kleines Papierbündel auf den Tisch und verließ uns mit dem Versprechen wiederzukommen, sobald sie dazu aufgefordert würde.

Sherlock Holmes saß einige Minuten still da; seine Fingerspitzen hatte er noch immer aneinandergelegt, die Beine von sich gestreckt, und er starrte an die Decke. Dann nahm er die alte, ölige Tonpfeife vom Bord, die für ihn eine Art Ratgeber war, und nachdem er sie angezündet hatte, lehnte er sich in seinem Sessel zurück; dichte blaue Rauchgirlanden kräuselten sich aufwärts, und in seinem Gesicht lag ein Ausdruck unendlicher Ermattung.

»Ein ganz interessantes Studienobjekt, dieses Mädchen«, bemerkte er. »Ich fand sie viel interessanter als ihr kleines Problem, das, nebenbei bemerkt, ziemlich abgedroschen und einfach ist. Wenn Sie meinen *Index* konsultieren, werden Sie gleichartige Fälle in Andover anno '77 und etwas Ähnliches in Den Haag im letzten Jahr finden. So alt aber auch die Idee sein mag, es gab doch eine oder zwei Einzelheiten, die mir neu waren. Aber das Mädchen selbst war besonders ergiebig.«

»Sie scheinen in ihr eine ganze Menge gelesen zu haben, was für mich völlig unsichtbar war«, bemerkte ich.

»Nicht unsichtbar, sondern nicht beobachtet, Watson. Sie wußten nicht, worauf Sie achten mußten, und deshalb haben Sie alles Wichtige übersehen. Es wird mir wohl nie gelingen, Ihnen die Bedeutung der Ärmel klarzumachen oder die Wichtigkeit von Daumennägeln, oder die großen Dinge, die an einem Schnürriemen hängen können. Also: Was haben Sie dem Äußeren dieser Frau entnehmen können? Beschreiben Sie.«

»Nun, sie hatte einen schieferfarbenen, breitkrempigen Strohhut mit einer ziegelroten Feder. Ihr Jackett war schwarz, mit schwarzen Perlen besetzt und einem Saum mit kleinen schwarzen Jade-Ornamenten. Ihr Kleid war braun, eher etwas dunkler als Kaffee, mit ein wenig rotem Baumwollsamt am Hals und an den Ärmeln. Ihre Handschuhe waren gräulich, und der rechte Zeigefinger schien durch. Ihre Schuhe habe ich nicht beobachtet. Sie hatte kleine, runde, herabhängende Goldohrringe und machte insgesamt einen Eindruck von Wohlstand, in einer gewöhnlichen, bequemen, fast lässigen Weise.«

Sherlock Holmes klatschte leise in die Hände und kicherte.

»Mein Ehrenwort, Watson, Sie spielen wunderbar mit. Das haben Sie wirklich sehr schön gemacht. Sie haben zwar alles übersehen, was wichtig ist, aber Sie haben die Methode getroffen, und Sie haben ein gutes Auge für Farben. Vertrauen Sie niemals allgemeinen Eindrücken, mein Lieber, sondern konzentrieren Sie sich auf Einzelheiten. Mein erster Blick gilt immer den Ärmeln einer Frau. Bei einem Mann kann es besser sein, zuerst das Knie der Hose in Augenschein zu nehmen. Wie Sie sagten, hatte diese Frau Baumwollsamt an ihren Ärmeln, und dieses Material ist sehr nützlich, weil es Spuren bewahrt. Die doppelte Linie kurz über dem Handgelenk, wo jemand, der Maschine schreibt, sich auf den Tisch aufstützt, war wunderschön sichtbar. Eine mit der Hand zu bedienende Nähmaschine hinterläßt einen ähnlichen Abdruck, aber nur am linken Arm und auf der dem Daumen abgewandten Seite, statt wie in diesem Fall an der breitesten Stelle. Dann habe ich mir ihr Gesicht angesehen, und als ich auf beiden Seiten der Nase die Eindrücke eines *pince-nez* bemerkte, habe ich mich über Kurzsichtigkeit und Maschineschreiben geäußert, was sie zu überraschen schien.«

»Jedenfalls hat es mich überrascht.«

»Aber das war doch ganz offensichtlich. Weiter hat es mich sehr überrascht und interessiert, daß ich, als ich an ihr hinabsah, feststellte, daß die Stiefel, die sie trug, nicht gerade völlig verschieden waren, aber sie gehörten doch nicht zusammen; der eine war vorn ein wenig verziert, und der andere war ganz schlicht. Der eine war nur mit den beiden unteren von fünf Knöpfen verschlossen, der andere mit dem ersten, dritten und fünften. Wenn Sie nun also eine junge Dame sehen, die mit halb zugeknöpften und nicht zueinander passenden Stiefeln aus dem Haus gegangen ist, obwohl sie sich sonst ordentlich kleidet, dann ist es kein Kunststück, abzuleiten, daß sie in Eile war.«

»Und was noch?« fragte ich, da mich die scharfe Logik meines Freundes wie immer zutiefst interessierte.

»*En passant* habe ich festgestellt, daß sie einen Brief geschrieben hat, bevor sie das Haus verließ, aber nachdem sie sich angekleidet hatte. Sie haben ja bemerkt, daß ihr rechter Handschuh am Zeigefinger zerrissen war, aber offenbar haben Sie nicht gesehen, daß Handschuh und Finger mit violetter Tinte befleckt waren. Sie hat sehr hastig geschrieben und ihre Feder zu tief eingetaucht. Es muß heute morgen gewesen sein, andernfalls wäre der Fleck nicht mehr so deutlich sichtbar auf ihrem Finger. All das ist amüsant, wenn auch ziemlich elementar, aber kommen wir wieder zur Sache, Watson. Würde es Ihnen etwas ausmachen, mir die annoncierte Beschreibung von Mr. Hosmer Angel vorzulesen?«

Ich hielt den kleinen gedruckten Ausschnitt ans Licht. Der Text lautete: »›Seit dem Morgen des 14. wird ein Gentleman namens Hosmer Angel vermißt. Er ist etwa 5 Fuß 7 Zoll groß; kräftig gebaut, bläßliche Hautfarbe, schwarzes Haar mit beginnender Kahlheit in der Kopfmitte, buschiger schwarzer Backen- und Oberlippenbart; getönte Brille, kleiner Sprachfehler. Trug zuletzt schwarzen, seidebesetzten Gehrock, schwarze Weste, kurze goldene Uhrkette, graue Hosen aus Harris-Tweed und braune Gamaschen über Schuhen mit elastischen Seiten. War in einem Büro in der Leadenhall Street angestellt. Für verläßliche Informationen‹ usw. usw.«

»Das genügt«, sagte Holmes. »Was nun die Briefe angeht«, fuhr er fort, wobei er sie überflog, »so sind sie ziemlich gewöhnlich. Keinerlei brauchbare Hinweise auf Mr. Angel, abgesehen davon, daß er einmal Balzac zitiert. Eines ist allerdings an ihnen bemerkenswert und wird Ihnen sicher auffallen.«

»Sie sind mit der Maschine geschrieben«, bemerkte ich.

»Nicht nur das, sondern auch die Unterschrift ist mit Maschine geschrieben. Schauen Sie sich das saubere kleine ›Hosmer Angel‹ hier unten an. Wie Sie sehen, sind die Briefe datiert, aber nur mit Leadenhall Street überschrieben, das ist reichlich vage. Die Sache mit der Unterschrift ist sehr wichtig – wir können sie sogar als entscheidend ansehen.«

»Entscheidend wofür?«

»Mein lieber Freund, kann es denn sein, daß Sie wirklich nicht sehen, welche große Bedeutung das für den Fall hat?«

»Das kann ich wirklich nicht behaupten, außer Sie meinen, er hat Wert darauf gelegt, seine Unterschrift leugnen zu können, wenn gegen ihn Anklage wegen eines nicht eingehaltenen Eheversprechens erhoben wird.«

»Nein, das ist nicht der Punkt. Ich werde aber jedenfalls zwei Briefe schreiben, die die Sache klären sollten. Einen an eine Firma in der City, den anderen an Mr. Windibank, den Stiefvater der jungen Dame, mit der Frage, ob er bereit wäre, uns hier morgen nachmittag um 6 Uhr zu treffen. Und jetzt,

Doktor, können wir nichts tun, bis die Antworten auf diese Briefe eintreffen, wir können also unser kleines Problem in der Zwischenzeit beiseitelegen.«

Ich hatte so viele gute Gründe, an das feinsinnige Denkvermögen meines Freundes zu glauben, daß ich sicher war, er müsse ausreichenden Anlaß zu der selbstsicheren und gelassenen Art haben, in der er das einzigartige Rätsel handhabte, das auszuloten man ihn gebeten hatte. Nur einmal hatte ich ihn versagen sehen, im Fall mit der Photographie von Irene Adler und dem König von Böhmen; wenn ich aber an die unheimliche Geschichte des Zeichens der Vier und die außerordentlichen Umstände im Zusammenhang mit der Studie in Scharlach zurückdachte, schien es mir, es müßte eine wahrhaft seltsame Verwicklung sein, die er nicht aufzulösen vermöchte.

So verließ ich ihn, der noch immer seine schwarze Tonpfeife paffte, in der Überzeugung, bei meiner Rückkehr am nächsten Abend festzustellen, daß er alle Hinweise in Händen hielt, die uns zur Identität von Miss Mary Sutherlands verschwundenem Bräutigam führen würden.

Ein sehr ernster Fall forderte zu dieser Zeit meine berufliche Aufmerksamkeit, und den ganzen nächsten Tag verbrachte ich neben dem Bett des Leidenden. Erst kurz vor sechs Uhr fand ich die Zeit, in eine Kutsche zu springen und zur Baker Street zu fahren; fast fürchtete ich, zu spät zu kommen, um dem *dénouement* des kleinen Rätsels beizuwohnen. Ich traf Sherlock Holmes jedoch allein an; in die Tiefen des Lehnsessels gekuschelt schien seine lange, dünne Gestalt entschlummert zu sein. Eine gewaltige Menge von Flaschen und Reagenzgläsern sowie der stechende, saubere Geruch von Salzsäure sagten mir, daß er den Tag mit seinen geliebten chemischen Arbeiten zugebracht hatte.

»Na, haben Sie es gelöst?« fragte ich beim Eintreten.

»Ja. Es war Baryt-Bisulphat.«

»Nein, nein, das Rätsel!« rief ich.

»Ach, das! Ich dachte an das Salz, mit dem ich gearbeitet

habe. Im übrigen war der Fall nie rätselhaft, wenn er auch, wie ich gestern sagte, einige interessante Einzelheiten aufweist. Der einzige Nachteil dabei ist, daß es, fürchte ich, kein Gesetz gibt, mit dem man dem Schuft zu Leibe rücken kann.«

»Wer ist es denn, und was hat er beabsichtigt, als er Miss Sutherland im Stich gelassen hat?«

Ich hatte die Frage kaum ausgesprochen und Holmes hatte noch nicht den Mund geöffnet, um zu antworten, als wir schwere Schritte im Flur und ein Klopfen an der Tür hörten.

»Das ist der Stiefvater des Mädchens, Mr. James Windibank«, sagte Holmes. »Er hat mir geschrieben, daß er gegen sechs Uhr hier sein würde. Treten Sie ein!«

Der Mann, der den Raum betrat, war stämmig und mittelgroß, in den Dreißigern, glattrasiert und blaßhäutig, mit einem sanften, einschmeichelnden Gesichtsausdruck und zwei überaus scharfen und durchdringenden, grauen Augen. Er warf jedem von uns einen fragenden Blick zu, legte seinen glänzenden Zylinder auf das Bord und ließ sich mit einer angedeuteten Verbeugung in den nächsten Sessel fallen.

»Guten Abend, Mr. James Windibank«, sagte Holmes. »Ich glaube, dieser mit der Maschine geschriebene Brief, in dem Sie sich mit mir für sechs Uhr verabredet haben, stammt von Ihnen.«

»Ja, Sir. Ich fürchte, ich komme ein wenig zu spät, aber ich bin nicht ganz mein eigener Herr, wie Sie wohl wissen. Ich bedaure es, daß Miss Sutherland Sie mit dieser Angelegenheit behelligt hat; ich glaube nämlich, es ist viel besser, wenn man solche Art Wäsche nicht in der Öffentlichkeit wäscht. Sie ist gegen meinen ausdrücklichen Willen gekommen, aber sie ist ein leicht erregbares, impulsives Mädchen, wie Ihnen aufgefallen sein mag, und es ist nicht einfach, sie zurückzuhalten, wenn sie sich einmal etwas in den Kopf gesetzt hat. Natürlich habe ich nichts Besonderes gegen Sie, da Sie ja nichts mit der offiziellen Polizei zu tun haben, aber es ist nicht sehr erfreulich, wenn über ein derartiges Mißgeschick einer Familie überall gemunkelt wird. Davon abgesehen ist es nutzlose Geldverschwendung – wie könnten Sie denn wohl je diesen Hosmer Angel ausfindig machen?«

»Im Gegenteil«, sagte Holmes ruhig; »ich habe gute Gründe, anzunehmen, daß es mir gelingen wird, Mr. Hosmer Angel zu entdecken.«

Mr. Windibank schrak heftig zusammen und ließ seine Handschuhe fallen. »Ich freue mich sehr, das zu hören«, sagte er.

»Es ist ein seltsamer Umstand«, meinte Holmes, »daß eine Schreibmaschine genausoviel Individualität besitzt wie die Handschrift eines Mädchens. Wenn sie nicht mehr ganz neu sind, schreiben keine zwei Maschinen genau gleich. Manche Typen sind mehr abgenutzt als andere, manche nutzen sich nur an einer Seite ab. An diesem Brief von Ihnen, Mr. Windibank, werden Sie feststellen, daß über jedem ›e‹ ein kleiner Fleck ist und ein kleiner Defekt im Schwänzchen des ›r‹. Es gibt noch vierzehn weitere Charakteristika, aber dies sind die wichtigsten.«

»In der Firma erledigen wir unsere gesamte Korrespondenz mit dieser Maschine, und zweifellos ist sie ein wenig abgenutzt«, erwiderte unser Besucher; er sah Holmes mit seinen hellen kleinen Augen aufmerksam an.

»Ich will Ihnen jetzt etwas zeigen, was wirklich sehr interessant ist, Mr. Windibank«, fuhr Holmes fort. »Ich beabsichtige, eines Tages eine weitere kleine Monographie über Schreibmaschinen und ihre Beziehung zu Verbrechen zu verfassen. Es ist dies ein Thema, dem ich eine gewisse Aufmerksamkeit gewidmet habe. Hier habe ich vier Briefe, die angeblich von dem vermißten Mann stammen. Sie alle sind mit der Maschine geschrieben. In allen Fällen ist nicht nur das ›e‹ verwaschen und das ›r‹ defekt, sondern Sie werden auch feststellen, wenn Sie sich meines Vergrößerungsglases bedienen wollen, daß die weiteren vierzehn Charakteristika, von denen ich sprach, sich dort ebenfalls finden.«

Mr. Windibank sprang aus seinem Sessel auf und ergriff seinen Hut. »Ich kann meine Zeit nicht mit dieser Art phantastischen Geschwätzes vergeuden, Mr. Holmes«, sagte er. »Wenn Sie den Mann fangen können, dann fangen Sie ihn, und lassen Sie es mich wissen, wenn Sie es getan haben.«

»Aber gewiß«, sagte Holmes; er trat vor und drehte den Schlüssel in der Tür um. »Hiermit lasse ich Sie wissen, daß ich ihn gefangen habe!«

»Was! Wo?« rief Mr. Windibank; er wurde bleich bis in die Lippen und starrte um sich wie eine Ratte in einer Falle.

»Oh, es hat keinen Sinn – wirklich nicht«, sagte Holmes sanft. »Sie kommen da unmöglich wieder hinaus, Mr. Windibank. Das war alles viel zu durchsichtig, und Sie haben mir ein schlechtes Kompliment gemacht, als Sie sagten, es wäre mir unmöglich, ein so einfaches Problem zu lösen. So ist es recht! Setzen Sie sich, und wir wollen alles durchsprechen.«

Unser Besucher brach mit verzerrtem Gesicht und glitzernder Nässe auf der Stirn in einem Sessel zusammen. »Es ... es ist nicht strafbar«, stammelte er.

»Ich befürchte sehr stark, daß das stimmt. Aber unter uns, Windibank, das war der grausamste, selbstsüchtigste und herzloseste Trick, der mir je als schäbiger Bagatellfall untergekommen ist. Ich will jetzt kurz den Verlauf der Ereignisse durchgehen, und Sie widersprechen mir, wenn ich mich irre.«

Der Mann hockte zusammengesunken in seinem Sessel, das Kinn auf der Brust, als wäre er völlig niedergeschmettert. Holmes legte seine Füße auf eine Ecke des Kaminsimses, steckte die Hände in die Taschen, lehnte sich zurück und begann zu sprechen, eher zu sich selbst, wie es schien, denn zu uns.

»Der Mann hat eine sehr viel ältere Frau wegen ihres Geldes geheiratet«, sagte er, »und er konnte über das Geld der Tochter verfügen, solange sie bei ihnen lebte. Für Leute in ihrer Lage war es eine beträchtliche Summe, und der Verlust hätte schon einiges ausgemacht. Also lohnte sich ein Versuch, das Geld zu bewahren. Von ihrer Veranlagung her war die Tochter gutmütig und freundlich, in ihrem Betragen aber auch liebevoll und warmherzig, daher war es offensichtlich, daß sie mit ihren ansehnlichen persönlichen Vorzügen und ihrem eigenen kleinen Einkommen nicht sehr lange allein bleiben würde. Nun liefe ihre Heirat natürlich auf einen Verlust von hundert Pfund pro Jahr hinaus; was also tut der Stiefvater, um das zu verhindern? Er wählt den naheliegenden Weg, sie häuslich zu halten, und verbietet ihr, die Gesellschaft von Leuten ihres Alters zu suchen. Er mußte aber bald feststellen, daß dies keine dauerhafte Lösung war. Sie wurde widerspenstig, bestand auf ihren Rechten und kündigte schließlich ihre entschiedene Absicht an, auf einen bestimmten Ball zu gehen. Was macht ihr schlauer Stiefvater da? Er entwickelt einen Plan, der weitaus mehr für seinen Kopf als für sein Herz spricht. Mit dem Wissen und der Hilfe seiner Frau verkleidet er sich, verdeckt seine scharfen Augen mit einer getönten Brille, macht das Gesicht mit einem Schnauzbart und einem Paar buschiger Backenbärte unkenntlich, läßt seine helle Stimme zu einem einschmeichelnden Flüstern absinken; daß das Mädchen kurzsichtig ist, gibt ihm doppelte Sicherheit, und so tritt er als Mr. Hosmer Angel auf und scheidet andere mögliche Liebhaber dadurch aus, daß er selbst dem Mädchen den Hof macht.«

»Zuerst war es nur ein Scherz«, ächzte unser Besucher. »Wir haben nie geglaubt, daß sie sich so weit hinreißen lassen würde.«

»Das mag schon sein. Wie auch immer, jedenfalls hat sich die junge Dame ganz entschieden hinreißen lassen, und weil sie davon überzeugt war, daß sich ihr Stiefvater in Frankreich aufhielt, kam ihr der Verdacht, es könnte sich um üble Maschenschaften handeln, nie auch nur einen Moment in den Sinn. Sie fühlte sich durch die Aufmerksamkeiten des Gentlemans geschmeichelt, und diese Wirkung wurde dadurch noch verstärkt, daß ihre Mutter lauthals Zustimmung äußerte. Dann hat Mr. Angel begonnen, sie zu Hause zu besuchen, denn offenbar sollte die Sache so weit getrieben werden wie möglich, um eine dauerhafte Wirkung zu erzielen. Es kam zu Verabredungen und einer Verlobung, die endgültig dafür sorgen sollte, daß das Mädchen seine Neigungen nicht einem anderen zuwandte. Aber die Täuschung konnte nicht ewig aufrechterhalten bleiben. Diese angeblichen Reisen nach Frankreich waren ziemlich lästig. Es lag auf der Hand, daß man die Sache auf eine so dramatische Weise zu einem Ende bringen mußte, daß sie einen dauerhaften Eindruck im Gemüt der jungen Dame zurücklassen und sie für lange Zeit davon abhalten würde, nach einem anderen Freier Ausschau zu halten. Daher die geforderten Treueschwüre auf eine Bibel, und daher auch die Andeutungen, daß sich am Hochzeitsmorgen selbst irgend etwas würde ereignen können. James Windibank wollte, daß sich Miss Sutherland so eng an Hosmer Angel bindet und so sehr im Ungewissen über sein Geschick ist, daß sie wenigstens die nächsten zehn Jahre keinen anderen Mann erhört. Bis zur Kirchentür hat er sie gebracht, und weil er nicht weitergehen konnte, ist er in einer für ihn sehr bequemen Weise mit Hilfe eines alten Tricks verschwunden, indem er auf der einen Seite einer Droschke einsteigt und auf der anderen Seite sofort wieder aussteigt. Ich glaube, so haben sich die Dinge abgespielt, Mr. Windibank!«

Unser Besucher hatte sich wieder ein wenig gefaßt, während Holmes sprach, und nun erhob er sich aus seinem Sessel mit eisigem Hohn in seinem bleichen Gesicht.

»Vielleicht ist es so, vielleicht ist es nicht so, Mr. Holmes«, sagte er, »aber wenn Sie schon so scharfsinnig sind, dann sollten Sie auch scharfsinnig genug sein, um zu wissen, daß Sie derjenige sind, der im Moment das Gesetz bricht, nicht ich. Ich habe von Anfang an nichts getan, dessentwegen man gegen mich Anklage erheben könnte, aber solange Sie diese Tür da verschlossen halten, setzen Sie sich selbst einem Verfahren wegen tätlicher Drohung und ungesetzlicher Nötigung aus.«

»Wie Sie sagen, kann das Gesetz Sie nicht belangen«, sagte Holmes; er schloß die Tür auf und öffnete sie. »Aber es hat nie einen Mann gegeben, der eine Strafe mehr verdient hätte als Sie. Wenn die junge Dame einen Bruder oder einen Freund hat, dann sollte er Ihnen die Peitsche über den Rücken ziehen. Beim Zeus!« fuhr er fort, erregt angesichts des grimmigen

Hohns auf dem Gesicht des Mannes, »es gehört nicht zu meinen Pflichten gegenüber meiner Klientin, aber da ist eine Jagdpeitsche in Reichweite, und ich schätze, ich werde mir das Vergnügen . . .« Er machte zwei schnelle Schritte hin zur Peitsche, aber bevor er sie ergreifen konnte, ächzte die Treppe unter schnellen Tritten, die schwere Haustür fiel krachend ins Schloß, und vom Fenster aus konnten wir Mr. James Windibank sehen, wie er, so schnell es ging, die Straße hinablief.

»So ein kaltblütiger Schurke!« sagte Holmes lachend, als er sich wieder in seinen Sessel fallen ließ. »Dieser Bursche wird von Verbrechen zu Verbrechen aufsteigen, bis er etwas ganz Übles tut und am Galgen endet. In mancher Hinsicht war dieser Fall keineswegs uninteressant.«

»Ich kann auch jetzt noch nicht all Ihre Denkschritte nachvollziehen«, bemerkte ich.

»Nun ja, es war doch von Anfang an klar, daß dieser Mr. Hosmer Angel sehr schwerwiegende Gründe für sein seltsames Benehmen haben mußte, und genauso klar war, daß der einzige Mann, der wirklich Nutzen aus dem Vorfall zog, der Stiefvater war, soweit wir sehen konnten. Dann die Tatsache, daß die beiden Männer nie zusammengekommen sind, sondern der eine immer nur erschien, wenn der andere abwesend war; das war sehr aufschlußreich. Aufschlußreich waren auch die getönten Gläser und die merkwürdige Stimme, die genau wie der buschige Backenbart auf eine Verkleidung hinwies. Mein Verdacht wurde dadurch bekräftigt, daß er seine Unterschrift mit der Maschine schrieb, woraus sich schließen ließ, daß ihr seine Handschrift so vertraut war, daß sie sie sofort wiedererkennen würde. Wie Sie sehen, wiesen alle Tatsachen für sich genommen, zusammen mit vielen kleineren, in dieselbe Richtung.«

»Und wie haben Sie das alles überprüft?«

»Nachdem ich den Mann einmal ausfindig gemacht hatte, war es einfach, die Verdachtspunkte zu bestätigen. Ich wußte, für welche Firma dieser Mann arbeitet. Ich habe die gedruckte Beschreibung genommen und daraus alles gestrichen, was das

Ergebnis einer Verkleidung sein könnte – Backenbart, Brille, Stimme –, und dann habe ich die Beschreibung an die Firma geschickt, mit der Bitte, mir mitzuteilen, ob diese Beschreibung auf einen ihrer Vertreter zutrifft. Die Eigentümlichkeiten der Schreibmaschine hatte ich bereits bemerkt, und ich habe dem Mann an seine Geschäftsadresse geschrieben und ihn gebeten, herzukommen. Wie erwartet, war seine Antwort mit der Maschine geschrieben und wies die gleichen nebensächlichen, aber charakteristischen Mängel auf. Mit der gleichen Post erhielt ich einen Brief von Westhouse & Marbank auf der Fenchurch Street, des Inhalts, daß die Beschreibung in allen Einzelheiten auf ihren Angestellten James Windibank zutrifft. *Voilà tout!*«

»Und Miss Sutherland?«

»Sie wird mir nicht glauben, wenn ich es ihr erzähle. Sie erinnern sich vielleicht an das alte persische Sprichwort ›Gefahr droht dem, der das Tigerjunge stiehlt, und Gefahr auch dem, der einer Frau ein Trugbild nimmt‹. Bei Hafis findet sich ebenso viel Vernunft wie bei Horaz, und genauso viel Weltklugheit.«

# DAS RÄTSEL VON BOSCOMBE VALLEY

Eines Morgens saßen meine Frau und ich beim Frühstück, als das Hausmädchen ein Telegramm hereinbrachte. Es kam von Sherlock Holmes und lautete so:

> Haben Sie ein paar Tage übrig? Man hat eben aus Westengland nach mir gedrahtet, in Zusammenhang mit der Boscombe-Valley-Tragödie. Hätte Sie gern dabei. Luft und Landschaft wunderschön. Ab Paddington 11 : 15.

»Was meinst du dazu, Liebster?« fragte meine Frau. Sie sah mich über den Tisch hinweg an. »Wirst du fahren ?«

»Ich weiß wirklich nicht, was ich sagen soll. Ich habe im Moment eine ziemlich lange Liste.«

»Oh, deine Arbeit kann doch Anstruther erledigen. Du siehst in letzter Zeit ein wenig bleich drein. Ich glaube, die Luftveränderung würde dir guttun, und du bist doch immer so sehr an Mr. Sherlock Holmes' Fällen interessiert.«

»Wenn es anders wäre, wäre ich undankbar, vor allem, wenn ich sehe, was ich dank einem Fall gewonnen habe«, antwortete ich. »Wenn ich aber fahren will, dann muß ich sofort packen, ich habe nur noch eine halbe Stunde.«

Meine Erfahrungen mit dem Lagerleben in Afghanistan hatten mich zumindest zu einem schnellen und zum Aufbruch bereiten Reisenden gemacht. Meine Bedürfnisse waren einfach und gering an der Zahl, und in weniger als der genannten Zeit befand ich mich mit meinem Koffer in einer Droschke, die zur Paddington Station ratterte. Sherlock Holmes wanderte auf dem Bahnsteig auf und ab; seine große, hagere Gestalt wurde von seinem langen grauen Reisemantel und der enganliegenden Tuchkappe noch hagerer und größer gemacht.

»Es ist wirklich sehr freundlich, daß Sie mitkommen, Watson«, sagte er. »Es läßt mich ganz anders an die Sache herangehen, wenn ich jemanden bei mir habe, auf den ich mich ganz verlassen kann. Was man am Ort an Hilfe bekommen kann, ist immer entweder wertlos oder voreingenommen. Wenn Sie die beiden Eckplätze freihalten, hole ich die Fahrkarten.«

Wir hatten das Abteil für uns allein und brauchten es nur mit einem ungeheuren Haufen von Zeitungen zu teilen, den Holmes mitgebracht hatte. Er las und blätterte darin, zwischendurch machte er sich Notizen und dachte nach, bis wir Reading hinter uns gelassen hatten. Dann rollte er sie plötzlich alle zu einem riesigen Ball zusammen und warf sie ins Gepäcknetz.

»Wissen Sie etwas über den Fall?« fragte er.

»Nichts. Ich habe seit Tagen keine Zeitung mehr gesehen.«

»Die Londoner Presse hat nicht sehr ausführlich darüber berichtet. Ich habe eben alle Zeitungen aus jüngster Zeit durchgesehen, um mich mit den Einzelheiten vertraut zu machen. Soweit ich bisher sehen kann, scheint das einer dieser einfachen Fälle zu sein, die so besonders schwierig sind.«

»Das klingt ein wenig paradox.«

»Es ist aber zutiefst wahr. Einzigartigkeit birgt fast immer einen Schlüssel. Je gewöhnlicher und unauffälliger ein Verbrechen ist, desto schwieriger ist es zu durchschauen. In diesem Fall hat man aber wohl sehr ernste Verdachtsmomente gegen den Sohn des Ermordeten.«

»Es handelt sich also um einen Mord?«

»Nun ja, jedenfalls hält man es dafür. Ich werde nichts für gegeben halten, so lange ich nicht die Möglichkeit hatte, mich persönlich damit zu befassen. Ich will Ihnen in kurzen Worten erklären, wie die Dinge liegen, soweit ich im Stande war, es zu begreifen.

Boscombe Valley ist ein Landbezirk in der Nähe von Ross, in Herefordshire. Der größte Grundbesitzer in dieser Gegend ist ein Mr. John Turner, der sein Geld in Australien gemacht hat und vor einigen Jahren in seine alte Heimat zurückgekehrt ist. Hatherley, eine der Farmen in seinem Besitz, wurde an

Mr. Charles McCarthy verpachtet, auch er ein ehemaliger Australier. Die Männer hatten einander in den Kolonien kennengelernt, es ist also ganz natürlich, daß sie sich so nahe wie möglich beieinander niedergelassen haben. Offenbar war Turner von beiden der reichere, also wurde McCarthy sein Pächter, aber es scheint, als hätten sie miteinander auf gleicher Ebene verkehrt, denn sie waren oft zusammen. McCarthy hat einen achtzehnjährigen Sohn, Turner eine Tochter gleichen Alters, aber beider Frauen sind tot. Sie scheinen den Umgang mit den englischen Familien der Nachbarschaft gemieden und zurückgezogen gelebt zu haben, obwohl beide McCarthys viel für Sport übrig haben und oft bei Pferderennen in der Umgebung gesehen werden. McCarthy hat zwei Dienstboten – einen Mann und ein Mädchen. Turner hat einen großen Haushalt, mindestens ein halbes Dutzend. So viel habe ich über die Familien erfahren können. Jetzt zu den Tatsachen.

Am dritten Juni – also am vergangenen Montag – hat McCarthy sein Haus in Hatherley gegen drei Uhr nachmittags verlassen und ist zum Boscombe Pool hinuntergegangen, einem kleinen See, den der Fluß, der durch das Boscombe Valley fließt, an dieser Stelle bildet. Morgens war er mit seinem Diener in Ross gewesen und hatte dem Mann gesagt, er müsse sich beeilen, weil er um drei Uhr eine wichtige Verabredung einzuhalten habe. Er ist von dieser Verabredung nicht lebendig zurückgekehrt.

Vom Farmhaus Hatherley zum Boscombe Pool ist es eine Viertelmeile, und zwei Leute haben ihn auf dem Weg dorthin gesehen. Einmal eine alte Frau, deren Name nicht erwähnt wird, und zum anderen William Crowder, ein Wildhüter in Diensten von Mr. Turner. Diese beiden Zeugen erklären, daß Mr. McCarthy allein war, als sie ihn sahen. Der Wildhüter sagt außerdem, einige Minuten, nachdem er Mr. McCarthy habe vorbeigehen sehen, habe er auch dessen Sohn, Mr. James McCarthy gesehen, der mit einem Gewehr unter dem Arm in die gleiche Richtung ging. Er ist ziemlich sicher, daß der Vater zu diesem Zeitpunkt noch in Sichtweite war und daß der Sohn ihm gefolgt ist. Er hat nicht weiter darüber nachgedacht, bis er abends von der Tragödie hörte, die sich ereignet hatte.

Auch nachdem der Wildhüter William Crowder sie aus den Augen verloren hatte, sind die beiden McCarthys noch gesehen worden. Der Boscombe Pool ist von dichtem Gehölz umgeben und hat einen kleinen Saum aus Gras und Schilf gleich am Ufer. Ein vierzehnjähriges Mädchen, Patience Moran, die Tochter des Pförtners vom Herrenhaus Boscombe Valley, war in dem Gehölz, um Blumen zu pflücken. Sie sagt aus, daß sie, als sie dort war, am Waldrand und nahe am See Mr. McCarthy und seinen Sohn gesehen hat, und beide hätten anscheinend heftig miteinander gestritten. Sie hat gehört, wie der ältere Mr. McCarthy seinen Sohn in sehr üblen Worten beschimpfte, und sie hat gesehen, wie der Sohn die Hand hob, als wollte er seinen Vater schlagen. Sie war über die Heftigkeit der beiden so erschrocken, daß sie fortgelaufen ist und ihrer Mutter, als sie zu Hause ankam, erzählt hat, sie habe die beiden McCarthys am Boscombe Pool streiten sehen und befürchtet, sie könnten sich schlagen. Das hatte sie kaum gesagt, als der junge Mr. McCarthy zum Pförtnerhaus gelaufen kam und sagte, er habe seinen Vater tot im Wald aufgefunden und wolle den Pförtner zu Hilfe holen. Er war sehr erregt und hatte weder den Hut noch das Gewehr bei sich, und seine rechte Hand und sein rechter Ärmel sollen von frischem Blut beschmiert gewesen sein. Als sie ihm folgten, haben sie den Leichnam des Vaters gefunden, ausgestreckt im Gras neben dem Pool. Der Schädel war mit mehreren Schlägen von einer schweren, stumpfen Waffe eingeschlagen worden. So, wie die Verletzungen aussahen, konnten sie sehr wohl vom Kolben des Gewehrs seines Sohnes stammen, und die Waffe wurde nur wenige Schritte vom Leichnam entfernt im Gras gefunden. Unter diesen Umständen wurde der junge Mann sofort festgenommen, und nachdem die Untersuchung am Dienstag zu dem Ergebnis ›Vorsätzlicher Mord‹ gekommen war, wurde er am Mittwoch den Behörden in Ross vorgeführt, die den Fall an die nächste Tagung des Schwurgerichts überwiesen haben. Das sind die wichtigsten Tatsachen in diesem Fall, so wie sie sich bei der Leichenschau und vor dem Polizeigericht dargestellt haben.«

»Ich kann mir kaum einen eindeutigeren Fall vorstellen«, bemerkte ich. »Wenn je alle Indizien auf einen Verbrecher hingewiesen haben, dann hier.«

»Indizien sind immer eine verzwickte Sache«, erwiderte Holmes gedankenverloren; »sie verweisen oft scheinbar eindeutig auf etwas, aber wenn man seine eigene Perspektive ein klein wenig verändert, stellt man möglicherweise fest, daß sie genauso unmißverständlich auf etwas ganz anderes deuten. Man muß aber zugeben, daß die Sache äußerst schlecht für den jungen Mann aussieht, und es ist sehr gut möglich, daß er tatsächlich der Schuldige ist. In der Nachbarschaft gibt es aber eine Reihe von Leuten, darunter auch Miss Turner, die Tochter des benachbarten Gutsbesitzers, die an seine Unschuld glauben, und die Lestrade, an den Sie sich vielleicht in Zusammenhang mit der Studie in Scharlachrot erinnern, angehalten haben, den Fall im Interesse des jungen Mannes zu bearbeiten. Lestrade findet alles einigermaßen verwirrend und hat den Fall an mich weitergegeben, und so kommt es, daß zwei Gentlemen mittleren Alters mit fünfzig Meilen pro Stunde gen Westen rasen, statt in aller Ruhe zu Hause ihr Frühstück zu verdauen.«

»Ich fürchte«, sagte ich, »die Tatsachen sind so offensichtlich, daß Sie feststellen werden, mit diesem Fall ist wenig Ruhm zu ernten.«

»Nichts ist trügerischer als eine offensichtliche Tatsache«, antwortete er lachend. »Außerdem könnten wir zufällig weitere offensichtliche Tatsachen finden, die für Mr. Lestrade gar nicht so offensichtlich waren. Sie kennen mich gut genug um zu wissen, daß ich nicht angebe, wenn ich sage, daß ich mit Mitteln, die anzuwenden oder auch nur zu verstehen er völlig außerstande ist, seine Theorie entweder bestätigen oder vernichten werde. Um das erste Beispiel zu nehmen, das sich anbietet: Ich stelle sehr eindeutig fest, daß das Fenster in Ihrem Schlafzimmer rechter Hand ist, und dennoch bezweifle ich, daß Mr. Lestrade sogar eine so offensichtliche Tatsache wie diese bemerkt haben würde.«

»Wie um alles in der Welt . . .!«

»Mein lieber Freund, ich kenne Sie gut. Ich kenne die militärische Sauberkeit, die Sie auszeichnet. Sie rasieren sich jeden Morgen, und in dieser Jahreszeit rasieren Sie sich bei Sonnenschein, aber da Ihre Rasur immer weniger gründlich wird, je weiter wir uns auf Ihrer Wange nach links begeben, bis sie am Ende des Kinnbackens wirklich schlampig wird, ist es doch sehr klar, daß diese Seite weniger gut beleuchtet ist als die andere. Ich kann mir nicht vorstellen, daß ein Mann mit Ihren Gewohnheiten sich bei gleichmäßigem Licht betrachtet und mit einem derartigen Ergebnis zufrieden ist. Ich gebe das hier nur als triviales Beispiel für Beobachtung und Schlußfolgerung. Das ist mein *métier*, und es ist durchaus möglich, daß es in der vor uns liegenden Untersuchung ein wenig hilfreich ist. Es gibt einen oder zwei kleinere Punkte, die sich bei der Leichenschau ergaben und die durchaus eine nähere Betrachtung verdienen.«

»Wie sehen sie aus?«

»Es scheint, daß diese Festnahme nicht sofort, sondern erst nach der Rückkehr zur Hatherley Farm erfolgt ist. Als der Polizeiinspektor ihm mitteilte, er sei nun ein Gefangener, hat McCarthy bemerkt, ihn überrasche das nicht, und er habe nichts anderes verdient. Diese seine Bemerkung hatte natürlich zur Folge, daß alle Anflüge von Zweifel, die noch in den Köpfen der Leichenschau-Kommission gewesen sein mögen, zerstreut wurden.«

»Das war ein Geständnis«, rief ich aus.

»Nein, denn anschließend hat er beteuert, er sei unschuldig.«

»Am Ende einer so belastenden Reihe von Umständen war es jedenfalls zumindest eine sehr verdächtige Bemerkung.«

»Im Gegenteil«, sagte Holmes. »Das ist der hellste Riß, den

ich im Moment in den Wolken sehen kann. Wie unschuldig er auch immer sein mag, er kann doch nicht ein so vollkommener Trottel sein, daß er nicht sieht, wie schlimm die Umstände gegen ihn sprechen. Wenn er von seiner Festnahme überrascht gewesen wäre oder Empörung vorgespielt hätte, das hätte ich als überaus verdächtig angesehen, weil unter den Umständen Überraschung oder Zorn unvernünftig gewesen wären, einem Mann mit Hintergedanken aber als beste Verhaltensweise erscheinen könnten. Daß er die Situation so freimütig hingenommen hat, zeigt, daß er entweder unschuldig oder aber ein Mann mit beachtlicher Selbstbeherrschung und Standhaftigkeit ist. Was seine Bemerkung angeht, er habe nichts anderes verdient, so war auch sie keineswegs unvernünftig, wenn man bedenkt, daß er neben dem Leichnam seines Vaters stand und daß es keinen Zweifel daran gibt, daß er am gleichen Tag seine Sohnespflichten so weit vergessen hatte, daß er heftige Worte mit ihm wechselte und nach der Aussage des Mädchens, die sehr wichtig ist, sogar die Hand erhoben hatte, als ob er ihn schlagen wollte. Die Selbstvorwürfe und die Zerknirschung, die aus seiner Bemerkung sprechen, scheinen mir eher auf einen gesunden als auf einen schuldigen Geist hinzuweisen.«

Ich schüttelte den Kopf. »Viele Männer sind auf Grund von viel schlechteren Beweisen gehängt worden«, meinte ich.

»Das stimmt. Und viele Männer sind zu Unrecht gehängt worden.«

»Wie stellt der junge Mann selbst die Sache dar?«

»Seine Darstellung ist, fürchte ich, nicht sehr ermutigend für die, die an seine Unschuld glauben, wenn auch ein Punkt oder zwei darin sehr interessant sind. Sie können es hier finden und selbst lesen.«

Er zog aus seinem Bündel ein Exemplar der örtlichen Zeitung aus Herefordshire, und nachdem er die Seite überflogen hatte, zeigte er mir den Abschnitt mit der Darstellung des unglücklichen jungen Mannes über die Vorfälle. Ich ließ mich in einer Ecke des Abteils nieder und las es sehr aufmerksam. Der Text lautete folgendermaßen:

Mr. James McCarthy, der einzige Sohn des Verstorbenen, wurde dann aufgerufen und sagte aus wie folgt: »Ich war drei Tage von zu Hause fortgewesen, in Bristol, und war am letzten Montag, dem 3., gerade erst morgens zurückgekehrt. Zum Zeitpunkt meiner Ankunft war mein Vater nicht zu Hause, und vom Dienstmädchen erfuhr ich, daß er mit John Cobb, dem Knecht, nach Ross gefahren war. Kurz nach meiner Rückkehr hörte ich die Räder seines Wagens im Hof, und als ich aus dem Fenster sah, sah ich, wie er ausstieg und eilig den Hof verließ, wenn mir auch nicht ersichtlich war, in welche Richtung. Ich nahm daraufhin mein Gewehr und schlenderte in Richtung Boscombe Pool in der Absicht, nach dem Kaninchenbau zu schauen, der auf der anderen Seite liegt. Auf dem Weg sah ich den Wildhüter William Crowder, wie er in seiner Aussage erklärt hat; er irrt sich aber, wenn er annimmt, ich sei meinem Vater gefolgt. Ich hatte keine Ahnung, daß er vor mir war. Als ich noch etwa hundert Yards vom Pool entfernt war, hörte ich den Schrei ›Cooee!‹, ein gebräuchliches Signal zwischen meinem Vater und mir. Daraufhin eilte ich vorwärts und traf ihn neben dem Pool stehend an. Er schien sehr überrascht zu sein, mich zu sehen, und fragte mich ziemlich grob, was ich dort täte. Es kam zu einem Gespräch, das zu lauten Worten und fast zu Schlägen führte, denn mein Vater war ein Mann von sehr hitzigem Temperament. Als ich sah, daß er seine Wut nicht länger bezähmen konnte, habe ich ihn allein gelassen und bin nach Hatherley Farm zurückgekehrt. Ich hatte jedoch erst hundertfünfzig Yards zurückgelegt, als ich hinter mir einen entsetzlichen Schrei hörte, der mich dazu brachte, sofort zurückzulaufen. Ich fand meinen Vater sterbend auf dem Boden, mit schrecklichen Kopfverletzungen. Ich ließ mein Gewehr fallen und hielt ihn in den Armen, aber er starb fast unmittelbar darauf. Ich blieb einige

Minuten neben ihm auf den Knien und habe mich dann zu Mr. Turners Pförtnerhaus aufgemacht, dessen Haus das nächste erreichbare war, um ihn um Hilfe zu bitten. Bei meiner Rückkehr habe ich niemanden in der Nähe meines Vaters gesehen, und ich habe auch keine Vorstellung davon, wie er an diese Verletzungen gekommen sein kann. Er war nicht beliebt, da er in seinem Wesen eher kalt und abweisend war, aber soweit ich weiß, hatte er keine wirklichen Feinde. Mehr weiß ich nicht über die Sache.«

Coroner: »Hat Ihr Vater Ihnen noch etwas gesagt, bevor er starb?«

Zeuge: »Er hat ein paar Worte gemurmelt, aber ich konnte nichts verstehen außer einem Hinweis auf eine Ratte.«

Coroner: »Können Sie sich das erklären?«

Zeuge: »Es ergab für mich keinen Sinn. Ich dachte, er phantasiert.«

Coroner: »Worum ging es bei diesem letzten Streit zwischen Ihnen und Ihrem Vater?«

Zeuge: »Ich möchte nicht darauf antworten.«

Coroner: »Ich fürchte, ich muß darauf bestehen.«

Zeuge: »Es ist mir wirklich unmöglich, Ihnen das zu sagen. Ich kann Ihnen nur versichern, daß es mit der folgenden schrecklichen Tragödie nichts zu tun hat.«

Coroner: »Die Entscheidung darüber liegt beim Gericht. Ich brauche Ihnen wohl nicht zu sagen, daß Ihre Weigerung zu antworten, Ihren Fall in einem möglichen künftigen Verfahren negativ beeinflussen kann.«

Zeuge: »Ich muß trotzdem die Aussage verweigern.«

Coroner: »Verstehe ich Sie recht, daß der Schrei ›Cooee‹ ein Erkennungssignal zwischen Ihnen und Ihrem Vater war?«

Zeuge: »Ja.«

Coroner: »Wie ist es denn dann möglich, daß er diesen Schrei ausstieß, bevor er Sie gesehen hatte und sogar

bevor er wußte, daß Sie aus Bristol zurückgekommen waren?«
Zeuge (in beträchtlicher Verwirrung): »Ich weiß es nicht.«
Mitglied der Jury: »Als Sie den Schrei hörten und umgekehrt sind und Ihren Vater tödlich verwundet vorfanden, haben Sie da irgend etwas Verdächtiges gesehen?«
Zeuge: »Nichts Bestimmtes.«
Coroner: »Wie meinen Sie das?«
Zeuge: »Ich war so verwirrt und aufgeregt, als ich da aus dem Gehölz ins Freie stürzte, daß ich an nichts anderes denken konnte als an meinen Vater. Trotzdem hatte ich den undeutlichen Eindruck, daß etwas links von mir auf dem Boden lag, als ich vorwärts rannte. Es schien mir etwas Graues zu sein, eine Art Mantel, vielleicht ein Plaid. Als ich von meinem Vater wieder aufschaute, habe ich mich danach umgesehen, aber es war fort.«
»Sie meinen, es war verschwunden, bevor Sie Hilfe geholt haben?«
»Ja, es war weg.«
»Sie können nicht sagen, was es war?«
»Nein, ich hatte nur ein Gefühl, daß da etwas war.«
»Wie weit von der Leiche entfernt?«
»Ein Dutzend Yards oder so.«
»Und wie weit entfernt vom Waldrand?«
»Ungefähr gleich weit.«
»Wenn es also entfernt worden ist, dann zu einem Zeitpunkt, als Sie nicht weiter als ein Dutzend Yards entfernt waren?«
»Ja, aber mit dem Rücken in diese Richtung. «
Damit war die Befragung des Zeugen beendet.

»Ich sehe hier«, sagte ich, während ich die Spalte noch einmal überflog, »daß der Coroner bei seinen abschließenden Bemerkungen mit dem jungen McCarthy reichlich streng umgesprungen ist. Er lenkt, und zwar zu Recht, die Aufmerksamkeit auf den Widerspruch, daß sein Vater ihm ein Zeichen gegeben haben soll, bevor er ihn überhaupt gesehen hat, und auch auf seine Weigerung, Einzelheiten über sein Gespräch mit dem Vater mitzuteilen, und auf den seltsamen Bericht über die letzten Worte des Vaters. All das spricht, wie er feststellt, sehr stark gegen den Sohn.«

Holmes lachte leise in sich hinein und streckte sich auf dem Polstersitz aus. »Sie und der Coroner haben sich beide einige Mühe gemacht«, sagte er, »die Punkte hervorzuheben, die am stärksten für den jungen Mann sprechen. Sehen Sie denn nicht, daß Sie ihn abwechselnd beschuldigen, zu viel und zu wenig Phantasie zu haben? Zu wenig, wenn er für den Streit keinen Grund erfinden könnte, der ihm die Sympathie der Jury einbrächte; zu viel, wenn er nur aus sich heraus eine so ausgefallene Sache wie den Hinweis des Sterbenden auf eine Ratte und die Geschichte mit dem verschwundenen Kleidungsstück vorbringen soll. Nein, Sir; ich werde mich mit diesem Fall von dem Gesichtspunkt aus befassen, daß dieser junge Mann die Wahrheit sagt, und wir werden sehen, wohin diese Hypothese uns führt. So, hier habe ich meinen Taschen-Petrarca, und ich werde kein Wort mehr zu diesem Fall sagen, bis wir am Schauplatz angekommen sind. Wir nehmen unseren Lunch auf der Höhe von Swindon ein, und wie ich sehe, werden wir in zwanzig Minuten dort sein.«

Es war beinahe vier Uhr, als wir endlich in der hübschen Kleinstadt Ross eintrafen, nachdem wir das wunderschöne Tal des Stroud hinter uns gelassen und den breiten, leuchtenden Severn überquert hatten. Ein hagerer, frettchenartiger Mann, der verstohlen und argwöhnisch dreinblickte, erwartete uns auf dem Bahnsteig. Trotz hellbraunen Staubmantels und lederner Gamaschen, die er in Anpassung an die ländliche Umgebung trug, erkannte ich doch mühelos Lestrade von Scotland Yard. Mit ihm fuhren wir zum Hereford Arms Hotel, wo man uns ein Zimmer reserviert hatte.

»Ich habe einen Wagen bestellt«, sagte Lestrade. Wir saßen bei einer Tasse Tee. »Ich weiß doch, wie energisch Sie sind, und daß Sie erst zufrieden sind, wenn Sie am Schauplatz des Verbrechens waren.«

»Sehr nett und zuvorkommend von Ihnen«, antwortete Holmes. »Aber das hängt ganz vom barometrischen Druck ab.«

Lestrade blickte ihn verstört an. »Ich kann Ihnen nicht ganz folgen«, sagte er.

»Was sagt das Glas? Aha, neunundzwanzig. Kein Wind, und keine einzige Wolke am Himmel. Hier habe ich eine Schachtel Zigaretten, die unbedingt geraucht werden müssen, und das Sofa sieht viel besser aus als die üblichen Scheußlichkeiten in Hotels auf dem Lande. Ich halte es für sehr unwahrscheinlich, daß ich heute abend den Wagen benutzen werde.«

Lestrade lachte nachsichtig. »Sie haben Ihre Schlußfolgerungen zweifellos schon mit Hilfe der Zeitungen gezogen«, sagte er. »Der Fall liegt sonnenklar, und je mehr man sich damit beschäftigt, um so klarer wird er. Andererseits kann man natürlich einer Dame nichts abschlagen, einer so beharrlichen dazu. Sie hat von Ihnen gehört und will wissen, was Ihre Meinung hierzu ist, obwohl ich ihr mehrmals gesagt habe, Sie könnten hier auch nichts tun, was ich nicht schon getan hätte. Ach du liebe Zeit! Da ist ihr Wagen!«

Er hatte es kaum gesagt, als eine der hübschesten jungen Frauen ins Zimmer stürzte, die ich im Leben je gesehen habe. Ihre blauen Augen leuchteten, ihr Mund war leicht geöffnet, ein rosa Hauch lag auf ihren Wangen, jeder Gedanke an ihre natürliche Zurückhaltung war untergegangen in überwältigender Erregung und Besorgnis.

»Oh, Mr. Sherlock Holmes!« rief sie; sie blickte zwischen uns hin und her und wandte sich schließlich mit der schnellen Intuition einer Frau an meinen Gefährten. »Ich bin so froh, daß Sie gekommen sind. Ich bin mit dem Wagen hergekommen, um Ihnen das zu sagen. Ich weiß, daß James es nicht getan hat. Ich weiß es, und ich möchte, daß auch Sie es wissen, bevor Sie mit Ihrer Arbeit beginnen. Bitte zweifeln Sie nie daran. Wir kennen einander, seit wir kleine Kinder waren, und ich kenne seine Fehler besser als jeder andere; aber er hat ein so weiches Herz, daß er nicht einmal einer Fliege etwas zuleide tun kann. Für jeden, der ihn wirklich kennt, ist diese Beschuldigung absurd.«

»Ich hoffe, wir können ihn davon reinwaschen, Miss Turner«, sagte Sherlock Holmes. »Sie können sich darauf verlassen, daß ich alles tun werde, was ich kann.«

»Aber Sie kennen doch die Beweislage. Haben Sie schon Schlüsse gezogen? Sehen Sie nicht vielleicht ein Schlupfloch, irgendeine Schwachstelle? Glauben Sie vielleicht selbst auch, daß er unschuldig ist?«

»Ich halte es für sehr wahrscheinlich.«

»Da hören Sie es!« rief sie. Sie warf ihren Kopf zurück und blickte Lestrade trotzig an. »Haben Sie es gehört? Er macht mir Hoffnung.«

Lestrade zuckte mit den Schultern. »Ich fürchte, mein Kollege hat seine Schlüsse ein bißchen voreilig gezogen«, sagte er.

»Aber er hat recht. Oh, ich weiß, daß er recht hat! James kann das nie getan haben. Und dieser Streit mit seinem Vater. Ich bin sicher, der Grund, weshalb er dem Coroner nichts darüber sagen wollte, ist, daß ich davon betroffen bin.«

»Inwiefern?« fragte Holmes.

»Es ist jetzt nicht der Zeitpunkt für mich, irgend etwas zu verheimlichen. James und sein Vater hatten meinetwegen viele Meinungsverschiedenheiten. Mr. McCarthy hat immer großen Wert darauf gelegt, daß wir irgendwann heiraten. James und ich haben einander immer wie Bruder und Schwester geliebt, aber er ist natürlich jung und hat noch so wenig vom Leben gesehen und ... und ... also, er wollte natürlich noch nichts Derartiges tun. Deswegen gab es Streit, und ich bin sicher, dieser Streit war auch so einer.«

»Und Ihr Vater?« fragte Holmes. »War er für solch eine Verbindung?«

»Nein, er war auch dagegen. Niemand außer Mr. McCarthy war dafür.« Eine jähe Röte überzog ihr frisches, junges Gesicht, als Holmes ihr einen seiner scharfen, forschenden Blicke zuwarf.

»Ich danke Ihnen für diese Information«, sagte er. »Kann ich Ihren Vater sprechen, wenn ich morgen vorbeikomme?«

»Ich fürchte, das wird der Doktor nicht erlauben.«

»Der Doktor?«

»Ja, wußten Sie das nicht? Mein armer Vater ist schon seit vielen Jahren nicht sehr gesund, aber das hat ihn völlig zusammenbrechen lassen. Er mußte sich hinlegen, und Dr. Willows sagt, er muß mindestens eine Woche im Bett bleiben, und sein Nervensystem ist völlig zerrüttet. Mr. McCarthy war der einzige lebende Mensch, der Vater früher in Victoria gekannt hat.«

»Ha! In Victoria! Das ist sehr wichtig.«

»Ja, in den Minen.«

»Genau; in den Goldminen, wo Mr. Turner, wenn ich mich nicht irre, sein Vermögen gemacht hat.«

»Ja, das ist richtig.«

»Ich danke Ihnen, Miss Turner. Sie haben mir wirklich sehr geholfen.«

»Sagen Sie es mir bitte, wenn Sie morgen etwas Neues wissen! Sie werden doch bestimmt ins Gefängnis gehen, um mit James zu sprechen. Oh, Mr. Holmes, wenn Sie hingehen, sagen Sie ihm doch bitte, ich weiß, daß er unschuldig ist.«

»Ich werde es ihm sagen, Miss Turner.«

»Ich muß jetzt heimfahren, denn Vater ist sehr krank, und er vermißt mich so sehr, wenn ich fort bin. Good-bye, und möge Gott Ihnen bei Ihrer Arbeit beistehen.« So impulsiv, wie sie ihn betreten hatte, verließ sie den Raum, und wir hörten die Räder ihres Wagens die Straße hinabrattern.

»Ich schäme mich für Sie, Holmes«, sagte Lestrade würdevoll nach mehrminütigem Schweigen. »Wie können Sie nur Hoffnungen wecken, die Sie doch enttäuschen müssen? Ich bin nicht gerade weichherzig, aber das nenne ich grausam.«

»Ich glaube, ich weiß schon, wie ich James McCarthy freibekomme«, sagte Holmes. »Haben Sie die Erlaubnis, ihn im Gefängnis aufzusuchen?«

»Ja, aber nur für Sie und mich.«

»Dann werde ich wohl meinen Entschluß, nicht mehr auszugehen, revidieren. Haben wir noch genug Zeit, um einen Zug nach Hereford zu nehmen und mit ihm heute abend zu reden?«

»Reichlich.«

»Dann sollten wir das tun. Watson, ich fürchte, für Sie wird es langweilig sein, aber ich werde nur ein paar Stunden fortbleiben.«

Ich ging mit ihnen zum Bahnhof hinab und wanderte anschließend durch die Straßen der kleinen Stadt, bis ich zum Hotel zurückkehrte, wo ich es mir auf dem Sofa bequem machte und mich für einen billigen Schmöker zu interessieren suchte. Die Handlung der Geschichte war jedoch allzu dünn und erbärmlich, wenn ich sie mit dem dunklen Rätsel verglich, durch das wir uns tasteten, und meine Gedanken schweiften von der Dichtung immer wieder zur Wirklichkeit ab, so daß ich schließlich das Buch an die Wand warf und mich ganz einer Betrachtung der Ereignisse des Tages hingab. Angenommen, die Geschichte dieses unglücklichen jungen Mannes wäre absolut wahr – welche Teufelei, welches völlig unvorhersehbare und außerordentliche Unheil konnte sich dann zwischen dem Zeitpunkt, da er von seinem Vater schied, und dem Augenblick ereignet haben, da er, von den Schreien zurückgerufen, auf die Lichtung stürzte? Es mußte etwas Schreckliches und Tödliches sein. Was konnte es nur sein? Könnte die Art der Verletzungen nicht vielleicht meinem ärztlichen Instinkt etwas verraten? Ich läutete und ließ mir die örtliche Wochenzeitung bringen, die einen wortwörtlichen Bericht über die Leichenschau enthielt. Der Arzt stellte in seinem Bericht fest, daß das hintere Drittel des linken Scheitelbeins und die linke Hälfte des Hinterhaupt-Knochens durch einen schweren Schlag mit einer stumpfen Waffe zerschmettert worden waren. Ich berührte die Stelle an meinem eigenen Kopf. Offenbar konnte ein solcher Schlag nur von hinten geführt worden sein. Das sprach in gewisser Weise zugunsten des Angeklagten, da er ja seinem Vater gegenüber gestanden hatte, als man sie miteinander streiten sah. Viel ließ sich jedoch nicht damit machen, denn der Ältere mochte ihm durchaus den Rücken gekehrt haben, ehe der Schlag fiel. Dennoch konnte es nützlich sein, Holmes' Aufmerksamkeit hierauf zu lenken. Dann war da der merkwürdige Hinweis des Sterbenden auf eine Ratte. Was konnte das bedeuten? Delirium konnte es nicht sein. Ein Mann, der an einem jähen Schlag stirbt, deliriert normalerweise nicht. Nein, mit größerer Wahrscheinlichkeit war es ein Versuch gewesen, zu erklären, wie ihn das Unheil ereilt hatte. Aber worauf konnte das hindeuten? Und dann die Geschichte mit dem grauen Tuch, das der junge McCarthy gesehen hatte. Wenn es stimmte, dann mußte der Mörder auf der Flucht einen Teil seiner Kleidung verloren haben, vermutlich den Mantel, und hatte dann die Kühnheit besessen, umzukehren und ihn zu holen, in dem Augenblick, da der Sohn keine zwölf Schritte entfernt kniete und ihm den Rücken zuwandte. Welch ein Gewirk von Rätseln und Unwahrscheinlichkeiten die ganze Sache doch war! Über Lestrades Meinung war ich nicht verwundert, und doch hatte ich so viel Vertrauen zu Sherlock Holmes' Scharfsinn, daß ich nicht bereit war, die Hoffnung aufzugeben, solange jede neu ans Licht kommende Tatsache seine Überzeugung, daß der junge McCarthy unschuldig sei, zu stärken schien.

Es wurde spät, ehe Sherlock Holmes zurückkehrte. Er kam allein, denn Lestrade hatte in der Stadt Quartier genommen.

»Das Barometer ist noch immer sehr hoch«, bemerkte er, als er sich niederließ. »Es ist wichtig, daß es nicht regnet, bevor wir uns den Boden haben ansehen können. Andererseits sollte man in bester Verfassung und besonders wach sein, wenn es um eine so hübsche Arbeit geht, und ich wollte nicht damit anfangen, solange ich noch erschöpft bin von einer langen Reise. Ich habe mit dem jungen McCarthy gesprochen.«

»Und was haben Sie von ihm erfahren?«

»Nichts.«

»Konnte er kein Licht in die Sache bringen?«

»Überhaupt gar keines. Eine Weile neigte ich zu der Annahme, daß er weiß, wer es getan hat, und nun ihn oder sie decken will, aber inzwischen bin ich davon überzeugt, daß er genauso im dunkeln tappt wie alle anderen. Er ist nicht übermäßig gescheit, sieht aber gut aus und hat, glaube ich, ein gutes Herz.«

»Seinen Geschmack kann ich aber nicht bewundern«, bemerkte ich, »wenn es tatsächlich stimmt, daß er eine so charmante junge Dame wie diese Miss Turner nicht heiraten will.«

»Ah, daran hängt eine sehr schmerzliche Geschichte! Dieser Junge ist bis über beide Ohren und den Verstand in sie verliebt, aber vor zwei Jahren, als er noch ein halbes Kind war, und bevor er sie wirklich kannte – sie war nämlich fünf Jahre lang in einem Internat gewesen –, was macht der Trottel da? Er fällt einem Barmädchen in Bristol in die Klauen und heiratet sie standesamtlich. Niemand weiß auch nur das Geringste davon, aber Sie können sich wohl vorstellen, wie rasend es ihn machen muß, daß man ihm vorwirft, etwas nicht zu tun, wofür er alles gäbe, wenn er es tun könnte, wovon er aber weiß, daß es völlig unmöglich ist. Es war nichts als ein Anfall dieser Art, daß er die Hände in die Luft warf, als sein Vater ihn bei ihrem letzten Gespräch wieder anstacheln wollte, Miss Turner einen Antrag zu machen. Andererseits konnte er nicht für seinen eigenen Unterhalt aufkommen, und sein Vater, der, nach allem, was man hört, ein sehr harter Mann gewesen sein muß, hätte ihn zweifellos verstoßen, wenn er die Wahrheit gewußt hätte. Die letzten drei Tage in Bristol hat er mit dieser Barmädchen-Gattin verbracht, und sein Vater wußte nicht, wo er war. Beachten Sie diesen Punkt; er ist wichtig. Trotzdem ist aus all dem Schlechten Gutes erwachsen; das Barmädchen hat den Zeitungen entnommen, daß er in ernsten Schwierigkeiten steckt und wahrscheinlich gehängt wird, deshalb hat sie sich völlig von ihm losgesagt und ihm geschrieben, daß sie in der Bermuda-Werft schon einen Ehemann hat, so daß zwischen ihnen in Wahrheit gar kein Band besteht. Ich glaube, daß diese Neuigkeit den jungen McCarthy bei allem Erlittenen ein wenig getröstet hat.«

»Wenn er aber unschuldig ist, wer hat es dann getan?«

»Ah! Wer? Ich möchte Ihre Aufmerksamkeit besonders auf zwei Punkte lenken. Der erste ist, daß der Ermordete am Pool mit jemandem verabredet war und daß dieser Jemand nicht sein Sohn gewesen sein kann, denn der Sohn war abwesend, und der Vater wußte nicht, wann er zurückkommen würde. Der zweite Punkt ist, daß man den Ermordeten ›Cooee!‹ hat rufen hören, bevor er wußte, daß sein Sohn heimgekommen war. Dies sind die entscheidenden Punkte, von denen der ganze Fall abhängt. Aber jetzt wollen wir lieber über George Meredith reden, wenn Sie mögen, und kleinere Fragen bis morgen ruhen lassen.«

Wie Holmes vorhergesagt hatte, regnete es nicht, und der Morgen brach hell und wolkenlos an. Um neun Uhr holte Lestrade uns mit dem Wagen ab, und wir machten uns auf den Weg nach Hatherley Farm und Boscombe Pool.

»Es gibt heute morgen schlechte Neuigkeiten«, bemerkte Lestrade. »Es heißt, daß Mr. Turner vom Herrenhaus so krank ist, daß man ihn aufgegeben hat.«

»Ich nehme an, er ist ein älterer Mann?« sagte Holmes.

»Um die sechzig, aber sein Leben in der Fremde hat seine Konstitution ruiniert, und er war schon seit einiger Zeit bei immer schlechterer Gesundheit. Diese Geschichte hat ihn übel mitgenommen. Er war ein alter Freund von McCarthy und außerdem sein großer Wohltäter; wie ich erfahren habe, hat er ihm nämlich Hatherley Farm pachtfrei überlassen.«

»Tatsächlich! Das ist interessant«, sagte Holmes.

»Ja, gewiß! Und er hat ihm auf hundert andere Arten geholfen. Alle Leute hier in der Gegend reden von seiner Güte ihm gegenüber.«

»Tatsächlich! Kommt es Ihnen nicht ein wenig eigenartig vor, daß dieser McCarthy, der kaum etwas besessen zu haben scheint und wohl Turner so sehr verpflichtet war, trotzdem davon geredet haben soll, seinen Sohn mit Turners Tochter zu verheiraten, und dazu noch so, als wäre alles todsicher, als ob es nur eine Frage des Antrags wäre, und alles andere würde sich daraus ergeben? Das ist um so befremdlicher, als wir wissen, daß Turner selbst ganz gegen diese Idee war. Das hat uns die Tochter erzählt. Können Sie daraus nichts deduzieren?«

»Damit sind wir wieder bei Deduktionen und Schlußfolgerungen«, sagte Lestrade; er zwinkerte mir zu. »Es fällt mir schwer genug, mit den Tatsachen zurechtzukommen, Holmes, auch ohne Theorien und Phantasien nachzuhängen.«

»Sie haben recht«, sagte Holmes ernsthaft; »es fällt Ihnen wirklich schwer, mit den Tatsachen zurechtzukommen.«

»Wie auch immer, jedenfalls habe ich eine Tatsache begriffen, die zu erfassen Ihnen wohl schwer fällt«, erwiderte Lestrade mit einiger Heftigkeit.

»Und zwar?«

»Daß McCarthy senior durch McCarthy junior den Tod gefunden hat und daß alle gegenteiligen Theorien Irrlichter sind.«

»Nun ja, Irrlichter sind immerhin heller als Dunst«, sagte Holmes lachend. »Aber wenn ich mich nicht sehr irre, ist das da links Hatherley Farm.«

»Ja, das ist es.« Es war ein breites Gebäude von gemütlichem Aussehen, mit zwei Stockwerken, Schieferdach und großen gelben Flechtenflecken auf den grauen Wänden. Die verhängten Fenster und die Kamine ohne Rauch gaben ihm jedoch ein niedergeschlagenes Aussehen, als läge die Last dieses Schreckens noch immer schwer auf ihm. Wir klopften an die Tür, und auf Holmes' Bitte zeigte das Dienstmädchen uns die Stiefel, die ihr Herr zum Zeitpunkt seines Todes getragen hatte, außerdem ein Paar Stiefel des Sohns, wenn auch nicht jenes, das er damals angehabt hatte. Nachdem er sie von sieben oder acht verschiedenen Ansatzpunkten aus gründlich abgemessen hatte, äußerte Holmes den Wunsch, man möge ihn in den Hof führen, von wo wir alle dem mäandrierenden Pfad folgten, der zum Boscombe Pool führt.

Sherlock Holmes war wie verwandelt, wenn er so dicht auf einer solchen Spur war. Wer nur den stillen Denker und Logiker aus der Baker Street kannte, hätte ihn nun nicht wiedererkannt. Sein Gesicht war erregt und verdüstert. Die Brauen waren zu zwei harten schwarzen Strichen geworden, unter denen seine Augen mit einem stählernen Glitzern hervorleuchteten. Sein Gesicht war nach unten gerichtet, die Schultern vorgebeugt, die Lippen zusammengepreßt, und vom langen sehnigen Hals hoben sich die Adern wie Peitschenschnüre ab. Seine Nasenflügel schienen sich in rein tierischer Jagdlust aufzublähen, und sein Geist war so ausschließlich auf die vor ihm liegende Sache konzentriert, daß Fragen oder Bemerkungen ungehört an ihm vorbeistrichen oder bestenfalls ein schnelles, ungeduldiges Knurren als Antwort hervorriefen. Schnell und stumm legte er den Weg zurück, der sich durch die Wiesen und dann durch den Wald zum Boscombe Pool windet. Der Boden war feucht und sumpfig, wie überall in dieser Gegend, und sowohl auf dem Pfad als auch in dem kurzen Gras, das ihn auf beiden Seiten umgab, waren die Spuren von vielen Füßen zu sehen. Manchmal eilte Holmes vor, dann plötzlich blieb er regungslos stehen, und einmal machte er einen ziemlichen Umweg durch die Wiesen. Lestrade und ich gingen hinter ihm her; der Detektiv war gleichgültig und voller Verachtung, während ich meinen Freund mit einem Interesse beobachtete, das aus der Überzeugung erwuchs, daß jede einzelne seiner Handlungen auf ein bestimmtes Ziel gerichtet war.

Boscombe Pool ist eine etwa fünfzig Yards durchmessende, von Ried gesäumte Wasserfläche und liegt an der Grenze zwischen Hatherley Farm und dem privaten Park des wohlhabenden Mr. Turner. Oberhalb des Gehölzes auf der gegenüberliegenden Seite des Pools sahen wir die spitzen Giebeltürmchen rot aufragen, die uns anzeigten, an welcher Stelle sich die Behausung des reichen Landbesitzers befand. Auf der Hatherley zugewandten Seite des Pools war das Gehölz sehr dicht, und zwischen dem Schilf, das den See säumte, und dem Waldrand erstreckte sich ein schmaler, etwa zwanzig Schritt breiter Gürtel feuchten Grases. Lestrade zeigte uns den genauen Fleck, an dem man den Leichnam gefunden hatte, und das Gras war wirklich so feucht, daß ich die Umrisse deutlich sehen konnte, die der erschlagene Mann bei seinem Sturz hinterlassen hatte. Wie ich an seinem eifrigen Gesicht und den suchenden Augen sah, waren für Holmes noch viele weitere Dinge im zertrampelten Gras zu lesen. Er lief im Kreis umher wie ein Hund, der eine Fährte aufnimmt, und wandte sich dann an meinen Begleiter.

»Warum sind Sie in den Pool gestiegen?« fragte er.

»Ich habe mit einem Rechen darin gefischt. Ich dachte, vielleicht findet sich eine Waffe oder sonst eine Spur. Aber wie um alles in der Welt . . .?«

»Oh ts ts! Ich habe keine Zeit. Ihr linker Fuß da, mit der Drehung nach innen, findet sich überall. Sogar ein Maulwurf könnte Ihrer Spur folgen, und hier verschwindet sie im Schilf. Oh, wie einfach hätte alles sein können, wenn ich nur hier gewesen wäre, bevor sie alle wie eine Büffelherde angekommen sind und alles zertrampelt haben. Hier ist die Gruppe mit dem Pförtner angekommen, und im Umkreis von sechs bis acht Fuß um die Leiche haben sie alle Spuren ausgelöscht. Aber hier sind drei einzelne Spuren von den gleichen Füßen.« Er zog ein Vergrößerungsglas hervor und legte sich auf seinen wasserdichten Mantel, um besser sehen zu können; dabei redete er unausgesetzt eher mit sich als zu uns. »Das sind die Füße des jungen McCarthy. Zweimal ist er hier gegangen, und einmal schnell gelaufen, deshalb sind die Sohlen tief eingedrückt und die Absätze kaum zu sehen. Das stützt seine Geschichte. Er ist gerannt, als er seinen Vater am Boden liegen sah. Das hier, das sind die Füße des Vaters, als er hin und her gegangen ist. Was ist denn das da? Das ist das Ende des Gewehrkolbens, wo der Sohn gestanden und zugehört hat. Und das? Ha! Ha! Was haben wir denn da? Zehenspitzen, Zehenspitzen! Außerdem quadratisch, ziemlich ungewöhnliche Stiefel! Sie kommen, sie gehen, sie kommen wieder – natürlich, um den Mantel zu holen. Aber wo sind sie hergekommen?« Er lief auf und ab, verlor die Spur aus den Augen, fand sie wieder, bis wir den Waldrand erreicht und überschritten hatten und uns im Schatten einer großen Buche befanden, des größten Baumes weit und breit. Holmes folgte der Spur bis jenseits der Buche, dann legte er sich wieder nieder, preßte das Gesicht auf den Boden und stieß einen leisen Triumphschrei aus. Lange Zeit blieb er dort liegen, wandte Blätter und trockene Zweige um, sammelte etwas, das ich für Staub hielt, in einen Briefumschlag und untersuchte mit seiner Linse nicht nur den Boden, sondern auch die Baumrinde, so hoch er reichen konnte. Ein kantiger Stein lag im Moos, und auch diesen untersuchte er sorgfältig und steckte ihn ein. Dann folgte er einem Trampelpfad durch den Wald, bis er zur Landstraße kam, wo alle Spuren aufhörten.

»Das war ein sehr interessanter Fall«, bemerkte er; er kehrte zu seinem normalen Benehmen zurück. »Ich nehme an, das graue Haus da rechts dürfte die Pforte sein. Ich glaube, ich werde hineingehen und mit Moran ein Wort wechseln und vielleicht eine kleine Notiz schreiben. Danach können wir zurückfahren und unser Mittagsmahl einnehmen. Sie können schon zum Wagen gehen, ich werde bald nachkommen.«

Es dauerte etwa zehn Minuten, bis wir den Wagen erreicht hatten und nach Ross zurückfahren konnten. Holmes trug immer noch den Stein bei sich, den er im Wald aufgelesen hatte.

»Das könnte Sie interessieren, Lestrade«, bemerkte er und hob den Stein hoch. »Damit ist der Mord begangen worden.«

»Ich sehe keine Spuren.«

»Es gibt keine.«

»Woher wissen Sie es denn dann?«

»Unter dem Stein wuchs Gras. Er hat dort erst ein paar Tage gelegen. Einen Platz, von dem der Stein weggenommen worden sein könnte, habe ich nicht gefunden. Der Stein paßt zu den Verletzungen. Es gibt keine Anzeichen, die auf eine andere Waffe hindeuten.«

»Und der Mörder?«

»Ist groß, Linkshänder, hinkt rechts, trägt Jagdstiefel mit dicken Sohlen und einen grauen Mantel, raucht indische Zigarren, benutzt eine Zigarrenspitze und hat ein stumpfes Federmesser in der Tasche. Es gibt noch mehrere andere Hinweise, aber diese hier sollten ausreichen, um uns bei der Suche zu helfen.«

Lestrade lachte. »Ich fürchte, ich bin noch immer skeptisch«, sagte er. »Theorien sind ja sehr schön, aber wir haben es mit einer dickköpfigen britischen Jury zu tun.«

*»Nous verrons«*, erwiderte Holmes ruhig. »Sie arbeiten nach Ihrer eigenen Methode und ich nach meiner. Heute nachmittag bin ich beschäftigt, und wahrscheinlich kehre ich mit dem Abendzug nach London zurück.«

»Und Sie wollen Ihren Fall unbeendigt lassen?«

»Nein, beendigt.«

»Aber das Rätsel?«

»Ist gelöst.«

»Wer war denn der Verbrecher?«

»Der Gentleman, den ich beschrieben habe.«

»Aber wer ist das?«

»Das kann doch sicher nicht schwierig herauszufinden sein. Die Nachbarschaft ist nicht eben übervölkert.«

Lestrade zuckte mit den Schultern. »Ich bin ein Mann der Praxis«, sagte er, »und ich kann mich wirklich nicht dazu verstehen, durch das Land zu laufen und nach einem linkshändigen Gentleman mit einem lahmen Bein zu suchen. Ganz Scotland Yard würde ja über mich lachen.«

»Wie Sie meinen«, sagte Holmes ruhig. »Ich habe Ihnen Ihre Chance gegeben. Hier ist Ihr Quartier. Good-bye. Ich schreibe Ihnen noch, bevor ich abreise.«

Nachdem wir Lestrade bei seiner Unterkunft gelassen hatten, fuhren wir zu unserem Hotel, wo der Lunch bereits für uns auf dem Tisch stand. Holmes war schweigsam und in Gedanken versunken, mit einem schmerzlichen Gesichtsausdruck, wie einer, der in einer Klemme steckt.

»Sehen Sie mal, Watson«, sagte er, nachdem der Tisch abgeräumt war; »setzen Sie sich auf diesen Stuhl und lassen Sie mich Ihnen eine Weile etwas vorbeten. Ich weiß nicht recht, was ich tun soll, und Ihr Rat wäre mir teuer. Zünden Sie sich eine Zigarre an und lassen Sie mich erklären.«

»Bitte, schießen Sie los.«

»Nun, also, bei der Betrachtung dieses Falles gibt es zwei Punkte in der Erzählung des jungen McCarthy, die uns beiden sofort aufgefallen sind, wenn sie auch mich zu seinen Gunsten und Sie gegen ihn eingenommen haben. Der eine ist die Tatsache, daß der Vater nach Aussage des Sohnes ›Cooee!‹ gerufen haben soll, noch bevor er ihn gesehen hatte. Der zweite ist der sehr merkwürdige Hinweis des Sterbenden auf eine Ratte. Sie wissen ja, er hat einige Wörter gemurmelt, aber dies war alles, was das Ohr des Sohns aufgefangen hat. An diesem zweifachen Punkt muß nun also unsere Nachforschung beginnen, und wir wollen anfangen, indem wir annehmen, daß der Junge die reine Wahrheit gesagt hat.«

»Was ist denn mit diesem ›Cooee!‹?«

»Nun, das kann natürlich nicht dem Sohn gegolten haben. Soweit der Vater wußte, war der Sohn in Bristol. Es war der reine Zufall, daß er in Hörweite war. Das ›Cooee!‹ sollte die Aufmerksamkeit dessen erregen, mit dem er die Verabredung hatte, wer auch immer dies gewesen sein mag. ›Cooee‹ ist aber ein eindeutig australischer Ruf, und zwar einer, der unter Australiern verwendet wird. Man kann also sehr wohl annehmen, daß es sich bei der Person, die McCarthy am Boscombe Pool treffen wollte, um jemanden handelt, der in Australien gewesen ist.«

»Und was ist mit der Ratte?«

Sherlock Holmes zog ein zusammengefaltetes Papier aus seiner Tasche und glättete es auf dem Tisch. »Das ist eine Karte der Kolonie Victoria«, sagte er. »Ich habe gestern abend darum nach Bristol gedrahtet.« Er deckte einen Teil der Karte mit der Hand zu. »Was lesen Sie?« fragte er.

»ARAT*«, las ich.

* a rat – eine Ratte.

»Und jetzt?« Er nahm die Hand fort.

»BALLARAT.«

»Genau. Das ist das Wort, das der Mann gemurmelt hat, und von dem der Sohn nur die letzten beiden Silben verstand. Der Vater hat versucht, den Namen des Mörders zu artikulieren. Soundso aus Ballarat.«

»Das ist wunderbar!« rief ich aus.

»Das ist offensichtlich. Und sehen Sie, damit hatte ich das Feld beträchtlich eingeengt. Vorausgesetzt, daß die Aussage des Sohnes richtig war, ist der Besitz eines grauen Kleidungsstücks ein dritter, sicherer Anhaltspunkt. Aus Nebeln heraus sind wir nun also zu der genauen Vorstellung von einem Australier aus Ballarat mit einem grauen Mantel gelangt.«

»Das stimmt.«

»Und dazu muß er sich in dieser Gegend auskennen, da ja der Pool nur von der Farm oder vom Herrenhaus aus erreichbar ist, und man kann hier kaum mit herumstreunenden Fremden rechnen.«

»Ganz richtig.«

»Dann zu unserer heutigen Expedition. Durch eine Untersuchung des Bodens habe ich Kenntnis der kleinen Einzelheiten gewonnen, die ich diesem Trottel Lestrade mitgeteilt habe, was die Person des Verbrechers angeht.«

»Aber wie haben Sie das herausgefunden?«

»Sie kennen doch meine Methode. Sie beruht auf der Beobachtung von scheinbaren Nebensächlichkeiten.«

»Ich weiß, daß Sie seine Größe ungefähr aus der Länge seiner Schritte ermitteln können. Auch für seine Stiefel sind die Spuren aufschlußreich.«

»Ja, es waren eigenartige Stiefel.«

»Aber sein lahmes Bein?«

»Der Abdruck seines rechten Fußes war immer undeutlicher als der des linken. Er hat ihn weniger belastet. Warum? Weil er hinkte – er ist lahm.«

»Aber die Linkshändigkeit?«

»Ihnen selbst ist doch auch die Art der Verletzung aufgefallen, so, wie der Arzt sie bei der Leichenschau beschrieben hat. Der Schlag wurde von unmittelbar hinter dem Opfer ausgeführt und fiel doch auf die linke Seite. Wie kann das aber vor sich gehen, außer, der Täter ist Linkshänder? Während des Gesprächs zwischen Vater und Sohn hatte er hinter diesem Baum gestanden. Er hat dort sogar geraucht. Ich habe die Asche einer Zigarre gefunden, und meine besonderen Kenntnisse in Sachen Tabakasche machen es mir möglich, zu sagen, daß es sich um eine indische Zigarre handelt. Wie Sie wissen, habe ich diesem Thema einige Aufmerksamkeit gewidmet und eine kleine Monographie über die Asche von 140 verschiedenen Arten von Pfeifen-, Zigarren- und Zigarettentabak geschrieben. Nachdem ich die Asche gefunden hatte, habe ich mich umgesehen und schließlich den Stummel im Moos entdeckt, wohin er ihn geworfen hatte. Es war eine indische Zigarre von der Art, wie sie in Rotterdam gerollt werden.«

»Und die Zigarrenspitze?«

»Ich konnte sehen, daß er das Ende der Zigarre nicht in den Mund genommen hat. Also hat er eine Spitze benutzt. Der Stummel war angeschnitten, nicht angebissen, aber der Schnitt war nicht sauber, also schloß ich auf ein stumpfes Federmesser.«

»Holmes«, sagte ich, »Sie haben um diesen Mann ein Netz zusammengezogen, aus dem er nicht entkommen kann, und Sie haben ein unschuldiges Menschenleben so wahrhaftig gerettet, als hätten Sie den Strick durchtrennt, an dem der Mann schon hing. Ich sehe, in welche Richtung all das deutet. Der Schuldige ist . . .«

»Mr. John Turner« rief der Hotelbursche; er öffnete die Tür zu unserem Aufenthaltsraum und führte einen Besucher herein.

Der Eintretende war eine seltsame und beeindruckende Gestalt. Sein langsamer, hinkender Gang und die gebeugten Schultern verliehen ihm den Anschein der Hinfälligkeit, seine harten, tiefgefurchten, kantigen Züge und seine gewaltigen Gliedmaßen zeigten jedoch, daß er eine ungewöhnliche Stärke des Leibes und des Charakters besaß. Der wirre Bart, der graue Schopf und die buschig herabhängenden Augenbrauen trugen dazu bei, seiner Erscheinung einen Anflug von Würde und Macht zu geben, aber sein Gesicht war aschfahl, seine Lippen und die Wurzeln der Nasenflügel hingegen bläulich angehaucht. Nach dem ersten Blick war mir klar, daß ein chronisches und tödliches Siechtum ihn gepackt hatte.

»Bitte, nehmen Sie auf dem Sofa Platz«, sagte Holmes freundlich. »Sie haben mein Schreiben erhalten?«

»Ja, der Pförtner hat es mir ins Haus gebracht. Sie sagten, Sie wollten mich hier sprechen, um einen Skandal zu vermeiden.«

»Ich dachte, die Leute würden zu reden beginnen, wenn ich ins Herrenhaus käme.«

»Und warum wollten Sie mich sprechen?« Mit Verzweiflung in seinem müden Augen blickte er zu meinem Gefährten hinüber, als wäre seine Frage bereits beantwortet.

»Ja«, sagte Holmes, eher als Antwort auf den Blick denn auf die Worte. »So ist es. Ich weiß alles über McCarthy.«

Der alte Mann vergrub das Gesicht in den Händen. »Gott helfe mir«, rief er. »Aber ich hätte es nicht zugelassen, daß dem jungen Mann etwas widerfährt. Ich gebe Ihnen mein Wort, ich hätte alles gesagt, wenn es vor Gericht schlecht für ihn ausgesehen hätte.«

»Ich freue mich, daß Sie das sagen«, sagte Holmes ernst.

»Ich hätte schon längst etwas gesagt, wenn da nicht mein liebes Kind wäre. Es würde ihr das Herz brechen – es wird ihr das Herz brechen, wenn sie erfährt, daß ich verhaftet bin.«

»Es muß nicht dazu kommen«, sagte Holmes.

»Was!«

»Ich bin kein offizieller Polizist. Es ist so, daß es Ihre Tochter war, die meine Anwesenheit hier wünschte, und ich handle in ihrem Interesse. Allerdings muß der junge McCarthy freikommen.«

»Ich sterbe längst«, sagte der alte Turner. »Ich leide seit Jahren an Diabetes. Mein Arzt sagt, es ist fraglich, ob ich noch einen Monat zu leben habe. Ich würde aber lieber unter meinem eigenen Dach sterben als in einem Kerker.«

Holmes erhob sich und ließ sich am Tisch nieder, mit der Feder in der Hand und einem Bündel von Papieren vor sich. »Sagen Sie uns nur die Wahrheit«, bat er. »Ich werde die Tatsachen notieren. Sie werden es unterschreiben, und Watson hier kann es bezeugen. Dann könnte ich im äußersten Notfall Ihr Geständnis vorlegen, um den jungen McCarthy zu retten. Ich verspreche Ihnen, ich werde es nicht verwenden, solange es nicht unbedingt sein muß.«

»Es ist gut«, sagte der alte Mann. »Es ist fraglich, ob ich bis zur Gerichtsverhandlung lebe, für mich hat es also kaum eine Bedeutung, aber ich würde gern Alice den Schock ersparen. Und nun will ich Ihnen die Sache darlegen; es hat lange gedauert, bis alles reif war, aber ich werde nicht lange brauchen, um es zu erzählen.

Sie haben ihn nicht gekannt, diesen Toten, McCarthy. Er war die Inkarnation des Teufels. Das können Sie mir glauben. Gott schütze Sie vor den Klauen eines solchen Mannes, wie er einer war. Ich war die letzten zwanzig Jahre in seiner Gewalt, und er hat mein Leben zerstört. Ich will Ihnen zunächst erzählen, wie es dazu gekommen ist, daß ich in seiner Gewalt war.

Es war in den frühen Sechzigern, in den Minen. Ich war damals ein junger Kerl, heißblütig und leichtsinnig und bereit, mich an allem und jedem zu versuchen; ich bin in schlechte Gesellschaft gekommen, habe angefangen zu trinken, hatte kein Glück mit meinem *claim*, bin in den Busch gegangen – mit einem Wort: Aus mir wurde das, was Sie hier einen Wegelagerer nennen würden. Wir waren zu sechst und hatten ein wildes, freies Leben; hin und wieder haben wir eine einsame Farmstation überfallen oder die Karren auf dem Weg zu den Minen angehalten. Ich hatte damals den Namen Black Jack of Ballarat, und in der Kolonie erinnert man sich an unsere Truppe noch immer als an die Ballarat-Bande.

Eines Tages kam ein Goldkonvoy von Ballarat herunter

nach Melbourne, und wir haben im Hinterhalt gelegen und ihn überfallen. Es waren sechs Soldaten gegen uns sechs, also eine knappe Angelegenheit, aber mit der ersten Salve ist es uns gelungen, vier Sättel leerzumachen. Es mußten aber auch drei von unseren Jungs dran glauben, bevor wir kassieren konnten. Ich hatte meine Pistole an den Kopf des Wagenführers gesetzt, und das war eben dieser McCarthy. Bei Gott, ich wünschte, ich hätte ihn damals erschossen, aber ich habe ihn verschont, obwohl ich sah, wie seine kleinen bösen Augen an meinem Gesicht hingen, als ob er sich jeden einzelnen Zug einprägen wollte. Wir sind mit dem Gold entkommen, waren plötzlich wohlhabende Männer und haben uns auf den Weg nach England gemacht, ohne je verdächtigt zu werden. Hier habe ich mich von den alten Kumpanen getrennt und beschlossen, mich niederzulassen und ein ruhiges und respektables Leben zu führen. Ich habe dieses Gut hier gekauft, das zufällig gerade zu haben war, und mich daran gemacht, mit meinem Geld ein wenig Gutes zu tun, um die Art, wie ich daran gekommen war, auszugleichen. Ich habe auch geheiratet, und obwohl meine Frau sehr früh gestorben ist, hat sie mir die liebe kleine Alice hinterlassen. Auch als sie noch ein ganz kleines Kind war, schien ihre winzige Hand mich doch auf den rechten Weg zu führen wie nie etwas anderes zuvor. Mit einem Wort: Ich habe eine neue Seite aufgeschlagen und mein Bestes getan, um die Vergangenheit wiedergutzumachen. Alles war in Ordnung, als McCarthy seine Klauen nach mir ausstreckte.

Ich war nach London gefahren, wegen einer Geldanlage, und ich traf ihn in der Regent Street, abgerissen und mittellos.

›Da sind wir endlich, Jack‹, sagt er und packt mich am Arm; ›wir werden dir wie eine Familie sein. Wir sind zu zweit, ich und mein Sohn, und du darfst dich um uns kümmern. Wenn du es nicht tust – das hier ist ein schönes, gesetzestreues Land, dieses England, und überall ist ein Polizist in Rufweite.‹

Nun, dann sind sie hierher in den Westen gekommen, es war unmöglich, sie abzuschütteln, und hier haben sie seitdem ohne Pacht auf meinem besten Boden gelebt. Für mich gab es keine Ruhe, keinen Frieden, kein Vergessen; ich konnte mich drehen und wenden, überall war dieses schlaue, grinsende Gesicht neben mir. Es wurde schlimmer, als Alice aufwuchs, weil er bald begriff, daß ich mehr Angst davor hatte, Alice könnte von meiner Vergangenheit erfahren, als vor der Polizei. Was er auch haben wollte, er mußte es bekommen, und was es auch war, ich habe es ihm gegeben, ohne zu fragen, Land, Geld, Häuser, bis er schließlich etwas haben wollte, das ich ihm nicht geben konnte. Er wollte Alice haben.

Wissen Sie, sein Sohn war erwachsen geworden, und mein Mädchen auch, und weil er wußte, daß ich bei schlechter Gesundheit war, hat er es für einen schönen Streich gehalten, wenn sein Junge den ganzen Besitz erben würde. Aber diesmal bin ich fest geblieben. Ich wollte sein verfluchtes Geschlecht nicht mit meinem vermischt sehen; nicht, daß ich etwas gegen den Jungen gehabt hätte, aber McCarthys Blut fließt in seinen Adern, und das war genug. Ich blieb hart. McCarthy hat mir gedroht. Ich habe ihm getrotzt, bis er auf seine übelste Idee gekommen ist. Wir wollten uns beim Pool auf halbem Weg zwischen unseren Häusern treffen und die Sache bereden.

Als ich unten ankam, war er schon da und sprach mit seinem Sohn, also habe ich eine Zigarre geraucht und hinter einem Baum gewartet, bis er wieder allein sein würde. Aber während ich ihm zuhörte, schien alles, was in mir schwarz und bitter ist, die Oberhand zu gewinnen. Er hat seinen Sohn angetrieben, meine Tochter zu heiraten, und sich um das, was sie darüber denken könnte, so wenig gekümmert, als ob sie eine Straßendirne wäre. Es hat mich wahnsinnig gemacht, mir vorstellen zu müssen, daß ich und alles, was mir teuer ist, in der Gewalt eines solchen Mannes sein sollte. Konnte ich denn diese Ketten nicht sprengen? Ich bin längst ein todkranker und verzweifelter Mann. Wenn ich auch klaren Geistes bin und noch über einige Körperkräfte verfüge, weiß ich doch, daß mein Schicksal längst besiegelt ist. Aber mein Andenken und meine Tochter! Beides war zu retten, wenn ich nur diese ruchlose Zunge zum Schweigen bringen konnte. Ich habe es getan,

Mr. Holmes. Ich würde es wieder tun. Ich habe schwer gesündigt, ich habe auch ein Märtyrerleben geführt, um dafür zu büßen. Daß aber meine Tochter in die gleichen Maschen verstrickt werden sollte, die mich gefangen hielten, das war mehr als ich ertragen konnte. Ich habe ihn niedergeschlagen, mit nicht mehr Gewissensbissen, als wenn er eine ekelhafte, giftige Bestie gewesen wäre. Sein Schrei hat den Sohn zurückgerufen, ich hatte mich aber schon im Wald in Deckung gebracht, wenn ich auch noch einmal zurückgehen mußte, um den Mantel zu holen, den ich bei der Flucht verloren hatte. Das, Gentlemen, ist die Wahrheit über alles, was vorgefallen ist.«

»Nun, es kommt mir nicht zu, über Sie zu richten«, sagte Holmes, als der alte Mann die Erklärung unterzeichnete, die Holmes entworfen hatte. »Ich bete, daß wir niemals einer solchen Versuchung ausgesetzt sein mögen.«

»Hoffentlich nicht, Sir. Und was wollen Sie nun unternehmen?«

»Angesichts Ihrer Gesundheit – nichts. Sie wissen selbst, daß Sie sich für Ihre Tat bald vor einer höheren Instanz als dem Schwurgericht zu verantworten haben. Ich werde Ihr Geständnis aufbewahren, und sollte McCarthy verurteilt werden, wäre ich gezwungen, davon Gebrauch zu machen. Ist dies nicht der Fall, wird niemand es jemals zu Gesicht bekommen; und gleich, ob Sie noch leben oder gestorben sind, Ihr Geheimnis wird bei uns sicher sein.«

»Dann leben Sie wohl«, sagte der alte Mann feierlich. »Ihr Sterbelager wird Ihnen beiden einmal leichter werden, wenn Sie an den Frieden denken, den Sie mir auf dem meinigen beschieden haben.« An seinem ganzen gewaltigen Körper bebend und zitternd hinkte er langsam aus dem Raum.

»Gott helfe uns!« sagte Holmes nach langem Schweigen. »Warum spielt das Schicksal armen hilflosen Würmern solche Streiche? Immer, wenn ich von einem solchen Fall höre, muß ich an Baxters Worte denken und sage mir: ›Ohne die Gnade Gottes könnte ich das sein‹.«

Wegen einer Reihe von Einwänden, die Sherlock Holmes

formuliert und dem Verteidiger übergeben hatte, wurde James McCarthy vom Schwurgericht freigesprochen. Der alte Turner hatte nach unserem Gespräch noch sieben Monate zu leben; er ist nun tot, und es bestehen die besten Aussichten für ein glückliches gemeinsames Leben des Sohnes und der Tochter, ohne Kenntnis der schwarzen Wolke über ihrer Vergangenheit.

## DIE FÜNF ORANGENKERNE

Wenn ich meine Notizen und Aufzeichnungen zu Sherlock Holmes' Fällen zwischen 1882 und 1890 überfliege, stoße ich auf so viele, die seltsame und interessante Züge aufweisen, daß es mir nicht leicht wird, zu entscheiden, welche ich aufnehmen und welche ich ruhen lassen soll. Es sind jedoch einige von ihnen bereits durch die Zeitungen an die Öffentlichkeit gedrungen, und andere boten den besonderen Fähigkeiten, welche mein Freund in so hohem Maße besaß und die zu illustrieren Ziel dieser Papiere ist, kein Betätigungsfeld. Auch haben einige seine analytischen Fertigkeiten genarrt und wären, als Erzählungen, Anfänge ohne Schluß, während andere nur zum Teil geklärt wurden und ihre Erhellung eher Mutmaßung und Verdacht verdanken denn jener absoluten logischen Beweisführung, die ihm so teuer war. Einer dieser letzteren Fälle war jedoch in seinen Einzelheiten so bemerkenswert und im Ergebnis so aufsehenerregend, daß ich versucht bin, darüber zu berichten, trotz der Tatsache, daß einige Punkte nie geklärt wurden und vermutlich nie völlig geklärt werden können.

Das Jahr '87 beschied uns eine lange Reihe von Fällen größeren oder minderen Interesses, über die mir Aufzeichnungen vorliegen. Für diese zwölf Monate finden sich unter meinen Überschriften Berichte über das Abenteuer der Paradol-Kammer, über die Gesellschaft Bettelnder Amateure, die im tiefsten Gewölbe eines großen Möbellagers einen luxuriösen Club unterhielt, über die Tatsachen im Zusammenhang mit dem Verlust der britischen Barke *Sophy Anderson*, über die einzigartigen Abenteuer der Grice Patersons auf der Insel Uffa, und schließlich über den Giftfall Camberwell. Bei diesem war es, wie vielleicht noch erinnerlich, Sherlock Holmes gelungen, durch das Aufziehen der Uhr des Toten zu beweisen, daß sie zwei Stunden zuvor aufgezogen worden war und der Ermordete deshalb in dieser Zeit zu Bett gegangen sein mußte – eine Deduktion, die für die Aufklärung des Falles von größter Bedeutung war. All diese Fälle werde ich vielleicht irgendwann einmal skizzieren, doch wies keiner von ihnen solch eigentümliche Züge auf wie die seltsame Abfolge von Umständen, die zu beschreiben ich nun meine Feder ergriffen habe.

Es war in den letzten Septembertagen, und mit außergewöhnlicher Wucht hatten die Äquinoktialstürme eingesetzt. Den ganzen Tag hatte der Wind gekreischt und der Regen gegen die Fenster getrommelt, so daß wir uns selbst hier im Herzen der großen, von Menschenhand gemachten Stadt London bewogen sahen, für den Augenblick unsere Sinne vom täglichen Einerlei zu erheben und die Anwesenheit jener großen, elementaren Gewalten anzuerkennen, die, wilden Tieren im Käfig gleich, den Menschen durch die Gitter seiner Zivilisation hindurch anbrüllen. Bei Anbruch des Abends wurde der Sturm immer lauter, und wie ein Kind schrie und seufzte der Wind im Kamin. Sherlock Holmes saß schwermütig auf der einen Seite der Feuerstelle und versah seinen Verbrechens-Index mit Querverweisen, während ich auf der anderen Seite tief in eine von Clark Russells prächtigen Seegeschichten versunken war, bis das Heulen des äußeren Sturms sich mit dem Text zu vermischen schien und das Klatschen des Regens sich zum Platschen schwerer Wogen verlängerte. Meine Frau war zu Besuch bei ihrer Tante, und einige Tage lang wohnte ich wieder in meinem alten Quartier in der Baker Street.

»Was?« sagte ich, wobei ich zu meinem Gefährten hinüberblickte. »Das war doch wohl die Türglocke? Wer könnte denn heute abend vorbeikommen? Vielleicht einer Ihrer Freunde?«

»Außer Ihnen selbst habe ich keine«, erwiderte er. »Ich bin nicht sehr erpicht auf Besucher.«

»Ein Klient also?«

»Wenn, dann muß es ein ernster Fall sein. Nichts anderes brächte doch einen Mann an solch einem Tag und zu solch einer Stunde ins Freie. Ich nehme aber an, daß es sich eher um einen Bekannten der Hauswirtin handelt.«

Bei dieser Annahme lag Sherlock Holmes jedoch falsch, denn wir hörten Schritte auf dem Korridor und ein Klopfen an der Tür. Er streckte seinen langen Arm aus, um die Lampe von sich fortzudrehen, so daß das Licht auf den leeren Stuhl fiel, auf dem ein Neuankömmling würde Platz nehmen müssen. »Herein!« sagte er.

Der Eintretende war jung, dem Äußeren nach etwa zweiundzwanzig Jahre alt, elegant und schmuck gekleidet, und seine Haltung verriet eine gewisse Feinheit und Schwäche. Der triefende Schirm in seiner Hand und sein langer, glänzender Regenmantel legten Zeugnis von dem widrigen Wetter ab, durch welches er hergekommen war. Im grellen Lampenlicht sah er sich besorgt um, und ich konnte feststellen, daß sein Gesicht bleich und seine Augen schwer waren wie die eines Mannes, den ein großer Kummer niederdrückt.

»Ich bin Ihnen eine Bitte um Vergebung schuldig«, sagte er; er hob sein goldenes *pince-nez* an die Augen. »Ich hoffe, ich störe Sie nicht. Ich fürchte, ich habe einige Spuren von Sturm und Regen in Ihre gemütliche Kammer gebracht.«

»Geben Sie mir Schirm und Mantel«, sagte Holmes. »Auf diesem Haken hier werden sie bald trocken sein. Wie ich sehe, kommen Sie aus dem Südwesten.«

»Ja, aus Horsham.«

»Diese Mischung aus Ton und Kreide, die ich auf Ihren Schuhspitzen sehe, ist sehr bezeichnend.«

»Ich bin gekommen, um Rat zu suchen.«

»Rat ist leicht zu bekommen.«

»Und Hilfe.«

»Das ist nicht immer so einfach.«

»Ich habe von Ihnen gehört, Mr. Holmes. Ich habe von Major Prendergast gehört, wie Sie ihn im Skandal um den Tankerville-Club gerettet haben.«

»Ah, natürlich. Man hat ihn fälschlich bezichtigt, beim Kartenspiel zu betrügen.«

»Er sagte, Sie könnten jedes Problem lösen.«

»Da hat er zu viel gesagt.«

»Und Sie seien niemals übertrumpft worden.«

»Man hat mich viermal übertrumpft – dreimal waren es Männer, einmal eine Frau.«

»Aber was ist das im Vergleich zur Anzahl Ihrer Erfolge?«

»Es ist wohl richtig, daß ich im allgemeinen gut abgeschnitten habe.«

»Dann könnten Sie auch in meiner Sache Erfolg haben.«

»Bitte ziehen Sie doch Ihren Stuhl näher ans Feuer und lassen Sie mich einige Einzelheiten Ihres Falles wissen.«

»Es ist kein gewöhnlicher Fall.«

»Keiner, der zu mir kommt, hat einen gewöhnlichen Fall. Ich bin das letzte Appellationsgericht.«

»Und trotzdem frage ich mich, Sir, ob Sie bei all Ihrer Erfahrung jemals von einer so mysteriösen und unerklärlichen Kette von Ereignissen gehört haben, wie sie sich in meiner eigenen Familie zugetragen hat.«

»Sie machen mich neugierig«, sagte Holmes. »Bitte, erzählen Sie uns die wesentlichen Tatsachen von Anfang an, und anschließend möchte ich Sie zu den Einzelheiten befragen, die mir als die wichtigsten erscheinen.«

Der junge Mann zog seinen Stuhl näher und streckte die nassen Füße der Glut entgegen.

»Ich heiße John Openshaw«, sagte er, »aber soweit ich die Sache begreifen kann, haben meine eigenen Angelegenheiten wenig mit diesen schrecklichen Vorfällen zu tun. Es ist eine Erbsache, deshalb muß ich, um Sie von den Tatsachen in Kenntnis zu setzen, bis zum Beginn der Angelegenheit zurückgehen.

Mein Großvater hatte zwei Söhne – meinen Onkel Elias und meinen Vater Joseph. Mein Vater besaß in Coventry eine kleine Fabrik, die er zur Zeit der Erfindung des Fahrrads ausbaute. Er besaß das Patent für den unzerreißbaren Openshaw-Reifen, und sein Geschäft hatte so großen Erfolg, daß er es verkaufen und sich mit einem hübschen Auskommen zurückziehen konnte.

Mein Onkel Elias emigrierte als junger Mann nach Amerika und wurde Pflanzer in Florida, wo er sehr reich geworden sein soll. Im Krieg kämpfte er in Jacksons Armee und danach unter Hood, bei dem er es bis zum Obersten brachte. Als Lee die Waffen streckte, kehrte mein Onkel auf seine Plantage heim, wo er noch drei oder vier Jahre blieb. Um 1869 oder 1870 ist er nach Europa zurückgekommen und kaufte einen kleinen Besitz in Sussex, in der Nähe von Horsham. Er hatte in den Staaten ein beträchtliches Vermögen erworben, und sein Grund, die Staaten zu verlassen, war seine Abneigung gegenüber Negern und seine Ablehnung der republikanischen Politik, ihnen die Bürgerrechte zu gewähren. Er war ein ungewöhnlicher Mann, heftig und reizbar, unflätig in der Sprache, wenn er in Wut geraten war, und im übrigen sehr eigenbrötlerisch. Ich weiß nicht, ob er in all den Jahren, die er bei Horsham lebte, je einen Fuß in die Stadt gesetzt hat. Nahe dem Haus hatte er einen Garten und zwei oder drei Felder, und dort pflegte er sich Bewegung zu verschaffen, wenn er auch oft wochenlang nicht sein Zimmer verließ. Er trank sehr viel Brandy und war ein starker Raucher, aber er hielt nichts von Gesellschaft und wollte keine Freunde um sich haben, nicht einmal seinen eigenen Bruder.

Gegen mich hatte er nichts, im Gegenteil, er entwickelte sogar eine ausgesprochene Schwäche für mich; als er mich zum ersten Mal sah, war ich ein Junge von ungefähr zwölf Jahren. Das muß um die 1878 gewesen sein, als er schon acht oder neun Jahre in England lebte. Er bat meinen Vater, ich möge bei ihm wohnen, und auf seine Weise war er sehr gut zu mir. Wenn er nüchtern war, spielte er mit mir gern Puff oder Dame, und er machte mich sowohl Dienstboten als auch Kaufleuten gegenüber zu seinem Vertreter, so daß ich mit sechzehn Jahren eigentlich Herr des Hauses war. Ich verfügte über sämtliche Schlüssel und konnte gehen, wohin, und tun, was ich wollte, solange ich ihn nicht in seiner Abgeschiedenheit störte. Es gab jedoch eine einzige Ausnahme; er hatte einen Raum, eine Art Rumpelkammer auf dem Dachboden, der immer verschlossen war und den zu betreten weder mir noch einem anderen jemals erlaubt wurde. Mit der Neugier eines Jungen habe ich durch das Schlüsselloch gespäht, aber ich konnte nie mehr sehen als eine Sammlung alter Kisten und Bündel, wie man sie in einem solchen Raum erwartet.

Eines Tages – im März 1883 – lag auf dem Tisch, vor dem Teller des Obersten, ein Brief mit einer fremdländischen Marke. Er erhielt nicht oft Briefe, denn all seine Rechnungen wurden in bar bezahlt, und er besaß keinerlei Freunde. ›Aus Indien!‹ sagte er, als er den Brief in die Hand nahm, ›der Stempel ist aus Pondicherry! Was mag das sein?‹ Er riß ihn eilig auf, und fünf kleine trockene Orangenkerne fielen heraus, auf seinen Teller. Ich begann darob zu lachen, aber das Lachen blieb mir in der Kehle stecken, als ich sein Gesicht sah. Sein Kiefer war herabgefallen, die Augen standen ihm vor dem Kopf, seine Haut hatte die Farbe von Zinnasche angenommen, und er starrte auf den Umschlag, den er noch immer in seiner zitternden Hand hielt. ›K.K.K.‹ schrie er, und dann: ›Mein Gott, mein Gott, meine Sünden haben mich eingeholt.‹

›Was ist es, Onkel?‹ rief ich.

›Der Tod‹, sagte er, und er stand vom Tisch auf und zog sich in sein Zimmer zurück, und ich saß da und zitterte vor Entsetzen. Ich nahm den Umschlag auf und sah auf der Innenseite der Klappe, kurz über der Gummierung, den Buchstaben K, und zwar dreimal, mit roter Tinte gekritzelt stehen. Sonst war nichts in dem Umschlag, abgesehen von den fünf trockenen Kernen. Was konnte der Grund für sein überwältigendes Entsetzen sein? Ich verließ den Frühstückstisch, und als ich die Treppen emporstieg, kam er mir entgegen, mit einem alten rostigen Schlüssel, der zum Boden gehören mußte, in der einen Hand und einer kleinen Messingdose, ähnlich einer Geldschatulle, in der anderen.

›Sollen sie tun, was sie wollen, aber ich setze sie doch noch matt‹, sagte er mit einem Fluch. ›Sag Mary, daß ich heute Feuer in meinem Zimmer haben will, und schick nach Fordham, dem Anwalt aus Horsham.‹

Ich tat, wie er befohlen hatte, und als der Anwalt eintraf, wurde ich ins Zimmer hinaufgebeten. Das Feuer brannte hell, und auf dem Rost lag Asche in einer schwarzen, flockigen

Masse, ähnlich verbranntem Papier, und die Messingdose stand offen und leer neben dem Kamin. Als ich sie betrachtete, entdeckte ich zu meinem Schrecken auf dem Deckel das dreifache K, das ich am Morgen auf dem Briefumschlag gesehen hatte.

›John‹, sagte mein Onkel, ›ich möchte, daß du meinen letzten Willen bezeugst. Ich hinterlasse diesen Besitz mit allem Nutzen und Nachteil meinem Bruder, deinem Vater, von dem er zweifellos auf dich übergehen wird. Wenn du dich seiner in Frieden erfreuen kannst, desto besser! Stellst du fest, daß dies unmöglich ist, dann halte dich an meinen Rat, mein Junge, und überlasse ihn deinem schlimmsten Todfeind. Es tut mir leid, daß ich dir solch eine zweischneidige Sache geben muß, aber ich kann nicht vorhersagen, wie sich die Dinge entwikkeln werden. Sei so gut, das Papier dort zu unterschreiben, wo Mr. Fordham es will.‹

Wie angewiesen unterschrieb ich das Papier, und der Anwalt nahm es mit. Wie Sie sich denken können, machte dieser einzigartige Vorfall auf mich einen überaus tiefen Eindruck, und ich grübelte darüber nach und drehte ihn in meinem Geist hin und her, ohne etwas daraus machen zu können. Dennoch konnte ich das undeutliche Gefühl von Furcht nicht abschütteln, das die Sache hinterlassen hatte, wenn diese Empfindung auch verblaßte, als die Wochen verstrichen und nichts geschah, was den üblichen Ablauf unseres Lebens gestört hätte. Ich konnte jedoch an meinem Onkel eine Veränderung wahrnehmen. Er trank mehr als je zuvor und war jeder Art Gesellschaft noch mehr abgeneigt. Die meiste Zeit verbrachte er in seinem Raum und hielt die Tür von innen verschlossen, aber bisweilen brach er in einer Art trunkener Raserei daraus hervor und stürzte aus dem Haus und stürmte mit einem Revolver in der Hand durch den Garten; dabei schrie er, er fürchte sich vor niemandem und werde sich nicht von Mensch noch Teufel wie ein Schaf im Pferch einsperren lassen. Wenn diese wilden Anfälle vorbei waren, pflegte er jedoch geräuschvoll durch die Tür ins Haus zu stürzen und sie hinter sich zu verriegeln und abzuschließen wie einer, der dem Entsetzen auf dem Grunde seiner Seele nicht länger zu trotzen vermag. Bei solchen Gelegenheiten habe ich sein Gesicht auch an kalten Tagen von Nässe glänzen sehen, als hätte er es eben erst aus einem Becken erhoben.

Nun, um zum Schluß der Sache zu kommen, Mr. Holmes, und um Ihre Geduld nicht zu mißbrauchen, dann kam eine Nacht, in der er einen seiner betrunkenen Ausfälle machte, aber von diesem kam er nie zurück. Als wir nach ihm suchten, fanden wir ihn mit dem Gesicht nach unten in einem kleinen, mit grünem Schaum überzogenen Teich liegen, am Ende des Gartens. Es gab keinerlei Anzeichen von Gewaltanwendung, und das Wasser war nur zwei Fuß tief, so daß die Jury, in Anbetracht seines bekannt exzentrischen Benehmens, auf Selbstmord erkannte. Aber da ich weiß, wie sehr er vor dem bloßen Gedanken an den Tod zurückschreckte, muß ich mir sehr viel Mühe geben, um mich davon zu überzeugen, daß er sich bemüht haben soll, den Tod zu finden. Die Sache war jedoch damit erledigt, und mein Vater trat in den Besitz des Guts und einiger vierzehntausend Pfund in Form eines Bankguthabens.«

»Einen Augenblick«, unterbrach Holmes. »Soweit ich dies jetzt schon sagen kann, ist Ihr Bericht einer der bemerkenswertesten, die ich je gehört habe. Sagen Sie mir doch das Datum, an dem Ihr Onkel den Brief erhielt, und das Datum seines vermeintlichen Selbstmords.«

»Der Brief kam am 10. März 1883 an. Sein Tod ereignete sich sieben Wochen später, in der Nacht des 2. Mai.«

»Ich danke Ihnen. Bitte fahren Sie fort.«

»Als mein Vater den Besitz in Horsham übernahm, untersuchte er auf meine Bitte hin sehr sorgfältig den Dachboden, der immer abgeschlossen gewesen war. Dort fanden wir die Messingdose, wenn auch ihr Inhalt vernichtet worden war. Auf der Innenseite des Deckels fand sich ein Aufkleber aus Papier, auf dem wiederum die Initialen K.K.K. standen, und darunter war zu lesen ›Briefe, Memoranden, Quittungen und ein Register‹. Wir nahmen an, daß dies die von Oberst Openshaw vernichteten Papiere näher bezeichnete. Im übrigen fand sich auf dem Dachboden nichts von Bedeutung, abgesehen von vielen verstreuten Papieren und Notizbüchern, die das Leben meines Onkels in Amerika betrafen. Einige von ihnen stammten aus der Zeit des Kriegs und zeigten, daß er redlich seine Pflicht getan und in dem Ruf eines tapferen Soldaten gestanden hatte. Andere waren aus der Zeit des Wiederaufbaus der Südstaaten und beschäftigten sich vor allem mit Politik; er schien sich sehr stark den politischen Abenteurern widersetzt zu haben, die aus dem Norden geschickt worden waren und sich in erster Linie bereichern wollten.

Es war Anfang '84, als mein Vater nach Horsham zog, und bis zum Januar '85 hätte nichts bei uns besser sein können. Am vierten Tag nach Neujahr hörte ich meinen Vater einen lauten Schrei der Überraschung ausstoßen, als wir beim Frühstück waren. Da saß er, mit einem soeben geöffneten Briefumschlag in der einen und fünf trockenen Orangenkernen auf der ausgestreckten Fläche der anderen Hand. Er hatte immer über mein Ammenmärchen, wie er es nannte, über den Obersten gelacht, aber nun, da ihm das gleiche widerfuhr, sah er sehr ratlos und verstört drein.

›Also, John, was um Himmels willen bedeutet das?‹ stammelte er.

Mein Herz war zu einem Bleiklumpen geworden. ›Es ist K.K.K.‹, sagte ich.

Er sah in den Umschlag hinein. ›Das stimmt‹, rief er. ›Da stehen diese Buchstaben. Aber was ist das, was darüber geschrieben steht?‹

›Leg die Papiere auf die Sonnenuhr‹, las ich, als ich über seine Schulter schaute.

›Welche Papiere? Welche Sonnenuhr?‹ fragte er.

›Die Sonnenuhr im Garten. Eine andere gibt es nicht‹, sagte ich. ›Aber die Papiere, das müssen die sein, die vernichtet sind.‹

›Puh!‹ sagte er, wobei er allen Mut zusammenraffte. ›Wir

sind hier in einem zivilisierten Land und wollen mit solchem Schabernack nichts zu tun haben. Woher kommt das Ding?‹

›Aus Dundee‹ sagte ich nach einem Blick auf dem Stempel.

›Irgendein närrischer Scherz‹, sagte er. ›Was habe ich mit Sonnenuhren und Papieren zu tun? Ich werde solchen Unsinn nicht beachten.‹

›Ich würde auf jeden Fall mit der Polizei reden‹, sagte ich.

›Und mich auslachen lassen für alles. Nichts dergleichen.‹

›Dann laß mich es tun.‹

›Nein, ich verbiete es dir. Ich will nicht, daß wegen solchen Unsinns Wind gemacht wird.‹

Alle Einwände waren vergebens, denn er war ein sehr starrköpfiger Mann. Ich dagegen lief mit einem Herzen herum, das schwer war von düsteren Vorahnungen.

Am dritten Tag nach der Ankunft des Briefes ging mein Vater aus dem Haus, um einen alten Freund zu besuchen, Major Freebody, der eines der Forts auf Portsdown Hill befehligt. Ich war froh über seine Abreise, denn ich dachte, außer Haus sei er auch außer Gefahr. Hier irrte ich mich jedoch. Am zweiten Tag seiner Abwesenheit erhielt ich ein Telegramm des Majors, in dem er mich darum bat, sofort zu kommen. Mein Vater war in eine der in dieser Gegend so zahlreichen tiefen Kreidegruben gestürzt, hatte sich den Schädel gebrochen und lag bewußtlos da. Ich eilte zu ihm, aber er starb, ohne noch einmal das Bewußtsein erlangt zu haben. Anscheinend war er im Zwielicht aus Fareham heimgekehrt, und da er die Gegend nicht kannte und die Kreidegrube nicht eingezäunt war, erkannte die Jury ohne zu zögern auf ›Tod durch Unfall‹. So gründlich ich auch jede Einzelheit im Zusammenhang mit seinem Tod untersuchte, konnte ich doch nichts finden, was einen Gedanken an Mord nahegelegt hätte. Es gab keine Anzeichen für Gewalttätigkeit, keine Fußspuren, man hatte ihn nicht beraubt, niemand hatte auf den Straßen der Umgebung Fremde gesehen. Ich brauche Ihnen aber nicht zu sagen, daß ich dennoch keineswegs beruhigt, sondern nahezu sicher war, daß er einem üblen Anschlag zum Opfer gefallen war.

Auf diese düstere Weise kam ich zu meiner Erbschaft. Sie mögen mich fragen, warum ich mich nicht davon getrennt habe? Ich sage Ihnen, weil ich ziemlich überzeugt davon war, daß unsere Prüfungen irgendwie von einem Vorfall im Leben meines Onkels abhingen und daß die Gefahr in jedem anderen Haus ebenso bedrohlich gewesen wäre.

Im Januar '85 fand mein armer Vater den Tod, und seitdem sind zwei Jahre und acht Monate vergangen. In dieser Zeit habe ich in Horsham glücklich gelebt, und ich hatte zu hoffen begonnen, daß der Fluch die Familie verlassen und mit der letzten Generation geendet habe. Diesem tröstlichen Gedanken habe ich mich jedoch zu früh hingegeben; gestern früh ist der Schlag auf die gleiche Weise gefallen, in der er meinen Vater ereilt hat.«

Der junge Mann zog einen zerknitterten Umschlag aus seinem Wams, wandte sich zum Tisch und schüttelte fünf kleine trockene Orangenkerne aus dem Umschlag.

»Das ist der Umschlag«, fuhr er fort. »Der Poststempel ist aus London-Ost. Im Umschlag stehen die gleichen Worte, die auf der letzten Botschaft an meinen Vater zu lesen waren. ›K.K.K.‹, und dann ›Leg die Papiere auf die Sonnenuhr‹.«

»Was haben Sie getan?« fragte Holmes.

»Nichts.«

»Nichts?«

»Um die Wahrheit zu sagen« – er ließ das Gesicht in seine dünnen weißen Hände sinken – »ich fühlte mich hilflos. Ich habe mich gefühlt wie eines dieser armen Kaninchen, wenn die Schlange sich ihm nähert. Ich scheine in der Gewalt eines unwiderstehlichen, unerbittlichen Übels zu sein, gegen das keine Vorsicht und keine Vorkehrung helfen kann.«

»Unsinn!« rief Sherlock Holmes. »Sie müssen handeln, Mann, sonst sind Sie verloren. Nichts als Tatkraft kann Sie retten. Es ist nicht die Zeit für Verzweiflung.«

»Ich bin bei der Polizei gewesen.«

»Ah?«

»Aber sie haben meine Geschichte mit einem Lächeln angehört. Ich bin überzeugt, der Inspektor ist der Meinung, daß all diese Briefe Scherze sind und die Todesfälle meiner Verwandten allesamt Unfälle waren, wie die Jury feststellte, und daß sie nichts mit den Warnungen zu tun haben.«

Holmes schüttelte die geballten Fäuste in der Luft. »Unglaublicher Schwachsinn!« rief er.

»Sie haben mir immerhin einen Polizisten zugestanden, der bei mir im Haus bleiben soll.«

»Ist er heute abend mit Ihnen gekommen?«

»Nein. Seine Befehle lauten, er soll im Haus bleiben.«

Erneut fuchtelte Holmes in der Luft herum.

»Warum sind Sie zu mir gekommen?« fragte er. »Und, vor allem, warum sind Sie nicht sofort gekommen?«

»Ich wußte nichts von Ihnen. Ich habe erst heute mit Major Prendergast über meine Schwierigkeiten gesprochen, und er hat mir geraten, zu Ihnen zu gehen.«

»Es ist schon zwei Tage her, daß Sie den Brief erhalten haben. Wir hätten viel früher handeln sollen. Ich nehme an, Sie haben keine weiteren Anhaltspunkte als das, was Sie uns vorgelegt haben – keine inhaltsreichen Einzelheiten, die uns helfen könnten?«

»Eins gibt es«, sagte John Openshaw. Er wühlte in seiner Manteltasche und zog ein Stück verblaßten, bläulichen Papiers hervor, das er auf den Tisch legte. »Ich erinnere mich daran«, sagte er, »daß ich an dem Tag, an dem mein Onkel die Papiere verbrannte, festgestellt habe, daß die kleinen, nicht verbrannten Randstücke in der Asche von dieser Farbe waren. Dieses einzelne Blatt habe ich auf dem Boden seines Zimmers gefunden, und ich neige dazu, anzunehmen, daß es eines dieser Papiere war, das vielleicht aus dem Stapel herausgerutscht und so der Vernichtung entgangen ist. Abgesehen davon, daß hier Kerne erwähnt werden, weiß ich nicht, wie uns das weiterhelfen könnte. Ich glaube, daß es sich um ein Blatt aus einem seiner Tagebücher handelt. Die Handschrift ist ohne Zweifel die meines Onkels.«

Holmes bewegte die Lampe, und beide beugten wir uns

über das Blatt Papier, dessen gezackte Kante zeigte, daß es tatsächlich aus einem Buch gerissen worden war. Es war überschrieben mit »März 1869«, und darunter fanden sich die folgenden rätselhaften Notizen:

4. Hudson angekommen. Das alte Programm.
7. McCauley, Paramore und John Swain aus St. Augustine die Kerne geschickt.
9. McCauley bereinigt.
10. John Swain bereinigt.
12. Paramore besucht. Alles in Ordnung.

»Danke sehr!« sagte Holmes; er faltete das Papier zusammen und gab es unserem Besucher zurück. »Und jetzt dürfen Sie unter keinen Umständen noch einen Augenblick verlieren. Wir haben nicht einmal genug Zeit, um das zu erörtern, was Sie mir erzählt haben. Sie müssen sofort heimkehren und handeln.«

»Was soll ich tun?«

»Es gibt nur eins, was Sie tun können. Es muß sofort getan werden. Sie müssen dieses Stück Papier, das Sie uns gezeigt haben, in die beschriebene Messingdose legen. Außerdem legen Sie eine Notiz bei, auf der Sie feststellen, daß alle anderen Papiere von Ihrem Onkel verbrannt worden sind und daß dies das einzige übriggebliebene ist. Das müssen Sie so schreiben, daß es überzeugend ist. Wenn Sie das getan haben, müssen Sie die Dose sofort wie angewiesen auf die Sonnenuhr legen. Haben Sie das verstanden?«

»Völlig.«

»Denken Sie im Augenblick nicht an Rache oder etwas derartiges. Ich glaube, wir können Rache durch das Gesetz bekommen; wir müssen aber unser Netz erst weben, wogegen ihres längst gewoben ist. Das erste Anliegen muß es sein, die ernste Gefahr zu beseitigen, die Ihnen droht. Das zweite ist die Aufklärung des Rätsels und die Bestrafung der Schuldigen.«

»Ich danke Ihnen«, sagte der junge Mann. Er erhob sich und zog seinen Mantel an. »Sie haben mir neues Leben und neue Hoffnung gegeben. Ich werde genau tun, was Sie mir geraten haben.«

»Verlieren Sie keinen Augenblick. Und nehmen Sie sich vor allem in acht, denn ich glaube, es kann keinen Zweifel daran geben, daß Ihnen eine sehr wirkliche und sehr nahe Gefahr droht. Wie fahren Sie heim?«

»Mit dem Zug ab Waterloo.«

»Es ist noch nicht neun Uhr. Die Straßen werden voll sein, also glaube ich, daß Sie sicher sind. Und trotzdem können Sie nicht vorsichtig genug sein.«

»Ich bin bewaffnet.«

»Das ist gut. Morgen werde ich die Arbeit an Ihrem Fall aufnehmen.«

»Werde ich Sie dann in Horsham sehen?«

»Nein, Ihr Geheimnis liegt in London, und hier werde ich es suchen.«

»Dann werde ich Sie in ein oder zwei Tagen aufsuchen, mit Neuigkeiten über die Dose und die Papiere. Ich werde mich in allen Einzelheiten an Ihren Ratschlag halten.« Er schüttelte uns die Hände und verabschiedete sich. Draußen kreischte der Wind noch immer, und der Regen spritzte und trommelte gegen die Fenster. Diese seltsame, wilde Geschichte schien aus den tobenden Elementen zu uns gekommen – über uns hergeweht wie ein Strang Seetang in einer Bö – und nun von ihnen wieder aufgesogen zu sein.

Sherlock Holmes saß eine Weile schweigend da, den Kopf auf die Brust gesunken und die Augen auf das rote Glimmen des Feuers geheftet. Dann zündete er seine Pfeife an, lehnte sich in seinem Sessel zurück und sah den blauen Rauchkringeln nach, die einander an die Zimmerdecke jagten.

»Ich glaube, Watson«, bemerkte er schließlich, »daß unter all unseren Fällen keiner phantastischer war als dieser.«

»Abgesehen vielleicht vom Zeichen der Vier.«

»Nun ja. Vielleicht abgesehen davon. Und dennoch scheint

mir dieser John Openshaw noch größeren Gefahren ausgesetzt zu sein als die Sholtos.«

»Aber«, fragte ich, »haben Sie denn schon eine genaue Vorstellung davon, was diese Gefahren sind?«

»Ihre Natur steht völlig außer Frage«, antwortete er.

»Welche Gefahren sind es denn? Wer ist dieser K.K.K., und warum verfolgt er diese unglückliche Familie?«

Sherlock Holmes schloß die Augen, legte die Fingerspitzen aneinander und stützte die Ellbogen auf die Sessellehnen. »Der ideale Denker«, stellte er fest, »wird, wenn man ihm eine einzige Gegebenheit mit ihrer ganzen Tragweite gezeigt hat, daraus nicht nur die ganze Kette von Ereignissen deduzieren, die zu dieser Tatsache geführt hat, sondern auch alle Ergebnisse, die daraus folgen müssen. Wie Cuvier nach der Betrachtung eines einzigen Knochens ein ganzes Tier zutreffend beschreiben konnte, so sollte auch der Beobachter, der ein Bindeglied in einer Reihe von Ereignissen gründlich begriffen hat, imstande sein, alle anderen, die vorhergehenden wie die nachfolgenden, genau darzustellen. Wir haben die Ergebnisse, zu denen allein der Verstand gelangen kann, noch nicht erreicht. Im Studierzimmer sind durch den Verstand Probleme lösbar, an denen all jene verzweifelt sind, die eine Lösung mit Hilfe ihrer Sinne gesucht haben. Um diese Kunst jedoch auf ihre höchste Spitze zu treiben, muß der Denker unbedingt fähig sein, alle Tatsachen zu verwenden, die zu seiner Kenntnis gelangt sind, und wie Sie sicherlich einsehen, impliziert dies den Besitz allen Wissens, was sogar in diesen Tagen der kostenlosen Bildung und der Enzyklopädien selten erreicht wird. Nicht ganz so unmöglich ist es jedoch, daß jemand alles Wissen besitzt, das ihm für seine Arbeit nützlich sein kann, und ich habe, was mich betrifft, dies zu erreichen gesucht. Wenn ich mich recht entsinne, haben Sie bei einer Gelegenheit in den Anfangstagen unserer Freundschaft meine Grenzen sehr genau festgelegt.«

»Ja«, erwiderte ich lachend. »Es war ein ausgefallenes Dokument. Philosophie, Astronomie und Politik waren, wie ich mich erinnere, mit Null beziffert. Botanik unterschiedlich, Geologie tiefschürfend, was Schmutzflecken aus jedem Gebiet innerhalb eines Radius von fünfzig Meilen um London angeht, Chemie exzentrisch, Anatomie unsystematisch, Sensationsliteratur und Verbrechensakten einzigartig, Geigenspieler, Boxer, Fechter, Rechtsgelehrter und Selbstvergifter mittels Kokain und Tabak. Ich glaube, das waren die Hauptpunkte meiner Analyse.«

Holmes grinste beim letzten Punkt der Aufzählung. »Nun ja«, meinte er, »heute wie damals sage ich, daß man den kleinen Dachboden seines Gehirns mit allem Mobiliar ausrüsten sollte, das man wahrscheinlich benötigen wird, und den Rest sollte man in der Rumpelkammer seiner Bibliothek unterbringen, wo man es erreichen kann, sollte man es haben wollen. Für einen Fall wie den, der uns heute abend vorgelegt worden ist, müssen wir sicherlich alle Hilfsquellen anzapfen. Geben Sie mir doch bitte den Buchstaben K der *American Encyclopedia* herunter; sie steht auf dem Bord neben Ihnen. Danke. Nun lassen Sie uns über die Situation nachdenken und schauen, was wir daraus deduzieren können. Zunächst können wir mit der sicheren Annahme beginnen, daß Oberst Openshaw einige sehr gute Gründe hatte, Amerika zu verlassen. Männer in seinem Alter ändern nicht einfach so all ihre Gewohnheiten und tauschen freiwillig Floridas reizvolles Klima um das einsame Leben in einer englischen Provinzstadt ein. Seine maßlose Liebe zur Einsamkeit in England legt die Idee nahe, daß er in der Furcht vor etwas oder jemandem lebte, der ihn aus Amerika vertrieben hatte. Was oder wer es war, den oder das er fürchtete, darauf können wir nur schließen, indem wir die furchterregenden Briefe untersuchen, die er und seine Nachfolger erhalten haben. Haben Sie sich die Poststempel dieser Briefe gemerkt?«

»Der erste kam aus Pondicherry, der zweite aus Dundee und der dritte aus London.«

»Aus Ost-London. Was deduzieren Sie daraus?«

»Das sind alles Seehäfen. Der Schreiber war an Bord eines Schiffes.«

»Ausgezeichnet. Damit haben wir schon einen Hinweis. Es kann keinen Zweifel daran geben, daß es eine Wahrscheinlichkeit – eine starke Wahrscheinlichkeit – dafür gibt, daß der Briefschreiber an Bord eines Schiffes war. Und nun lassen Sie uns einen weiteren Punkt bedenken. Im Fall Pondicherry vergingen sieben Wochen zwischen der Drohung und ihrer Erfüllung, im Fall Dundee waren es nur drei oder vier Tage. Sagt Ihnen das etwas?«

»Es mußte eine größere Strecke zurückgelegt werden.«

»Aber auch der Brief kam aus einer größeren Entfernung.«

»Dann sehe ich nicht, was Sie meinen.«

»Wir können zumindest annehmen, daß das Schiff, auf dem der Mann oder die Männer sind, ein Segelschiff ist. Es sieht so aus, als schickten sie ihre einzigartige Warnung oder ihr Zeichen immer vor sich her, wenn sie ihre Mission antreten. Sie sehen, wie schnell die Tat dem Zeichen folgte, als es aus Dundee kam. Wenn sie mit einem Dampfschiff aus Pondicherry gekommen wären, hätten sie fast so schnell hier sein können wie der Brief. Aber tatsächlich liegen sieben Wochen dazwischen. Ich glaube, daß diese sieben Wochen der Unterschied zwischen dem Postboot sind, das den Brief herbrachte, und dem Segelschiff, mit dem der Schreiber kam.«

»Das ist möglich.«

»Mehr als das. Es ist wahrscheinlich. Und nun sehen Sie sicher die tödliche Dringlichkeit dieses neuen Falles und warum ich den jungen Openshaw zur Vorsicht gemahnt habe. Der Schlag ist immer am Ende der Zeit gefallen, die die Absender brauchten, um ihre Strecke zurückzulegen. Dieser Brief aber ist aus London gekommen, und daher können wir nicht mit Aufschub rechnen.«

»Lieber Gott!« rief ich. »Was kann denn diese erbarmungslose Verfolgung nur bedeuten?«

»Die Papiere, die Openshaw besaß, sind offensichtlich für die Person oder Personen auf dem Segler lebenswichtig. Ich glaube, es ist ziemlich klar, daß es mehr als nur einer sein muß. Ein einzelner könnte nicht zwei Todesfälle in einer solchen Weise bewerkstelligen, daß eine Leichenschaukommission getäuscht wird. Es müssen mehrere daran beteiligt sein, und es muß sich um fähige und entschlossene Männer handeln. Sie wollen ihre Papiere haben, gleich, wer ihr Besitzer sein mag. Sie sehen also, daß K.K.K. nun nicht mehr die Initialen eines Einzelwesens sind, sondern das Kennzeichen einer Gesellschaft.«

»Aber welcher Gesellschaft?«

»Haben Sie nie«, sagte Sherlock Holmes, wobei er sich vorbeugte und die Stimme sinken ließ, »vom Ku Klux Klan gehört?«

»Nie.«

Holmes blätterte in dem Buch, das er auf dem Knie hielt. »Hier ist es«, sagte er bald. »›Ku Klux Klan. Der Name wird phantasievoll abgeleitet von einer Ähnlichkeit mit dem Klang eines Gewehrhahns, der gespannt wird. Diese schreckliche Geheimgesellschaft wurde von einigen ehemaligen konföderierten Soldaten nach dem Bürgerkrieg in den Südstaaten gegründet, und bald bildeten sich regionale Zweige in verschiedenen Landesteilen, vor allem in Tennessee, Louisiana, den Carolina-Staaten, Georgia und Florida. Die Gesellschaft setzte ihre Macht zu politischen Zwecken ein, vor allem dazu, schwarze Wähler zu terrorisieren und jene zu ermorden oder aus dem Land zu jagen, die sich ihr und ihren Ansichten entgegenstellten. Ihren Gewalttaten ging gewöhnlich eine Warnung voraus, die dem ausersehenen Opfer geschickt wurde und deren Form ausgefallen war, deren Bedeutung aber weithin verstanden wurde – Eichenlaub in einigen Gegenden, Melonensamen oder Orangenkerne in anderen. Wenn es diese erhielt, konnte das Opfer entweder öffentlich seinem bisherigen Lebenswandel abschwören oder aus dem Lande fliehen. Bot es die Stirn, so erreichte der Tod es unfehlbar, und zwar gewöhnlich in einer seltsamen und unvorhergesehenen Weise. Die Organisation der Gesellschaft war so perfekt und ihre Methoden waren so systematisch, daß kaum ein Fall bekannt wurde, in dem jemand ihr ungestraft getrotzt oder in dem ein Verbrechen bis zu denen hätte zurückverfolgt werden können, die es begingen. Die Organisation erlebte einige Jahre der Blüte, trotz aller Bemühungen der Regierung der Vereinigten Staaten und der besseren Schichten der Bevölkerung der Südstaaten. Im Jahr 1869 schließlich brach die Bewegung recht plötzlich in sich zusammen, wenn es auch seither sporadisch Ausbrüche der gleichen Art gegeben hat.‹

Sie werden bemerken«, sagte Holmes, wobei er das Buch beiseitelegte, »daß der plötzliche Zusammenbruch der Gesellschaft mit dem Zeitpunkt zusammenfällt, zu dem Openshaw mit ihren Papieren aus Amerika verschwand. Hier kann es sich durchaus um Ursache und Wirkung handeln. Es ist nicht eben erstaunlich, daß er und seine Familie einige der unbarmherzigeren Geister auf den Fersen haben. Sie verstehen sicher, daß dieses Register und Tagebuch einige der höchsten Männer des Südens belasten könnte und daß es viele gibt, die erst wieder ruhig schlafen werden, wenn es gefunden ist.«

»Dann ist die Seite, die wir gesehen haben . . .«

». . . genau das, was wir annehmen können. Wenn ich mich recht entsinne stand dort ›die Kerne an A, B und C geschickt‹ – das heißt, die Warnung der Gesellschaft an sie geschickt. Dann gibt es da mehrere aufeinander folgende Eintragungen, nach denen A und B bereinigt sind beziehungsweise das Land verlassen haben, und schließlich wurde C besucht, mit einem, wie ich fürchte, düsteren Ergebnis für C. Nun, Doktor, ich nehme an, daß wir ein wenig Licht in diese dunkle Sache bringen können, und ich glaube, die einzige Chance, die der junge Openshaw bis dahin hat, ist, das zu tun, was ich ihm gesagt habe. Heute abend können wir nichts mehr sagen oder tun, also geben Sie mir bitte meine Geige und lassen Sie uns versuchen, eine halbe Stunde lang das erbärmliche Wetter und die noch erbärmlicheren Umtriebe unserer Mitmenschen zu vergessen.«

Am Morgen hatte es aufgeklart, und die Sonne schien mit unterdrückter Helligkeit durch den dünnen Schleier, der über der großen Stadt hing. Sherlock Holmes saß bereits am Frühstückstisch, als ich herunterkam.

»Sie entschuldigen sicher, daß ich nicht auf Sie gewartet habe«, sagte er; »ich habe, wie ich annehme, einen sehr geschäftigen Tag vor mir, an dem ich mich mit diesem Fall des jungen Openshaw näher befassen will.«

»Welche Schritte wollen Sie unternehmen?« fragte ich.

»Das wird völlig von den Ergebnissen meiner ersten Untersuchungen abhängen. Vielleicht werde ich doch nach Horsham reisen müssen.«

»Fahren Sie nicht gleich dorthin?«

»Nein, ich will mit der City beginnen. Sie brauchen nur zu läuten, dann bringt das Mädchen Ihnen Ihren Kaffee.«

Während ich wartete, nahm ich die ungeöffnete Zeitung vom Tisch und warf einen Blick hinein. Mein Auge blieb an einer Überschrift hängen, die mein Herz gefrieren ließ.

»Holmes«, rief ich, »Sie kommen zu spät.«

»Ah«, sagte er und setzte seine Tasse ab. »Das hatte ich befürchtet. Wie ist es geschehen?« Er sprach ruhig, aber ich konnte sehen, daß er zutiefst betroffen war.

Mein Auge fiel auf den Namen Openshaw und die Schlagzeile ›Tragödie nahe der Waterloo Bridge‹. Dies ist der Bericht: »Zwischen neun und zehn Uhr gestern abend hörte Police Constable Cook von der Abteilung H, in Dienst in der Nähe der Waterloo Bridge, einen Hilfeschrei und ein Klatschen im Wasser. Die Nacht war äußerst dunkel und stürmisch, so daß trotz der Hilfe mehrerer Passanten ein Rettungsversuch unmöglich war. Es wurde jedoch Alarm ausgelöst, und mit Hilfe der Wasserpolizei wurde schließlich der Leichnam geborgen. Es handelte sich um den eines jungen Gentleman, dessen Name einem Umschlag zufolge, der in seiner Tasche gefunden wurde, John Openshaw war und dessen Wohnsitz sich bei Horsham befindet. Es wird vermutet, daß er in Eile war, um den letzten Zug ab Waterloo Station zu erreichen, und daß er in der Hast und wegen der tiefen Dunkelheit vom Weg abkam und über den Rand einer der kleinen Landebrücken für Flußdampfer trat. Der Leichnam wies keinerlei Anzeichen von Gewaltanwendung auf, und es kann kein Zweifel daran bestehen, daß der Verstorbene Opfer eines unglücklichen Unfalls geworden ist, infolge wessen sich die Aufmerksamkeit der Behörden auf den Zustand der Landungsbrücken richten sollte.«

Wir saßen einige Minuten lang schweigend da; Holmes war niedergeschlagener und erschütterter, als ich ihn jemals zuvor gesehen hatte.

»Das verletzt meinen Stolz, Watson«, sagte er schließlich. »Das ist zweifellos ein niedriges Gefühl, aber es verletzt meinen Stolz. Damit wird es jetzt zu einer persönlichen Angelegenheit für mich, und wenn Gott mir Gesundheit gewährt, werde ich diese Bande in die Hände bekommen. Daß er zu mir um Hilfe gekommen ist und ich ihn in den Tod geschickt habe . . .!« Er sprang aus seinem Sessel auf und lief in nicht zu unterdrückender Erregung im Raum hin und her; seine blassen Wangen waren gerötet, und seine langen, schmalen Hände öffneten und schlossen sich nervös.

»Das müssen schlaue Teufel sein!« rief er endlich aus. »Wie können sie ihn nur dorthin gelockt haben? Das Embankment liegt nicht auf dem direkten Weg zum Bahnhof. Zweifellos waren sogar in solch einer Nacht für ihren Zweck zu viele Menschen auf der Brücke. Nun gut, Watson, wir werden sehen, wer am Ende die Oberhand behält. Ich breche nun auf!«

»Zur Polizei?«

»Nein, ich werde meine eigene Polizei sein. Wenn ich das Netz gesponnen habe, kann die Polizei die Fliegen haben, aber nicht vorher.«

Ich war den ganzen Tag mit meiner beruflichen Arbeit beschäftigt, und der Abend war schon spät, ehe ich in die Baker Street zurückkehrte. Sherlock Holmes war noch nicht heimgekommen. Es wurde fast zehn Uhr, bis er eintrat; er sah bleich und erschöpft aus. Er ging zur Anrichte, riß ein Stück aus dem Laib und verschlang es gierig. Dann spülte er es mit einem langen Zug Wasser hinab.

»Sie sind hungrig«, bemerkte ich.

»Verhungert. Ich habe nicht ans Essen gedacht. Seit dem Frühstück habe ich nichts zu mir genommen.«

»Nichts?«

»Nicht einen Bissen. Ich hatte keine Zeit, daran zu denken.«

»Und hatten Sie Erfolg?«

»Ja.«

»Sie haben einen Hinweis?«

»Ich habe sie in der Hand. Der junge Openshaw wird nicht lange ungerächt bleiben. Hören Sie, Watson, wir wollen ihnen ihr eigenes teuflisches Markenzeichen aufdrücken. Das ist ein guter Einfall!«

»Was meinen Sie?«

Er nahm eine Orange aus dem Schrank, riß sie in Stücke und drückte die Kerne heraus, auf den Tisch. Er nahm fünf von ihnen und steckte sie in einen Briefumschlag. Auf die Innenseite der Klappe schrieb er »S.H. an J.C.« Dann versiegelte er das Couvert und adressierte es an »Kapitän James Calhoun, Barke *Lone Star*, Savannah, Georgia«.

»Das wird ihn erwarten, wenn er in den Hafen einläuft«, sagte er kichernd. »Hoffentlich bereitet es ihm eine schlaflose Nacht. Er wird feststellen, daß es für sein Schicksal eine ebenso sichere Vorankündigung ist, wie es bei Openshaw vor ihm der Fall war.«

»Und wer ist dieser Kapitän Calhoun?«

»Der Anführer der Bande. Die anderen werde ich auch erwischen, aber zuerst ihn.«

»Wie sind Sie ihnen denn auf die Spur gekommen?«

Er zog ein großes Blatt Papier aus der Tasche, völlig bedeckt mit Daten und Namen.

»Ich habe den ganzen Tag«, sagte er, »über den Registern von Lloyd's und alten Zeitungsarchiven verbracht, um die künftigen Kurse aller Schiffe zu verfolgen, die im Januar und Februar '83 Pondicherry angelaufen haben. Es gab sechsunddreißig Schiffe mit größerer Tonnage, die während dieser Monate verzeichnet waren. Von diesen erregte die *Lone Star* sofort meine Aufmerksamkeit, denn, obwohl sie den Berichten zufolge aus London gekommen war, ist ihr Name doch der eines Staats der Union.«

»Texas, glaube ich.«

»Ich war und bin nicht sicher, welcher es ist; aber jedenfalls wußte ich, daß das Schiff amerikanischen Ursprungs sein mußte.«

»Was dann?«

»Ich habe die Listen aus Dundee durchsucht, und als ich herausfand, daß die *Lone Star* im Januar '85 dort war, wurde Gewißheit aus meinem Verdacht. Dann habe ich mich nach Schiffen erkundigt, die im Augenblick im Hafen von London liegen.«

»Und?«

»Die *Lone Star* ist letzte Woche hier angekommen. Ich bin zum Albert-Dock gegangen und habe festgestellt, daß sie heute mit der Frühebbe flußab gelaufen ist, heim nach Savannah. Ich habe nach Gravesend gedrahtet und erfahren, daß sie es vor einiger Zeit passiert hatte, und da der Wind von Osten kommt, zweifle ich nicht daran, daß sie jetzt die Goodwins hinter sich gelassen hat und nicht mehr fern von der Insel Wight ist.«

»Was wollen Sie jetzt tun?«

»Oh, ich lasse ihn nicht mehr aus den Klauen. Er und die beiden Maaten sind, soweit ich weiß, die einzigen gebürtigen Amerikaner an Bord. Die anderen sind Finnen und Deutsche. Ich weiß auch, daß die drei alle in der letzten Nacht nicht auf dem Schiff waren. Ich weiß es von dem Stauer, der ihre Fracht verladen hat. Wenn ihr Segler Savannah erreicht, wird das Postboot diesen Brief längst befördert haben, und mein Kabel wird die Polizei von Savannah davon in Kenntnis gesetzt haben, daß diese drei Gentlemen hier dringend wegen Mordes gesucht werden.«

Auch im bestausgeheckten Plan eines Menschen ist jedoch immer eine schwache Stelle, und John Openshaws Mörder sollten niemals die Orangenkerne erhalten, die ihnen gezeigt hätten, daß jemand, ebenso schlau und entschlossen wie sie selbst, auf ihrer Spur war. Sehr lang und schwer waren die Äquinoktialstürme diesen Jahres. Wir warteten lange auf Nachrichten von der *Lone Star*, aber wir erhielten niemals eine. Schließlich hörten wir, daß irgendwo weit im Atlantik der zertrümmerte Achtersteven eines Boots in einem Wellental treibend gesichtet worden sei; er trug die Buchstaben »L.S.« eingegraben, und das ist alles, was wir je über das Schicksal der *Lone Star* erfahren werden.

## DER MANN MIT DER ENTSTELLTEN LIPPE

ISA WHITNEY, Bruder des verstorbenen Elias Whitney, D. D., Prinzipal des Theologischen College von St. George's, war dem Opium sehr ergeben. Soviel ich weiß, war ihm diese Gepflogenheit aus einer närrischen Laune heraus erwachsen, als er nämlich in seiner Collegezeit nach der Lektüre von De Quinceys Beschreibungen seiner Träume und Erfahrungen seinen Tabak mit Laudanum tränkte, in einem Versuch, die gleichen Wirkungen zu erzielen. Wie so viele andere stellte auch er fest, daß es leichter ist, diese Gewohnheit anzunehmen als sich von ihr loszusagen, und viele Jahre blieb er Sklave der Droge; seinen Freunden und Verwandten war er Objekt einer Mischung aus Entsetzen und Mitleid. Ich sehe ihn noch vor mir, mit gelbem teigigem Gesicht, hängenden Lidern und Pupillen wie Nadelspitzen, in einem Sessel zusammengesunken, Wrack und Ruine eines vornehmen Mannes.

Eines Abends – es war im Juni '89 – wurde meine Glocke geläutet, etwa zu der Stunde, da einem Manne das erste Gähnen entfleucht, wenn er die Uhr betrachtet. Ich setzte mich in meinem Sessel aufrecht hin, und meine Frau legte ihre Näharbeit in den Schoß und verzog ein wenig enttäuscht das Gesicht.

»Ein Patient!« sagte sie. »Du wirst ausgehen müssen.«

Ich ächzte, denn ich war soeben erst von einem erschöpfenden Tag heimgekehrt.

Wir hörten das Öffnen der Tür, einige eilige Worte und dann schnelle Schritte auf dem Linoleum. Die Tür zu unserem Raum flog auf, und eine Dame trat ein, die in dunklen Stoff gekleidet war und einen schwarzen Schleier trug.

»Ihr entschuldigt hoffentlich, daß ich so spät bei euch eindringe«, begann sie, doch verlor sie dann jählings ihre Selbstbeherrschung, stürzte vor, warf ihre Arme um den Hals meiner Frau und schluchzte an ihrer Schulter. »Oh! Ich habe solchen Kummer!« rief sie; »ich brauche so sehr ein wenig Hilfe!«

»Ei«, sagte meine Frau; sie lüftete den Schleier der anderen; »das ist ja Kate Whitney. Wie kannst du mich so erschrecken, Kate! Ich hatte ja keine Ahnung, wer du warst, als du hereingekommen bist.«

»Ich wußte nicht, was ich tun sollte, deshalb bin ich geradewegs zu euch gekommen.« So war es immer. Menschen mit großem Kummer kamen zu meiner Frau wie Vögel zu einem Leuchtturm.

»Es ist ganz reizend, daß du gekommen bist. Du mußt jetzt unbedingt ein wenig Wein und Wasser trinken, und dann setz dich gemütlich hin und erzähl uns alles. Oder wäre es dir lieber, wenn ich James ins Bett schickte?«

»Oh, nein, nein. Ich brauche auch den Rat und die Hilfe des Doktors. Es geht um Isa. Er ist seit zwei Tagen nicht mehr zu Hause gewesen. Ich habe solche Angst um ihn!«

Es war nicht das erste Mal, das sie mit uns über die Schwierigkeiten ihres Gatten sprach – mit mir als einem Arzt, mit meiner Frau als einer alten Freundin und Schulkameradin. Wir besänftigten und trösteten sie mit Worten, so gut es ging. Ob sie wußte, wo ihr Mann war? Ob wir ihn möglicherweise zu ihr zurückbringen könnten?

Dies schien der Fall zu sein. Sie wußte ganz sicher, daß er sich in letzter Zeit, wenn es ihn packte, einer Opiumhöhle im äußersten Osten der City bediente. Bis zu diesem Zeitpunkt hatten sich seine Orgien immer auf einen Tag beschränkt, und zuckend und zerrüttet war er abends heimgekehrt. Nun jedoch befand er sich seit achtundvierzig Stunden in diesem Bann, und zweifellos lag er jetzt dort unter dem Abschaum der Docks und atmete das Gift ein oder schlief die Wirkung aus. Dort könnte man ihn finden, dessen war sie gewiß, und zwar in der *Bar of Gold*, in der Upper Swandam Lane. Aber was sollte sie nur tun? Wie könnte sie, eine junge, scheue Frau, in einen solchen Ort eindringen und ihren Gatten zwischen den Wüstlingen, die ihn umgaben, herausholen?

So lag der Fall, und natürlich gab es nur einen einzigen Ausweg. Ob ich sie nicht zu diesem Ort eskortieren könne? Und dann, nach weiterer Überlegung: Wozu sollte sie überhaupt mitkommen? Ich sei doch Isa Whitneys medizinischer Berater und habe als solcher Einfluß auf ihn. Ich könne die Sache viel besser in die Hand nehmen, wenn ich allein sei. Also gab ich ihr mein Wort, daß ich ihn binnen zweier Stunden in einem Wagen heimschicken würde, falls ich ihn tatsächlich an der mir von ihr genannten Adresse fände. Und so hatte ich innerhalb von zehn Minuten meinen Lehnsessel und mein fröhliches Wohnzimmer zurückgelassen und raste in einer Droschke gen Osten, in einer seltsamen Mission, wie es mir zu dieser Zeit schien, wenngleich nur die Zukunft würde erweisen können, wie seltsam die Angelegenheit tatsächlich war.

Bei den ersten Etappen meines Abenteuers gab es jedoch keinerlei Schwierigkeiten. Upper Swandam Lane ist eine greuliche Gasse, die hinter den ragenden Werften, die das nördliche Flußufer östlich der London Bridge säumen, gleichsam lauert. Zwischen einer schäbigen Kleiderbude und einem Schnapsladen führen steile Stufen hinab zu einem Schlund, schwarz wie die Öffnung einer Höhle, und dort fand ich das Opiumloch, das ich gesucht hatte. Ich bat den Kutscher, zu warten und eilte die Stufen hinab, die in der Mitte vom unaufhörlichen Trampeln trunkener Füße ausgehöhlt waren, und im Schein eines flackernden Öllichts über der Tür fand ich die Klinke und trat in einen langgestreckten, niedrigen Raum; dick und schwer hing der braune Opiumrauch in der Luft, und hölzerne Kojen bildeten Terrassen im Raum, wie im Vorderdeck eines Auswandererschiffs.

Verschwommen in der Düsternis waren flüchtig Körper zu sehen, die in seltsamen und phantastischen Posen dort lagen, hängende Schultern, gekrümmte Knie, zurückgeworfene Köpfe und emporgereckte Kinnspitzen, und hie und da wandte sich ein dunkles, stumpfes Auge dem Neuankömmling zu. Aus den schwarzen Schatten glommen kleine rote Lichtkreise hervor, heller oder matter, wie das brennende Gift in den Köpfen der

Metallpfeifen aufleuchtete und verlosch. Die meisten lagen stumm, aber einige murmelten vor sich hin und andere sprachen miteinander mit seltsamen, leisen, monotonen Stimmen; die Reden kamen wie in einem Schwall und rieselten plötzlich in Schweigen aus; jeder murmelte seine eigenen Gedanken hervor und gab kaum acht auf die Worte des Nachbarn. Am anderen Ende des Raums stand ein kleines Becken mit glühender Holzkohle, daneben saß auf einem dreibeinigen Holzschemel ein großer, dünner Greis; er hatte den Kiefer auf seine beiden Fäuste gestützt, die Ellenbogen auf die Knie und starrte ins Feuer.

Bei meinem Eintritt hatte sich mir ein blaßgelber Malaie eilends genähert, der mir eine Pfeife und einen Drogenvorrat reichte und mich zu einer leeren Koje winkte.

»Danke, aber ich wollte nicht bleiben«, sagte ich. »Hier ist irgendwo ein Freund von mir, Mr. Isa Whitney; mit ihm möchte ich sprechen.«

Eine Bewegung und ein Ausruf erfolgten zu meiner Rechten, und als ich durch die Düsternis spähte, sah ich Whitney, der mich fahl, verfallen und verwahrlost anstarrte.

»Mein Gott! Das ist ja Watson«, sagte er. Er war in einem erbärmlichen Zustand; all seine Nerven zuckten in Reaktion auf die Droge. »Sagen Sie, Watson, wieviel Uhr ist es?«

»Fast elf.«

»An welchem Tag?«

»Freitag, der 19. Juni.«

»Lieber Himmel! Ich dachte, es ist Mittwoch. Es muß Mittwoch sein. Wie kann man einen Menschen nur so erschrecken!«

Er ließ das Gesicht auf die Arme sinken und begann laut und schrill zu schluchzen.

»Ich sage Ihnen doch, es ist Freitag, Mann. Ihre Frau wartet seit zwei Tagen auf Sie. Sie sollten sich schämen!«

»Ich schäme mich ja. Aber Sie sind durcheinander, Watson, ich bin nämlich erst seit ein paar Stunden hier, drei Pfeifen, vier Pfeifen – ich weiß nicht wie viele. Aber ich komme mit

Ihnen nach Hause. Ich will auf keinen Fall Kate erschrek-
ken – arme kleine Kate. Geben Sie mir die Hand! Haben
Sie einen Wagen?«

»Ja, draußen wartet einer.«

»Dann werde ich damit fahren. Aber ich habe bestimmt
Schulden. Stellen Sie fest, was ich hier schulde, Watson. Ich
bin ganz daneben. Ich kann nichts selbst tun.«

Ich ging den engen Gang zwischen der Doppelreihe von
Schläfern entlang und hielt dabei den Atem an, um nicht
die üblen, betäubenden Dämpfe der Droge aufzunehmen;
dabei suchte ich nach dem Geschäftsführer. Als ich an dem
großen Greis vorbeikam, der neben dem Kohlenbecken saß,
verspürte ich plötzlich ein Zupfen an meinem Rock, und
eine leise Stimme flüsterte: »Gehen Sie weiter und schauen
Sie dann zu mir zurück.« Ich vernahm die Wörter sehr
deutlich. Ich sah hinunter. Sie konnten nur von dem alten
Mann neben mir gekommen sein, und doch saß er da so
versunken wir zuvor, sehr dünn, sehr runzlig, vom Alter ge-
beugt; eine Opiumpfeife hing zwischen seinen Knien hinab,
als sei sie ihm durch schiere Schlaffheit aus den Fingern ge-
glitten. Ich tat zwei Schritte vorwärts und blickte zurück. Es
bedurfte all meiner Selbstbeherrschung, daß ich nicht in
einen Schrei der Verwunderung ausbrach. Er hatte dem
Raum den Rücken zugewandt, so daß niemand außer mir
ihn sehen konnte. Seine Gestalt war voller geworden, die
Runzeln waren fort, die stumpfen Augen hatten ihren Glanz
wiedergewonnen, und dort neben dem Feuer saß kein anderer als Sherlock Holmes und grinste ob meiner Verblüffung.
Kaum merklich winkte er mich zu sich heran, und als er
sein Gesicht wieder zur Hälfte der restlichen Gesellschaft
zuwandte, verfiel er sogleich zu zitternder, sabbernder Seni-
lität.

»Holmes!« flüsterte ich. »Was um alles in der Welt treiben Sie in dieser Höhle?«

»Reden Sie so leise wie möglich«, antwortete er. »Ich habe
ausgezeichnete Ohren. Wenn Sie die große Güte besäßen,

Ihren verkommenen Freund da drüben loszuwerden, wäre ich Ihnen für ein kleines Gespräch überaus dankbar.«

»Ich habe einen Wagen draußen.«

»Dann schicken Sie ihn bitte darin nach Hause. Sie können ihm ruhig vertrauen, er scheint zu kraftlos zu sein, um noch irgendwelches Unheil anzurichten. Außerdem empfehle ich Ihnen, Ihrer Frau durch den Kutscher eine Notiz zu senden und ihr mitzuteilen, daß Sie mit mir gemeinsame Sache machen. Wenn Sie draußen warten, bin ich in fünf Minuten bei Ihnen.«

Es war immer schwierig, Sherlock Holmes eine Forderung abzuschlagen, da sie stets überaus entschieden waren und mit solch herrischem *air* vorgebracht wurden. Ich dachte jedoch bei mir, daß meine Mission praktisch beendet sei, sobald erst Whitney in der Droschke war; und im übrigen konnte ich mir kaum Besseres wünschen, als mit meinem Freund bei einem dieser einzigartigen Abenteuer zusammenzuarbeiten, die den Normalzustand seiner Existenz darstellten. Innerhalb weniger Minuten hatte ich meine Notiz geschrieben, Whitneys Rechnung bezahlt, ihn hinaus zur Droschke geführt und in die Dunkelheit fahren sehen. Nach sehr kurzer Zeit tauchte eine hinfällige Gestalt aus der Opiumhöhle auf, und ich ging mit Sherlock Holmes die Straße hinab. Bis wir zwei Querstraßen hinter uns gelassen hatten, schloff er auf unsicheren Füßen mit gekrümmtem Rücken neben mir her. Dann sah er schnell um sich, richtete sich auf und brach in ein herzhaftes Gelächter aus.

»Ich schätze, Watson«, sagte er, »Sie nehmen an, daß ich die Kokaininjektionen und all die anderen kleinen Schwächen, über die Sie so freundlich waren, mir Ihre ärztlichen Ansichten mitzuteilen, um das Opiumrauchen vermehrt habe.«

»Ich war auf jeden Fall überrascht, Sie dort zu finden.«

»Nicht mehr als ich, als ich Sie dort sah.«

»Ich habe einen Freund gesucht.«

»Und ich einen Feind.«

»Einen Feind?«

»Ja, einen meiner natürlichen Feinde, oder sollte ich sagen: meine natürliche Beute? Kurz gesagt, Watson: Ich befinde mich mitten in einer sehr bemerkenswerten Nachforschung, und ich hatte gehofft, in dem zusammenhanglosen Gerede dieser Tölpel einen Hinweis zu finden, wie es mir schon gelegentlich gelungen ist. Wenn man mich in dieser Höhle erkannt hätte, wäre mein Leben keinen Pfifferling mehr wert gewesen; ich habe sie nämlich schon einmal für meine eigenen Zwecke benutzt, und der schurkische Laskare, der sie leitet, hat mir Rache geschworen. Auf der Rückseite dieses Gebäudes, nahe der Ecke der Pauls-Werft, gibt es eine Falltür, die einige seltsame Geschichten über das erzählen könnte, was in mondlosen Nächten durch sie hindurchgegangen ist.«

»Was! Sie meinen doch nicht etwa Leichen?«

»Genau, Leichen, Watson. Wir wären reiche Leute, wenn wir für jeden armen Teufel, der in dieser Höhle umgebracht worden ist, tausend Pfund hätten. Das ist die übelste Mördergrube in der ganzen Hafengegend, und ich fürchte, Neville St. Clair ist dort für immer verschwunden. – Hier ungefähr müßte unser Wagen sein.« Er schob seine beiden Zeigefinger zwischen die Zähne und pfiff schrill, ein Zeichen, dem ein ähnlicher Pfiff aus der Ferne antwortete, alsbald gefolgt von ratternden Rädern und klirrenden Pferdehufen. »Also, Watson«, sagte Holmes, als ein leichter Jagdwagen durch die Finsternis näherkam und zwei goldene Stollen gelben Lichts aus den Seitenlampen in die Nacht trieb, »Sie kommen mit mir, nicht wahr?«

»Wenn ich Ihnen von Nutzen sein kann.«

»Oh, ein vertrauenswürdiger Kamerad ist immer von Nutzen. Um wieviel mehr noch ein Chronist. Mein Raum in *The Cedars* hat zwei Betten.«

»*The Cedars*?«

»Ja; das ist das Haus von Mr. St. Clair. Ich wohne dort, solange ich die Untersuchung durchführe.«

»Und wo liegt dieses Haus?«

»In der Nähe von Lee, in Kent. Wir haben eine Fahrt von sieben Meilen vor uns.«

»Aber ich weiß ja überhaupt nichts.«

»Natürlich nicht. Bald werden Sie alles wissen. Klettern Sie auf den Bock! In Ordnung, John, wir brauchen Sie nicht mehr. Hier haben Sie eine halbe Krone. Halten Sie morgen um elf Uhr Ausschau nach mir. Lassen Sie mir die Zügel! Bis morgen dann!«

Er gab dem Pferd leicht die Peitsche, und rasch fuhren wir durch die endlose Abfolge düsterer und verlassener Straßen, die allmählich breiter wurden, bis wir über eine weite, mit Geländern versehene Brücke flogen; träge floß unter uns der trübe Fluß. Dahinter lag eine weitere ausgedehnte Wildnis aus Ziegeln und Mörtel, deren Schweigen nur vom schweren, gemessenen Schritt des Polizisten oder den Rufen und Gesängen einer Gruppe später Nachtschwärmer gebrochen wurde. Ein ungefüges Wrack trieb langsam über den Himmel, und hier und da zwinkerten ein oder zwei Sterne durch die Risse in den Wolken. Holmes fuhr schweigend; der Kopf war auf die Brust gesunken, und er wirkte gedankenverloren, während ich neben ihm saß, begierig, endlich zu erfahren, welcher Art diese neue Suche war, die seine Fähigkeiten so stark zu beanspruchen schien, und doch hütete ich mich davor, den Strom seiner Gedanken zu unterbrechen. Wir hatten einige Meilen zurückgelegt und erreichten den Saum des Gürtels von Vorortvillen, als er sich schüttelte, mit den Schultern zuckte und seine Pfeife anzündete, mit der Miene eines Mannes, der sich davon überzeugt hat, daß er das Beste tut.

»Sie verfügen über die große Gabe, schweigen zu können, Watson«, sagte er. »Das macht Sie ganz unschätzbar als Gefährte. Mein Ehrenwort, es ist mir sehr lieb, daß ich mit jemandem sprechen kann, meine eigenen Gedanken sind nämlich nicht besonders erfreulich. Ich habe mich eben gefragt, was ich wohl dieser netten Frau nachher sagen soll, wenn sie mich an der Tür empfängt.«

»Sie vergessen, daß ich von nichts weiß.«

»Ich werde gerade noch die Zeit haben, Ihnen die Tatsachen des Falles zu berichten, bevor wir Lee erreichen. Es sieht absurd einfach aus, und dennoch finde ich irgendwie nichts, womit ich weitermachen könnte. Zweifellos hängen viele Fäden lose herum, aber ich kann da kein Ende in die Hand bekommen. Nun, ich will Ihnen den Fall klar und knapp darlegen, Watson, und vielleicht sehen Sie einen Lichtfunken, wo für mich alles dunkel ist.«

»Schießen Sie los.«

»Vor einigen Jahren – um genau zu sein, im Mai 1884 – ist nach Lee ein Gentleman namens Neville St. Clair gekommen, der viel Geld zu haben schien. Er hat eine große Villa bezogen, sich gut eingeführt und ganz allgemein in gutem Stil gelebt. Nach und nach schloß er Freundschaft mit den Nachbarn, und 1887 heiratete er die Tochter eines Brauers aus dem Ort, von der er inzwischen zwei Kinder hat. Er hatte keinen Beruf, wohl aber Kapital in mehreren Gesellschaften, und in der Regel fuhr er morgens in die Stadt und kam jeden Abend mit dem Zug um 5 Uhr 14 ab Cannon Street zurück. Mr. St. Clair ist jetzt 37 Jahre alt, ein Mann mit maßvollen Gewohnheiten, ein guter Ehemann, ein sehr zärtlicher Vater und überhaupt sehr beliebt bei allen, die ihn kennen. Ich will noch hinzufügen, daß er, soweit wir dies feststellen konnten, zur Zeit Schulden in der Gesamthöhe von 88 Pfund 10 Shilling hat, andererseits ein Guthaben bei der Capital and Counties Bank von 220 Pfund. Es gibt also keinen Grund für die Annahme, daß etwa Geldsorgen ihn bedrückt hätten.

Am letzten Montag ist Mr. Neville St. Clair viel früher als gewöhnlich in die Stadt gefahren; zuvor bemerkte er, er habe zwei wichtige Aufträge zu erledigen und würde seinem kleinen Jungen eine Schachtel Bauklötze mitbringen. Am nämlichen Morgen erhielt nun seine Frau zufällig ein Telegramm, kurz nachdem er abgefahren war, in dem ihr mitgeteilt wurde, ein kleines Päckchen von beträchtlichem Wert, das sie erwartet hatte, liege für sie im Büro der Aberdeen Shipping Company bereit. Nun, wenn Sie Ihr London kennen, dann wissen Sie, daß das Büro dieser Gesellschaft in der Fresno Street liegt, die von der Upper Swandam Lane abzweigt, wo Sie mich heute abend gefunden haben. Mrs. St. Clair nahm ihren Lunch ein, brach in die Stadt auf, machte einige Einkäufe, begab sich zu dem Büro der Gesellschaft, holte ihr Päckchen ab und befand sich Punkt 4 Uhr 35 in der Swandam Lane, auf dem Rückweg zum Bahnhof. Können Sie mir bis jetzt folgen?«

»Das ist alles sehr klar.«

»Sie erinnern sich vielleicht daran, daß Montag ein ungewöhnlich heißer Tag war, und Mrs. St. Clair ging langsam; dabei sah sie sich um, in der Hoffnung, eine Droschke zu finden, da sie die Umgebung, in der sie sich befand, nicht schätzte. Sie geht also langsam die Swandam Lane hinab, als sie plötzlich einen Ausruf oder Schrei hört, und fast trifft sie der Schlag, als sie ihren Mann sieht, der aus einem Fenster im zweiten Stock zu ihr herabschaut und sie anscheinend heranwinkt. Das Fenster war offen, und sie hat ganz deutlich sein Gesicht gesehen, von dem sie sagt, es sei schrecklich erregt gewesen. Er hat ihr heftig zugewinkt und ist dann so plötzlich aus dem Fenster verschwunden, daß es ihr erschien, als habe eine unwiderstehliche Macht ihn hinterrücks fortgezerrt. Ihrem schnellen weiblichen Auge ist etwas Bemerkenswertes aufgefallen, und zwar, daß er einen dunklen Rock wie den trug, in dem er zur Stadt aufgebrochen war, aber trotzdem keinerlei Kragen oder Krawatte.

Überzeugt, daß etwas mit ihm nicht in Ordnung sei, stürzt sie die Treppe hinunter – bei dem Haus handelte es sich nämlich um kein anderes als die Opiumhöhle, in der Sie mich heute abend gefunden haben –, läuft durch den vorderen Raum und versucht, die Treppe zum ersten Stockwerk emporzusteigen. Am Fuß der Treppe trifft sie aber diesen Laskarenschuft, von dem ich gesprochen habe; er stößt sie zurück und schafft sie hinaus auf die Straße, mit Hilfe eines Dänen, der dort als Helfer arbeitet. Erfüllt von den wildesten Zweifeln und Ängsten ist sie die Straße hinuntergerannt und hat durch einen seltenen, glücklichen Zufall in der Fresno Street eine Anzahl Constables mit einem

Inspektor getroffen, alle auf dem Weg zu ihrem Revier. Der Inspektor und zwei Mann haben sie zur Opiumhöhle zurückbegleitet, und obwohl der Eigentümer es ihnen verwehren wollte, sind sie in den Raum eingedrungen, in dem Mr. St. Clair zuletzt gesehen worden war. Dort war kein Zeichen von ihm zu sehen. Tatsächlich war in diesem ganzen Stockwerk niemand zu finden, außer einem gräßlich anzuschauenden, verkrüppelten Wicht, der dort allem Anschein nach zu Hause war. Er und der Laskare schworen standhaft, daß den ganzen Nachmittag über niemand sonst in dem vorderen Raum gewesen sei. Ihr Leugnen war so überzeugend, daß der Inspektor zu zweifeln begann, und er war schon fast zu dem Schluß gekommen, daß sich Mrs. St. Clair getäuscht haben mußte, als sie sich mit einem Schrei auf eine kleine Spanholzschachtel stürzte, die auf dem Tisch lag. Sie riß den Deckel herunter. Ein Sturzbach von Bauklötzchen ergoß sich aus der Schachtel. Es war das Spielzeug, das er hatte heimbringen wollen.

Diese Entdeckung und die offensichtliche Verwirrung des Krüppels haben den Inspektor begreifen lassen, daß die Sache ernst war. Die Räume wurden sorgfältig untersucht, und alle Ergebnisse weisen auf ein abscheuliches Verbrechen hin. Das Vorderzimmer ist schlicht möbliert, wie ein Aufenthaltsraum, und führt zu einem kleinen Schlafzimmer, aus dem man die Rückseite einer der Werften sehen kann. Zwischen Werft und Schlafzimmerfenster befindet sich ein schmaler Streifen, der bei Ebbe trocken, bei Flut aber von wenigstens viereinhalb Fuß Wasser bedeckt ist. Das Schlafzimmerfenster ist breit und war von unten geöffnet. Bei der Untersuchung fanden sich Blutspuren auf der Fensterbank, einige verstreute Tropfen waren auch auf dem hölzernen Fußboden des Schlafzimmers zu sehen. Hinter einem Vorhang im Vorderzimmer waren alle Kleider von Mr. Neville St. Clair versteckt, abgesehen von seinem Überrock. Seine Stiefel, seine Socken, sein Hut und seine Uhr – alles war da. Keines dieser Kleidungsstücke wies Spuren von Gewaltanwendung auf, und es gab auch keine weiteren Spuren von Mr. Neville St. Clair. Man muß ihn wohl durch das Fenster hinausbefördert haben, denn ein weiterer Ausgang fand sich nicht, und die ominösen Blutflecken auf der Fensterbank sprechen nicht eben dafür, daß er sich schwimmend hat retten können, denn zum Zeitpunkt der Tragödie hatte die Flut ihren höchsten Stand erreicht.

Zu den Schuften, die unmittelbar in die Sache verwickelt zu sein scheinen. Der Laskare ist als Mann mit übelster Vergangenheit bekannt, aber da er nach Mrs. St. Clairs Geschichte bekanntlich nur Sekunden, nachdem sie ihren Mann im Fenster gesehen hatte, am Fuß der Treppe war, kann er kaum mehr als höchstens ein Helfershelfer bei dem Verbrechen gewesen sein. Er behauptet zu seiner Verteidigung, gar nichts zu wissen und keine Ahnung von dem zu haben, was sein Mieter Hugh Boone treibt, und außerdem keine Erklärung für die Anwesenheit der Kleider des vermißten Gentlemans zu haben.

So viel zum laskarischen Geschäftsführer. Nun zu diesem sinistren Krüppel, der im zweiten Stockwerk der Opiumhöhle wohnt und sicher der letzte Mensch war, der Neville St. Clair zu Gesicht bekommen hat. Er heißt Hugh Boone, und sein gräßliches Gesicht ist jedem bekannt, der häufig in die City geht. Er ist ein berufsmäßiger Bettler, wenn er auch, um die polizeilichen Vorschriften zu umgehen, einen kleinen Handel mit Wachsstreichhölzern vorschiebt. Wie Sie vielleicht bemerkt haben, findet sich, wenn man die Threadneedle Street ein Stückchen hinabgeht, linker Hand eine kleine Nische in der Mauer. Das ist der Stammplatz dieser Kreatur, wo er mit untergeschlagenen Beinen sitzt, den kleinen Vorrat an Streichhölzern im Schoß, und weil er ein erbarmungswürdiges Schauspiel abgibt, rieselt immer ein leichter Wohltätigkeitsregen in die schmierige Lederkappe, die vor ihm auf dem Pflaster liegt. Ich habe diesen Burschen mehr als nur einmal beobachtet, bevor ich je daran dachte, beruflich seine Bekanntschaft zu machen, und war immer überrascht, welche Ernte er in so kurzer Zeit einfährt. Sehen Sie, sein Äußeres ist so bemerkenswert, daß niemand an ihm vorübergehen kann, ohne ihn wahrzunehmen. Ein orangeroter Schopf, ein fahles Gesicht, das von einer fürchterlichen Narbe entstellt wird, die beim Zusammenwachsen die äußere Ecke seiner Oberlippe nach oben gedreht hat, ein Kinn wie eine Bulldogge, dazu ein Paar durchdringender dunkler Augen, die einen eigenartigen Kontrast zu seiner Haarfarbe bilden, all das hebt ihn aus der üblichen Menge von Bettlern heraus; das gleiche gilt übrigens für seinen Witz, denn er hat immer eine schlagfertige Antwort auf jede Hänselei, die ihm von den Vorübergehenden zugeworfen werden mag. Das ist der Mann, von dem wir nun wissen, daß er in der Opiumhöhle logiert, und daß er der letzte war, der den Gentleman gesehen hat, nach dem wir suchen.«

»Aber ein Krüppel!« sagte ich. »Was kann er denn allein gegen einen Mann im besten Alter ausgerichtet haben?«

»Er ist in dem Sinn ein Krüppel, daß er beim Gehen hinkt; in anderer Hinsicht scheint er jedoch ein kräftiger und gutgenährter Mann zu sein. Ihre medizinische Erfahrung kann Ihnen doch bestimmt sagen, Watson, daß die Schwäche eines Körperteils oft durch außergewöhnliche Stärke eines anderen wettgemacht wird.«

»Bitte, erzählen Sie weiter.«

»Mrs. St. Clair war angesichts des Bluts am Fenster ohnmächtig geworden, und sie wurde von der Polizei in einer Droschke nach Hause gebracht, da ihre Anwesenheit ihnen bei der Untersuchung nicht weiter helfen konnte. Inspektor Barton, der mit dem Fall befaßt war, hat das Gebäude sehr gründlich untersucht, ohne jedoch etwas finden zu können, das ein neues Licht in die Sache gebracht hätte. Man hat einen Fehler begangen, indem man Boone nicht augenblicklich verhaftet hat; so hat er einige Minuten gehabt, in denen er sich mit seinem Freund, dem Laskaren, absprechen konnte; dieser Fehler ist aber bald wiedergutgemacht worden, und man hat ihn festgenommen und untersucht, ohne allerdings etwas zu finden, das ihn belastet hätte. Es gab zwar ein paar Blutflecken an seinem rechten Hemdsärmel, aber er konnte seinen Ringfinger vorzeigen, in den er sich in Nähe des Nagels geschnitten hatte, und er hat erklärt, das Blut komme daher;

außerdem sei er erst kurz zuvor am Fenster gewesen, und die dort bemerkten Flecke stammten sicherlich aus der gleichen Quelle. Er hat immer wieder geleugnet, jemals Mr. Neville St. Clair begegnet zu sein, und geschworen, die Kleider in seinem Zimmer seien für ihn ein ebenso großes Rätsel wie für die Polizei. Was Mrs. St. Clairs Behauptung angeht, ihren Mann im Fenster gesehen zu haben, so hat er erklärt, sie müsse entweder verrückt sein oder geträumt haben. Man hat ihn trotz seines lautstarken Protests zur Polizeistation verbracht, während der Inspektor an Ort und Stelle geblieben ist, in der Hoffnung, daß die Ebbe ihm einen neuen Hinweis brächte.

So geschah es auch, obwohl sie auf der Schlammbank kaum das gefunden haben, was sie zu finden fürchteten. Es war Neville St. Clairs Überrock, nicht Neville St. Clair, was dort lag, als das Wasser fiel. Und was, glauben Sie, hat man in den Taschen gefunden?«

»Ich habe keine Ahnung.«

»Nein, ich glaube auch, daß Sie das nicht erraten können. Alle Taschen vollgestopft mit Pennies und Halfpennies – vierhunderteinundzwanzig Pennies, und zweihundertsiebzig Halfpennies. Kein Wunder, daß die Ebbe den Rock nicht fortgespült hatte. Ein menschlicher Leichnam ist aber etwas anderes. Zwischen Werft und Haus ist ein starker Strudel. Es ist nicht unwahrscheinlich, daß der beschwerte Rock liegengeblieben ist, wogegen der entkleidete Körper in den Fluß hineingesogen wurde.«

»Sie haben aber doch gesagt, alle anderen Kleidungsstücke seien im Zimmer gefunden worden. Soll denn der Leichnam nur mit dem Rock bekleidet gewesen sein?«

»Nein, Sir, aber die Tatsachen lassen sich hinreichend erklären. Angenommen, dieser Boone hätte Neville St. Clair aus dem Fenster gestoßen, dann hätte keines Menschen Auge die Tat gesehen. Was muß er danach tun? Natürlich begreift er sofort, daß er die verräterischen Kleidungsstücke loswerden muß. Er packt also den Rock und will ihn eben aus dem Fenster werfen, als ihm klar wird, daß er treiben wird, statt zu sinken. Er hat wenig Zeit, denn er hat den Aufruhr unten im Haus gehört, als die Frau sich ihren Weg nach oben zu bahnen versuchte, und vielleicht hat sein laskarischer Verbündeter ihm auch schon gesagt, daß Polizisten die Straße herabgelaufen kommen. Kein Augenblick ist zu verlieren. Er stürzt sich zu einem versteckten Hort, wo er die Früchte seiner Bettelei angehäuft hat, und stopft alle erreichbaren Münzen in die Taschen, um sicher zu gehen, daß der Rock versinken wird. Er wirft ihn aus dem Fenster, und er hätte das Gleiche mit den anderen Kleidern gemacht, wenn er nicht unten schon eilige Schritte gehört und gerade noch die Zeit hätte, um das Fenster zu schließen, ehe die Polizei eintrifft.«

»Das klingt wirklich so, als könnte es so gewesen sein.«

»Na, nehmen wir es als Arbeitshypothese, in Ermangelung einer besseren. Wie ich Ihnen schon gesagt habe, wurde Boone verhaftet und zum Revier gebracht, aber es zeigte sich, daß noch niemals etwas gegen ihn vorgelegen hatte. Er war seit Jahren als Berufsbettler bekannt, aber er scheint ein unauffälliges und unschuldiges Leben geführt zu haben. So sieht die Sache im Moment aus, und alle zu klärenden Fragen – was hat Neville St. Clair in der Opiumhöhle getan, was ist ihm dort widerfahren, wo ist er nun, und was hat Hugh Boone mit seinem Verschwinden zu tun? – sind noch genauso weit von einer Lösung entfernt wie zuvor. Ich muß gestehen, ich kann mich an keinen Fall erinnern, der auf den ersten Blick so einfach aussah und doch solche Schwierigkeiten aufwies.«

Während Sherlock Holmes' Darlegung dieser einzigartigen Folge von Ereignissen hatten wir die Außenbezirke der großen Stadt durcheilt, bis die letzten zerstreuten Häuser zurückblieben, und nun ratterten wir auf einer von Hecken gesäumten Landstraße entlang. Als er zum Ende kam, fuhren wir jedoch gerade durch zwei weit auseinandergezogene Dörfer, in denen noch einige wenige Lichter in Fenstern glommen.

»Wir sind am Rand von Lee«, sagte mein Gefährte. »Auf unserer kurzen Fahrt haben wir drei englische Grafschaften berührt; in Middlesex sind wir aufgebrochen, haben einen

Ausläufer von Surrey überquert und sind nun schließlich in Kent. Sehen Sie das Licht dort zwischen den Bäumen? Das ist *The Cedars*, und neben dieser Lampe sitzt eine Frau, deren besorgte Ohren ohne jeden Zweifel schon längst das Klappern der Hufe unseres Pferdes vernommen haben.«

»Aber warum befassen Sie sich nicht von der Baker Street aus mit diesem Fall?« fragte ich.

»Weil sehr viele Nachforschungen hier draußen angestellt werden müssen. Mrs. St. Clair war so freundlich, mir zwei Räume zur Verfügung zu stellen, und Sie können unbesorgt davon ausgehen, daß sie meinen Freund und Kollegen ebenfalls willkommen heißen wird. Ich mag ihr gar nicht begegnen, Watson, weil ich keine Neuigkeiten über ihren Gatten habe. Brr, halt, brr!«

Wir hatten vor einer großen Villa mit dazugehörigem Park angehalten. Ein Stalljunge stürzte zum Kopf des Pferdes, und ich sprang ab und folgte Holmes den engen, gewundenen Kiesweg hinan, der zum Haus führte. Als wir näherkamen, flog die Tür weit auf, und eine kleine blonde Frau stand in der Öffnung, gekleidet in eine Art leichter *mousseline-de-soie*, mit ein wenig flaumigem rosa Chiffon an Hals und Ärmeln. Sie stand da, die Gestalt vom herausströmenden Licht umrissen, eine Hand an der Tür, die andere erwartungsvoll halb erhoben, der Leib leicht vorgebeugt, Kopf und Gesicht nach vorn gestreckt, mit brennenden Augen und geöffnetem Mund, eine verkörperte Frage.

»Nun?« rief sie, »und?« Dann, als sie sah, daß wir zu zweit waren, stieß sie einen Hoffnungsschrei aus, der zu einem Ächzen hinabsank, als sie meinen Gefährten anblickte, der den Kopf schüttelte und mit den Schultern zuckte.

»Keine guten Nachrichten?«

»Keine.«

»Schlechte?«

»Auch nicht.«

»Gott sei gedankt dafür. Aber kommen Sie doch herein. Sie müssen müde sein, Sie hatten ja einen langen Tag.«

»Das ist mein Freund, Dr. Watson. Er ist in einigen meiner Fälle für mich von lebenswichtiger Bedeutung gewesen, und ein glücklicher Zufall hat es mir ermöglicht, ihn mitzubringen und ihn an dieser Nachforschung zu beteiligen.«

»Ich bin entzückt, Sie zu sehen«, sagte sie; sie drückte mir herzlich die Hand. »Sie werden sicherlich etwaige Mängel im Haus großherzig übersehen, wenn Sie bedenken, welcher Schlag uns so jäh getroffen hat.«

»Liebe gnädige Frau«, sagte ich, »ich bin ein alter Soldat, und selbst wenn ich es nicht wäre, sähe ich doch, daß keinerlei Anlaß besteht, sich zu entschuldigen. Ich würde mich glücklich schätzen, Ihnen oder meinem Freund hier in irgendeiner Weise helfen zu können.«

»Nun, Mr. Sherlock Holmes«, sagte die Dame, als wir einen hell erleuchteten Speiseraum betraten, auf dessen Tisch ein kaltes Abendmahl vorbereitet war. »Ich möchte Ihnen gern eine oder zwei einfache Fragen stellen, die ich Sie bitte, einfach zu beantworten.«

»Aber gewiß, Madame.«

»Sorgen Sie sich nicht um meine Gefühle. Ich bin nicht hysterisch und falle nicht leicht in Ohnmacht. Ich möchte nur Ihre wahre, wirkliche Meinung hören.«

»Über welchen Punkt?«

»Glauben Sie, tief in Ihrem innersten Herzen, daß Neville noch lebt?«

Sherlock Holmes schien bei dieser Frage verlegen zu werden. »Ganz offen!« sagte sie erneut; sie stand auf dem Teppich und sah aufmerksam auf Holmes hinab, als er sich in einem Korbsessel zurücklehnte.

»Also, ganz offen, Madame, ich glaube es nicht.«

»Sie glauben, er ist tot?«

»Ja.«

»Ermordet?«

»Das kann ich nicht sagen. Vielleicht.«

»Und an welchem Tag hat er den Tod gefunden?«

»Am Montag.«

»Dann seien Sie doch bitte so gut, Mr. Holmes, mir zu erklären, wie es möglich ist, daß ich heute diesen Brief von ihm bekommen habe?«

Sherlock Holmes sprang aus seinem Sessel hoch, als hätte man ihn galvanisiert.

»Was!« brüllte er.

»Ja, heute.« Sie stand lächelnd da und hielt ein kleines Stück Papier hoch.

»Darf ich das sehen?«

»Aber gewiß.«

In seinem Eifer riß er es ihr aus der Hand, glättete es auf dem Tisch, zog die Lampe näher und untersuchte es gründlich. Ich hatte meinen Sessel verlassen und starrte über seine Schulter auf das Papier. Der Umschlag war grob, und er war an diesem Tag, besser gesagt, am Vortag – denn Mitternacht war längst vorbei – in Gravesend abgestempelt worden.

»Grobe Handschrift!« murmelte Holmes. »Das ist doch sicher nicht die Handschrift Ihres Mannes, Madame.«

»Auf dem Umschlag nicht, wohl aber im Brief.«

»Ich stelle weiterhin fest, daß derjenige, der den Umschlag adressiert hat, absetzen und sich nach der Anschrift erkundigen mußte.«

»Woran können Sie das sehen?«

»Wie Sie sehen, ist der Name in völlig schwarzer Tinte geschrieben worden, die von selbst getrocknet ist. Der Rest ist in jener gräulichen Farbe, die zeigt, daß Löschpapier verwendet worden ist. Wenn alles zügig geschrieben und dann gelöscht worden wäre, dann wäre nichts davon in diesem tiefschwarzen Ton. Der Mann hat den Namen geschrieben und dann eine Pause gemacht, bevor er die Adresse niederschrieb, was nur bedeuten kann, daß er sie nicht kannte. Natürlich ist das nur eine Nebensächlichkeit, aber nichts ist so wichtig wie das Nebensächliche. Kommen wir zum Brief. Ha! Da war noch eine Anlage!«

»Ja, ein Ring. Sein Siegelring.«

»Und Sie sind sicher, daß dies hier die Handschrift Ihres Mannes ist?«

»Eine seiner Handschriften.«

»Bitte?«

»Seine Handschrift, wenn er es eilig hat. Sie ist ganz anders als seine übliche Schrift, aber trotzdem kann ich sie gut erkennen.«

»›Liebste, sorge Dich nicht. Alles wird gut werden. Es liegt ein großer Irrtum vor, den klarzustellen einige Zeit dauern kann. Warte geduldig. – Neville.‹ Mit Bleistift auf das Vorsatzblatt eines Buchs geschrieben, Oktavformat, kein Wasserzeichen. Heute in Gravesend von einem Mann mit schmutzigem Daumen aufgegeben. Ha! Und wenn ich mich nicht sehr irre, ist die Gummierung der Couvertklappe von einer Person abgeleckt worden, die Tabak kaut. Und Sie sind sicher, daß dies die Handschrift Ihres Mannes ist, Madame?«

»Ja, völlig. Neville hat das geschrieben.«

»Und aufgegeben heute in Gravesend. Nun, Mrs. St. Clair, die Wolken lichten sich, obwohl ich noch nicht zu sagen wage, daß die Gefahr vorüber ist.«

»Aber er muß doch wohl leben, Mr. Holmes.«

»Wenn dies nicht eine schlaue Fälschung ist, um uns auf eine falsche Spur zu bringen. Schließlich beweist der Ring nichts. Man könnte ihn ihm abgenommen haben.«

»Nein, nein; das, das, das ist seine eigene Handschrift!«

»Nun gut. Der Brief könnte aber am Montag geschrieben und erst heute abgeschickt worden sein.«

»Das ist möglich.«

»Wenn es so ist, dann kann inzwischen viel geschehen sein.«

»Oh, bitte, entmutigen Sie mich nicht, Mr. Holmes. Ich weiß, daß es ihm gut geht. Wir sind einander so nah, daß ich es wüßte, wenn ihm etwas Schlimmes zustieße. Noch an dem Tag, an dem ich ihn das letzte Mal gesehen habe, hat er sich im Schlafzimmer geschnitten, und ich bin aus dem Speisezimmer die Treppe hinauf gelaufen, weil ich völlig sicher war, daß sich etwas ereignet hatte. Glauben Sie denn, ich würde auf solch eine Kleinigkeit reagieren und doch von seinem Tod nichts wissen?«

»Ich habe zuviel erlebt, um nicht zu wissen, daß die Eindrücke einer Frau wertvoller sein können als die Schlußfolgerungen eines analytischen Denkers. Und mit diesem Brief haben Sie sicherlich ein sehr starkes Indiz, das Ihre Meinung stützt. Wenn aber Ihr Gatte lebt und imstande ist, Briefe zu schreiben, warum hält er sich dann fern von Ihnen?«

»Ich weiß es nicht. Ich kann es mir nicht denken.«

»Und er hat am Montag nichts gesagt, bevor er Sie verlassen hat?«

»Nein.«

»Und Sie waren überrascht, ihn in der Swandam Lane zu sehen?«

»Sehr sogar.«

»War das Fenster geöffnet?«

»Ja.«

»Dann hätte er Ihnen etwas zurufen können?«

»Das hätte er.«

»Wenn ich Sie recht verstehe, hat er nur einen unartikulierten Schrei ausgestoßen?«

»Ja.«

»Sie glauben, es war ein Hilfeschrei?«

»Ja. Er hat mit den Händen gestikuliert.«

»Es hätte aber doch auch ein Überraschungsruf sein können. Überraschung bei Ihrem unerwarteten Anblick könnte ihn dazu gebracht haben, die Hände zu heben.«

»Das ist möglich.«

»Und Sie meinen, er wurde weggezerrt?«

»Er ist so plötzlich verschwunden.«

»Er könnte zurückgesprungen sein. Sie haben sonst niemanden im Raum gesehen?«

»Nein, aber dieser schreckliche Mann hat zugegeben, dort gewesen zu sein, und der Laskare war am Fuß der Treppe.«

»Das ist richtig. Soweit Sie sehen konnten, hatte Ihr Mann seine gewöhnlichen Kleider an?«

»Aber ohne Kragen und Krawatte. Ich habe ganz deutlich seinen nackten Hals gesehen.«

»Hat er je von der Swandam Lane gesprochen?«

»Niemals.«

»Hat er jemals Anzeichen aufgewiesen, daß er Opium nimmt?«

»Niemals.«

»Ich danke Ihnen, Mrs. St. Clair. Das sind die wichtigsten Punkte, die ich unbedingt klarstellen wollte. Wir werden nun ein kleines Supper zu uns nehmen und uns dann zurückziehen, denn es kann sein, daß wir morgen einen sehr anstrengenden Tag haben.«

Man hatte uns einen großen, gemütlichen Raum mit zwei Betten zur Verfügung gestellt, und ich schlüpfte schnell zwischen die Decken, denn ich war müde, nach meiner abenteuerlichen Nacht. Sherlock Holmes jedoch war ein Mann, der viele Tage oder gar eine Woche ohne Schlaf auskam, wenn er ein ungelöstes Problem mit sich herumtrug; dann pflegte er es hin und her zu wälzen, die Tatsachen anders zu sortieren, es aus allen möglichen Blickwinkeln zu untersuchen, bis er es entweder ausgelotet oder sich davon überzeugt hatte, daß seine Daten nicht ausreichten. Mir war es bald offensichtlich, daß er sich auf eine Nachtsitzung vorbereitete. Er entledigte sich des Rockes und der Weste, streifte einen langen blauen Schlafrock über und begab sich dann auf eine Wanderschaft durch das Zimmer, bei der er die Kissen von seinem Bett, dem Sofa und den Lehnsesseln sammelte. Mit ihnen verfertigte er eine Art östlichen Divans, auf dem er sich mit überkreuzten Beinen niederließ, vor sich eine Unze Shagtabak und eine Schachtel Streichhölzer. Im undeutlichen Licht der Lampe sah ich ihn dort sitzen, eine alte Bruyère-Pfeife zwischen den Lippen, die Augen mit einem leeren Ausdruck auf eine Ecke der Zimmerdecke geheftet; der blaue Rauch stieg von ihm in Girlanden aufwärts; stumm und regungslos saß er da, und das Licht beschien die kräftigen Züge und die Adlernase. So saß er da, als ich einschlief, und so saß er da, als ein jäher Ausruf mich weckte und ich feststellte, daß die Sommersonne in den Raum schien. Die Pfeife stak noch immer zwischen seinen Lippen, die Rauchgirlanden kräuselten sich noch immer aufwärts, und der Raum war erfüllt von dichtem Tabakdunst; von dem Shaghaufen, den ich nachts gesehen hatte, war jedoch nichts übrig geblieben.

»Sind Sie wach, Watson?« fragte er.

»Ja.«

»Bereit zu einer Morgenfahrt?«

»Gewiß.«

»Dann ziehen Sie sich an. Unten hat sich noch niemand gerührt, aber ich weiß, wo der Stallbursche schläft, und wir werden den Wagen bald haben.« Beim Sprechen kicherte er in sich hinein, seine Augen zwinkerten, und er schien ein ganz anderer Mann zu sein als der düstere Denker des vergangenen Abends.

Während ich mich ankleidete, schaute ich auf meine Uhr. Kein Wunder, daß sich noch niemand gerührt hatte. Es war fünf Minuten vor halb fünf. Ich war kaum fertig, als Holmes mit der Nachricht zurückkehrte, der Junge spanne gerade das Pferd an.

»Ich möchte eine kleine Theorie auf die Probe stellen«, sagte er, als er seine Stiefel anzog. »Ich schätze, Watson, daß Sie sich in diesem Moment in der Gesellschaft eines der vollkommensten Trottel Europas befinden. Ich hätte es verdient, mit einem Tritt von hier bis Charing Cross befördert zu werden. Ich glaube aber, daß ich jetzt den Schlüssel zu der Angelegenheit habe.«

»Und wo ist der Schlüssel?« fragte ich lächelnd.

»Im Badezimmer«, antwortete er. »Oh, nein, ich scherze nicht«, fuhr er fort, als er meinen ungläubigen Blick bemerkte. »Ich bin eben dort gewesen, habe den Schlüssel an mich genommen und trage ihn in dieser Reisetasche. Kommen Sie, mein Lieber, und wir werden sehen, ob er ins Schloß paßt.«

So leise wie möglich gingen wir die Treppe hinunter und traten in den hellen Morgensonnenschein hinaus. Auf der

Straße fanden wir unser Pferd und den Jagdwagen, und der halbbekleidete Stalljunge wartete neben dem Kopf des Tieres. Wir sprangen auf den Wagen und brausten los in Richtung London. Ein paar Fuhrwerke waren schon unterwegs, um Gemüse in die Metropole zu schaffen, aber die Reihen der Villen zu beiden Seiten waren stumm und leblos wie eine Stadt in einem Traum.

»In verschiedenen Hinsichten war dieser Fall einzigartig«, sagte Holmes; unter seiner Peitsche begann das Pferd zu galoppieren. »Ich muß gestehen, ich war blind wie ein Maulwurf, aber es ist besser, spät zur Weisheit zu gelangen als überhaupt nicht.«

In der Stadt begannen die frühesten Frühaufsteher eben verschlafen aus ihren Fenstern zu schauen, als wir durch die Straßen auf der Surrey-Seite fuhren. Wir nahmen die Waterloo Bridge Road und überquerten den Fluß, und nach schneller Fahrt durch die Wellington Street bogen wir scharf rechts ab und befanden uns in der Bow Street. Sherlock Holmes war den Polizeikräften wohlbekannt, und die beiden Constables an der Tür salutierten vor ihm. Einer hielt den Kopf des Pferdes, während der andere uns ins Revier führte.

»Wer ist der Diensthabende?« fragte Holmes.

»Inspektor Bradstreet, Sir.«

»Ah, Bradstreet, wie geht es Ihnen?« Ein großer, stämmiger Beamter war über den steingefliesten Gang hereingekommen; er trug eine Schirmmütze und eine mit Schnüren besetzte Jacke. »Ich würde mich gern kurz mit Ihnen unterhalten, Bradstreet.«

»Gewiß, Mr. Holmes. Kommen Sie in mein Zimmer hier.«

Es war ein kleiner büroartiger Raum; auf dem Tisch lag eine riesige Kladde, und aus der Wand ragte ein Telephon hervor. Der Inspektor setzte sich an seinen Schreibtisch.

»Was kann ich für Sie tun, Mr. Holmes?«

»Ich komme wegen dieses Bettlers, Boone – der Mann, dem man vorwirft, am Verschwinden von Mr. Neville St. Clair aus Lee beteiligt zu sein.«

»Ach ja. Er ist vorgeführt und dann für weitere Befragungen in Untersuchungshaft belassen worden.«

»Das habe ich gehört. Haben Sie ihn hier?«

»In der Zelle.«

»Ist er ruhig?«

»Ach, er macht keinen Ärger. Aber er ist ein Schmutzfink.«

»Schmutzfink?«

»Ja. Wir können ihn nur dazu bringen, sich die Hände zu waschen, doch sein Gesicht ist so schwarz wie das eines Kesselflickers. Na, wenn sein Fall erst einmal abgeschlossen ist, wird er das vorschriftsmäßige Gefängnisbad bekommen; und ich glaube, wenn Sie ihn sehen könnten, würden Sie mir zustimmen, daß er es nötig hat.«

»Ich würde ihn sehr gern sehen.«

»Ach ja? Das können Sie gern haben. Kommen Sie, hier entlang. Ihre Tasche können Sie da stehen lassen.«

»Nein, ich möchte sie gern mitnehmen.«

»Wie Sie wünschen. Bitte hier entlang.« Er führte uns einen Gang hinunter, öffnete eine verriegelte Tür, stieg eine Wendeltreppe hinab und brachte uns in einen geschlämmten Korridor mit einer Reihe von Türen auf jeder Seite.

»Die dritte rechts«, sagte der Inspektor. »Da sind wir.« Er öffnete leise eine Klappe im oberen Teil der Tür und blickte hindurch.

»Er schläft«, sagte er. »Sie können ihn gut sehen.«

Wir legten beide die Augen an die vergitterte Öffnung. Der Gefangene lag in tiefem Schlaf und wandte uns sein Gesicht zu; er atmete langsam und schwer. Er war von mittlerer Größe und seinem Beruf entsprechend schäbig gekleidet; durch einen Riß in seinem zerlumpten Rock war ein buntes Hemd zu sehen. Wie der Inspektor gesagt hatte, war er überaus schmutzig, aber der Dreck auf seinem Gesicht konnte dessen abstoßende Häßlichkeit nicht verdecken. Die breite Wulst einer alten Narbe erstreckte sich vom Auge bis zum Kinn, und beim Verheilen hatte sie eine Seite der Oberlippe hochgedreht, so daß drei Zähne in einer immerwährenden Grimasse gebleckt waren.

Ein zottiger Schopf überaus hellroten Haares wuchs in einem niedrigen Ansatz über den Augen aus der Stirn.

»Ist er nicht eine Schönheit?« fragte der Inspektor.

»Er kann auf jeden Fall eine Waschung vertragen«, meinte Holmes. »Das hatte ich mir wohl gedacht, und deshalb war ich so frei, die entsprechenden Gerätschaften mitzubringen.« Während er noch sprach, öffnete er die Reisetasche, und zu meiner Verblüffung zog er einen großen Badeschwamm hervor.

»He, he! Sie sind ja ein Spaßvogel«, kicherte der Inspektor.

»Wenn Sie jetzt die große Güte besäßen, diese Tür ganz leise zu öffnen, werden wir dafür sorgen, daß er bald eine sehr viel ansehnlichere Figur abgibt.«

»Also, ich wüßte nicht, wieso nicht«, sagte der Inspektor. »Er gereicht den Zellen des Bow-Street-Reviers nicht gerade zur Ehre, oder?« Er steckte seinen Schlüssel ins Schloß, und sehr leise betraten wir allesamt die Zelle. Der Schläfer wandte sich halb um, verfiel dann aber sofort wieder in tiefen Schlummer. Holmes beugte sich zum Wasserkrug, benetzte seinen Schwamm und rieb diesen dann zweimal kräftig die Länge und die Breite über das Gesicht des Gefangenen.

»Erlauben Sie«, rief er, »daß ich Sie mit Mr. Neville St. Clair aus Lee, Grafschaft Kent, bekannt mache.«

Nie in meinem Leben habe ich solch einen Anblick gesehen. Unter dem Schwamm wurde das Gesicht des Mannes abgeschält wie Borke von einem Baum. Fort war der grobe braune *teint!* Fort auch die gräßliche Narbe, die das Gesicht gestriemt, und die entstellte Lippe, die es zu einer abstoßenden Fratze gemacht hatte! Mit einem Ruck war das wirre rote Haar entfernt, und es saß dort aufrecht im Bett ein bleicher Mann mit einem traurigen, vornehmen Gesicht, schwarzen Haaren und glatter Haut; er rieb sich die Augen und sah sich verschlafen und verblüfft um. Dann begriff er plötzlich, daß er bloßgestellt war, stieß einen schrillen Schrei aus und warf sich mit dem Gesicht auf sein Kopfkissen.

»Lieber Himmel!« rief der Inspektor. »Das ist tatsächlich der vermißte Mann. Ich kenne ihn von der Photographie.«

Der Gefangene wandte sich um, mit der unbekümmerten Miene eines Menschen, der sich in sein Schicksal ergeben hat.

»Also dann«, sagte er. »Und wessen, bitte sehr, bezichtigt man mich?«

»Der Beseitigung von Mr. Neville St. – ach was, man kann Sie doch nicht deswegen anklagen, außer, man macht einen Fall von versuchtem Selbstmord daraus«, sagte der Inspektor grinsend. »Also, ich bin seit siebenundzwanzig Jahren bei der Polizei, aber das schießt wirklich den Vogel ab.«

»Wenn ich Mr. Neville St. Clair bin, dann ist offensichtlich kein Verbrechen begangen worden, und demnach hält man mich hier widerrechtlich fest.«

»Es wurde zwar kein Verbrechen begangen, wohl aber ein sehr großer Irrtum«, sagte Holmes. »Sie hätten besser Ihrer Frau Vertrauen schenken sollen.«

»Es war nicht wegen meiner Frau, sondern wegen der Kinder«, ächzte der Gefangene. »Gott stehe mir bei, aber ich wollte doch nicht, daß sie sich ihres Vaters schämen müssen. Mein Gott! Welch eine Bloßstellung! Was soll ich nur tun?«

Sherlock Holmes setzte sich neben ihn auf die Pritsche und klopfte ihm freundlich auf die Schulter.

»Wenn Sie es einem Gerichtshof überlassen, die Sache aufzuklären«, sagte er, »dann können Sie natürlich Publizität nicht vermeiden. Wenn Sie andererseits die Polizei davon überzeugen, daß gegen Sie wirklich nichts vorliegt, dann sehe ich keinen Grund, aus dem die Einzelheiten in die Zeitungen durchsickern müßten. Ich bin sicher, Inspektor Bradstreet würde alles, was Sie uns sagen wollen, schriftlich niederlegen und den zuständigen Behörden unterbreiten. Der Fall würde dann nie vor Gericht kommen.«

»Gott segne Sie!« rief der Gefangene stürmisch bewegt. »Ich würde lieber Gefängnis und sogar Hinrichtung auf mich nehmen, als meinen Kindern mein erbärmliches Geheimnis als Familienschande zu hinterlassen.

Sie sind die Ersten, die je meine Geschichte zu hören bekamen. Mein Vater war Schulmeister in Chesterfield, wo ich eine ausgezeichnete Erziehung genossen habe. In meiner Jugend bin ich gereist, zur Bühne gekommen und habe schließlich als Reporter für eine Londoner Abendzeitung gearbeitet. Eines Tages wollte mein Chefredakteur eine Serie von Artikeln über das Bettlerwesen der Metropole haben, und ich habe mich freiwillig gemeldet, sie zu besorgen. Das ist der Punkt, an dem all meine Abenteuer angefangen haben. Nur indem ich als *amateur* zu betteln versuchte, konnte ich mir die für die Artikel nötigen Tatsachen verschaffen. Als Schauspieler hatte ich natürlich alle Geheimnisse des Schminkens gelernt und war hinter den Kulissen berühmt für meine Künste. Diese meine Kenntnisse machte ich mir nun zunutze. Ich habe mein Gesicht bemalt, und um so mitleiderregend wie möglich auszusehen, habe ich eine schöne Narbe entworfen und eine Seite meiner Lippe mit Hilfe eines kleinen, fleischfarbenen Pflästerchens verdreht. Mit einem roten Schopf und passender Kleidung habe ich mir dann einen Platz im belebtesten Teil der Stadt gesucht, allem Anschein nach als Streichholzverkäufer, tatsächlich jedoch als Bettler. Sieben Stunden lang bin ich diesem Gewerbe nachgegangen, und als ich am Abend heimkam, stellte ich zu meiner Überraschung fest, daß ich nicht weniger als siebenundzwanzig Shilling und vier Pence bekommen hatte.

Ich habe meine Artikel geschrieben und kaum noch weiter über die Sache nachgedacht, bis ich einige Zeit später für einen Freund gebürgt habe und man mir dann eine Zahlungsaufforderung über fünfundzwanzig Pfund vorlegte. Ich hatte mir schon vergeblich den Kopf zerbrochen, woher ich das Geld nehmen sollte, als mir plötzlich eine Idee kam. Ich bat den Gläubiger um zwei Wochen Aufschub und meine Arbeitgeber um Urlaub, und dann habe ich die Zeit damit verbracht, in meiner Verkleidung in der City zu betteln. Nach zehn Tagen hatte ich das Geld beisammen und die Schulden bezahlt.

Sie können sich sicher vorstellen, wie schwer es mir wurde, mich wieder an harte Arbeit für zwei Pfund pro Woche zu gewöhnen, wo ich doch wußte, daß ich fast soviel an einem Tag verdienen konnte, indem ich mein Gesicht mit ein wenig Farbe beschmierte, meine Mütze auf den Boden legte und still saß. Es war ein langer Kampf zwischen meinem Stolz und dem Geld, aber schließlich haben die Kohlen gesiegt, ich gab meine Stellung als Reporter auf und saß Tag um Tag in der Ecke, die ich mir ausgesucht hatte, flößte mit meinem gräßlichen Gesicht den Leuten Mitleid ein und füllte meine Taschen mit Kupfermünzen. Nur ein einziger Mensch kannte mein Geheimnis. Das ist der Besitzer einer schäbigen Spelunke in der Swandam Lane, in der ich logierte, wo ich jeden Morgen als schmieriger Bettler auftauchen und mich abends in einen gutgekleideten Herren aus der Stadt verwandeln konnte. Ich habe diesen Burschen, einen Laskaren, für seine Räume gut bezahlt und wußte daher, daß mein Geheimnis bei ihm sicher war.

Dann habe ich sehr bald festgestellt, daß ich beträchtliche Geldmengen sparte. Ich will damit nicht sagen, daß jeder Bettler auf den Straßen von London siebenhundert Pfund im Jahr verdienen kann – was weniger als meine Durchschnittseinnahme ist –, aber durch meine Schminkkünste hatte ich ungewöhnliche Vorteile, und außerdem durch meine Schlagfertigkeit, die sich durch Übung noch verbesserte und mich zu einem allgemein bekannten Charakter in der City gemacht hat. Den ganzen Tag lang ergoß sich über mich ein Strom von Pennies, gelegentlich sogar Silber, und es mußte schon ein schlechter Tag sein, wenn ich nicht wenigstens zwei Pfund eingenommen hatte.

Als ich reicher wurde, wurde ich auch ehrgeiziger, habe ein Haus auf dem Land gemietet und schließlich geheiratet, ohne daß jemand auch nur den geringsten Verdacht gehabt hätte, was meine wahre Beschäftigung ist. Meine liebe Frau wußte, daß ich Geschäfte in der Stadt hatte. Sie konnte ja nicht wissen, welcher Art sie waren.

Am letzten Montag hatte ich für den Tag aufgehört und war dabei, mich in meinem Zimmer über der Opiumhöhle umzukleiden, als ich aus dem Fenster schaute und zu meinem Entsetzen und Erstaunen sah, daß meine Frau auf der Straße stand und mir genau ins Gesicht blickte. Ich habe einen Überraschungsschrei ausgestoßen und die Arme hochgerissen, um mein Gesicht zu bedecken, und bin dann zu meinem Vertrauten, dem Laskaren, gelaufen und habe ihn gebeten, niemanden zu mir zu lassen. Ich habe unten ihre Stimme gehört, aber ich wußte, daß sie nicht hochkommen konnte. Ganz schnell habe ich die Kleider abgeworfen, die des Bettlers wieder angezogen und meine Schminke und die Perücke wieder angebracht. Nicht einmal das Auge einer Ehefrau kann eine so vollkommene Verkleidung durchschauen. Aber dann wurde mir klar, daß man möglicherweise das Zimmer untersuchen würde, und daß meine Kleider mich verraten müßten. Ich habe das Fenster geöffnet und dabei in meinem Umgestüm einen kleinen Schnitt wieder aufgerissen, den ich mir morgens im Schlafzimmer selbst zugefügt hatte. Dann habe ich meinen Rock gepackt, der von den Kupfermünzen beschwert war, die ich eben erst aus der Ledertasche, in der ich meine Tageseinnahmen trage, dort hineingesteckt hatte. Ich habe ihn aus dem Fenster geworfen, und er ist in der Themse verschwunden. Ich hätte ihm die anderen Kleider folgen lassen, aber in diesem Moment kamen zahllose Constables die Treppe heraufgelaufen, und ein paar Minuten später habe ich – zu meiner Erleichterung, wie ich zugeben muß – festgestellt, daß ich nicht etwa als Mr. Neville St. Clair identifiziert, sondern als sein Mörder verhaftet wurde.

Ich glaube nicht, daß ich noch mehr zu erklären habe. Ich war entschlossen, meine Verkleidung solange wie möglich beizubehalten, daher auch meine Vorliebe für das schmutzige Gesicht. Da ich wußte, daß meine Frau sich schreckliche Sorgen machen würde, habe ich meinen Ring abgestreift und ihn in einem Augenblick, als kein Constable mich beobachtete, dem Laskaren gegeben, zusammen mit einem eilig gekritzelten

Brief, der ihr sagen sollte, daß sie keinen Grund zur Sorge hat.«

»Der Brief hat sie erst gestern erreicht«, sagte Holmes.

»Mein Gott! Welch eine Woche sie hinter sich haben muß.«

»Die Polizei hat diesen Laskaren überwacht«, sagte Inspektor Bradstreet, »und ich kann durchaus verstehen, daß es ihm nicht leichtgefallen ist, einen Brief unbemerkt aufzugeben. Wahrscheinlich hat er ihn einem seiner Kunden übergeben, einem Seemann, der alles ein paar Tage lang vergessen hat.«

»Es war wohl so«, sagte Holmes; er nickte beifällig. »Ich zweifle nicht daran. Aber hat man Sie denn nie wegen Bettelei belangt?«

»Oft, aber was bedeutete mir denn schon eine Strafgebühr?«

»Das muß aber nun aufhören«, sagte Bradstreet. »Wenn die Polizei diese Sache vertuschen soll, dann darf es keinen Hugh Boone mehr geben.«

»Das habe ich mit den heiligsten Eiden geschworen, die ein Mann nur ablegen kann.«

»Wenn das so ist, halte ich es für wahrscheinlich, daß keine weiteren Schritte unternommen werden. Wenn man Sie aber noch einmal erwischt, dann wird alles ans Tageslicht kommen. Mr. Holmes, ich glaube, wir stehen tief in Ihrer Schuld dafür, daß Sie diese Angelegenheit geklärt haben. Ich wünschte, ich wüßte, wie Sie zu Ihren Ergebnissen kommen.«

»Dies hier habe ich erreicht«, sagte mein Freund, »indem ich auf fünf Kissen gesessen und eine Unze Shag verbraucht habe. Ich glaube, Watson, wenn wir in die Baker Street fahren, kommen wir gerade rechtzeitig zum Frühstück.«

## DER BLAUE KARFUNKEL

In der Absicht, ihm schöne Festtage zu wünschen, hatte ich meinen Freund, Sherlock Holmes am zweiten Morgen nach Weihnachten besucht. Angetan mit einem purpurroten Schlafrock lag er müßig auf dem Sofa; rechter Hand befand sich ein Pfeifenständer in seiner Reichweite, und gleich daneben lag ein Stapel offensichtlich frisch gelesener, zerknitterter Morgenzeitungen. Neben der Couch stand ein hölzerner Sessel, und auf einer Ecke der Rückenlehne hing ein über alle Maßen jammervoller und unreputierlicher Hut aus steifem Filz, arg abgenutzt und mehrfach eingerissen. Ein Vergrößerungsglas und eine Zange auf der Sitzfläche des Sessels verrieten, daß der Hut zum Zweck einer Untersuchung in dieser Weise angebracht worden war.

»Sie sind beschäftigt«, sagte ich; »vielleicht störe ich Sie.«

»Keineswegs. Ich bin erfreut, einen Freund hier zu haben, mit dem ich meine Ergebnisse erörtern kann. Die Sache ist völlig unbedeutend«, – er machte mit dem Daumen eine ruckartige Bewegung zum Hut hin – »aber im Zusammenhang damit gibt es einige Punkte, die eines gewissen Interesses nicht gänzlich entbehren und außerdem lehrreich sind.«

Ich ließ mich in seinem Lehnsessel nieder und wärmte meine Hände vor dem knisternden Feuer, denn es hatte ein strenger Frost eingesetzt, und die Fensterscheiben waren von üppigen Eisblumen überwuchert. »Ich nehme an«, bemerkte ich, »daß dieses Ding, wenn es auch noch so heimelig aussieht, mit einer tödlichen Geschichte verbunden ist – daß es der Faden ist, der Sie bei der Lösung eines Rätsels und der Bestrafung eines Verbrechens leiten wird.«

»Nein, nein. Kein Verbrechen«, sagte Sherlock Holmes lachend. »Nur einer dieser absonderlichen kleinen Zwischenfälle, die unvermeidlich sind, wenn sich vier Millionen Menschen auf einem Gebiet von wenigen Quadratmeilen drängen und stoßen. Unter all den Aktionen und Reaktionen eines so dichten Menschenschwarms ist damit zu rechnen, daß jede mögliche Kombination von Vorfällen sich ereignet, und manch ein kleines Problem kann sich stellen, das überraschend und bizarr ist, ohne gleich verbrecherisch zu sein. Wir haben doch bereits Erfahrungen dieser Art gemacht.«

»Und zwar so reichlich«, stellte ich fest, »daß von den letzten sechs Fällen, die ich in meine Sammlung von Notizen aufgenommen habe, drei völlig frei von irgendeinem Verbrechen im Sinne des Gesetzes waren.«

»Genau. Sie spielen auf meinen Versuch an, die Papiere von Irene Adler zu beschaffen, außerdem auf den einzigartigen Fall von Miss Mary Sutherland und auf das Abenteuer des Mannes mit der entstellten Lippe. Ich habe keinen Zweifel, daß diese geringfügige Sache hier in die gleiche unschuldige Kategorie fallen wird. Kennen Sie Peterson, den Dienstmann?«

»Ja.«

»Er ist es, dem diese Trophäe gehört.«

»Das ist sein Hut?«

»Nein, nein; er hat ihn gefunden. Der Besitzer ist unbekannt. Ich bitte Sie: Betrachten Sie dieses Ding nicht als schäbigen *chapeau*, sondern als intellektuelles Problem. Zunächst zur Frage, wie es hergekommen ist. Der Hut traf hier am Weihnachtsmorgen ein, in Begleitung einer schönen fetten Gans, die zweifellos in diesem Augenblick vor Petersons Feuer brutzelt. Der Tatbestand ist der Folgende. Am Weihnachtsmorgen, gegen vier Uhr in der Frühe, kam Peterson, der, wie Sie wissen, ein sehr ehrlicher Kerl ist, von einer kleinen Lustbarkeit zurück und befand sich auf dem Heimweg durch die Tottenham Court Road. Im Licht der Gaslaternen sah er vor sich einen großgewachsenen Mann, der beim Gehen ein wenig schwankte und eine weiße Gans trug, die er über die Schulter geworfen hatte. Ecke Goodge Street brach zwischen diesem Fremden und einer kleinen Gruppe von Raufbolden ein Streit aus. Einer der Strolche schlug dem Mann den Hut vom Kopf, worauf dieser seinen Stock hob, um sich zu verteidigen, und als er damit weit ausholte, zertrümmerte er hinter sich ein Ladenfenster. Peterson war vorwärtsgelaufen, um dem Fremden gegen seine Angreifer beizustehen, aber als der Mann, der entsetzt darüber war, daß er das Fenster zertrümmert hatte, nun auch noch eine amtlich aussehende Person in Uniform auf sich zustürzen sah, ließ er seine Gans fallen, gab Fersengeld und verschwand in dem Labyrinth kleiner Straßen hinter der Tottenham Court Road. Bei Petersons Erscheinen waren auch die Raufbolde geflohen, und so fand er sich im Besitz des Schlachtfeldes und auch der Siegesbeute, in Gestalt dieses verbeulten Huts und einer gänzlich untadeligen Weihnachtsgans.«

»Die er doch sicher ihrem Besitzer zurückgegeben hat?«

»Genau hier liegt das Problem, mein Lieber. Zwar stand auf einer kleinen Karte, die an das linke Bein des Vogels gebunden war, ›Für Mrs. Henry Baker‹, und weiterhin sind wohl die Initialen ›H. B.‹ im Hutfutter zu lesen; da es aber in dieser unserer Stadt einige tausend Bakers und einige hundert Henry Bakers gibt, ist es nicht ganz einfach, irgendeinem von ihnen eine Fundsache zurückzuerstatten.«

»Was hat Peterson dann getan?«

»Er hat mir am Weihnachtsmorgen sowohl den Hut als auch die Gans gebracht, da er weiß, daß mich auch die kleinsten Probleme interessieren. Die Gans haben wir bis heute früh behalten, als sich Anzeichen dafür einstellten, daß es trotz des leichten Frosts ratsam wäre, sie ohne weiteren, unnötigen Aufschub zu verzehren. Der Finder hat sie also heimgeführt, daß sich an ihr die letzte Bestimmung einer jeden Gans erfülle, während ich noch immer den Hut des unbekannten Gentleman besitze, der sein Weihnachtsessen verloren hat.«

»Hat er nicht annonciert?«

»Nein.«

»Haben Sie denn irgendwelche Hinweise auf seine Identität?«

»Nur das, was wir deduzieren können.«

»Von seinem Hut?«

»Genau.«

»Aber Sie scherzen doch wohl. Was können Sie von diesem alten, schäbigen Filz deduzieren?«

»Hier ist mein Vergrößerungsglas. Sie kennen meine Methoden. Was können Sie selbst über die Person des Mannes feststellen, der diesen Gegenstand getragen hat?«

Ich nahm das zerlumpte Objekt in die Hände und wandte es ziemlich bekümmert hin und her. Es handelte sich um einen ganz gewöhnlichen schwarzen Hut von der üblichen runden Form, steif und von langem Gebrauch abgenutzt. Das Futter aus vormals roter Seide war sehr verfärbt. Der Name eines Herstellers war nicht zu finden; wie Holmes bemerkt hatte, waren jedoch die Initialen ›H. B.‹ auf eine Seite gekritzelt. Die Krempe war durchbohrt, um einen Kinnriemen zu befestigen; dieser fehlte jedoch. Im übrigen war der Hut eingerissen, sehr verstaubt und an mehreren Stellen befleckt, wenn auch offenbar Versuche gemacht worden waren, die verfärbten Stellen zu verbergen, indem man sie mit Tinte beschmierte.

»Ich kann nichts sehen«, sagte ich; ich gab meinem Freund den Hut zurück.

»Im Gegenteil, Watson, Sie können alles sehen. Es gelingt Ihnen nur nicht, aus dem, was Sie sehen, Schlüsse zu ziehen. Was das angeht, sind Sie allzu zurückhaltend.«

»Dann sagen Sie mir doch bitte, was Sie glauben, aus diesem Hut ableiten zu können?«

Er nahm ihn auf und starrte ihn in der merkwürdig grüblerischen Art an, die für ihn eigentümlich ist. »Er sagt uns vielleicht weniger, als er sagen könnte«, bemerkte er, »und dennoch sind einige sehr eindeutige Schlußfolgerungen möglich und einige weitere, die zumindest über eine sehr hohe Wahrscheinlichkeit verfügen. Natürlich ist es auf den ersten Blick klar, daß der Mann überaus intellektuell veranlagt ist, und weiter, daß er vor etwa drei Jahren ganz wohlhabend war, wenn er auch nun schlechte Zeiten durchmacht. Er besaß Weitblick, hat davon aber heute weniger als früher, was auf einen moralischen Rückschritt deutet; dieser wiederum, wenn wir ihn zusammen mit dem Niedergang seiner Lebensumstände betrachten, scheint darauf zu verweisen, daß bei ihm schlimme Einflüsse am Werk sind – vermutlich Alkohol. Das mag auch der Grund für die offensichtliche Tatsache sein, daß seine Frau ihn nicht mehr liebt.«

»Mein lieber Holmes!«

»Er hat sich jedoch noch ein wenig Selbstachtung bewahrt«, fuhr Holmes fort, ohne meinen Protest zu beachten. »Dieser Mann führt ein seßhaftes Leben, geht selten aus, ist in schlechter körperlicher Verfassung, mittleren Alters, hat graue Haare, die er im Verlauf der letzten Tage hat schneiden lassen, und die er mit Limonenpomade pflegt. Das sind die auf der Hand liegenden Tatsachen, die von diesem Hut deduziert werden können. Ach, und außerdem auch, daß sein Haus höchstwahrscheinlich nicht an die Gasversorgung angeschlossen ist.«

»Sie scherzen doch sicher, Holmes.«

»Aber keineswegs. Ist es denn möglich, daß Sie auch jetzt noch, nachdem ich Ihnen diese Ergebnisse genannt habe, nicht sehen können, wie ich zu ihnen gelangt bin?«

»Ich bezweifle nicht, daß ich sehr dumm bin; ich muß aber zugeben, daß ich Ihnen nicht folgen kann. Wie leiten Sie zum Beispiel ab, daß der Mann ein Intellektueller ist?«

Zur Antwort setzte Holmes sich selbst den Hut auf. Er bedeckte die ganze Stirn und ruhte schließlich auf der Nasenwurzel. »Das ist eine Frage des Fassungsvermögens«, sagte er. »Ein Mann mit einem so großen Kopf muß etwas darin haben.«

»Und der Niedergang seiner Lebensumstände?«

»Dieser Hut ist drei Jahre alt. Diese flachen, an den Rändern aufgebogenen Krempen kamen damals in Mode. Der Hut ist von allerbester Qualität. Schauen Sie sich das Band aus gerippter Seide an und das ausgezeichnete Futter. Wenn dieser Mann es sich vor drei Jahren leisten konnte, einen so teuren Hut zu kaufen, und seither keinen neuen, dann ist er doch sicher in weltlichen Dingen auf dem Abstieg.«

»Nun ja, das ist sicher deutlich genug. Aber was ist mit dem Weitblick und dem moralischen Rückschritt?«

Sherlock Holmes lachte. »Hier ist der Weitblick«, sagte er; er legte seinen Finger auf die kleine Scheibe und Öse, daran der Kinnriemen befestigt werden sollte. »Man verkauft sie nie zusammen mit dem Hut. Daß der Mann eine solche Vorrichtung verlangt hat, spricht für einen gewissen Weitblick, denn er hat sich die Mühe gemacht, Vorkehrungen gegen den Wind zu treffen. Aber da wir sehen, daß der Riemen abgebrochen ist und er sich nicht die Mühe gegeben hat, ihn zu ersetzen, hat er heute offensichtlich weniger Weitblick als früher, und das ist ein deutlicher Beweis dafür, daß sein Charakter schwächer geworden ist. Andererseits hat er versucht, einige dieser Flekken auf dem Filz zu verbergen, indem er Tinte darüber schmiert, was ein Zeichen dafür ist, daß er seine Selbstachtung noch nicht völlig verloren hat.«

»Ihre Argumentation ist ohne Zweifel plausibel.«

»Die weiteren Punkte, daß er mittleren Alters ist, daß sein Haar grau wird, daß es kürzlich geschnitten wurde und daß er Limonenpomade verwendet, lassen sich alle einer gründlichen Untersuchung des Futters entnehmen, und zwar des unteren Teils. Das Vergrößerungsglas zeigt eine große Anzahl von Haarspitzen, die von der Schere des Barbiers glatt abgeschnitten wurden. Sie scheinen alle dort festzukleben, und es riecht entschieden nach Limonenpomade. Wie Sie feststellen werden, ist dieser Staub nicht grauer, grießiger Straßenstaub, sondern flockiger, brauner Hausstaub, was uns zeigt, daß der Hut meistens im Haus gehangen hat; die Feuchtigkeitsflecken auf der Innenseite dagegen sind klare Beweise dafür, daß der Träger des Huts stark geschwitzt hat und folglich kaum in bester körperlicher Verfassung sein kann.«

»Aber seine Frau – Sie haben gesagt, sie liebt ihn nicht mehr.«

»Dieser Hut ist seit Wochen nicht mehr gebürstet worden. Wenn ich Sie einmal mit dem Staub von einer Woche auf dem Hut sehe, Watson, und Ihre Frau läßt sie in einem solchen

Zustand ausgehen, werde ich fürchten müssen, daß auch Sie so unglücklich waren, die Zuneigung Ihrer Frau zu verlieren.«

»Er könnte aber doch Junggeselle sein.«

»Nein, er wollte doch als Friedensangebot an seine Frau die Gans nach Hause bringen. Denken Sie an die Karte am Bein des Vogels.«

»Sie wissen auf alles eine Antwort. Aber wie, um alles in der Welt, deduzieren Sie, daß das Haus nicht ans Gas angeschlossen ist?«

»Ein oder zwei Talgflecken können Zufall sein; wenn ich aber nicht weniger als fünf sehe, dann, so glaube ich, kann es kaum einen Zweifel daran geben, daß die Person oft mit brennendem Talg in Berührung kommt – wahrscheinlich steigt er nachts Treppen mit dem Hut in der einen und einer tropfenden Kerze in der anderen Hand. Jedenfalls hat er die Talgflekken niemals von einer Gasleitung. Sind Sie jetzt zufrieden?«

»Es ist auf alle Fälle sehr scharfsinnig«, sagte ich lachend; »da aber, wie Sie eben gesagt haben, kein Verbrechen begangen wurde und außer dem Verlust der Gans kein Schaden entstanden ist, scheint mir das Ganze doch eine ziemliche Energievergeudung zu sein.«

Sherlock Holmes hatte bereits den Mund zu einer Antwort geöffnet, als die Tür aufsprang und der Dienstmann Peterson mit geröteten Wangen und dem Gesicht eines vor Verblüffung fassungslosen Menschen ins Zimmer stürzte.

»Die Gans, Mr. Holmes! Die Gans, Sir!« keuchte er.

»Eh? Was ist denn damit? Ist sie wieder lebendig geworden und durch das Küchenfenster fortgeflattert?« Holmes verdrehte sich auf dem Sofa, um das erregte Gesicht des Mannes besser sehen zu können.

»Schauen Sie, Sir! Schauen Sie, was meine Frau im Kropf gefunden hat!« Er streckte die Hand aus, und inmitten der Handfläche lag ein strahlend funkelnder blauer Stein, ein wenig kleiner als eine Bohne, aber von solcher Reinheit und Leuchtkraft, daß er wie ein elektrischer Funke in der dunklen Höhlung der Hand blitzte.

Sherlock Holmes setzte sich auf und pfiff. »Beim Zeus, Peterson«, sagte er, »das ist wirklich ein Schatzfund! Ich nehme an, Sie wissen, was Sie da haben?«

»Einen Diamanten, Sir! Einen kostbaren Stein! Er schneidet Glas, als ob es Kitt wäre.«

»Das ist mehr als ein kostbarer Stein. Es ist *der* kostbare Stein überhaupt.«

»Doch nicht der blaue Karfunkel der Gräfin von Morcar?« rief ich aus.

»Genau der. Ich muß seine Größe und Form ja wohl kennen, da ich in letzter Zeit jeden Tag die ihn betreffende Anzeige in der *Times* gelesen habe. Er ist absolut einmalig, und über seinen Wert läßt sich nur mutmaßen, aber die ausgesetzte Belohnung von tausend Pfund ist sicher noch nicht einmal ein Zwanzigstel des Marktwerts.«

»Tausend Pfund! Du lieber Gott!« Der Dienstmann plumpste in einen Sessel und starrte uns abwechselnd an.

»Das ist die Belohnung, und ich habe gute Gründe, anzunehmen, daß im Hintergrund Erwägungen sentimentaler Natur mitspielen, die die Gräfin auch dazu bewögen, sich von der Hälfte ihres Vermögens zu trennen, wenn sie nur diesen Edelstein zurückbekommen könnte.«

»Wenn ich mich recht entsinne, hat sie ihn doch wohl im Hotel Cosmopolitan verloren«, bemerkte ich.

»Das stimmt, und zwar am 22. Dezember, also erst vor fünf Tagen. John Horner, ein Klempner, wurde beschuldigt, ihn aus der Schmuckschatulle der Lady entwendet zu haben. Die Umstände sprachen so sehr gegen ihn, daß der Fall schon an das Schwurgericht überwiesen worden ist. Ich glaube, ich habe hier einen Bericht über die Vorgänge.« Er kramte in seinen Zeitungen, schaute nach den Daten und glättete schließlich ein Blatt, faltete es einmal und las den folgenden Absatz vor:

> Juwelendiebstahl Hotel Cosmopolitan. John Horner, 26, Klempner, wurde vorgeführt unter der Beschuldigung, am 22. des laufenden aus der Juwelenschatulle

der Gräfin von Morcar den wertvollen Edelstein entwendet zu haben, der als der Blaue Karfunkel bekannt ist. James Ryder, Verwalter im Hotel, sagte hierzu aus, er habe Horner am Tag des Diebstahls in das Ankleidezimmer der Gräfin von Morcar geführt, wo dieser die zweite Stange des Kamingitters löten sollte, die sich gelöst hatte. Er sei eine kurze Weile bei Horner geblieben, dann jedoch abgerufen worden. Bei seiner Rückkehr habe er festgestellt, daß Horner verschwunden und der Sekretär aufgebrochen worden sei, und das kleine Kästchen aus Saffianleder, in welchem, wie später bekannt wurde, die Gräfin das Kleinod aufzubewahren pflegte, habe leer auf dem Frisiertisch gelegen. Ryder löste sogleich den Alarm aus, und Horner wurde noch am gleichen Abend festgenommen; der Stein konnte jedoch weder bei ihm noch in seinen Räumen gefunden werden. Catherine Cusack, die Zofe der Gräfin, gab an, Ryders Entsetzensschrei bei der Entdekkung des Diebstahls gehört zu haben und in den Raum gestürzt zu sein, wo sie die Dinge so vorfand, wie der vorige Zeuge sie beschrieben hatte. Inspektor Bradstreet von der Abteilung B sagte zu Horners Verhaftung aus; dieser habe sich heftig gewehrt und seine Unschuld mit Kraftausdrücken beteuert. Da eine frühere Verurteilung wegen Diebstahls ebenfalls gegen den Verhafteten sprach, lehnte der Polizeirichter es ab, sich mit dem Vergehen summarisch zu befassen, sondern er verwies es ans Schwurgericht. Horner, der während des Verfahrens Anzeichen starker Gefühlsbewegung gezeigt hatte, fiel bei dem Beschluß in Ohnmacht und wurde aus dem Gericht getragen.

»Hm! So viel zum Polizeigericht«, sagte Holmes nachdenklich; er warf die Zeitung beiseite. »Die Frage, die wir nun zu klären haben, ist die Abfolge der Ereignisse zwischen einer geplünderten Schmuckschatulle an einem Ende und dem Kropf einer

Gans in der Tottenham Court Road am anderen. Wie Sie sehen, Watson, erhalten unsere kleinen Deduktionen plötzlich einen viel bedeutenderen und weniger unschuldigen Charakter. Hier ist der Stein; der Stein stammt aus der Gans, und die Gans stammt von Mr. Henry Baker, dem Gentleman mit dem schäbigen Hut und all den anderen Charakteristika, mit denen ich Sie gelangweilt habe. Wir müssen uns nun also ernsthaft daran begeben, diesen Gentleman ausfindig zu machen und festzustellen, welche Rolle er in diesem kleinen Mysterium gespielt hat. Zu diesem Behuf müssen wir zunächst das einfachste Mittel einsetzen, und dies ist zweifellos eine Anzeige in allen Abendblättern. Sollte das ein Fehlschlag werden, müßte ich zu anderen Methoden greifen.«

»Was wollen Sie schreiben?«

»Geben Sie mir einen Bleistift und dieses Stückchen Papier. Nun denn: ›Gefunden – Ecke Goodge Street, eine Gans und ein schwarzer Filzhut. Mr. Henry Baker kann diese um 6 Uhr 30 heute abend in 221 B Baker Street abholen.‹ Das ist klar und knapp.«

»Sehr sogar. Aber wird er es lesen?«

»Er wird ja sicher die Zeitungen im Auge behalten, da der Verlust für einen armen Mann doch schwer wiegt. Daß er das Pech hatte, die Fensterscheibe zu zerbrechen, und daß Peterson sich ihm näherte, hat ihn ja offenbar so erschreckt, daß er an nichts als Flucht denken konnte; aber seither muß er den Impuls bitterlich bedauert haben, der ihn dazu brachte, den Vogel fallen zu lassen. Außerdem wird die Nennung seines Namens dafür sorgen, daß er es sieht, weil jeder, der ihn kennt, ihn darauf aufmerksam machen wird. Da haben Sie es, Peterson; laufen Sie bitte zur Anzeigenannahme damit und lassen Sie es in die Abendzeitungen setzen.«

»In welche, Sir?«

»Also, in *Globe, Star, Pall Mall, St. James's Gazette, Evening News, Standard, Echo* und was Ihnen sonst noch unterkommt.«

»Sehr gut, Sir, und dieser Stein?«

»Ah ja – ich werde den Stein aufbewahren. Ich danke

Ihnen. Und übrigens, Peterson, kaufen Sie doch bitte auf dem Rückweg eine Gans und lassen Sie sie mir hier; wir müssen ja dem Gentleman eine geben anstelle jener, die Ihre Familie in diesem Moment verschlingt.«

Als der Dienstmann gegangen war, nahm Holmes den Stein auf und hielt ihn vor das Licht. »Das ist ein hübsches Stück«, sagte er. »Sehen Sie nur, wie es glitzert und funkelt. Natürlich ist es Kern und Brennpunkt von Verbrechen. Das ist jeder gute Stein. Das sind die Lieblingsköder des Teufels. Bei den größeren alten Juwelen kann jede Facette für eine Bluttat stehen. Dieser Stein ist noch keine zwanzig Jahre alt. Man hat ihn am Ufer des Amoy in Südchina gefunden; bemerkenswert an ihm ist, daß er alle Charakteristika des Karfunkel aufweist, abgesehen davon, daß er bläulich ist statt rubinrot. Obwohl er noch jung ist, hat er doch schon eine düstere Geschichte. An ihm hängen zwei Morde, ein Vitriol-Anschlag, ein Selbstmord und mehrere Diebstähle, alles wegen dieser vierzig Gran wiegenden kristallisierten Holzkohle. Wer denkt schon beim Anblick eines so hübschen Spielzeugs daran, daß es Galgen und Gefängnis mit Nachschub versorgt? Ich werde es jetzt in meiner Stahlkassette einschließen und der Gräfin schreiben, daß wir es haben.«

»Glauben Sie, daß dieser Mann, Horner, unschuldig ist?«

»Ich weiß es nicht.«

»Könnten Sie sich denn vorstellen, daß dieser andere, Henry Baker, etwas mit der Sache zu tun hatte?«

»Ich glaube, es ist sehr viel wahrscheinlicher, daß Henry Baker vollkommen unschuldig ist und keine Ahnung davon hatte, daß der Vogel, den er bei sich trug, viel wertvoller war, als wenn er aus purem Gold bestanden hätte. Das werde ich jedoch durch einen sehr einfachen Versuch feststellen, falls wir Antwort auf unsere Anzeigen erhalten.«

»Und bis dahin können Sie also nichts tun?«

»Nichts.«

»In diesem Fall mache ich mich wieder auf die Rundreise zu meinen Patienten. Ich werde aber heute abend zur von

Ihnen genannten Zeit zurückkommen; ich würde doch zu gern die Auflösung einer so verwickelten Geschichte sehen.«

»Ich freue mich, wenn Sie kommen. Ich esse um sieben Uhr. Ich glaube, es gibt eine Waldschnepfe. Dabei fällt mir ein: Vielleicht sollte ich angesichts der jüngsten Vorfälle Mrs. Hudson bitten, sich den Kropf der Schnepfe genauer anzusehen.«

Einer meiner Fälle hielt mich auf, und es war bereits kurz nach halb sieben, ehe ich wieder in der Baker Street eintraf. Als ich mich dem Haus näherte, sah ich einen großen Mann mit Schottenmütze und bis zum Kinn zugeknöpftem Mantel; er wartete außerhalb des hellen Halbkreises, den das Licht im Haus durch die Rosette über der Tür auf die Straße warf. Genau in dem Moment, da ich die Tür erreichte, wurde sie geöffnet, und wir wurden zusammen zu Holmes' Räumen hinaufgeführt.

»Mr. Henry Baker, nehme ich an«, sagte Holmes; er erhob sich aus seinem Lehnsessel und begrüßte seinen Besucher mit jener ungezwungenen Freundlichkeit, die er so leicht an den Tag legen konnte. »Bitte nehmen Sie diesen Stuhl neben dem Feuer, Mr. Baker. Es ist ein kalter Abend, und ich sehe, daß Ihr Kreislauf mehr auf Sommer als auf Winter eingestellt ist. Ah, Watson, Sie kommen gerade rechtzeitig. Ist das Ihr Hut, Mr. Baker?«

»Ja, Sir, das ist ohne Zweifel mein Hut.«

Er war großgewachsen, mit runden Schultern, einem massigen Kopf und einem breiten, intelligenten Gesicht, das sich nach unten zu einem spitzen, graubraunen Bart verjüngte. Ein Hauch von Rot in Nase und Wangen und ein leichter Tremor in seiner ausgestreckten Hand riefen mir Holmes' Vermutungen über seine Gewohnheiten wieder ins Gedächtnis. Sein verschossener, schwarzer Gehrock war vorn ganz zugeknöpft, der Kragen hochgeschlagen, und die schmalen Handgelenke, die aus den Ärmeln ragten, wiesen keinerlei Anzeichen von Manschetten oder Hemd auf. Er sprach leise und abgehackt, wählte seine Worte bedächtig und machte ganz allgemein den

Eindruck eines gebildeten und verständigen Mannes, dem das Schicksal übel mitgespielt hatte.

»Wir haben diese Dinge ein paar Tage lang aufbewahrt«, sagte Holmes, »weil wir gehofft hatten, eine Anzeige von Ihnen zu finden, in der Sie Ihre Adresse angeben. Ich begreife nicht, weshalb Sie nicht annonciert haben.«

Unser Besucher stieß ein eher verschämtes Lachen aus. »Shillinge stehen mir nicht mehr so reichlich zur Verfügung wie früher einmal«, stellte er fest. »Ich war sicher, daß die Bande von Raufbolden, von denen ich überfallen wurde, sowohl den Vogel als auch den Hut mitgenommen hat. Ich wollte nicht noch mehr Geld bei dem sinnlosen Versuch verlieren, sie zurückzubekommen.«

»Das ist verständlich. Übrigens, was den Vogel angeht – wir waren gezwungen, ihn zu verzehren.«

»Ihn zu verzehren!« Unser Besucher stand vor Erregung beinahe auf.

»Ja. Niemand hätte etwas davon gehabt, wenn wir es nicht getan hätten. Ich nehme aber an, daß diese zweite Gans da auf der Anrichte, ungefähr gleich schwer und ganz frisch, Ihren Absichten genauso entspricht.«

»Oh, ja, gewiß doch!« erwiderte Mr. Baker mit einem Seufzer der Erleichterung.

»Natürlich haben wir noch Federn, Beine, Kropf und so weiter von Ihrem eigenen Vogel, wenn Sie Wert darauf legen . . .«

Der Mann brach in ein munteres Gelächter aus. »Ich könnte sie nur als Andenken an mein Abenteuer nehmen«, sagte er, »aber darüber hinaus sehe ich nicht, welchen Nutzen ich aus den *disiecta membra* meiner verblichenen Bekannten ziehen könnte. Nein, Sir, ich glaube, ich werde mit Ihrer gütigen Erlaubnis meine Aufmerksamkeiten auf das vorzügliche Tier beschränken, das ich da auf der Anrichte sehe.«

Sherlock Holmes sah mich scharf an und zuckte kaum merklich mit den Schultern.

»Da haben Sie also Ihren Hut, und da Ihren Vogel«, sagte

er. »Nebenbei – hätten Sie etwas dagegen, mir zu erzählen, woher Sie die andere Gans bekommen haben? Ich bin selbst in gewisser Weise ein Geflügel-Liebhaber, und ich habe selten eine besser gezüchtete Gans gesehen.«

»Das will ich Ihnen gern sagen, Sir«, meinte Baker; er hatte sich erhoben und klemmte sich seine wiedergewonnenen Besitztümer unter den Arm. »Einige von uns verkehren regelmäßig im Alpha Inn neben dem Museum – tagsüber findet man uns im Museum selbst, wissen Sie. Dieses Jahr hat unser freundlicher Wirt – er heißt Windigate – einen Gänseclub ins Leben gerufen, mit dessen Hilfe wir für ein paar Pence pro Woche zu Weihnachten eine Gans bekommen sollten. Ich habe meine Pence pünktlich bezahlt, und den Rest der Geschichte kennen Sie. Ich bin Ihnen sehr verbunden, Sir, denn eine Schottenmütze paßt weder zu meinem Alter noch zu meiner Würde.« Mit drolliger Gestelztheit verneigte er sich feierlich vor jedem einzelnen von uns und machte sich auf den Weg.

»So viel zu Mr. Henry Baker«, sagte Holmes, als er die Tür hinter ihm geschlossen hatte. »Es ist ziemlich sicher, daß er überhaupt nichts von dieser Sache weiß. Haben Sie Hunger, Watson?«

»Nicht besonders.«

»Dann schlage ich vor, wir machen aus unserem Dinner ein Supper und verfolgen diese Spur, solange sie noch warm ist.«

»Aber unbedingt.«

Der Abend war bitter kalt, daher schlüpften wir in unsere Ulster und schlangen Wolltücher um unsere Hälse. Draußen leuchteten die Sterne kalt in einem wolkenlosen Himmel, und der Atem der Passanten war wie der Rauch vieler Pistolenschüsse. Unsere Schritte klangen trocken und laut, als wir das Ärzteviertel durchquerten, Wimpole Street, Harley Street, dann weiter durch die Wigmore Street zur Oxford Street. Innerhalb einer Viertelstunde hatten wir das Alpha Inn in Bloomsbury erreicht, ein kleines Lokal an der Ecke einer jener Straßen, die nach Holborn führen. Holmes stieß die Tür zur

Bar auf und bestellte zwei Glas Bier bei dem rotgesichtigen Wirt mit der weißen Schürze.

»Ihr Bier muß hervorragend sein, wenn es so gut ist wie Ihre Gänse«, sagte er.

»Meine Gänse!« Der Mann wirkte überrascht.

»Ja. Ich habe erst vor einer halben Stunde mit Mr. Henry Baker gesprochen, einem Mitglied Ihres Gänseclubs.«

»Ach so, ja, ich verstehe. Aber wissen Sie, Sir, das sind nicht unsere Gänse.«

»Tatsächlich? Wessen denn?«

»Also, ich hatte die zwei Dutzend von einem Händler in Covent Garden.«

»Tatsächlich! Ich kenne einige Händler dort. Wer ist es?«

»Er heißt Breckinridge.«

»Ah! Den kenne ich nicht. Na, auf Ihr Wohl, Herr Wirt, und auf gute Geschäfte. Gute Nacht!

Jetzt zu Mr. Breckinridge«, fuhr er fort, als wir wieder in die frostige Luft hinaustraten. Er knöpfte seinen Mantel zu. »Bedenken Sie, Watson, wenn wir an einem Ende dieser Kette auch etwas so Heimeliges wie eine Gans haben, am anderen ist ein Mann, der zweifellos sieben Jahre Zuchthaus bekommen wird, wenn wir nicht seine Unschuld beweisen können. Es ist möglich, daß unsere Nachforschung letzten Endes nur seine Schuld bekräftigt; in jedem Fall haben wir hier aber eine Richtung für Nachforschungen gefunden, die die Polizei übersehen und die ein einzigartiger Zufall uns in die Hand gespielt hat. Wir wollen ihr bis zum bitteren Ende nachgehen. Also, die Augen nach Süden, und Geschwindschritt – marsch!«

Wir durchquerten Holborn, nahmen die Endell Street und erreichten durch ein Gewirr von Elendsquartieren endlich den Markt von Covent Garden. An einem der größten Stände prangte der Name Breckinridge, und der Besitzer, ein Mann mit einem hageren Pferdegesicht und gepflegtem Backenbart, half gerade einem Jungen dabei, die Vorsetzläden anzubringen.

»Guten Abend. Kalt ist es«, sagte Holmes.

Der Händler nickte und warf meinem Gefährten einen fragenden Blick zu.

»Wie ich sehe, sind die Gänse ausverkauft«, fuhr Holmes fort; er wies auf die nackten Marmorplatten.

»Morgen früh können Sie fünfhundert kriegen.«

»Das ist zu spät.«

»Hm, es gibt noch welche an dem Stand mit dem Gaslicht.«

»Ja, aber man hat mir Sie empfohlen.«

»Wer?«

»Der Wirt vom ›Alpha‹.«

»Ach ja; dem habe ich ein paar Dutzend geschickt.«

»Und schöne Vögel waren das. Woher hatten Sie die denn bekommen?«

Zu meiner Überraschung bewirkte diese Frage einen Wutausbruch bei dem Händler.

»Also hören Sie, Mister«, sagte er, wobei er den Kopf schieflegte und die Fäuste in die Seiten stemmte, »worauf wollen Sie hinaus? Raus damit!«

»Das ist doch ganz einfach. Ich möchte wissen, wer Ihnen die Gänse verkauft hat, die Sie ans ›Alpha‹ geliefert haben.«

»Na schön, ich werde es Ihnen nicht sagen. Und jetzt?«

»Ach, die Sache ist völlig unwichtig; ich weiß nur nicht, weshalb Sie wegen so einer Nebensächlichkeit derartig in Hitze geraten.«

»Hitze! Vielleicht wären Sie auch so hitzig, wenn Sie deswegen dauernd so gelöchert würden wie ich. Wenn ich gutes Geld für einen guten Artikel bezahle, dann sollte es damit gut sein; aber dauernd heißt es ›Wo sind die Gänse?‹ und ›Wem haben Sie die Gänse verkauft?‹ und ›Was wollen Sie für die Gänse haben?‹ Man könnte fast meinen, das wären die einzigen Gänse in der Welt, so viel Wind wird deswegen gemacht.«

»Ich habe nichts mit anderen Leuten zu tun, die sich vielleicht danach erkundigt haben«, sagte Holmes wegwerfend. »Wenn Sie es uns nicht sagen wollen, kann ich meine Wette nicht gewinnen, das ist alles. Ich bin nämlich immer bereit, für meine Meinung über Geflügel etwas springen zu lassen, und ich habe einen Fünfer verwettet, daß der Vogel, den ich gegessen habe, auf dem Land gezogen wurde.«

»Dann haben Sie Ihren Fünfer verloren, er kommt nämlich aus der Stadt«, schnauzte der Händler.

»Das kann nicht sein.«

»Wenn ich es Ihnen doch sage.«

»Ich glaube Ihnen nicht.«

»Bilden Sie sich denn ein, Sie verstehen mehr von Geflügel als ich, wo ich mich doch damit auskenne, seit ich ein Laufbursche war? Ich sage Ihnen, alle Vögel, die ans ›Alpha‹ gegangen sind, stammen aus der Stadt.«

»Sie werden mich nie dazu bringen, Ihnen das abzunehmen.«

»Wollen Sie darauf wetten?«

»Ich will Ihnen nicht Ihr Geld aus der Tasche ziehen; ich weiß doch, daß ich recht habe. Aber ich will gern einen Sovereign gegen Sie setzen, nur, um Ihnen beizubringen, daß man nicht so stur sein sollte.«

Der Händler lachte grimmig. »Bring mir die Bücher, Bill«, sagte er.

Der Junge brachte ihm ein kleines und ein großes Buch mit fettigem Einband und legte sie beide unter die Hängelampe.

»Also dann, Mister Besserwisser«, sagte der Händler. »Ich dachte, ich hätte keine Gänse mehr, aber bevor wir miteinander fertig sind, werden Sie feststellen, daß hier doch noch so ein dummer Vogel ist. Sehen Sie das kleine Buch?«

»Was ist damit?«

»Das ist die Liste der Leute, von denen ich kaufe. Klar? Also weiter. Hier, auf dieser Seite, das sind die Leute vom Land, und die Zahl hinter dem Namen ist, wo ich ihr Konto in der großen Kladde finde. Also dann! Sehen Sie diese andere Seite da, mit roter Tinte? Das ist die Liste meiner Lieferanten in der Stadt. Sehen Sie sich mal den dritten Namen an. Lesen Sie ihn mir laut vor.«

»Mrs. Oakshott, 117 Brixton Road – 249«, las Holmes.

»Genau. Jetzt suchen Sie das in der Kladde.

Holmes schlug die angegebene Seite auf. »Da ist es. ›Mrs. Oakshott, 117 Brixton Road, Eier und Geflügel.‹«

»Na, und was ist die letzte Eintragung?«

»›22. Dezember. Vierundzwanzig Gänse zu siebeneinhalb Shilling.‹«

»Genau. Da haben Sie es. Und was steht darunter?«

»›Verkauft an Mr. Windigate vom 'Alpha' für zwölf Shilling.‹«

»Und was sagen Sie jetzt?«

Sherlock Holmes sah zutiefst betrübt drein. Er zog einen Sovereign aus der Tasche und warf ihn auf die Schranne; dann wandte er sich ab, mit dem Gesichtsausdruck eines Mannes, der allzu angeekelt ist, um noch zu sprechen. Einige Yards weiter blieb er unter einem Laternenpfahl stehen und lachte in seiner eigentümlichen, gleichzeitig herzhaften und lautlosen Art.

»Wenn Sie einen Mann mit solchem Backenbart sehen, aus dessen Tasche eine Turf-Zeitschrift herauslugt, dann können Sie ihn immer mit einer Wette ködern«, sagte er. »Ich glaube, selbst wenn ich hundert Pfund bar auf den Tisch gelegt hätte, hätte er mir keine so vollständigen Informationen gegeben wie jetzt, als er meinte, er könnte mich bei einer Wette hereinlegen. Ich glaube, Watson, wir nähern uns dem Ende unserer Suche, und der einzige Punkt, der noch zu klären bleibt, ist die Frage, ob wir diese Mrs. Oakshott noch heute besuchen oder ob wir uns das für morgen aufheben. Nach dem, was dieser bärbeißige Bursche gesagt hat, ist es klar, daß außer uns noch andere sich für diese Sache interessieren, und ich sollte . . .«

Seine Ausführungen wurden jählings von lautem Getöse unterbrochen, das an dem Stand ausgebrochen war, den wir eben erst verlassen hatten. Als wir uns umdrehten, sahen wir einen kleinen Mann mit einem Rattengesicht; er stand im Mittelpunkt des gelben Lichtkreises unter der Hängelampe, während der Händler Breckinridge, eingerahmt von der Tür seiner Bude, wütend seine Fäuste vor der geduckten Gestalt schüttelte.

»Ich habe euch und eure Gänse satt«, schrie er. »Von mir aus könnt ihr allesamt zum Teufel gehen. Wenn noch jemand kommt und mich mit diesem vermaledeiten Unsinn löchert, lasse ich meinen Hund los. Sie können Mrs. Oakshott herbringen, und ihr werde ich antworten, aber was haben Sie damit zu schaffen? Habe ich die Gänse etwa von Ihnen gekauft?«

»Nein, aber eine davon gehörte trotzdem mir«, winselte der kleine Mann.

»Dann fragen Sie doch Mrs. Oakshott nach ihr.«

»Sie hat mir gesagt, ich soll Sie fragen.«

»Von mir aus können Sie den König von Preußen danach fragen. Ich habe genug davon. Verschwinden Sie hier!« Er stürzte wütend vor, und der Frager huschte in der Dunkelheit von hinnen.

»Ha, das könnte uns einen Besuch in der Brixton Road ersparen«, flüsterte Holmes. »Kommen Sie, wir wollen sehen, was mit diesem Burschen anzufangen ist.« Mein Gefährte schritt aus, durchquerte die verstreuten Gruppen von Leuten, die um die erleuchteten Stände herumlungerten, holte den kleinen Mann sehr bald ein und berührte dessen Schulter. Er fuhr herum, und im Licht der Gaslaternen konnte ich sehen, daß jede Spur von Farbe aus seinem Gesicht gewichen war.

»Wer sind Sie? Was wollen Sie?« fragte er mit zitternder Stimme.

»Entschuldigen Sie«, sagte Holmes sanft, »aber es war mir unmöglich, die Fragen zu überhören, die Sie eben dem Händler gestellt haben. Ich glaube, ich könnte Ihnen helfen.«

»Sie? Wer sind Sie denn? Was könnten Sie denn schon von der Angelegenheit wissen?«

»Mein Name ist Sherlock Holmes. Es gehört zu meinen Aufgaben, das zu wissen, was andere nicht wissen.«

»Aber hiervon können Sie doch wohl nichts wissen?«

»Verzeihen Sie, aber ich weiß alles darüber. Sie versuchen, die Spur einiger Gänse zu verfolgen, die von Mrs. Oakshott aus der Brixton Road an einen Händler namens Breckinridge, und von ihm wiederum an Mr. Windigate vom ›Alpha‹ verkauft worden sind, von diesem schließlich an seinen Club, in dem Mr. Henry Baker ein Mitglied ist.«

»Oh, Sir, Sie sind genau der Mann, den ich gesucht habe«, rief der kleine Bursche, mit ausgestreckter Hand und bebenden Fingern. »Ich kann Ihnen kaum sagen, wie sehr ich an dieser Sache interessiert bin.«

Sherlock Holmes hielt eine vorüberfahrende Droschke an. »In diesem Fall sollten wir es wohl besser in einem behaglichen Raum als auf diesem zugigen Markt erörtern«, sagte er. »Aber bevor wir fortfahren, sagen Sie mir doch bitte, mit wem ich das Vergnügen habe.«

Der Mann zögerte einen Augenblick lang. »Mein Name ist John Robinson«, antwortete er dann, mit einem verstohlenen Seitenblick.

»Nein, nein, den richtigen Namen«, sagte Holmes milde. »Es ist immer mißlich, Geschäfte mit einem *alias* zu machen.«

Röte stahl sich auf die bleichen Wangen des Fremden. »Also schön«, sagte er, »in Wirklichkeit heiße ich James Ryder.«

»Das stimmt. Verwalter im Hotel Cosmopolitan. Bitte steigen Sie in den Wagen, und ich werde Ihnen sehr bald alles sagen können, was Sie nur wissen wollen.«

Der kleine Mann stand da und blickte von einem zum anderen, mit halb ängstlichen, halb hoffnungsvollen Augen, wi einer, der nicht sicher weiß, ob er vor einer Glücksssträhn oder einer Katastrophe steht. Dann stieg er in den Wagen und eine halbe Stunde später waren wir wieder im Wohn raum in der Baker Street. Während der Fahrt war kein einzige Wort gefallen, aber das hohe, dünne Atmen unseres neue Bekannten und das Öffnen und Schließen seiner Händ sprachen von der nervösen Spannung, die in ihm herrschte.

»Da sind wir!« sagte Holmes munter, als wir hintereinande den Raum betraten. »Das Feuer sieht so aus, als wäre es de Wetter angemessen. Sie sehen verfroren aus, Mr. Ryder. Neh men Sie doch bitte den Korbsessel. Ich will mir nur ebe meine Hausschuhe anziehen, bevor wir Ihr kleines Anliege bereinigen. So! Sie möchten also wissen, was aus diesen Gänsen geworden ist?«

»Ja, Sir.«

»Oder genauer, aus dieser Gans. Es war, glaube ich, nur ein Vogel, an dem Sie interessiert waren – weiß, mit einem schwarzen Streifen am Sterz.«

Ryder zitterte vor Erregung. »Oh, Sir«, rief er, »können Sie mir sagen, wo sie geblieben ist?«

»Sie war hier.«

»Hier?«

»Ja, und es stellte sich heraus, daß sie ein überaus bemerkenswerter Vogel war. Ich verstehe sehr gut, daß Sie ein solches Interesse an ihr haben. Sie legte ein Ei, nachdem sie tot war – das hübscheste, leuchtendste kleine blaue Ei, das jemals gesichtet wurde. Ich habe es hier in meinem Museum.«

Unser Besucher kam schwankend auf die Füße und klammerte sich mit der rechten Hand an den Kaminsims. Holmes schloß die Stahlkassette auf und hielt den blauen Karfunkel hoch, der wie ein Stern kalt und prächtig mit seinen vielen strahlenden Facetten aufleuchtete. Ryder stand dort und starrte ihn mit verzerrtem Gesicht an, unentschlossen, ob er ihn beanspruchen oder verleugnen sollte.

»Das Spiel ist aus, Ryder«, sagte Holmes ruhig. »Halten Sie sich fest, Mann, sonst fallen Sie ins Feuer. Helfen Sie ihm zurück zum Sessel, Watson. Er ist nicht Manns genug, um ungestraft ein Kapitalverbrechen zu begehen. Geben Sie ihm einen Schuß Brandy. So! Jetzt sieht er ein bißchen menschlicher aus. Nein, welch ein Wurm!«

Einen Augenblick lang war er getaumelt und fast gefallen, aber der Brandy brachte wieder einen Hauch von Farbe auf seine Wangen, und mit angstvoll aufgerissenen Augen saß er da und starrte seinen Ankläger an.

»Ich kenne fast alle Einzelheiten und habe alle Beweise, die ich überhaupt nur brauche, es gibt also nicht mehr viel, was Sie mir noch erzählen müßten. Immerhin können wir dieses wenige nun auch noch klarstellen, um den Fall zu vervollständigen. Ryder, Sie hatten von diesem blauen Stein der Gräfin von Morcar gehört?«

»Das war Catherine Cusack, die mir davon erzählt hat«, sagte er mit brüchiger Stimme.

»Aha. Die Zofe von Mylady. Die Versuchung, plötzlichen Reichtum so leicht erringen zu können, war zu viel für Sie, wie schon für bessere Männer vor Ihnen; aber Sie hatten keine besonderen Skrupel bei der Wahl Ihrer Mittel. Es scheint mir so, Ryder, als wären Sie aus dem Holz, aus dem man nette kleine Schurken macht. Sie wußten, daß dieser Horner, der Klempner, schon einmal die Finger in so einer Sache gehabt hat und deshalb um so schneller in Verdacht geraten würde. Was haben Sie dann getan? Sie haben irgend etwas im Zimmer von Mylady angerichtet – Sie und Ihre Spießgesellin Cusack – und dafür gesorgt, daß man nach Horner schickt, um es in Ordnung zu bringen. Als er wieder gegangen war, haben Sie die Schmuckschatulle geplündert, Alarm ausgelöst und diesen unglücklichen Mann verhaften lassen. Dann haben Sie . . .«

Ryder warf sich plötzlich auf den Teppich nieder und umklammerte die Knie meines Gefährten. »Um Gottes willen, seien Sie gnädig!« kreischte er. »Denken Sie an meinen Vater! An meine Mutter! Es würde ihnen das Herz brechen. Ich habe noch nie etwas Böses getan! Ich werde es nie wieder tun! Das schwöre ich. Ich schwöre es auf eine Bibel. Oh, bringen Sie es nur nicht vor Gericht! Um Himmels willen, tun Sie es nicht!«

»Zurück in Ihren Sessel!« sagte Holmes streng. »Sie können jetzt gut wimmern und zu Kreuze kriechen, aber Sie haben reichlich wenig Gedanken an den armer Horner verschwendet, der für ein Verbrechen auf der Anklagebank sitzt, von dem er nichts weiß.«

»Ich werde fliehen, Mr. Holmes. Ich gehe außer Landes, Sir. Dann wird die Anklage gegen ihn zusammenbrechen.«

»Hm! Darüber sprechen wir noch. Aber jetzt berichten Sie uns wahrheitsgemäß über den nächsten Akt. Wie kam der Stein in die Gans, und wie kam die Gans auf den freien Markt?

Sagen Sie uns die Wahrheit; das ist Ihre einzige Hoffnung, ungestraft davonzukommen.«

Ryder fuhr sich mit der Zunge über die spröden Lippen. »Ich will es Ihnen erzählen, genau so, wie es sich abgespielt hat, Sir«, sagte er. »Als Horner verhaftet war, dachte ich, es wäre wohl das Beste, wenn ich mich mit dem Stein sofort davonmache; ich wußte ja nicht, ob nicht die Polizei es sich im nächsten Moment in den Kopf setzt, mich und mein Zimmer zu durchsuchen. Im Hotel wäre er nirgendwo sicher gewesen. Ich bin aus dem Hotel, als ob ich einen Auftrag zu erledigen hätte, und zum Haus meiner Schwester gegangen. Sie hat einen Mann namens Oakshott geheiratet und lebt in der Brixton Road, wo sie Geflügel für den Markt mästet. Den ganzen Tag hatte ich das Gefühl, jeder, dem ich begegne, ist ein Polizist oder Detektiv, und obwohl die Nacht kalt war, war ich schweißgebadet, als ich in der Brixton Road ankam. Meine Schwester fragte mich, was los ist, und warum ich so bleich bin; ich habe ihr aber gesagt, ich wäre nur aufgeregt über den Juwelendiebstahl im Hotel. Dann bin ich in den Hinterhof gegangen und habe eine Pfeife geraucht und überlegt, was ich wohl am besten tun sollte.

Ich hatte einmal einen Freund namens Maudsley, und der hat gerade seine Zeit in Pentonville abgesessen. Vor kurzem ist er mir begegnet und hat angefangen, mir über die Arbeit von Dieben zu erzählen, und wie sie die Sachen loswerden, die sie gestohlen haben. Ich wußte, daß ich mich auf ihn verlassen konnte, weil ich ein oder zwei Dinge über ihn weiß, deshalb habe ich mich dazu entschlossen, sofort nach Kilburn zu gehen, wo er wohnt, und ihn einzuweihen. Er würde mir bestimmt sagen, wie ich den Stein zu Geld machen kann. Aber wie sollte ich sicher zu ihm kommen? Ich dachte an die Ängste, die ich auf dem Weg vom Hotel durchgemacht hatte. Man konnte mich ja jeden Moment festnehmen und durchsuchen, und dann hätte ich den Stein in der Westentasche. Dabei stand ich die ganze Zeit an die Wand gelehnt und starrte auf die Gänse, die mir um die Füße watschelten, und dann hatte ich plötzlich eine Idee, wie ich auch den besten Detektiv schlagen könnte, den es je gegeben hat.

Ein paar Wochen vorher hatte meine Schwester mir gesagt, ich könnte mir als Weihnachtsgeschenk von ihr die Gans aussuchen, die ich haben wollte, und ich wußte ja, daß sie immer für ihr Wort einsteht. Ich würde mir die Gans jetzt schon nehmen, und sie sollte meinen Stein nach Kilburn tragen. Im Hof steht ein kleiner Schuppen, und hinter den habe ich einen der Vögel gejagt, ein schönes großes Tier, weiß, mit einem gestreiften Sterz. Ich habe sie gefangen, ihr mit Gewalt den Schnabel geöffnet und ihr den Stein in die Gurgel geschoben, soweit mein Finger reicht. Die Gans schluckt, und ich kann fühlen, wie der Stein durch den Hals nach unten in den Kropf rutscht. Aber das Tier schlägt mit den Flügeln und zetert, und schon taucht meine Schwester auf, um nachzusehen, was los ist. Als ich mich umdrehe, um mit ihr zu reden, reißt sich das Vieh los und verschwindet flügelschlagend zwischen den anderen.

›Was machst du denn da mit dem Vogel, Jem?‹ sagt meine Schwester.

›Also‹, sage ich, ›du hast gesagt, du schenkst mir eine zu Weihnachten, und ich wollte feststellen, welche die fetteste ist.‹

›Oh‹, sagt sie, ›deine haben wir schon aussortiert. Jems Vogel nennen wir sie. Die große weiße Gans da drüben. Hier sind gerade sechsundzwanzig, das macht eine für dich, eine für uns und zwei Dutzend für den Markt.‹

›Danke, Maggie‹, sage ich, ›aber wenn es dir nichts ausmacht, nehme ich lieber die, die ich gerade in der Hand hatte.‹

›Aber die andere ist gut drei Pfund schwerer‹, sagt sie, ›und wir haben sie extra für dich gemästet‹.

›Macht nichts. Ich möchte die andere haben, und ich nehme sie gleich mit‹, sage ich.

›Mach, was du willst‹, sagt sie, ein bißchen beleidigt. ›Also, welche willst du jetzt?‹

›Die weiße da, mit dem Streifen am Sterz, mitten in der Schar.‹

›Na gut. Schlachte sie und nimm sie mit.‹

Also, ich habe getan, was sie gesagt hat, Mr. Holmes, und ich habe den Vogel die ganze Strecke nach Kilburn getragen. Ich erzähle meinem Kumpel, was ich angestellt habe, er ist nämlich einer, dem man so etwas ganz einfach erzählen kann. Er lacht, bis ihm die Luft wegbleibt, und wir haben ein Messer genommen und die Gans aufgemacht. Dann ist mir das Herz stehengeblieben; wir haben nämlich keine Spur von dem Stein gefunden, und ich wußte, daß ich einen schrecklichen Fehler gemacht hatte. Ich habe den Vogel Vogel sein lassen und bin zurück zu meiner Schwester gerannt und in den Hof gestürzt. Aber da war kein einziger Vogel mehr.

›Wo sind die alle, Maggie?‹ rufe ich.

›Zum Händler.‹

›Welcher Händler?‹

›Breckinridge, Covent Garden.‹

›Aber war denn da noch eine mit Streifen am Sterz?‹ frage ich. ›Genau wie die, die ich mir ausgesucht habe?‹

›Ja, Jem, wir hatten zwei mit gestreiften Sterzen, und ich habe sie nie auseinanderhalten können.‹

Da ist mir natürlich alles klar gewesen, und ich bin zu diesem Breckinridge gerannt, so schnell ich konnte; aber er hatte die ganze Lieferung sofort weiterverkauft und wollte mir überhaupt nicht sagen, wohin sie gegangen waren. Sie haben ihn ja heute abend selbst gehört. Mir hat er jedesmal genau so geantwortet. Meine Schwester hält mich jetzt für verrückt. Manchmal glaube ich das selbst. Und jetzt – jetzt bin ich ein gebrandmarkter Dieb, und dabei habe ich den Reichtum, für den ich meinen guten Ruf aufs Spiel gesetzt habe, nie angefaßt. Gott helfe mir! Gott helfe mir!« Er brach in krampfhaftes Schluchzen aus und vergrub das Gesicht in den Händen.

Ein langes Schweigen stellte sich ein, unterbrochen nur von seinem Schnaufen und vom leisen, gleichmäßigen Klopfen von Sherlock Holmes' Fingerspitzen auf dem Tisch. Schließlich erhob mein Freund sich und riß die Tür auf.

»Hinaus!« sagte er.

»Was, Sir! Oh, Gott segne Sie!«

»Kein Wort mehr. Hinaus!«

Weitere Worte waren auch nicht nötig. Er stürzte hinaus, polterte die Treppe hinab, die Haustür fiel krachend ins Schloß, und wir hörten ihn immer leiser die Straße hinabrennen.

»Letzten Endes, Watson«, sagte Holmes, als er die Hand nach seiner Tonpfeife ausstreckte, »werde ich nicht von der Polizei bezahlt, um ihre Fehler auszubügeln. Wenn Horner in Gefahr wäre, wäre es etwas anderes, aber da dieser Bursche nicht mehr gegen ihn aussagen kann, wird die Anklage zusammenbrechen. Ich glaube, ich übertrete gerade ein Gesetz, aber möglicherweise rette ich damit eine Seele. Dieser Mann wird kein Verbrechen mehr begehen. Das hat ihn zu sehr entsetzt. Wenn man ihn jetzt ins Gefängnis steckt, macht man einen lebenslangen Galgenvogel aus ihm. Abgesehen davon haben wir die Jahreszeit der Vergebung. Der Zufall hat uns ein ganz einzigartiges und absonderliches Problem zugespielt, und es gelöst zu haben, ist Belohnung genug. Wenn Sie die Freundlichkeit aufbrächten, zu läuten, Doktor, könnten wir mit einer anderen Untersuchung beginnen, bei der wieder ein Vogel die Hauptrolle spielt.«

# DAS GESPRENKELTE BAND

Wenn ich meine Notizen zu mehr als siebzig Fällen überfliege, in denen ich während der letzten acht Jahre die Methoden meines Freundes Sherlock Holmes studiert habe, so stelle ich fest, daß viele tragisch waren, einige komisch, eine große Anzahl schlicht seltsam, aber keiner gewöhnlich; da er nämlich eher aus Liebe zu seiner Kunst arbeitete, denn um Reichtum zu erwerben, lehnte er es stets ab, Teil an einer Nachforschung zu haben, die nicht in den Bereich des Ungewöhnlichen oder gar des Phantastischen fiel. Unter all diesen verschiedenartigen Fällen kann ich mich jedoch nicht eines einzigen entsinnen, welcher absonderlichere Züge aufgewiesen hätte als jener, der die in Surrey wohlbekannte Familie der Roylotts aus Stoke Moran betraf. Die fraglichen Ereignisse trugen sich in den frühen Tagen meiner Zusammenarbeit mit Holmes zu, da wir als Junggesellen Räume in der Baker Street teilten. Möglicherweise hätte ich die Vorfälle schon früher schriftlich niedergelegt, doch hatte ich zu jener Zeit das Versprechen abgelegt, alles geheimzuhalten; davon wurde ich erst im vergangenen Monat durch den unzeitigen Tod der Dame befreit, der ich diese Zusage gegeben hatte. Vielleicht ist es gut, daß die Tatsachen nunmehr ans Licht gelangen, denn ich weiß zuverlässig, daß über den Tod von Dr. Grimesby Roylott in weitem Umkreis Gerüchte verbreitet sind, die die Angelegenheit eher noch schrecklicher machen, als die Wahrheit ohnehin war.

Es war Anfang April des Jahres 1883; eines Morgens erwachte ich, als Sherlock Holmes, völlig angekleidet, neben meinem Bett stand. In der Regel war er Spätaufsteher, und da die Uhr auf dem Kaminsims mir zeigte, daß es erst ein Viertel nach sieben war, blinzelte ich in einiger Überraschung zu ihm auf, vielleicht auch mit ein wenig Mißbilligung, denn ich selbst war immer regelmäßigen Gewohnheiten treu.

»Tut mir leid, daß ich Sie wecke, Watson«, sagte er, »aber das trifft heute früh alle. Mrs. Hudson wurde geweckt, sie hat sich an mir revanchiert, und ich an Ihnen.«

»Was ist denn los? Brennt es?«

»Nein, ein Klient. Anscheinend ist eine junge Dame in sehr erregtem Zustand eingetroffen, die darauf besteht, mit mir zu sprechen. Sie wartet nun im Wohnzimmer. Wenn aber junge Damen zu dieser Morgenstunde durch die Metropole schweifen und verschlafene Leute aus ihren Betten werfen, nehme ich wohl an, daß sie etwas überaus Dringliches mitzuteilen haben. Sollte sich herausstellen, daß es ein interessanter Fall ist, dann bin ich sicher, daß Sie ihm von Anfang an würden folgen wollen. Jedenfalls habe ich mir gedacht, ich sollte Sie wecken und Ihnen eine Chance geben.«

»Mein lieber Freund, ich möchte das um nichts in der Welt versäumen.«

Es gab für mich kein größeres Vergnügen, als Sherlock Holmes bei seinen beruflichen Ermittlungen zu folgen und die schnellen Deduktionen zu bewundern, rasch wie Intuitionen und doch immer auf einem logischen Unterbau fußend, mit denen er die Probleme löste, die man ihm vorlegte. Eilig schlüpfte ich in meine Kleider und war innerhalb weniger Minuten bereit, meinen Freund in das Wohnzimmer hinab zu begleiten. Eine Dame in Schwarz, mit dichten Schleiern, die am Fenster gesessen hatte, erhob sich bei unserem Eintritt.

»Guten Morgen, Madame«, sagte Holmes fröhlich. »Ich bin Sherlock Holmes. Dies ist mein guter Freund und Mitarbeiter, Dr. Watson, vor dem Sie so offen sprechen können wie vor mir. Ah, ich freue mich, daß Mrs. Hudson so vernünftig war, das Feuer anzuzünden. Bitte nehmen Sie beim Kamin Platz, und ich werde für Sie eine Tasse heißen Kaffees bringen lassen, denn ich sehe, daß Sie frösteln.«

»Es ist nicht die Kälte, die mich frösteln läßt«, sagte die Frau mit leiser Stimme; dabei kam sie der Aufforderung nach, ihren Sitzplatz zu wechseln.

»Was denn?«

»Furcht, Mr. Holmes. Große Angst.« Sie lüftete ihren Schleier, als sie das sagte, und wir konnten sehen, daß sie tatsächlich in einem erbarmungswürdigen Zustand der Erregung war; ihr Gesicht war grau und angespannt, mit unruhigen angstvollen Augen, ähnlich denen eines gehetzten Tieres. Ihre Gestalt und ihre Züge waren die einer dreißigjährigen Frau, doch war ihr Haar von vorzeitigem Grau durchsetzt, und im ganzen wirkte sie erschöpft und abgehärmt. Sherlock Holmes musterte sie mit einem seiner kurzen, allumfassenden Blicke.

»Sie brauchen keine Angst zu haben«, sagte er besänftigend; er beugte sich vor und tätschelte ihren Arm. »Ich zweifle nicht daran, daß wir bald alles in Ordnung bringen werden. Wie ich sehe, sind Sie heute früh mit dem Zug in die Stadt gekommen.«

»Sie kennen mich also?«

»Nein, aber ich stelle fest, daß Sie die zweite Hälfte einer Rückfahrkarte in Ihrem linken Handschuh stecken haben. Sie müssen früh aufgebrochen sein, und außerdem hatten Sie schon eine längere Fahrt in einem kleinen Pferdewagen hinter sich, und zwar über schlechte Straßen, bevor Sie den Bahnhof erreicht haben.«

Die Dame schrak heftig zusammen und starrte meinen Gefährten fassungslos an.

»Daran ist nichts Geheimnisvolles, liebe gnädige Frau«, sagte er lächelnd. »Der linke Ärmel Ihres Jacketts ist an nicht weniger als sieben Stellen von Lehm bespritzt. Die Flecken sind ganz frisch. Außer einem kleinen einspännigen Jagdwagen gibt es kein Gefährt, das in dieser Weise Lehm aufwürfe, und dies auch nur dann, wenn Sie links neben dem Fahrer sitzen.«

»Wie auch immer Sie darauf gekommen sind, Sie haben vollkommen recht«, sagte sie. »Ich bin vor sechs Uhr morgens von zu Hause aufgebrochen, war um zwanzig nach sechs in Leatherhead und habe den ersten Zug zur Waterloo Station genommen. Sir, ich kann diese Anspannung nicht länger ertragen, ich werde noch wahnsinnig, wenn dieser Druck weiter anhält. Ich habe niemanden, an den ich mich wenden könnte – niemanden, außer einem, und dieser arme Bursche kann mir nicht sehr viel helfen. Ich habe von Ihnen gehört, Mr. Holmes; Mrs. Farintosh, der Sie in der Stunde bitterster Not geholfen haben, hat mir von Ihnen erzählt. Von ihr habe ich Ihre Adresse bekommen. Oh, Sir, meinen Sie nicht, Sie könnten vielleicht auch mir helfen und zumindest ein klein wenig Licht in die tiefe Dunkelheit bringen, die mich umgibt? Gegenwärtig bin ich außerstande, Sie für Ihre Dienste zu entlohnen, aber in ein oder zwei Monaten werde ich verheiratet sein und über mein eigenes Einkommen selbst verfügen können, und spätestens dann werden Sie feststellen, daß ich nicht undankbar bin.«

Holmes wandte sich seinem Schreibtisch zu, schloß ihn auf, zog das kleine Buch hervor, in dem er seine Fälle notierte, und konsultierte es.

»Farintosh«, sagte er. »Ah ja. Ich erinnere mich an den Fall; er hatte mit einer Opal-Tiara zu tun. Ich glaube, das war vor Ihrer Zeit, Watson. Ich kann nur feststellen, Madame, daß ich Ihrem Fall mit Vergnügen die gleiche Sorgfalt widmen will wie dem Ihrer Freundin. Was eine Belohnung angeht, so birgt mein Beruf seine eigene Belohnung; es steht Ihnen jedoch frei, meine eventuell anfallenden Ausgaben zu einem Ihnen genehmen Zeitpunkt zu erstatten. Und nun ersuche ich Sie, uns alles darzulegen, was uns dabei helfen könnte, uns in dieser Angelegenheit eine Meinung zu bilden.«

»Leider ist das eigentlich Grauenhafte an meiner Lage«, erwiderte unsere Besucherin, »daß meine Ängste so vage sind und daß mein Verdacht so völlig abhängig ist von Winzigkeiten, die einem anderen als unwichtig erscheinen können, so daß sogar der Mann, bei dem ich vor allen anderen mit Recht Rat und Hilfe suchen darf, alles, was ich ihm erzähle, als die Wahnvorstellungen einer nervösen Frau ansieht. Er sagt es nicht, aber ich kann es seinen besänftigenden Antworten und den abgewandten Augen entnehmen. Aber ich habe gehört,

Mr. Holmes, daß Sie tiefen Einblick in die vielfältige Boshaftigkeit des menschlichen Herzens besitzen. Vielleicht können Sie mir raten, wie ich mich inmitten der mich umgebenden Gefahren verhalten soll.«

»Sie haben meine ganze Aufmerksamkeit, Madame.«

»Ich heiße Helen Stoner und wohne bei meinem Stiefvater, dem letzten Überlebenden einer der ältesten angelsächsischen Familien in England, der Roylotts aus Stoke Moran, an der Westgrenze von Surrey.«

Holmes nickte. »Der Name ist mir bekannt«, sagte er.

»Die Familie gehörte früher einmal zu den reichsten in England, und das Besitztum erstreckte sich über die Grenzen hinaus nach Berkshire im Norden und Hampshire im Westen. Im letzten Jahrhundert waren jedoch vier Erben nacheinander von verschwenderischem und liederlichem Wesen, und in der Zeit der Regentschaft hat ein Spieler für den endgültigen Ruin der Familie gesorgt. Nichts ist übriggeblieben außer einigen *acres* an Boden und dem zweihundert Jahre alten Haus, das aber auch mit einer schweren Hypothek belastet ist. Der letzte Squire hat dort sein Dasein gefristet und das schreckliche Leben eines verarmten Adligen geführt; aber sein einziger Sohn, mein Stiefvater, hatte begriffen, daß er sich den neuen Gegebenheiten anpassen mußte, und hat sich von einem Verwandten Geld vorschießen lassen, was es ihm ermöglicht hat, den Grad eines Doktors der Medizin zu erwerben. Er ist nach Kalkutta gegangen, wo er dank seiner beruflichen Tüchtigkeit und seiner starken Persönlichkeit eine gutgehende Praxis aufbauen konnte. In einem Anfall von Wut wegen einiger im Haus verübter Diebstähle hat er aber seinen eingeborenen Butler zu Tode geprügelt und ist nur knapp der Todesstrafe entgangen. Statt dessen hat er eine lange Haftstrafe verbüßt und ist danach als verdrossener und enttäuschter Mann nach England heimgekehrt.

Als Dr. Roylott noch in Indien war, heiratete er meine Mutter, Mrs. Stoner, die junge Witwe von Generalmajor Stoner, von der Bengalischen Artillerie. Meine Schwester Julia und ich sind Zwillinge, und wir waren erst zwei Jahre alt, als meine Mutter wieder heiratete. Sie verfügte über eine beträchtliche Summe Geldes, nicht weniger als tausend Pfund im Jahr, und diese hat sie vollständig Dr. Roylott überschrieben, solange wir bei ihm wohnen, mit dem Zusatz, daß uns beiden im Fall einer Heirat jährlich eine gewisse Summe zusteht. Kurz nach unserer Rückkehr nach England ist meine Mutter gestorben – sie ist vor acht Jahren bei einem Eisenbahnunglück in der Nähe von Crewe umgekommen. Damals hat Dr. Roylott seine Versuche aufgegeben, sich in London eine Praxis aufzubauen, und er ist mit uns in das Haus seiner Ahnen in Stoke Moran gezogen. Das Geld, das meine Mutter hinterlassen hatte, reichte aus für all unsere Bedürfnisse, und es schien nichts zu geben, was uns daran hätte hindern können, glücklich zu sein.

Aber etwa zu dieser Zeit begann unser Stiefvater sich schrecklich zu verändern. Statt sich mit unseren Nachbarn, die zunächst überglücklich gewesen waren, endlich wieder einen Roylott aus Stoke Moran im alten Familiensitz zu sehen, anzufreunden und Besuche auszutauschen, hat er sich in seinem Haus eingeschlossen und es nur noch selten verlassen, und wenn, dann um wilde Streitereien mit allen anzufangen, die ihm in den Weg kamen. Ein zum Manischen neigendes hitziges Temperament ist bei den Männern der Familie immer erblich gewesen, und im Fall meines Stiefvaters ist es, wie ich annehme, durch seinen langen Aufenthalt in den Tropen noch verschlimmert worden. Es gab eine Reihe unwürdiger Zänkereien, von denen zwei vor dem Polizeigericht endeten, und so ist er schließlich zum Schrecken des Dorfes geworden, und die Leute nehmen Reißaus, wenn sie ihn kommen sehen, denn er ist ein Mann von ungeheurer Kraft und völlig unkontrollierbar, wenn er in Wut gerät.

Vorige Woche hat er den Grobschmied des Orts über ein Geländer in den Fluß geworfen, und nur indem ich alles Geld bezahlte, das ich auftreiben konnte, war es mir möglich, eine weitere öffentliche Bloßstellung zu vermeiden. Er hat keinerlei Freunde außer den Zigeunern, und er erlaubt es diesen Vagabunden, auf den wenigen *acres* mit Dornengestrüpp bedeckten Landes zu kampieren, die das Familiengut darstellen, und als Gegenleistung nimmt er die Gastfreundschaft ihrer Zelte an und geht manchmal mit ihnen wochenlang auf Wanderschaft. Außerdem hat er eine Leidenschaft für Tiere aus Indien, die ihm ein Korrespondent schickt, und zur Zeit besitzt er einen Geparden und einen Pavian, die auf dem Besitz frei herumlaufen und von den Dorfbewohnern fast so sehr gefürchtet werden wie ihr Herr.

Bei dem, was ich Ihnen erzähle, können Sie sich sicher vorstellen, daß meine Schwester Julia und ich nicht viel Erfreuliches erlebten. Kein Dienstbote wollte bei uns bleiben, und lange Zeit haben wir alle Arbeit im Haus getan. Als sie starb, war sie erst dreißig, und dennoch hatte ihr Haar schon begonnen, weiß zu werden, genau wie meines.«

»Ihre Schwester ist demnach tot?«

»Sie ist vor etwa zwei Jahren gestorben, und ich möchte mit Ihnen über ihren Tod sprechen. Sie verstehen sicher, daß wir bei der Art des Lebens, die ich Ihnen beschrieben habe, nicht viele Gelegenheiten hatten, jemanden unseres Alters und unserer Stellung kennenzulernen. Wir haben aber eine Tante, die unverheiratete Schwester meiner Mutter, eine Miss Honoria Westphail; sie lebt in der Nähe von Harrow, und hin und wieder durften wir sie für kurze Zeit besuchen. Weihnachten vor zwei Jahren war Julia dort und lernte einen auf Halbsold befindlichen Major der Marine-Infanterie kennen, mit dem sie sich verlobte. Als meine Schwester zurückkam, hat mein Stiefvater von dieser Verlobung erfahren und keine Einwände gegen eine Heirat erhoben; aber etwa zwei Wochen vor dem Tag, für den die Hochzeit festgesetzt war, hat sich das schreckliche Ereignis zugetragen, das mich meiner einzigen Gefährtin beraubt hat.«

Sherlock Holmes hatte sich mit geschlossenen Augen in seinem Sessel zurückgelehnt und den Kopf auf ein Kissen sinken lassen, nun aber öffnete er die Lider ein wenig und blickte seine Besucherin an.

»Ich bitte Sie, seien Sie ganz präzise mit den Einzelheiten«, sagte er.

»Das fällt mir nicht schwer, weil jedes Ereignis dieser schrecklichen Zeit in mein Gedächtnis eingebrannt ist. Wie ich schon gesagt habe, ist das Herrenhaus sehr alt, und heute wird nur noch ein Flügel bewohnt. Die Schlafräume in diesem Flügel liegen im Erdgeschoß, die Wohnräume befinden sich im mittleren Trakt des Gebäudes. Der erste Schlafraum ist der von Dr. Roylott, der zweite der meiner Schwester, der dritte meiner. Zwischen ihnen gibt es keine Verbindung, aber sie gehen alle auf denselben Korridor. Drücke ich mich verständlich aus?«

»Vollkommen.«

»Die Fenster der drei Zimmer gehen zum Rasen. In jener unheilvollen Nacht war Dr. Roylott schon früh in sein Zimmer gegangen, aber wir wußten, daß er sich nicht zurückgezogen hatte um zu ruhen; meine Schwester fühlte sich nämlich durch den Geruch der starken indischen Zigarren gestört, die er immer raucht. Sie hat deshalb ihr Zimmer verlassen und ist in meines gekommen, und da haben wir eine Weile gesessen und über ihre bevorstehende Heirat geplaudert. Um elf Uhr ist sie aufgestanden, um zu gehen, aber an der Tür ist sie stehengeblieben und hat sich umgedreht.

›Sag mir, Helen‹, hat sie gesagt, ›hast du jemals jemanden mitten in der Nacht pfeifen hören?‹

›Nie‹, habe ich geantwortet.

›Du glaubst nicht, daß du selbst vielleicht im Schlaf pfeifst?‹

›Bestimmt nicht. Aber warum denn nur?‹

›Weil ich in den letzten paar Nächten immer gegen drei Uhr morgens ein deutliches leises Pfeifen gehört habe. Ich habe ja einen leichten Schlaf und bin davon aufgewacht. Ich weiß nicht, woher es gekommen ist – vielleicht aus dem Nebenzimmer, vielleicht vom Rasen. Ich dachte mir, ich frage dich einfach, ob du es auch gehört hast.‹

›Nein, habe ich nicht. Das müssen diese schrecklichen Zigeuner im Gestrüpp sein.‹

›Wahrscheinlich. Aber trotzdem – wenn es vom Rasen käme, müßtest du es doch auch gehört haben.‹

›Aber ich schlafe doch viel fester als du.‹

›Ach, wie auch immer, es ist ja nicht besonders wichtig.‹

Sie hat mich angelächelt, meine Tür geschlossen, und einige Augenblicke später hörte ich, wie sich ihr Schlüssel im Schloß drehte.«

»Interessant«, sagte Holmes. »Haben Sie sich nachts immer eingeschlossen?«

»Ja, immer.«

»Und warum?«

»Ich glaube, ich habe schon erwähnt, daß der Doktor einen Geparden und einen Pavian hält. Wir haben uns nie sicher gefühlt, wenn die Türen nicht abgeschlossen waren.«

»Verständlich. Bitte fahren Sie mit Ihrer Schilderung fort.«

»In dieser Nacht konnte ich nicht schlafen. Mich bedrückte ein undeutliches Gefühl von drohendem Unheil. Wie Sie sich erinnern werden, waren meine Schwester und ich Zwillinge, und Sie wissen ja, wie fein die Verbindungen zwischen zwei so eng verwandten Seelen sind. Es war eine wilde Nacht. Draußen heulte der Wind, und der Regen klopfte und klatschte gegen die Fenster. Mitten in all dem Aufruhr des Sturms habe ich plötzlich das laute Schreien einer erschreckten Frau gehört. Ich wußte, es war die Stimme meiner Schwester. Ich bin aus dem Bett gesprungen, habe mich in einen Schal gewickelt und bin auf den Flur gestürzt. Als ich meine Tür öffnete, glaubte ich, ein leises Pfeifen zu hören, so wie meine Schwester es beschrieben hatte, und einige Augenblicke später ein klapperndes Geräusch, so, als wäre ein Stück Metall gefallen. Als ich durch den Korridor gelaufen bin, wurde die Tür meiner Schwester aufgesperrt und drehte sich langsam in den Angeln. Ich habe entsetzt dorthin gestarrt, weil ich nicht wußte, was durch die Tür kommen würde. Im Licht der Flurlampe sehe ich meine Schwester in der Öffnung erscheinen, das Gesicht kalkweiß vor Entsetzen; ihre Hände greifen hilfesuchend um sich, und ihr ganzer Körper schwankt vor und zurück wie der einer Betrunkenen. Ich bin zu ihr gelaufen und habe sie in die Arme genommen, aber in diesem Moment gaben ihre Knie nach, und sie ist auf den Boden gefallen. Sie hat sich gewunden, als hätte sie schreckliche Schmerzen, und ihre Glieder waren furchtbar verkrampft. Zuerst habe ich geglaubt, sie hätte mich nicht erkannt, aber als ich mich über sie beuge, schreit sie plötzlich mit einer Stimme, die ich nie vergessen werde: ›Oh mein Gott! Es war das Band! Das gesprenkelte Band!‹ Da war noch etwas, was sie sagen wollte, und sie hat mit ihrem Finger in die Luft gestochen, dorthin, wo das Zimmer des Doktors ist, aber dann packt sie ein neuer Krampf und erstickt die Worte. Ich bin losgelaufen und habe laut nach meinem Stiefvater gerufen, und er kam mir aus seinem Raum eilig im Morgenmantel entgegen. Als er meine Schwester erreichte, war sie ohnmächtig, und obwohl er ihr Brandy in die Kehle geschüttet und nach ärztlicher Hilfe aus dem Dorf geschickt hat, war doch alles vergebens; sie ist langsam zusammengesunken und gestorben, ohne wieder zu Bewußtsein zu kommen. Das war das schreckliche Ende meiner geliebten Schwester.«

»Einen Augenblick bitte«, sagte Holmes. »Sind Sie sicher, was dieses Pfeifen und das metallische Geräusch angeht? Könnten Sie das beschwören?«

»Das hat mich auch der Coroner der Grafschaft bei der gerichtlichen Untersuchung gefragt. Ich habe sehr deutlich den Eindruck, es gehört zu haben, aber bei all dem Getöse des Sturms und dem Knacken in einem alten Haus könnte ich mich vielleicht getäuscht haben.«

»War Ihre Schwester angekleidet?«

»Nein, sie trug ihr Nachtgewand. In ihrer rechten Hand hat man den verkohlten Stumpf eines Streichholzes gefunden, und in der linken eine Streichholzschachtel.«

»Das zeigt, daß sie Licht gemacht und sich umgeschaut hat, als ihre Besorgnis begann. Das ist wichtig. Und zu welchen Schlußfolgerungen ist der Coroner gelangt?«

»Er hat in diesem Fall sehr sorgfältig ermittelt, we

Dr. Roylotts Verhalten in der Grafschaft längst berüchtigt war, aber er konnte keine befriedigende Todesursache finden. Meine Aussage hat bewiesen, daß die Tür von innen abgeschlossen war, und die Fenster waren von altmodischen Läden mit breiten Eisenstangen versperrt, die jeden Abend vorgelegt wurden. Man hat die Wände sorgfältig untersucht und festgestellt, daß sie rundherum sehr solide sind, und mit dem gleichen Ergebnis wurden auch Boden und Decke überprüft. Der Kamin ist zwar breit, aber von vier großen Querstangen versperrt. Deshalb ist es sicher, daß meine Schwester ganz allein war, als sie den Tod fand. Außerdem waren an ihr keinerlei Anzeichen von Gewalt zu finden.«

»Wie steht es mit Gift?«

»Die Ärzte haben sie daraufhin untersucht, aber ohne Befund.«

»Was glauben Sie denn, woran die unglückliche Dame gestorben ist?«

»Ich bin davon überzeugt, daß sie an schierer Angst und nervösem Schock gestorben ist, obwohl ich mir nichts denken kann, was sie so erschreckt haben könnte.«

»Waren die Zigeuner zu dieser Zeit auf dem Besitz?«

»Ja, es sind fast immer welche da.«

»Aha. Und was entnehmen Sie dieser Anspielung auf ein Band – ein gesprenkeltes Band?«

»Manchmal glaube ich, daß es nur wirres Reden im Delirium war, und manchmal, daß sie vielleicht auf eine Bande von Leuten verweisen wollte, möglicherweise auf eben die Zigeuner auf dem Gelände. Ich weiß nicht, ob die gefleckten Tücher, die so viele von ihnen um den Kopf tragen, ihr vielleicht dieses seltsame Adjektiv eingegeben haben.«

Holmes schüttelte den Kopf wie einer, der noch lange nicht zufrieden ist.

»Das sind tiefe Wasser«, sagte er; »bitte fahren Sie in Ihrer Erzählung fort.«

»Seither sind zwei Jahre vergangen, und bis vor kurzem war mein Leben noch einsamer als früher. Vor einem Monat hat mir jedoch ein lieber Freund, den ich seit vielen Jahren kenne, die Ehre erwiesen, um meine Hand anzuhalten. Er heißt Armitage – Percy Armitage –, er ist der zweite Sohn von Mr. Armitage aus Crane Water bei Reading. Mein Stiefvater hat keine Einwände gegen die Verbindung erhoben, und wir wollen im Lauf des Frühlings heiraten. Vor zwei Tagen hat man mit Ausbesserungsarbeiten im Westflügel des Hauses begonnen, und die Wand meines Schlafzimmers wurde aufgestemmt, so daß ich in den Raum habe umziehen müssen, in dem meine Schwester gestorben ist, und nun muß ich in ihrem Bett schlafen. Stellen Sie sich also mein Entsetzen vor, als ich in der letzten Nacht wachgelegen und über ihr schreckliches Schicksal nachgedacht habe und plötzlich in der Stille der Nacht das leise Pfeifen höre, das damals Vorbote ihres Todes gewesen war. Ich bin aufgesprungen und habe die Lampe angemacht, aber im Zimmer war nichts zu sehen. Ich war aber viel zu erschüttert, um wieder zu Bett zu gehen, deshalb habe ich mich angekleidet, und sobald es hell wurde, habe ich mich aus dem Haus geschlichen, im *Crown Inn* gegenüber einen kleinen Wagen geliehen und bin nach Leatherhead gefahren, und von dort bin ich heute früh hergekommen, mit dem Anliegen, Sie zu sprechen und Ihren Rat zu suchen.«

»Sie haben sich klug verhalten«, sagte mein Freund. »Haben Sie mir aber wirklich alles erzählt?«

»Ja, alles.«

»Miss Stoner, das haben Sie nicht. Sie versuchen, Ihren Stiefvater zu decken.«

»Wieso, was meinen Sie?«

Als Antwort schob Holmes die schwarze Rüschenborte zurück, die die auf ihrem Knie liegende Hand unserer Besucherin säumte. Fünf kleine blasse Flecken, die Abdrücke von vier Fingern und einem Daumen, zeichneten sich auf dem weißen Handgelenk ab.

»Man hat Sie grausam mißhandelt«, sagte Holmes.

Tiefe Röte überzog das Gesicht der Dame, und sie bedeckte ihr verletztes Gelenk. »Er ist ein harter Mann«, sagte sie, »und kann vielleicht seine eigene Kraft nicht richtig einschätzen.«

Es stellte sich ein langes Schweigen ein, währenddessen Holmes sein Kinn auf die Hände stützte und ins prasselnde Feuer starrte.

»Das ist eine sehr verwickelte Angelegenheit«, sagte er schließlich. »Da gibt es tausend Einzelheiten, die ich gern wüßte, bevor ich unser Vorgehen festlege. Und doch haben wir keinen Moment zu verlieren. Wenn wir heute nach Stoke Moran kämen, wäre es uns dann möglich, uns diese Räume ohne Wissen Ihres Stiefvaters anzusehen?«

»Zufällig hat er davon geredet, daß er heute wegen überaus wichtiger Geschäfte in die Stadt fahren wollte. Wahrscheinlich wird er den ganzen Tag fortbleiben, also würde nichts Sie stören. Wir haben jetzt eine Haushälterin, aber sie ist alt und närrisch, und ich könnte sie ganz leicht aus dem Weg schaffen.«

»Ausgezeichnet. Ihnen ist diese Reise nicht zuwider, Watson?«

»Aber keineswegs.«

»Dann werden wir beide kommen. Was haben Sie selbst denn vor?«

»Es gibt ein oder zwei Dinge, die ich gern erledigen würde, da ich nun schon in der Stadt bin. Ich werde aber mit dem Zug um zwölf Uhr zurückfahren, um zeitig dort zu sein, wenn Sie eintreffen.«

»Dann können Sie uns am frühen Nachmittag erwarten. Ich habe selbst auch noch einige kleine geschäftliche Angelegenheiten zu regeln. Wollen Sie nicht zum Frühstück bleiben?«

»Nein, ich muß gehen. Mein Herz ist schon viel leichter, seit ich Ihnen meinen Kummer anvertraut habe. Ich freue mich darauf, Sie heute nachmittag wiederzusehen.« Sie ließ den dichten schwarzen Schleier vor ihr Gesicht fallen und glitt aus dem Raum.

»Und was halten Sie nun von all dem, Watson?« fragte Sherlock Holmes. Er lehnte sich in seinen Sessel zurück.

»Das scheint mir eine sehr düstre und sinistre Angelegenheit zu sein.«

»Reichlich düster und sinister.«

»Wenn aber die Dame recht hat, indem sie sagt, daß Wände und Boden fest sind und daß man durch Tür, Fenster und Schlot nicht eindringen kann, dann muß ihre Schwester doch ohne Zweifel allein gewesen sein, als sie ihr mysteriöses Ende fand.«

»Was machen Sie denn dann mit diesen nächtlichen Pfiffen, und was mit diesen sehr merkwürdigen Worten der Sterbenden?«

»Ich kann mir keinen Reim darauf machen.«

»Wenn man all diese Vorstellungen zusammenfaßt, das nächtliche Pfeifen, die Anwesenheit einer Bande von Zigeunern, die mit diesem alten Arzt offenbar auf vertrautem Fuß stehen, die Tatsache, daß wir gute Gründe haben, anzunehmen, daß der Doktor daran interessiert ist, die Heirat seiner Stieftochter zu verhindern, die Anspielung der Sterbenden auf ein Band und schließlich die Tatsache, daß Miss Helen Stoner ein metallisches Klappern gehört hat, was sehr gut darauf zurückzuführen sein könnte, daß eine dieser Metallstangen, mit denen die Läden befestigt sind, wieder in die Halterung gefallen ist, dann, so glaube ich, können wir mit guten Gründen annehmen, daß das Rätsel irgendwo in diesem abgesteckten Rahmen zu lösen ist.«

»Aber was haben denn diese Zigeuner getan?«

»Ich habe keine Ahnung.«

»Ich sehe viele Einwände gegen solch eine Theorie.«

»Ich auch. Und genau deshalb fahren wir heute nach Stoke Moran. Ich möchte mich davon überzeugen, ob diese Einwände endgültig sind oder zerstreut werden können. Aber was zum Teufel soll das!«

Dieser Ausruf meines Freundes rührte daher, daß plötzlich unsere Tür aufgestoßen worden war und ein riesiger Mann wie eingerahmt in der Öffnung stand. Seine Kleidung war eine merkwürdige Mischung professioneller und ländlicher Dinge; er trug einen schwarzen Zylinder, einen langen Gehrock und ein Paar hoher Gamaschen; in seiner Hand schwang er eine Jagdpeitsche. Er war so groß, daß sein Hut an den oberen Türbalken stieß, und seine Masse schien den Rahmen ganz auszufüllen. Ein breites Gesicht, übersät von tausend Runzeln, von der Sonne gelb gebrannt und von den Malen aller schlimmen Leidenschaften gezeichnet, wandte sich uns beiden abwechselnd zu, und seine tiefliegenden galligen Augen und die hohe, dünne, fleischlose Nase verliehen ihm eine gewisse Ähnlichkeit mit einem wilden alten Raubvogel.

»Wer von Ihnen ist Holmes?« fragte diese Erscheinung.

»Das ist mein Name, Sir, aber damit sind Sie mir gegenüber im Vorteil«, sagte mein Gefährte ruhig.

»Ich bin Dr. Grimesby Roylott aus Stoke Moran.«

»Tatsächlich, Doktor?« sagte Holmes sanftmütig. »Bitte nehmen Sie Platz.«

»Ich werde nichts derartiges tun. Meine Stieftochter war hier. Ich bin ihr gefolgt. Was hat sie Ihnen erzählt?«

»Es ist ein wenig kalt für diese Jahreszeit«, sagte Holmes.

»Was hat sie Ihnen erzählt?« schrie der alte Mann wütend.

»Aber soviel ich gehört habe, sind die Krokusse vielversprechend«, fuhr mein Gefährte unerschütterlich fort.

»Ha! Sie weichen mir aus, wie?« sagte unser neuer Gast; er machte einen Schritt vorwärts und schüttelte seine Jagdpeitsche. »Ich weiß Bescheid über Sie, Sie Schurke! Ich habe schon von Ihnen gehört. Sie sind Holmes, der seine Nase in alles hineinsteckt.«

Mein Freund lächelte.

»Holmes der Wichtigtuer!«

Das Lächeln wurde breiter.

»Holmes, der Bürohengst von Scotland Yard.«

Holmes kicherte herzlich. »Ihre Konversation ist höchst unterhaltsam«, sagte er. »Wenn Sie gehen, schließen Sie doch bitte die Tür, es zieht ganz entschieden.«

»Ich werde gehen, wenn ich gesagt habe, was ich sagen will. Wagen Sie es ja nicht, sich in meine Angelegenheiten einzumischen. Ich weiß, daß Miss Stoner hier war – ich bin ihr gefolgt! Es ist gefährlich, sich mit mir anzulegen! Sehen Sie her.« Er trat schnell vor, ergriff den Schürhaken und verbog ihn mit seinen riesigen braunen Händen.

»Sehen Sie zu, daß Sie mir nicht in die Hände fallen«, knurrte er; er schleuderte den verbogenen Schürhaken in den Kamin und stampfte aus dem Raum.

»Er scheint eine sehr liebenswerte Person zu sein«, sagte Holmes lachend. »Ich bin nicht ganz so massiv gebaut, aber wenn er geblieben wäre, hätte ich ihm zeigen können, daß mein Händedruck nicht viel schwächer ist als seiner.« Dabei nahm er den stählernen Schürhaken auf und bog ihn mit einer jähen Anstrengung wieder gerade.

»Stellen Sie sich diese Unverschämtheit vor, mich mit den amtlichen Detektiven zu verwechseln! Immerhin gibt dieser Zwischenfall aber unserer Ermittlung neuen Auftrieb, und ich kann nur hoffen, daß unsere kleine Freundin nicht unter ihrem Leichtsinn leiden muß, weil sie es diesem Grobian möglich gemacht hat, sie zu verfolgen. Und nun, Watson, wollen wir unser Frühstück kommen lassen, und anschließend werde ich mich zum Zivilgerichtshof begeben, wo ich einige Daten zu erhalten hoffe, die uns in dieser Sache nützlich sein könnten.«

Es war fast ein Uhr, als Sherlock Holmes von seinem Ausflug heimkehrte. In der Hand hielt er ein Blatt blauen Papiers, das mit Zahlen und Notizen vollgekritzelt war.

»Ich habe das Testament der verstorbenen Gattin gesehen«, sagte er. »Um seine genaue Bedeutung zu erfassen, mußte ich den augenblicklichen Wert der Investitionen errechnen, auf die es Bezug nimmt. Die Gesamtsumme der Einkünfte, die zur Zeit des Todes der Frau knapp unter 1100 Pfund lag, beläuft sich heute wegen des Verfalls der landwirtschaftlichen Preise auf nicht mehr als 750 Pfund. Im Fall der Eheschließung kann jede Tochter ein Einkommen von 250 Pfund beanspruchen. Es ist daher offensichtlich, daß, wenn beide Mädchen geheiratet hätten, dieser schöne Nachlaß nur noch ein Almosen wäre, und sogar eine einzige Heirat würde die Finanzen des Mannes ernstlich beschneiden. Meine Morgenarbeit war also nicht vergebens, denn sie hat den Beweis dafür geliefert, daß er sehr starke Motive hat, sich solchen Veränderungen entgegenzustellen. Also los, Watson; das ist viel zu ernst, als daß man viel Zeit vertrödeln dürfte, vor allem da der alte Mann weiß, daß wir uns für seine Angelegenheiten interessieren; wenn Sie also bereit sind, sollten wir einen Wagen rufen und zur Waterloo Station fahren. Ich wäre Ihnen sehr verbunden, wenn Sie Ihren Revolver einstecken wollten. Ein Modell *Eley No. 2* ist ein vorzügliches Argument gegen einen Gentleman, der stählerne Schürhaken zu Knoten biegen kann. Dies und eine Zahnbürste sind, glaube ich, alles, was wir brauchen.«

Wir hatten das Glück, an der Waterloo Station gleich einen Zug nach Leatherhead zu erwischen; dort mieteten wir uns im Bahnhofslokal einen kleinen Wagen und fuhren vier oder fünf Meilen über die lieblichen Landwege von Surrey. Es war ein wunderschöner Tag mit hellem Sonnenschein und einigen wenigen Wolkenvliesen am Himmel. Die Bäume und Hecken am Wegesrand ließen gerade ihre ersten grünen Triebe sprießen, und die Luft war erfüllt vom angenehmen Duft der feuchten Erde. Zumindest für mich gab es einen seltsamen Kontrast zwischen den süßen Verheißungen des Frühlings und unserer düsteren Ermittlung. Mein Gefährte saß vorn auf dem Wagen; er hatte die Arme verschränkt, den Hut über die Augen gezogen und das Kinn auf die Brust sinken lassen. Er war in tiefem Nachdenken versunken. Plötzlich fuhr er jedoch auf, klopfte mir auf die Schulter und wies über die Weideflächen hinweg.

»Sehen Sie, dort!« sagte er.

Ein baumreicher Park zog sich einen sanften Abhang hinan und verdichtete sich am höchsten Punkt zu einem Hain. Dort oben ragten aus den Zweigen die grauen Giebel und der hohe Firstbalken eines uralten Herrenhauses.

»Stoke Moran?« fragte er.

»Ja, Sir, das is' von Doktor Grimesby Roylott das Haus«, sagte der Kutscher.

»Da sind Bauarbeiten im Gange«, sagte Holmes. »Genau da wollen wir hin.«

»Da is' das Dorf«, sagte der Kutscher; er deutete auf einen gedrängten Haufen von Dächern in einiger Entfernung zur Linken. »Aber wenn Sie zum Haus wollen, das is' für Sie kürzer hier übers Gatter und dann über den Feldweg. Da drüben, wo die Lady langgeht.«

»Und die Lady, nehme ich an, ist Miss Stoner«, bemerkte Holmes. Er beschattete seine Augen mit der Hand. »Ja, ich glaube, wir machen es am besten so, wie Sie vorgeschlagen haben.«

Wir stiegen aus, entlohnten den Kutscher, und der Wagen ratterte zurück nach Leatherhead.

»Ich war der Meinung«, sagte Holmes, als wir über das Gatter klommen, »daß es gut ist, den Mann glauben zu lassen, wir seien als Architekten oder mit sonst einem bestimmten geschäftlichen Grund hergekommen. Vielleicht tratscht er dann nicht. Guten Tag, Miss Stoner. Sie sehen, wir halten unser Versprechen.«

Unsere Morgenklientin war uns entgegengelaufen; aus ihrem Gesicht sprach Freude. »Ich habe so sehr auf Sie gewartet«, rief sie; sie drückte uns herzlich die Hände. »Alles hat sich bestens gefügt. Dr. Roylott ist in die Stadt gefahren, und es ist kaum anzunehmen, daß er früher als zum Abend heimkommt.«

»Wir hatten das Vergnügen, die Bekanntschaft des Doktors zu machen«, sagte Holmes. Mit wenigen Worten umriß er, was sich ereignet hatte. Miss Stoner erblaßte bis in die Lippen, als sie es hörte.

»Um Himmels willen!« rief sie. »Er ist mir also gefolgt.«

»Es scheint so.«

»Er ist so schlau, daß ich nie weiß, wann ich vor ihm sicher bin. Was wird er nur sagen, wenn er heimkommt?«

»Er sollte sich vorsehen; er könnte nämlich feststellen, daß ihm jemand auf der Spur ist, der schlauer ist als er. Sie müssen sich heute nacht vor ihm einschließen. Wenn er gewalttätig wird, nehmen wir Sie mit und bringen Sie zu Ihrer Tante nach Harrow. Aber nun sollten wir unsere Zeit bestmöglich nutzen, also bringen Sie uns bitte umgehend zu den Räumen, die wir zu untersuchen haben.«

Das Gebäude war aus grauem, flechtenüberzogenem Stein, mit einem hohen Haupttrakt und Seitenflügeln, gebogen wie die Scheren eines Krebses. In einem der Flügel waren die Fenster zerbrochen und mit hölzernen Brettern vernagelt; das Dach war teilweise eingesunken, ein Bildnis des Niedergangs. Der Mittelteil war in kaum besserem Zustand, der rechte Block dagegen vergleichsweise modern; die Gardinen in den Fenstern und der blau gekräuselte Rauch aus den Schloten zeigten, daß hier die Familie wohnte. An der Kopfwand des Gebäudes hatte man Gerüste errichtet und die Steine aufgestemmt, aber zum Zeitpunkt unseres Besuchs waren keine Arbeiter zu sehen. Holmes ging langsam auf dem schlecht gepflegten Rasen hin und her und untersuchte mit größter Sorgfalt die Außenseiten der Fenster.

»Dieses, nehme ich an, gehört zu dem Raum, in dem Sie gewöhnlich schlafen, das mittlere zum Zimmer Ihrer Schwester, und das dem Hauptgebäude nächstliegende zu Dr. Roylotts Raum?«

»Das ist richtig. Ich schlafe jetzt aber im mittleren Zimmer.«

»Bis zum Abschluß der Arbeiten, wenn ich Sie recht verstanden habe. Übrigens sieht es so aus, als gäbe es keine dringenden Gründe für Reparaturen an der Kopfwand.«

»Es gibt keine. Ich glaube, die Arbeiten sind nur ein Vorwand, um mich aus meinem Zimmer zu vertreiben.«

»Ah! Das ist aufschlußreich. Auf der anderen Seite dieses schmalen Flügels verläuft also der Korridor, auf den diese drei Räume führen. Der Flur hat doch sicher Fenster?«

»Ja, aber sie sind sehr klein. Zu eng, als daß jemand hindurchsteigen könnte.«

»Da Sie beide nachts Ihre Türen verschlossen hatten, waren die Zimmer von dieser Seite aus unzugänglich. Würden Sie nun bitte so freundlich sein, in Ihr Zimmer zu gehen und die Läden zu versperren?«

Miss Stoner tat, wie er sie gebeten hatte, und nach einer gründlichen Untersuchung durch das offene Fenster hindurch versuchte Holmes auf alle erdenklichen Arten, die Läden mit Gewalt zu öffnen, allerdings ohne jeden Erfolg. Es gab keinen Spalt, durch den man ein Messer schieben konnte, um die Stangen anzuheben. Daraufhin untersuchte er mit Hilfe des Vergrößerungsglases die Angeln, aber sie waren ganz aus Eisen und fest in das dicke Mauerwerk eingelassen. »Hm!« machte er; er kratzte sich in beträchtlicher Verwirrung das Kinn. »Meine Theorie stößt offenbar auf einige Schwierigkeiten. Wenn diese Läden verriegelt sind, kann niemand hindurchgelangen. Nun, wir werden sehen, ob die Innenseite ein wenig Licht in diese Angelegenheit bringen kann.«

Eine kleine Nebentür führte in den weißgekälkten Korridor, an dem die drei Schlafräume lagen. Holmes lehnte eine Untersuchung des dritten Raums ab, daher begaben wir uns sogleich in den zweiten, in dem Miss Stoner nun schlief und in dem ihre Schwester den Tod gefunden hatte. Es war ein gemütliches kleines Zimmer mit niedriger Decke und einem riesigen Kamin nach Art der alten Landhäuser. Eine braune Kommode stand in einer Ecke, ein schmales Bett mit weißer Tagesdecke in der anderen, und links neben dem Fenster ein Frisiertisch. Zusammen mit zwei kleinen Korbstühlen stellten diese Gegenstände das gesamte Mobiliar des Raums dar, abgesehen von einem viereckigen Velourssteppich mitten im Zimmer. Die Leisten und die Wandtäfelung bestanden aus braunen, wurmstichigen Eichenbrettern, so alt und verblaßt, daß sie zur ursprünglichen Einrichtung aus der Zeit des Baus gehören mochten. Holmes zog einen der Sessel in eine Ecke und saß dort schweigend, während seine Augen hin und her und auf und nieder schweiften und jede Einzelheit des Raumes aufnahmen.

»Wohin führt dieser Klingelzug?« fragte er schließlich; er deutete auf einen dicken Glockenstrang, der neben dem Bett hing. Die Quaste lag sogar auf dem Kopfkissen.

»Ins Zimmer der Haushälterin.«

»Er sieht neuer aus als die anderen Dinge hier?«

»Ja, er ist erst vor ein paar Jahren dort angebracht worden.«

»Ich nehme an, Ihre Schwester wollte es?«

»Nein; ich glaube nicht, daß sie ihn je benutzt hat. Wir haben uns immer selbst alles beschafft, was wir brauchten.«

»Es scheint wirklich überflüssig, so einen hübschen Klingelzug dort anzubringen. Entschuldigen Sie mich einige Minuten; ich möchte mich von der Qualität des Bodens überzeugen.« Das Vergrößerungsglas in der Hand legte er sich auf den Bauch und kroch schnell vor und zurück, wobei er die Ritzen zwischen den Bohlen eingehend untersuchte. Danach tat er das gleiche mit dem Holz der Täfelung. Schließlich ging er zum Bett und verbrachte einige Zeit damit, es anzustarren und die Wand hinauf und hinab zu blicken. Am Ende ergriff er den Klingelzug und zerrte kräftig daran.

»Ach, das ist ja eine Attrappe«, sagte er.

»Läutet es nicht?«

»Nein, der Strang ist nicht einmal mit einem Draht verbunden. Sie können sehen, daß er an einem Haken befestigt ist, ein Stückchen über der kleinen Öffnung des Luftschachts.«

»Das ist ja absurd! Das habe ich noch nie bemerkt.«

»Sehr seltsam!« murmelte Holmes; er zog am Strang. »Es gibt ein oder zwei sehr eigenartige Dinge in diesem Raum. Welch ein Narr muß zum Beispiel der Baumeister sein, der einen Luftschacht zu einem Nebenraum führt, wenn er ihn doch mit dem gleichen Aufwand zur Außenseite des Hauses legen kann!«

»Der Schacht ist auch ziemlich modern«, sagte die Dame.

»Zur gleichen Zeit installiert wie der Klingelzug?« fragte Holmes.

»Ja, zu dieser Zeit wurden mehrere kleine Veränderungen vorgenommen.«

»Sie alle scheinen sehr interessanter Natur zu sein – Klingelzugattrappen und Luftschächte, die nicht belüften. Mit Ihrer Erlaubnis, Miss Stoner, wollen wir nun unsere Nachforschungen im Zimmer nebenan weiterführen.«

Dr. Grimesby Roylotts Zimmer war größer als das seiner Stieftochter, aber ebenso schlicht möbliert. Ein Feldbett, ein kleines Holzregal voller Bücher – die meisten von ihnen technisch –, ein Armsessel neben dem Bett, ein einfacher Holzstuhl an der Wand, ein runder Tisch und ein großer eiserner Geldschrank waren die wichtigsten Dinge, die uns ins Auge fielen. Holmes wanderte langsam durch den Raum und untersuchte jeden einzelnen Gegenstand mit größter Hingabe.

»Was ist darinnen?« fragte er; er klopfte auf den Geldschrank.

»Die Geschäftspapiere meines Stiefvaters.«

»Oh! Sie haben also schon einmal hineingeschaut?«

»Nur einmal, vor einigen Jahren. Ich erinnere mich daran, daß er voller Papiere war.«

»Es ist nicht zum Beispiel eine Katze darin?«

»Nein. Welch eine seltsame Idee!«

»Nun, dann schauen Sie mal!« Er ergriff eine kleine Untertasse mit Milch, die auf dem Schrank stand, und hielt sie hoch.

»Nein, wir haben keine Katze. Aber es gibt hier einen Geparden und einen Pavian.«

»Ah ja, natürlich. Nun, ein Gepard ist nichts als eine große Katze, aber trotzdem wird eine Untertasse voll Milch seine Bedürfnisse nur zu einem sehr kleinen Teil befriedigen können, denke ich. Da gibt es einen Punkt, den ich klarstellen möchte.« Er hockte sich vor den hölzernen Stuhl und untersuchte die Sitzfläche mit größter Sorgfalt.

»Danke sehr, das ist geklärt«, sagte er dann, als er sich erhob und das Vergrößerungsglas in seine Tasche steckte. »Hallo! Da ist aber etwas Interessantes!«

Das Objekt, das seinen Blick angezogen hatte, war eine

kleine Hundeleine, die an einer Ecke des Bettes hing. Die Leine war jedoch in sich zurückgedreht und so verknotet, daß sie eine Schlinge ergab.

»Was machen Sie daraus, Watson?«

»Das ist eine ganz normale Leine. Ich wüßte aber nicht, weshalb sie so verknotet sein soll.«

»Das ist nicht ganz so normal, nicht wahr? Ach ja, es ist dies schon eine böse Welt, und wenn ein kluger Mann sein Hirn auf Verbrechen wendet, dann ist das das Schlimmste überhaupt. Ich glaube, ich habe nun genug gesehen, Miss Stoner, und mit Ihrer Erlaubnis wollen wir jetzt auf den Rasen gehen.«

Ich hatte das Gesicht meines Freundes noch nie so grimmig und seine Stirn noch nie so finster gesehen wie nun, da wir den Schauplatz seiner Nachforschungen verließen. Wir waren mehrmals auf dem Rasen hin und her gegangen; weder Miss Stoner noch ich wollten seine Gedankengänge unterbrechen, ehe er selbst sich aus der Versunkenheit riß.

»Es ist überaus wichtig, Miss Stoner«, sagte er, »daß Sie sich in jeder Hinsicht völlig an meinen Rat halten.«

»Das werde ich gewiß tun.«

»Die Sache ist viel zu ernst, als daß man noch zögern dürfte. Ihr Leben kann davon abhängen, daß Sie mir folgen.«

»Ich versichere Ihnen, ich gebe mich ganz in Ihre Hände.«

»Zu allererst müssen mein Freund und ich die Nacht in Ihrem Zimmer verbringen.«

Miss Stoner und ich starrten ihn verblüfft an.

»Ja, es muß so sein. Lassen Sie es mich erklären. Ich glaube, das da drüben ist das Dorfgasthaus?«

»Ja, das ist *The Crown*.«

»Sehr gut. Ihre Fenster sind von dort sichtbar?«

»Gewiß.«

»Sie müssen sich unter dem Vorwand von Kopfschmerzen in Ihrem Zimmer einschließen, wenn Ihr Stiefvater heimkommt. Wenn Sie dann hören, daß er sich für die Nacht zurückzieht, müssen Sie die Läden Ihres Fensters öffnen, den

Haken lösen, Ihre Lampe als Zeichen für uns hinstellen und sich dann mit allem, was Sie möglicherweise benötigen könnten, in Ihr altes Zimmer begeben. Ich zweifle nicht daran, daß Sie es dort trotz der Reparaturarbeiten eine Nacht lang aushalten könnten.«

»O ja, ohne Schwierigkeiten.«

»Alles andere überlassen Sie uns.«

»Aber was wollen Sie unternehmen?«

»Wir werden die Nacht in Ihrem Zimmer verbringen und die Ursache für dieses Geräusch erforschen, das Sie so beunruhigt hat.«

»Mr. Holmes, ich glaube, daß Sie schon zu einem Schluß gekommen sind«, sagte Miss Stoner. Sie legte ihre Hand auf den Arm meines Gefährten.

»Vielleicht.«

»Dann sagen Sie mir um Himmels willen, was der Grund für den Tod meiner Schwester war.«

»Ich zöge es vor, deutlichere Beweise zu haben, bevor ich mich dazu äußere.«

»Sie könnten mir wenigstens sagen, ob mein eigener Gedankengang richtig ist und sie an einem plötzlichen Schrecken gestorben ist.«

»Nein, das glaube ich nicht. Ich glaube, daß es wahrscheinlich eine faßbarere Ursache gab. Und nun, Miss Stoner, müssen wir Sie verlassen, denn wenn Dr. Roylott heimkäme und uns sähe, dann wäre unsere Reise vergebens gewesen. Goodbye und seien Sie tapfer, denn wenn Sie tun, was ich Ihnen gesagt habe, können Sie sicher sein, daß wir die Gefahren, die Sie bedrohen, bald verjagt haben werden.«

Sherlock Holmes und ich hatten keine Schwierigkeiten, ein Schlafzimmer und einen Wohnraum im *Crown Inn* zu bekommen. Sie lagen im Obergeschoß, so konnten wir das Tor, die Auffahrt und den bewohnten Flügel des Herrenhauses von Stoke Moran überschauen. Bei Sonnenuntergang sahen wir Doktor Grimesby Roylott vorüberkommen; seine riesigen Umrisse ragten neben der kleinen Gestalt des Jungen auf, der ihn fuhr. Der Junge hatte einige Schwierigkeiten, die schweren Eisentore zu öffnen, und wir hörten das heisere Gebrüll der Stimme des Doktors und sahen, mit welcher Wut er ihm mit seinen geballten Fäusten drohte. Der Wagen fuhr weiter, und wenige Minuten später sahen wir ein jähes Licht zwischen den Bäumen aufleuchten, als die Lampe in einem der Wohnräume entzündet wurde.

»Wissen Sie, Watson«, sagte Holmes, als wir nebeneinander in der tiefer werdenden Dunkelheit saßen, »ich habe wirklich Skrupel, Sie heute abend mitzunehmen. Es kann entschieden gefährlich werden.«

»Kann ich Ihnen behilflich sein?«

»Ihre Anwesenheit könnte unschätzbar wertvoll sein.«

»Dann komme ich natürlich mit.«

»Das ist sehr freundlich von Ihnen.«

»Sie sprechen von Gefahr. Offensichtlich haben Sie in diesen Räumen mehr gesehen als mir sichtbar war.«

»Nein, aber ich könnte mir denken, daß ich ein wenig mehr deduziert habe. Ich glaube, Sie haben alles gesehen, was ich gesehen habe.«

»Ich habe nichts Bemerkenswertes gesehen außer dem Klingelzug, und welchem Zweck der dienen sollte ist, wie ich gestehen muß, eine Frage, auf die ich keine Antwort weiß.«

»Sie haben doch auch den Luftschacht gesehen?«

»Ja, aber ich glaube nicht, daß es so ungewöhnlich ist, eine kleine Verbindung zwischen zwei Räumen zu haben. Sie ist so klein, daß kaum eine Ratte hindurchkriechen könnte.«

»Ich wußte, daß wir solch einen Luftschacht finden würden, noch bevor wir nach Stoke Moran kamen.«

»Mein lieber Holmes!«

»Aber ja. Sie werden sich erinnern, daß sie gesagt hat, Ihre Schwester habe Dr. Roylotts Zigarren riechen können. Das legt natürlich sofort nahe, daß zwischen den beiden Räumen eine Verbindung besteht. Sie kann nur klein sein, sonst hätte sie bei der gerichtlichen Leichenschau und der Untersuchung durch den Coroner erwähnt werden müssen. Also habe ich einen Luftschacht deduziert.«

»Aber was kann daran so schlimm sein?«

»Immerhin ist es ein merkwürdiges Zusammentreffen von Tatsachen. Ein Luftschacht wird angelegt, ein Strang wird hingehängt, und eine Dame, die in dem Bett schläft, stirbt. Kommt Ihnen das nicht seltsam vor?«

»Ich kann da noch keinen Zusammenhang sehen.«

»Haben Sie irgend etwas Eigenartiges an diesem Bett bemerkt?«

»Nein.«

»Es ist im Boden verankert. Haben Sie schon einmal ein derart befestigtes Bett gesehen?«

»Das kann ich nicht behaupten.«

»Die Dame konnte ihr Bett nicht verschieben. Es muß immer in der gleichen Lage im Verhältnis zum Luftschacht und zum Strick stehen – so können wir ihn ruhig nennen, denn er war ja offenbar nie als Klingelzug gedacht.«

»Holmes!« rief ich. »Ich glaube, ich sehe ungefähr, worauf Sie hinauswollen. Wir sind gerade noch rechtzeitig gekommen, um ein raffiniertes und schreckliches Verbrechen zu verhindern.«

»Es ist wirklich sehr raffiniert und schrecklich. Wenn ein Arzt erst auf die schiefe Bahn gerät, dann ist er ein Fürst unter den Verbrechern. Er hat Nerven, und er hat Kenntnisse. Palmer und Pritchard gehörten zu den Besten in ihrer Profession. Dieser Mann ist besser, aber ich glaube, Watson, daß wir sogar noch besser sein können als er. Aber bis die Nacht vorüber ist, werden wir noch genug Schrecken haben; lassen Sie uns um Gottes willen eine friedliche Pfeife rauchen und unsere Gedanken für ein paar Stunden auf etwas Fröhlicheres lenken.«

Gegen neun Uhr wurde das Licht zwischen den Bäumen gelöscht, und um das Herrenhaus herum war alles dunkel. Zwei

Stunden vergingen langsam, und dann Schlag elf leuchtete plötzlich ein einzelnes helles Licht genau vor uns auf.

»Das ist unser Zeichen«, sagte Holmes. Er sprang auf. »Es kommt aus dem mittleren Fenster.«

Als wir hinausgingen, wechselte er einige Worte mit dem Wirt, dem er erklärte, wir begäben uns auf einen späten Besuch zu einem Bekannten und würden möglicherweise dort die Nacht verbringen. Einen Augenblick später standen wir auf der dunklen Straße, frostiger Wind blies uns ins Gesicht, und ein gelbes Licht blinzelte vor uns durch die Düsternis, uns auf unserer dunklen Mission zu leiten.

Es war kaum schwierig, auf das Gelände des Herrenhauses vorzudringen, denn in der alten Mauer des Parks klafften unausgebesserte Breschen. Wir suchten uns einen Weg unter den Bäumen, erreichten die Rasenfläche, überquerten sie und wollten eben durch das Fenster einsteigen, als aus einer Gruppe von Lorbeerbüschen etwas hervorschoß, das ein gräßliches, verformtes Kind zu sein schien; es warf sich mit zuckenden Gliedern ins Gras und rannte dann rasch über den Rasen in die Dunkelheit hinein.

»Mein Gott!« flüsterte ich. »Haben Sie das gesehen?«

Holmes war für einen Augenblick ebenso erschrocken wie ich. In der Erregung schloß seine Hand sich wie ein Schraubstock um mein Handgelenk. Dann brach er in ein leises Gelächter aus und brachte seine Lippen an mein Ohr.

»Netter Haushalt hier«, murmelte er, »das ist der Pavian.«

Ich hatte die seltsamen Haustiere vergessen, denen der Doktor seine Zuneigung erwies. Es gab auch noch einen Geparden; wir mochten ihn vielleicht im nächsten Moment auf unseren Schultern vorfinden. Ich muß gestehen, daß mein Herz leichter war, als ich, Holmes' Beispiel folgend, meine Schuhe ausgezogen hatte und mich im Schlafzimmer befand. Mein Gefährte schloß geräuschlos die Läden, setzte die Lampe auf den Tisch und sah sich im Raum um. Alles war so, wie wir es bei Tage gesehen hatten. Dann glitt er zu mir herüber, legte die Hände zu einem Schalltrichter zusammen und hauchte mir wieder etwas ins Ohr, so leise, daß ich große Mühe hatte, die Wörter zu verstehen.

»Das kleinste Geräusch würde unsere Pläne zunichte machen.«

Ich nickte, um zu zeigen, daß ich verstanden hatte.

»Wir dürfen kein Licht anlassen. Er würde es durch den Luftschacht sehen.«

Ich nickte abermals.

»Schlafen Sie nicht ein; davon könnte Ihr Leben abhängen. Halten Sie Ihre Waffe bereit, falls wir sie brauchen sollten. Ich werde mich neben das Bett setzen; setzen Sie sich hier in den Sessel.«

Ich zog meinen Revolver hervor und legte ihn an die Kante des Tisches.

Holmes hatte einen langen dünnen Stock mitgebracht, den er nun neben sich auf dem Bett deponierte. Dazu legte er eine Streichholzschachtel und einen Kerzenstummel. Dann löschte er die Lampe, und wir waren von Dunkelheit umgeben.

Wie sollte ich je diese schreckliche Nachtwache vergessen? Ich konnte keinen Laut hören, nicht einmal einen Atemzug, und doch wußte ich, daß mein Gefährte mit offenen Augen nur wenige Fuß entfernt saß, in eben dem Zustand nervöser Anspannung, in dem auch ich mich befand. Die Läden sperrten auch den kleinsten Lichtstrahl aus, und so warteten wir in vollkommener Finsternis. Von außerhalb drang bisweilen der Schrei eines Nachtvogels zu uns, und einmal hörten wir genau vor unserem Fenster einen langgezogenen, katzenhaften Winselton, der uns mitteilte, daß der Gepard tatsächlich frei herumlief. In der Ferne konnten wir den tiefen Klang der Glocke der Pfarrkirche vernehmen, die alle Viertelstunden schlug. Wie lang diese Viertelstunden wurden! Zwölf Uhr, und eins, und zwei, und drei, und noch immer saßen wir schweigend dort und warteten darauf, daß irgend etwas sich ereigne.

Plötzlich glomm ein jähes Licht im Luftschacht auf, das sogleich wieder erlosch, aber ihm folgte ein starker Geruch von brennendem Öl und erhitztem Metall. Im Nebenraum hatte jemand eine Blendlaterne entzündet. Ich hörte, wie jemand sich leise bewegte, dann war alles wieder still, wenngleich der Geruch immer kräftiger wurde. Eine halbe Stunde lang saß ich so mit angespanntem Gehör. Dann war plötzlich ein neues Geräusch zu vernehmen – ein sanfter, beruhigender Klang, ähnlich dem regelmäßigen Zischen von Dampf, der einem Kessel entweicht. In der Sekunde, da wir dies hörten, sprang Holmes vom Bett auf, riß ein Streichholz an und hieb wütend mit seinem Stock nach dem Klingelzug.

»Sehen Sie, Watson?« schrie er. »Sehen Sie?«

Aber ich sah nichts. In dem Moment, da Holmes das Streichholz entzündete, hörte ich ein leises, deutliches Pfeifen, aber das jähe grelle Auflodern vor meinen müden Augen machte es mir unmöglich, festzustellen, wonach mein Freund da so heftig hieb. Ich konnte jedoch sehen, daß sein Gesicht leichenfahl war und erfüllt von Grauen und Abscheu.

Er hatte zu schlagen aufgehört und starrte hinauf zum Luftschacht, als plötzlich aus der Stille der Nacht der fürchterlichste Schrei brach, den ich jemals gehört habe. Er schwoll lauter und lauter an, ein heiseres Gellen von Qual und Angst und Wut, alles miteinander vermengt in diesem einen entsetzlichen Schrei. Man sagt, daß unten weit im Dorf und sogar im entlegenen Pfarrhaus dieser Schrei die Schläfer aus ihren Betten trieb. Er ließ unsere Herzen gefrieren, und ich stand da und starrte Holmes an, und er mich, bis der letzte Widerhall des Schreies in der Stille erstorben war, aus der er sich erhoben hatte.

»Was mag das bedeuten?« keuchte ich.

»Es bedeutet, daß alles vorüber ist«, erwiderte Holmes. »Und vielleicht ist es am Ende so am besten. Nehmen Sie Ihren Revolver, wir wollen in Dr. Roylotts Zimmer gehen.«

Mit ernstem Gesicht zündete er die Lampe an und ging vor mir den Korridor hinunter. Zweimal klopfte er an die Tür des Raums, ohne daß von innen eine Antwort gekommen wäre. Dann drückte er die Klinke nieder und trat ein. Ich folgte ihm auf den Fersen, den gespannten Revolver in der Hand.

Der Anblick, der sich unseren Augen darbot, war einzigartig. Auf dem Tisch stand eine Blendlaterne mit halb geöffneter Blende und warf einen gleißenden Lichtbalken auf den eisernen Geldschrank, dessen Tür angelehnt war. Neben dem Tisch, auf dem hölzernen Stuhl, saß Dr. Grimesby Roylott, in einen langen grauen Morgenmantel gekleidet, aus dem seine nackten Knöchel und die Füße hervorragten, die in roten türkischen Pantoffeln ohne Absätze staken. In seinem Schoß lag der kurze Stock mit der langen Leine, die wir tagsüber bemerkt hatten. Sein Kinn war emporgereckt, und seine Augen hingen mit grausig starrem Blick an einer Ecke der Zimmerdecke. Um seine Stirn trug er ein eigenartiges gelbes Band mit bräunlichen Flecken, das dicht um den Kopf gewickelt zu sein schien. Bei unserem Eintritt gab er weder einen Ton von sich, noch machte er eine Bewegung.

»Das Band! Das gesprenkelte Band!« flüsterte Holmes.

Ich tat einen Schritt vorwärts; augenblicklich begann dieser seltsame Kopfschmuck sich zu bewegen, und aus dem Haupthaar des Mannes reckten sich der kurze, rautenförmige Kopf und der aufgeblähte Hals einer abscheulichen Schlange.

»Das ist eine Sumpfotter!« rief Holmes. »Die tödlichste Schlange Indiens! Er ist innerhalb von zehn Sekunden gestorben, nachdem sie ihn gebissen hat. Wahrhaftig, Gewalt fällt auf den zurück, der Gewalt übt, und der Ränkeschmied stürzt in die Grube, die er einem anderen gegraben hat. Wir wollen diese Kreatur zurück in ihre Höhle schaffen, und dann können wir Miss Stoner an einen sicheren Zufluchtsort bringen und der Polizei der Grafschaft mitteilen, was vorgefallen ist.«

Während er noch sprach, nahm er schnell die Hundepeitsche vom Schoß des Toten, warf die Schlaufe über den Hals des Reptils, zog es von seinem grausigen Thron, trug es mit ausgestrecktem Arm durch den Raum, warf es in den eisernen Geldschrank und verschloß ihn.

Das ist der wahre Hergang des Todes von Dr. Grimesby Roylott aus Stoke Moran. Ich halte es für unnötig, eine bereits viel zu lange Erzählung noch zu verlängern, indem ich berichte, wie wir dem verstörten Mädchen die traurige Nachricht brachten, wie wir sie mit dem Frühzug in die Obhut ihrer lieben Tante zu Harrow schafften, wie der langwierige Prozeß der offiziellen Untersuchung zu der Schlußfolgerung kam, daß der Doktor den Tod fand, als er unvorsichtig mit einem gefährlichen Haustier spielte. Das wenige, was ich über diesen Fall noch nicht wußte, erzählte mir Sherlock Holmes am nächsten Tag während unserer Rückreise.

»Ich war«, sagte er, »zu einer völlig irrigen Schlußfolgerung gelangt, was uns zeigt, mein lieber Watson, wie gefährlich es ist, von ungenügenden Daten auszugehen. Die Anwesenheit von Zigeunern und die Verwendung des Wortes ›Band‹ oder ›Bande‹ durch das arme Mädchen, womit sie ohne Zweifel die Erscheinung erklären wollte, die sie im Schein ihres Streichholzes nur kurz, aber um so grausiger gesehen hatte, all das hat ausgereicht, um mich auf eine völlig falsche Spur zu führen. Ich kann zu meinen Gunsten nur anführen, daß ich meine Position sofort revidiert habe, als mir schließlich klar wurde, daß jede Gefahr, die einem Bewohner des Raums drohte, weder vom Fenster noch von der Tür her kommen konnte. Wie ich Ihnen gegenüber schon bemerkt habe, wurde meine Aufmerksamkeit sehr bald auf diesen Luftschacht gelenkt, und auf den neben dem Bett hängenden Klingelzug. Als ich entdeckte, daß dieser eine Attrappe und daß das Bett im Boden verankert war, hat mir das sogleich den Verdacht eingeflößt, daß der Strang als Brücke für etwas da war, das durch das Luftloch kommt und zum Bett will. Mir kam sofort der Gedanke an eine Schlange, und als ich dies damit verband, daß der Doktor, wie ich wußte, mit Tieren aus Indien versorgt ist, da hatte ich das Gefühl, vielleicht auf der richtigen Fährte zu sein. Eine Giftart zu benutzen, die mit keiner chemischen Untersuchung zu entdecken ist, das ist eine Idee, auf die am ehesten ein schlauer und grausamer Mann kommt, der lange im Orient gewesen ist. Die Schnelligkeit, mit der die Wirkung eines solchen Giftes einsetzt, ist aus seinem Blickwinkel ein weiterer Vorteil. Nur ein überaus scharfsichtiger Coroner würde die zwei kleinen dunklen Pünktchen ausmachen können, die zeigen, wo die Giftzähne ihre Arbeit erledigt haben. Dann dachte ich an das Pfeifen. Natürlich mußte er die Schlange zurückrufen, ehe das Opfer sie im Morgenlicht sehen konnte. Wahrscheinlich hat er sie mit Hilfe der Milch, die wir gesehen haben, dazu abgerichtet, auf seinen Befehl hin zurückzukehren. Zu der Stunde, die ihm am besten geeignet erschien, hat er die Schlange in den Luftschacht gesetzt und konnte sicher sein, daß sie den Strang hinunterkriechen und auf dem Bett landen würde. Sie konnte dann die Person im Bett beißen oder auch nicht, vielleicht konnte die Tochter eine Woche lang jede Nacht dem Anschlag entgehen, aber früher oder später mußte sie zum Opfer werden.

Zu diesen Folgerungen war ich gelangt, noch bevor ich seinen Raum betreten hatte. Die Untersuchung seines Stuhls hat mir gezeigt, daß er oft darauf gestanden hat, was er natürlich tun mußte, wenn er den Luftschacht erreichen wollte. Der Geldschrank, die Untertasse mit Milch und die Schlinge waren dann wirklich ausreichend, um alle Zweifel zu zerstreuen, die ich vielleicht noch hatte. Das metallische Klappern, das Miss Stoner gehört hatte, stammte offensichtlich daher, daß ihr Vater die Tür des Geldschrankes hastig hinter seinem furchtbaren Bewohner schloß. So bin ich zu meinem Schluß gekommen, und Sie wissen, welche Schritte ich anschließend unternommen habe, um alles unter Beweis zu stellen. Ich hörte die Kreatur zischen, zweifellos haben Sie es auch gehört, und habe sofort Licht gemacht und sie angegriffen.«

»Mit dem Ergebnis, daß Sie sie durch den Luftschacht gejagt haben.«

»Und auch mit dem Ergebnis, daß sie sich auf der anderen Seite gegen ihren Herren gewandt hat. Einige meiner Stockschläge haben wohl getroffen und die Schlange wild gemacht, so daß sie sich auf die erste Person gestürzt hat, die sie sah. Auf diese Weise bin ich zweifellos indirekt für Dr. Grimesby Roylotts Tod verantwortlich geworden, aber ich kann nicht behaupten, daß dies mein Gewissen sehr bedrücken wird.«

## DER DAUMEN DES INGENIEURS

Unter allen Problemen, die meinem Freunde Mr. Sherlock Holmes in den Jahren unserer engen Vertrautheit zur Lösung unterbreitet wurden, gab es nur zwei, bei denen ich derjenige war, der seine Aufmerksamkeit auf sie lenkte, und zwar das mit Mr. Hatherleys Daumen und jenes mit Colonel Warburtons Wahn. Das letztere mag einem scharfsinnigen und eigenständigen Beobachter ein besseres Betätigungsfeld dargeboten haben, doch war das andere in seinen Anfängen so seltsam, und so dramatisch in seinen Einzelheiten, daß es durchaus einer Aufzeichnung würdiger sein mag, wenn es auch meinem Freunde weniger Gelegenheiten zu jenen deduktiven Denkmethoden bot, mit welchen er solch bemerkenswerte Ergebnisse erzielte. Ich glaube, die Geschichte ist mehr denn einmal in den Zeitungen erzählt worden, aber die Wirkung ist, wie bei allen derartigen Berichten, wesentlich weniger beeindruckend, wenn sie *en bloc* in einer halben Druckspalte dargeboten werden, als wenn die Tatsachen sich langsam vor den eigenen Augen entwickeln und das Rätsel schrittweise erhellt wird in dem Maße, in dem jede neue Entdeckung eine Sprosse darstellt, die zur vollständigen Wahrheit führt. Zu jener Zeit hinterließen die Umstände einen tiefen Eindruck in mir, und der verstrichene Zeitraum zweier Jahre vermochte diese Wirkung kaum zu schwächen.

Es war im Sommer 1889, nicht lange nach meiner Heirat, als sich die Vorfälle ereigneten, die ich nun zusammenfassen will. Ich war zu zivilem Praktizieren zurückgekehrt und war schließlich aus den Räumen in der Baker Street ausgezogen, wenn ich ihn auch weiterhin besuchte und ihn gelegentlich sogar dazu überredete, seine Bohème-Gewohnheiten so weit außer acht zu lassen, daß er uns besuchte. Meine Praxis hatte sich stetig vergrößert, und da ich zufällig nicht allzu weit von der Paddington Station entfernt wohnte, gewann ich einige Patienten aus der Beamtenschaft. Einen von diesen hatte ich von einem schmerzhaften und langwierigen Leiden geheilt, und er wurde nie müde, meine Tugenden anzupreisen und zu versuchen, mir alle Leidenden zu schicken, auf die er Einfluß hatte.

Eines Morgens, kurz vor sieben Uhr, wurde ich dadurch geweckt, daß das Hausmädchen an die Tür klopfte, um mir mitzuteilen, zwei Herren seien von Paddington gekommen und warteten im Sprechzimmer. Ich zog mich eilends an, da ich aus Erfahrung wußte, daß Eisenbahn-Fälle selten belanglos waren, und lief die Treppe hinunter. Als ich noch auf der Treppe war, kam mein alter Verbündeter, der Schaffner, aus dem Raum und schloß die Tür hinter sich.

»Ich habe ihn da drin«, flüsterte er; er wies mit dem Daumen über seine Schulter. »Er ist in Ordnung.«

»Worum geht es denn?« fragte ich, denn seine Haltung deutete an, daß er ein seltsames Geschöpf in mein Zimmer wie in einen Käfig gesperrt hatte.

»Ein neuer Patient«, flüsterte er. »Ich habe mir gedacht, ich bringe ihn selbst her, dann kann er nicht entwischen. Da drin ist er, ganz sicher verwahrt. Ich muß jetzt gehen, Doktor, ich habe meine Pflichten wie Sie auch.« Und so verschwand mein trauter Schlepper und ließ mir nicht einmal Zeit, ihm zu danken.

Ich trat in mein Sprechzimmer und traf dort einen Gentleman an, der am Tisch saß. Er trug einen dezenten Anzug aus heidekrautfarbenem Tweed; eine weiche Stoffmütze hatte er auf meine Bücher gelegt. Um eine seiner Hände hatte er ein Taschentuch gewickelt, das allenthalben mit Blutflecken besudelt war. Er war jung, höchstens fünfundzwanzig, meiner Schätzung nach, mit einem kraftvollen, männlichen Gesicht; er war jedoch überaus fahl und machte den Eindruck eines Mannes, der unter einer starken Gemütsbewegung litt, die zu beherrschen all seine Kraft kostete.

»Es tut mir leid, daß ich Sie so früh aus dem Bett hole,

Doktor«, sagte er. »Aber ich hatte in der Nacht einen sehr ernsten Unfall. Ich bin heute früh mit dem Zug in die Stadt gekommen, und als ich mich in Paddington erkundigte, wo ich wohl einen Arzt finden könnte, war ein braver Kerl so nett, mich herzubringen. Ich habe dem Mädchen eine Karte gegeben, aber wie ich sehe, hat sie sie auf dem Nebentisch liegen lassen.«

Ich nahm sie in die Hand und warf einen Blick darauf. »Mr. Victor Hatherley, Hydraulik-Ingenieur, 16a Victoria Street (3. Etage).« Dies waren Name, Beruf und Anschrift meines Morgenbesuchs. »Tut mir leid, daß ich Sie habe warten lassen«, sagte ich; ich setzte mich auf meinen Bibliotheksstuhl. »Wenn ich Sie recht verstehe, kommen Sie gerade von einer Nachtfahrt, und das ist schon an sich eine monotone Beschäftigung.«

»Ach, meine Nacht kann man nicht gerade monoton nennen«, sagte er und lachte. Er lachte aus vollem Herzen, mit einem hohen klirrenden Unterton, lehnte sich in seinem Sessel zurück und hielt sich die Seiten. Meine sämtlichen medizinischen Instinkte sträubten sich wider dieses Gelächter.

»Hören Sie auf!« rief ich. »Reißen sie sich zusammen!« Und ich goß ihm ein wenig Wasser aus einer Karaffe ein.

Es war jedoch sinnlos. Er befand sich in der Gewalt eines jener hysterischen Ausbrüche, die einen starken Charakter überkommen können, wenn eine große Krise vorüber ist. Nach einiger Zeit kam er wieder zu sich, sehr erschöpft und mit heißer Röte im Gesicht.

»Ich habe einen Narren aus mir gemacht«, keuchte er.

»Aber keineswegs. Trinken Sie das!« Ich gab einen Schuß Brandy ins Wasser, und nach und nach kam wieder Farbe in seine blutleeren Wangen.

»Es geht schon besser«, sagte er. »Und jetzt möchte ich Sie bitten, Doktor, sich freundlicherweise um meinen Daumen zu kümmern, oder genauer um die Stelle, wo mein Daumen war.«

Er wickelte das Taschentuch ab und streckte mir die Hand entgegen. Obwohl meine Nerven abgehärtet sind, durchrieselte mich doch ein Schaudern, als ich die Hand betrachtete. Ich sah vier ausgestreckte Finger und eine gräßliche, rote, schwammige Fläche, wo der Daumen hätte sein sollen. Er war aus dem Gelenk gehackt oder gerissen worden.

»Lieber Himmel!« rief ich. »Das ist ja eine schreckliche Verletzung. Es muß ziemlich stark geblutet haben.«

»Das stimmt. Ich bin ohnmächtig geworden, als es passiert ist, und ich glaube, daß ich lange Zeit bewußtlos war. Als ich zu mir kam, hat es noch immer geblutet, deshalb habe ich das eine Ende meines Taschentuchs stramm um das Handgelenk gewickelt und mit einen Zweig gespannt.«

»Ausgezeichnet! Sie hätten Arzt werden können.«

»Das ist eine Frage der Hydraulik, wissen Sie, also liegt es im Bereich meiner Kenntnisse.«

Ich untersuchte die Wunde. »Das ist mit einem sehr schweren und scharfen Gegenstand gemacht worden«, sagte ich.

»Etwas wie ein Hackmesser«, meinte er.

»Ein Unfall, nehme ich an?«

»Nein, absolut nicht.«

»Was, etwa ein mörderischer Anschlag?«

»Ziemlich mörderisch, ja.«

»Das ist ja schrecklich.«

Ich tupfte die Wunde ab, reinigte sie, behandelte sie und verband sie schließlich mit Watte und sterilisierten Binden. Er lehnte sich zurück, ohne mit der Wimper zu zucken; allerdings biß er sich von Zeit zu Zeit auf die Lippe.

»Wie geht es jetzt?« fragte ich, als ich fertig war.

»Hervorragend! Mit Ihrem Brandy und Ihrer Bandage fühle ich mich wie ein neuer Mensch. Ich war sehr geschwächt, aber ich habe auch einiges mitmachen müssen.«

»Vielleicht sollten Sie nicht darüber reden. Es geht Ihnen offensichtlich an die Nerven.«

»Oh, nein, jetzt nicht mehr. Ich werde meine Geschichte der Polizei erzählen müssen; aber, unter uns gesagt, ohne den überzeugenden Beweis dieser meiner Wunde wäre ich erstaunt, wenn sie meine Erklärung glaubten. Sie ist nämlich sehr ungewöhnlich, und ich habe kaum etwas an Beweisen, um sie zu stützen. Und selbst wenn sie mir glauben, sind doch die Hinweise, die ich geben kann, so vage, daß es mir fraglich erscheint, ob man Gerechtigkeit walten lassen kann.«

»Ha!« rief ich. »Wenn das so etwas wie ein Problem ist, das Sie gelöst sehen möchten, dann würde ich Ihnen dringend empfehlen, zu meinem Freunde Mr. Sherlock Holmes zu kommen, ehe Sie zur offiziellen Polizei gehen.«

»Oh, von dem habe ich schon gehört«, erwiderte mein Besucher, »und ich wäre sehr froh, wenn er sich der Sache annehmen wollte, obwohl ich natürlich auch die offizielle Polizei einschalten muß. Könnten Sie mir eine Empfehlung an ihn verschaffen?«

»Ich werde etwas Besseres tun als dies. Ich werde Sie selbst zu ihm bringen.«

»Ich wäre Ihnen über alle Maßen verbunden.«

»Wir rufen eine Droschke und fahren zusammen. Wir werden gerade pünktlich ankommen, um mit ihm ein kleines Frühstück einzunehmen. Fühlen Sie sich der Sache gewachsen?«

»Ja. Ich werde mich nicht wohl fühlen, bis ich meine Geschichte erzählt habe.«

»Dann wird mein Dienstbote eine Droschke rufen, und ich bin gleich wieder bei Ihnen.« Ich eilte treppauf, legte meiner Frau kurz die Angelegenheit dar und saß fünf Minuten später in einer Droschke, die meinen neuen Bekannten und mich zur Baker Street brachte.

Wie ich erwartet hatte, trieb sich Sherlock Holmes im Morgenrock in seinem Wohnraum herum, las die Nachrufe in der *Times* und rauchte seine Vorfrühstückspfeife, gefüllt mit allen Priemen und suddurchtränkten Überresten aus den Pfeifen des Vortags; er pflegte diese auf einer Ecke des Kaminsimses zu sammeln und sorgfältig zu trocknen. Er empfing uns in seiner ruhigen, freundlichen Art, ließ frischen *bacon* und Eier für uns kommen und gesellte sich bei diesem herzhaften Mahl zu uns. Nach dem Frühstück bat er unseren neuen Bekannten, auf dem Sofa Platz zu nehmen, legte ihm ein Kissen unter den Kopf und stellte ein Glas mit Brandy und Wasser in seine Reichweite.

»Man kann leicht sehen, daß Ihre Erlebnisse nicht eben gewöhnlich waren, Mr. Hatherley«, sagte er. »Bitte legen Sie sich nieder und fühlen Sie sich ganz wie zu Hause. Erzählen Sie uns, was Sie uns erzählen können, aber halten Sie ein, wenn Sie müde sind, und nutzen Sie das kleine *stimulans* zur Erhaltung Ihrer Kräfte.«

»Danke sehr«, sagte mein Patient, »aber seit der Doktor mich verbunden hat, fühle ich mich wie ein neuer Mensch, und ich glaube, Ihr Frühstück hat die Heilung vollkommen gemacht. Ich werde von Ihrer wertvollen Zeit so wenig wie möglich in Anspruch nehmen, deshalb will ich sofort mit meinen eigenartigen Erlebnissen beginnen.«

Holmes saß in seinem großen Armsessel, mit jenem *air* von schweren Lidern und Müdigkeit, mit dem er sein scharfsinniges und eifriges Wesen verschleierte; ich saß ihm gegenüber, und schweigend lauschten wir der seltsamen Geschichte, die unser Besucher uns eingehend darlegte.

»Sie müssen wissen«, sagte er, »daß ich Waise und Junggeselle bin und allein in meiner Wohnung in London lebe. Von Beruf bin ich Hydraulik-Ingenieur und habe während der sieben Jahre meiner Lehrzeit bei Venner & Matheson, der wohlbekannten Firma in Greenwich, beträchtliche Erfahrungen in meinem Beruf erworben. Durch den Tod meines bedauernswerten Vaters war ich zu einer hübschen Summe Geldes gekommen, und nach dem Ende der vorgeschriebenen Ausbildungszeit, vor zwei Jahren, habe ich beschlossen, mich geschäftlich selbständig zu machen, und in der Victoria Street ein Büro eröffnet.

Wohl jeder stellt fest, daß sein erster Versuch, sich beruflich unabhängig zu machen, eine trübe Erfahrung ist. Für mich war dies ganz besonders schlimm. Innerhalb von zwei Jahren habe ich drei Konsultationen und einen kleinen Auftrag gehabt, und das ist absolut alles, was mein Beruf mir einge bracht hat. Meine Bruttoeinnahmen belaufen sich auf siebenundzwanzig Pfund zehn Shilling. Von neun Uhr morgens bis vier Uhr nachmittags habe ich jeden Tag in meiner kleinen Höhle gewartet, und schließlich habe ich den Mut sinken lassen und zu glauben begonnen, daß ich nie irgendeine Form von Praxis haben würde.

Gestern jedoch, als ich gerade das Büro verlassen wollte, kam mein Angestellter herein und sagte, draußen warte ein Gentleman, der mich geschäftlich sprechen wolle. Er brachte mir auch eine Karte, auf der der Name ›Colonel Lysander Stark‹ zu lesen stand. Ihm gleich auf den Fersen kam der Colonel selbst herein, ein Mann von weit mehr als mittlerer Größe, aber überaus dürr. Ich glaube nicht, daß ich jemals einen so dünnen Mann gesehen habe. Sein ganzes Gesicht läuft wie zugespitzt in Kinn und Nase hinein, und die Haut seiner Wangen ist über den vorstehenden Backenknochen straff gespannt. Diese Ausgezehrtheit scheint aber für ihn natürlich und nicht Folge einer Krankheit zu sein, denn er hat klare Augen, geht schnell und legt eine selbstbewußte Haltung an den Tag. Er war einfach aber sauber gekleidet, und ich schätze, daß sein Alter näher bei vierzig als bei dreißig ist.

›Mr. Hatherley‹, sagte er, mit einem leichten deutschen Akzent. ›Man hat Sie mir empfohlen, Mr. Hatherley, als einen Mann, der nicht nur beruflich erfahren, sondern auch diskret ist und ein Geheimnis für sich behalten kann.‹

Ich habe mich verbeugt und fühlte mich geschmeichelt wie jeder junge Mann bei einer solchen Anrede. ›Darf ich fragen, wer mir ein so gutes Zeugnis ausgestellt hat?‹ habe ich gefragt.

›Nun ja, vielleicht wäre es besser, wenn ich es Ihnen nicht gerade jetzt sagte. Aus der gleichen Quelle weiß ich jedenfalls, daß Sie sowohl Waise als auch Junggeselle sind und allein in London leben.‹

›Das ist richtig‹, antworte ich, ›aber Sie werden verzeihen, wenn ich feststelle, daß all das kaum etwas mit meinen beruflichen Qualifikationen zu tun hat. Ich dachte, Sie wollten mich in einer beruflichen Angelegenheit sprechen?‹

›Völlig richtig. Aber Sie werden schon sehen, daß alles, was ich sage, wirklich zum Thema gehört. Ich habe einen beruflichen Auftrag für Sie, aber dabei ist absolute Geheimhaltung wesentlich – *absolute* Geheimhaltung, verstehen Sie mich recht, und das können wir natürlich eher von einem alleinstehenden Mann erwarten als von einem, der im Schoß seiner Familie lebt.‹

›Wenn ich verspreche, ein Geheimnis zu bewahren‹, sage ich, ›dann können Sie sich absolut darauf verlassen.‹

Er hat mich scharf angesehen, während ich redete, und ich glaube, ich habe noch nie einen so mißtrauischen und fragenden Blick gesehen.

›Sie versprechen es also?‹ sagt er schließlich.

›Ja, ich verspreche es.‹

›Absolutes und vollständiges Schweigen, vorher, während und danach? Keinerlei Verweis auf die Angelegenheit, weder mündlich noch schriftlich?‹

›Ich habe Ihnen doch schon mein Wort gegeben.‹

›Sehr gut.‹ Plötzlich springt er auf, schießt wie ein Blitz quer durch den Raum und reißt die Tür auf. Der Gang davor ist leer.

›In Ordnung‹, sagt er, als er zurückkommt. ›Ich weiß, daß Angestellte manchmal neugierig sind, was die Geschäfte ihrer Herren angeht. Jetzt können wir sicher und ungestört reden.‹ Er hat seinen Stuhl sehr nah an meinen herangezogen und mich wieder mit dem gleichen fragenden und nachdenklichen Blick angestarrt.

Bei den seltsamen Mätzchen dieses fleischlosen Mannes hatte in mir ein Gefühl des Abscheus und etwas wie Furcht aufzukeimen begonnen. Sogar die Befürchtung, einen Kunden zu verlieren, konnte mich nicht davon abhalten, meine Ungeduld zu zeigen.

›Bitte sagen Sie klar, um was es Ihnen bei dem Geschäft geht, Sir‹, habe ich gesagt; ›meine Zeit ist kostbar.‹ Der Himmel möge mir diesen letzten Satz vergeben, aber die Worte kamen mir einfach auf die Lippen.

›Wie würden Ihnen fünfzig Guineen für eine Nacht Arbeit gefallen?‹ fragt er.

›Ganz ausgezeichnet.‹

›Ich habe gesagt, eine Nacht Arbeit, aber eine Stunde käme der Sache näher. Ich möchte lediglich Ihre Meinung über eine hydraulische Presse haben, die nicht mehr einwandfrei arbeitet. Wenn Sie uns nur zeigen, was nicht stimmt, können wir es bald selbst in Ordnung bringen. Was halten Sie von solch einem Auftrag?‹

›Die Arbeit scheint leicht zu sein, die Entlohnung großzügig.‹

›Genau so ist es. Wir möchten, daß Sie heute abend mit dem letzten Zug kommen.‹

›Wohin?‹

›Nach Eyford in Berkshire. Das ist ein kleiner Ort nahe der Grenze zu Oxfordshire, keine sieben Meilen von Reading entfernt. Es gibt einen Zug ab Paddington, der Sie gegen 11 Uhr 15 dorthin bringen kann.‹

›Sehr gut.‹

›Ich werde Sie mit einem Wagen abholen.‹

›Man muß also noch weiter fahren?‹

›Ja, der Ort, wo wir uns befinden, liegt ziemlich weit auf dem Land. Es sind noch gute sieben Meilen ab dem Bahnhof Eyford.‹

›Dann können wir kaum vor Mitternacht ankommen. Ich nehme an, es gibt dann keinen Zug mehr zurück. Ich wäre gezwungen, über Nacht zu bleiben.‹

›Ja, wir können Sie ohne Schwierigkeiten unterbringen.‹

›Das ist mir sehr unangenehm. Könnte ich nicht zu einer gelegeneren Zeit kommen?‹

›Wir sind zu der Meinung gelangt, daß Sie am besten spät kommen. Gerade um Sie für alle Unannehmlichkeiten zu entschädigen, zahlen wir ja Ihnen, einem jungen und unbekannten Mann, ein Honorar, für das wir auch ein Gutachten von den Spitzenleuten Ihres Gewerbes erhalten könnten. Wenn Sie sich natürlich aus dem Geschäft zurückziehen wollen, so haben Sie dazu noch genug Zeit.‹

Ich dachte an die fünfzig Guineen und daran, wie gut sie mir zupaß kämen. ›Keineswegs‹, habe ich gesagt; ›ich will mich sehr gern Ihren Wünschen anpassen. Ich verstünde aber gern ein wenig deutlicher, was Sie von mir erwarten.‹

›Selbstverständlich. Es ist nur natürlich, daß das Versprechen der Geheimhaltung, das wir Ihnen abverlangt haben, Ihre Neugier erregt. Ich lege keinen Wert darauf, Sie zu irgend etwas zu verpflichten, ohne Ihnen vorher alles klar dargelegt zu haben. Ich nehme an, wir sind absolut sicher vor Lauschern?‹

›Völlig.‹

›Nun, die Sache sieht so aus. Es ist Ihnen vermutlich bekannt, daß Walker-Erde sehr wertvoll ist und nur an einer oder zwei Stellen in England vorkommt?‹

›Ich habe davon gehört.‹

›Vor einiger Zeit habe ich ein kleines Anwesen – ein sehr kleines Anwesen – gekauft, etwa zehn Meilen von Reading entfernt. Ich hatte Glück und stellte fest, daß sich in einem meiner Felder ein Walker-Erde-Vorkommen befindet. Als ich es aber untersuchte, fand ich heraus, daß das Vorkommen verhältnismäßig klein ist und nur eine Art Verbindung zwischen zwei sehr viel größeren zur Rechten und zur Linken darstellt – beide allerdings auf dem Boden meiner Nachbarn. Diesen guten Leuten ist völlig unbekannt, daß ihr Boden etwas enthält, was durchaus so wertvoll ist wie eine Goldmine. Natürlich wäre es in meinem Interesse, ihr Land zu erwerben, bevor sie seinen wahren Wert herausfinden; unglücklicherweise hatte ich aber nicht das hierzu nötige Kapital. Ich habe jedoch einige meiner Freunde in das Geheimnis eingeweiht, und sie haben vorgeschlagen, in aller Ruhe und insgeheim unser eigenes kleines Vorkommen auszubeuten, um auf diese Weise das Geld zu verdienen, das uns den Erwerb der Nachbarfelder ermöglichen würde. Damit beschäftigen wir uns nun seit einiger Zeit, und zur Erleichterung unserer Arbeiten haben wir eine hydraulische Presse errichtet. Wie ich Ihnen schon erklärt habe, ist diese Presse nicht mehr in Ordnung, und wir hätten gern Ihren Rat hierbei. Wir hüten aber unser Geheimnis sehr eifersüchtig, und wenn es erst einmal bekannt würde, daß wir Hydraulik-Ingenieure in unser kleines Haus kommen lassen, würde man bald beginnen, sich darum zu bekümmern, und wenn die Tatsachen herauskämen, müßten wir jeder Möglichkeit, an diese Felder zu kommen und unseren Plan auszuführen, Good-bye sagen. Darum habe ich Sie versprechen lassen, keiner Menschenseele etwas davon zu erzählen, daß Sie heute abend nach Eyford fahren. Ich hoffe, ich habe Ihnen alles ganz klar dargelegt?‹

›Ich kann Ihnen sehr gut folgen‹, sage ich. ›Der einzige Punkt, den ich nicht recht begreife, ist, inwiefern Ihnen eine hydraulische Presse dabei helfen kann, Walker-Erde zu fördern, die, soweit ich weiß, wie Kies aus einer Grube gewonnen wird.‹

›Ah!‹ sagt er wegwerfend, ›wir haben da unser eigenes Verfahren. Wir komprimieren die Erde zu Ziegeln, um sie fortschaffen zu können, ohne zu verraten, worum es sich dabei handelt. Aber das ist eine bloße Bagatelle. Ich habe Sie nun völlig eingeweiht, Mr. Hatherley, und Ihnen bewiesen, wie sehr ich Ihnen vertraue.‹ Er ist aufgestanden, als er das sagte. ›Dann erwarte ich Sie um 11 Uhr 15 in Eyford.‹

›Ich werde bestimmt dort sein.‹

›Und kein Sterbenswörtchen, zu niemandem.‹ Er schaut mich mit einem letzten, langen, bohrenden Blick an, verabreicht mir einen kalten, klammen Händedruck und hastet aus dem Raum.

Als ich mir dann alles ruhigen Blutes noch einmal überlegt habe, war ich, wie Sie beide sich wohl denken können, sehr erstaunt über diesen plötzlichen Auftrag, mit dem man mich betraut hatte. Einerseits war ich natürlich froh, denn das Honorar betrug mindestens das Zehnfache dessen, was ich verlangt hätte, und möglicherweise konnte dieser Auftrag zu weiteren führen. Andererseits hatten Gesicht und Auftreten meines Auftraggebers auf mich einen unangenehmen Eindruck gemacht, und ich konnte mir nicht vorstellen, daß diese Erklärung mit der Walker-Erde ein ausreichender Grund dafür war, daß ich unbedingt um Mitternacht kommen sollte, wie auch für diese übertriebene Besorgnis, ich könnte jemandem etwas über meinen Auftrag erzählen. Ich habe jedoch all meine Befürchtungen in den Wind geschlagen, ein herzhaftes Abendessen zu mir genommen, bin nach Paddington gefahren und abgereist, nachdem ich die Auflage, meine Zunge im Zaum zu halten, buchstäblich befolgt hatte.

In Reading mußte ich allerdings nicht nur den Zug wechseln, sondern mich sogar zu einem anderen Bahnhof begeben. Ich habe trotzdem den letzten Zug nach Eyford pünktlich erreicht und bin nach elf Uhr in dem kleinen, schwach beleuchteten Bahnhof angekommen. Ich war der einzige Fahrgast, der dort ausgestiegen ist, und auf dem Bahnsteig war niemand, abgesehen von einem einzigen verschlafenen Gepäckträger mit einer Laterne. Als ich durch das Gittertor hinausgegangen war, fand ich jedoch meinen Bekannten vom Morgen, der im Schatten auf der anderen Straßenseite wartete. Ohne ein Wort zu sagen, hat er mich beim Arm gepackt und eilig zu einer Droschke gezerrt, deren Tür offenstand. Er hat beide Fenster geschlossen, an das Holz geklopft, und ab ging die Post, so schnell das Pferd laufen konnte.«

»Ein Pferd?« warf Holmes ein.

»Ja, nur eines.«

»Haben Sie die Farbe sehen können?«

»Ja, ich habe sie wegen der Seitenleuchten gesehen, als ich in den Wagen stieg. Es war ein Fuchs.«

»War er müde oder frisch?«

»Ach, frisch und glänzend.«

»Danke sehr. Es tut mir leid, daß ich Sie unterbrochen habe. Bitte fahren Sie mit Ihrer sehr interessanten Darlegung fort.«

»Wir sind also losgefahren und waren mindestens eine Stunde unterwegs. Colonel Lysander Stark hatte gesagt, es seien nur sieben Meilen, ich nehme aber an, bei dem Tempo, mit dem wir fuhren und der Zeit, die wir unterwegs waren, daß es eher zwölf waren. Er hat die ganze Zeit schweigend neben mir gesessen, und mehr als einmal, wenn ich zu ihm hinübergeschaut habe, stellte ich fest, daß er mich sehr aufmerksam beobachtet hat. Die Landstraßen scheinen in diesem Teil der Welt nicht besonders gut zu sein, wir sind nämlich ganz entsetzlich geschüttelt und gestoßen worden. Ich habe versucht, aus den Fenstern zu schauen und zu erkennen, wo wir waren, aber sie waren aus Milchglas, und abgesehen von gelegentlichen verschwommenen Lichtern konnte ich nichts ausmachen. Hin und wieder habe ich eine Bemerkung versucht, um die Monotonie der Reise zu unterbrechen, aber der Colonel war sehr einsilbig, und so ist das Gespräch bald abgestorben. Dann wurde aber endlich das Rumpeln der Straße von der knisternden Glätte eines Kieswegs abgelöst, und der Wagen hat angehalten. Colonel Lysander Stark ist hinausgesprungen und hat mich, als ich ihm folgte, schnell in ein Portal hineingezogen, das sich vor uns auftat. Man könnte sagen, wir sind aus dem Wagen unmittelbar in die Eingangshalle getreten, so daß es mir unmöglich war, auch nur den flüchtigsten Blick auf die Hausfassade zu werfen. In dem Moment, als ich über die Schwelle getreten war, fiel hinter uns die Tür schwer ins Schloß, und ich konnte das schwache Rattern der Räder hören, als die Droschke abfuhr.

Im Haus war es pechfinster, und der Colonel tastete herum und suchte nach Streichhölzern und murmelte vor sich hin. Plötzlich öffnet sich am anderen Ende des Gangs eine Tür, und ein langer goldener Lichtbalken fällt uns entgegen. Er wird breiter, und eine Frau erscheint mit einer Lampe in der Hand, die sie über den Kopf hält, wobei sie ihr Gesicht vorreckt und uns anstarrt. Ich konnte sehen, daß sie hübsch war, und an dem Schimmern des Lichts auf ihrem dunklen Kleid konnte ich erkennen, daß es aus kostbarem Material sein mußte. Sie hat in einer fremden Sprache ein paar Worte gesagt, und zwar in einem Tonfall, als ob sie eine Frage stellte, und als mein Gefährte ihr in einem schroffen, einsilbigen Wort geantwortet hat, ist sie so sehr zusammengefahren, daß ihr beinahe die Lampe aus der Hand gefallen wäre. Colonel Stark ist zu ihr gegangen, hat ihr etwas ins Ohr geflüstert, sie in den Raum zurückgedrängt, aus dem sie getreten war, und ist dann wieder zu mir gekommen, mit der Lampe in der Hand.

›Vielleicht haben Sie die Güte, in diesem Raum einige Minuten zu warten‹, sagt er, wobei er eine weitere Tür öffnet. Es war ein ruhiger, kleiner, einfach eingerichteter Raum mit einem runden Tisch in der Mitte, auf dem einige deutsche Bücher verstreut lagen. Colonel Stark hat die Lampe auf ein Harmonium neben der Tür gestellt. ›Ich werde Sie nur einen Augenblick warten lassen‹, sagt er und verschwindet in der Dunkelheit.

Ich habe mir die Bücher auf dem Tisch angesehen, und trotz meiner Unkenntnis des Deutschen konnte ich sehen, daß zwei von ihnen wissenschaftliche Abhandlungen waren, die anderen waren Gedichtbände. Ich bin dann zum Fenster hinübergegangen, in der Hoffnung, einen Blick auf die Umgebung werfen zu können, aber vor dem Fenster war ein mit schweren Stangen befestigter Laden aus Eichenholz angebracht. Es war ein wunderbar ruhiges Haus. Irgendwo im Korridor tickte laut eine alte Uhr, doch war ansonsten alles totenstill. Ein vages Gefühl des Unbehagens überkam mich. Wer waren diese Deutschen, und was machten sie hier an diesem seltsamen, entlegenen Ort? Und wo befand sich dieser Ort? Ich war etwa zehn Meilen von Eyford entfernt, das war alles, was ich wußte, ich hatte aber keine Ahnung, ob im Norden, Süden, Osten oder Westen. Im übrigen lagen Reading und vielleicht noch andere große Städte auch in diesem Radius, so daß der Ort möglicherweise gar nicht so entlegen war. Trotz allem war ich wegen der absoluten Stille sicher, daß wir auf dem Land waren. Ich bin im Raum auf und ab gegangen und habe leise eine Melodie gesummt, um mir Mut zu machen, und dabei dachte ich, daß ich mein Honorar von fünfzig Guineen nun wirklich verdiente.

Plötzlich öffnete sich langsam die Tür zu meinem Raum, ohne jedes vorbereitende Geräusch inmitten der vollkommenen Stille. Die Frau stand in der Öffnung, hinter ihr die Dunkelheit der Eingangshalle, das gelbe Licht meiner Lampe fiel auf ihr gespanntes und wunderschönes Gesicht. Mit einem Blick konnte ich sehen, daß sie krank war vor Angst, und bei diesem Anblick ist mir eiskalt ums Herz geworden. Sie hat einen zitternden Finger gehoben, um mich davor zu warnen, irgendein Geräusch zu machen, und dann hat sie mir ein paar Worte in gebrochenem Englisch zugeflüstert, in aller Eile, und sich dabei zu der hinter ihr liegenden Düsternis umgeschaut wie ein erschrecktes Pferd.

›Ich würde gehen‹, hat sie gesagt, wobei es so schien, als müßte sie sich Mühe geben, ruhig zu sprechen; ›ich würde gehen. Ich würde nicht hier bleiben. Hier ist nichts Gutes für Sie zu tun.‹

›Aber, Madame‹, sage ich, ›ich habe das, wozu ich gekommen bin, noch nicht erledigt. Ich kann unmöglich gehen, bevor ich nicht die Maschine gesehen habe.‹

›Sie vergeuden Ihre Zeit mit Warten‹, fährt sie einfach fort. ›Sie können durch die Tür gehen; niemand hindert.‹ Als sie dann sieht, daß ich lächle und den Kopf schüttle, läßt sie plötzlich ihre Zurückhaltung fallen, macht einen Schritt auf mich zu und ringt die Hände. Dabei flüstert sie: ›Um Himmels willen, gehen Sie fort von hier, bevor es zu spät ist!‹

Nun bin ich aber von Natur aus ein wenig starrköpfig und desto eher bereit, mich auf eine Sache einzulassen, wenn dabei Hindernisse im Weg sind. Ich dachte an mein Honorar von fünfzig Guineen, an meine ermüdende Reise und an die unerfreuliche Nacht, die vor mir zu liegen schien. Sollte das alles umsonst gewesen sein? Warum sollte ich mich davonstehlen, ohne meinen Auftrag ausgeführt und ohne das mir zustehende Honorar erhalten zu haben? Bei allem, was ich wußte, konnte diese Frau ja ebensogut eine Wahnsinnige sein. Ich habe also weiterhin meinen Kopf geschüttelt, meine Haltung bewahrt und meine Absicht bekräftigt, zu bleiben, wo ich nun war, obwohl ihr Auftreten mich stärker erschüttert hatte, als ich mir zugeben mochte. Sie wollte eben wieder mit ihren Vorhaltungen beginnen, als über uns eine Tür ins Schloß fiel, und auf der Treppe waren Fußtritte zu hören. Sie hat einen Augenblick lang gelauscht, ihre Hände in einer Geste der Verzweiflung gehoben und ist dann so plötzlich und geräuschlos verschwunden, wie sie gekommen war.

Die Neuankömmlinge waren Colonel Lysander Stark und ein kleiner dicker Mann mit einem Chinchillabart, der aus den Falten seines Doppelkinns sproß; er wurde mir als Mr. Ferguson vorgestellt.

›Das ist mein Sekretär und Manager‹, sagt der Colonel. ›Übrigens hatte ich das Gefühl, ich hätte vorhin die Tür geschlossen. Ich fürchte, Sie haben im Zugwind gestanden.‹

›Das macht nichts, im Gegenteil‹, sage ich. ›Ich habe die Tür selbst geöffnet, weil es mir im Raum ein wenig stickig war.‹

Er wirft mir einen seiner mißtrauischen Blicke zu. ›Vielleicht sollten wir jetzt besser zur Sache kommen‹, sagt er. ›Mr. Ferguson und ich werden Ihnen jetzt die Maschine zeigen.‹

›Ich sollte mir wohl meinen Hut aufsetzen, nicht wahr?‹

›O nein, die Maschine ist im Haus.‹

›Wie? Graben Sie im Haus nach Walker-Erde?‹

›Nein, nein. Hier komprimieren wir sie nur. Aber das spielt keine Rolle! Alles, was wir von Ihnen wollen, ist, daß Sie sich die Maschine ansehen und uns wissen lassen, was mit ihr nicht stimmt.‹

Wir sind dann die Treppe hinaufgestiegen; der Colonel voraus mit seiner Lampe, der feiste Manager und ich hinterher. Es war ein altes Haus wie ein Labyrinth, mit Gängen, Korridoren, engen Wendeltreppen und kleinen niedrigen Türen, deren Schwellen von all den Generationen, die sie überquert hatten, abgetreten waren. Oberhalb des Erdgeschosses gab es keine Teppiche und keine Anzeichen von Mobiliar; der Putz bröckelte von den Wänden, und Feuchtigkeit zeigte sich in grünen, ungesunden Flecken. Ich habe versucht, mich so unbekümmert wie möglich zu geben, aber ich hatte die Warnungen der Dame nicht vergessen, wenn ich sie auch mißachtete, und ich habe meine beiden Gefährten sorgsam im Auge behalten. Ferguson schien ein mürrischer, schweigsamer Mann zu sein, aber aus dem Wenigen, das er sagte, konnte ich entnehmen, daß er immerhin ein Landsmann war.

Colonel Lysander Stark ist schließlich vor einer niedrigen Tür stehen geblieben und hat sie aufgeschlossen. Dahinter lag ein kleiner, viereckiger Raum, in dem wir drei kaum gleichzeitig Platz fanden. Ferguson ist zurückgeblieben, und der Colonel hat mich hineingewinkt.

›Wir sind jetzt tatsächlich innerhalb der hydraulischen Presse‹, sagt er, ›und es wäre für uns sehr unangenehm, wenn jemand auf den Gedanken käme, sie einzuschalten. Die Decke dieses kleinen Raums ist in Wahrheit der Boden des Kolbens und kommt mit der Gewalt vieler Tonnen auf diesen Metallboden herunter. Außerhalb gibt es kleine laterale Wasserführungen, die die Kraft aufnehmen und sie in der Ihnen bekannten Weise leiten und verstärken. Die Maschine arbeitet durchaus, aber irgendwo im Werk gibt es einen Widerstand, und sie hat ein wenig von ihrer Kraft verloren. Vielleicht hätten Sie die Güte, sie sich anzusehen und uns zu zeigen, wie wir das in Ordnung bringen können.‹

Ich habe ihm die Lampe abgenommen und die Maschine sehr gründlich untersucht. Sie war wirklich gigantisch und konnte ungeheuren Druck erzeugen. Als ich aber nach draußen gegangen bin und die Hebel betätigt habe, mit denen sie kontrolliert wird, hörte ich an dem zischenden Geräusch sofort, daß ein kleines Leck aufgetreten war, wodurch Wasser durch einen der Seitenzylinder wieder eintreten konnte. Eine Untersuchung ergab, daß eines der Gummibänder am Kopf eines Schubkolbens geschrumpft war, so daß es die Muffe, in der der Kolben arbeitete, nicht mehr völlig abdichtete. Dies war offensichtlich der Grund für den Kraftverlust, und ich habe meine Begleiter darauf hingewiesen; sie sind meinen Ausführungen sehr aufmerksam gefolgt und haben mehrere praktische Fragen danach gestellt, wie sie bei der Reparatur vorgehen sollten. Als ich es ihnen auseinandergesetzt hatte, bin ich in die Hauptkammer der Maschine zurückgegangen und habe sie mir gründlich angesehen, um meine Neugier zu befriedigen. Auf den ersten Blick war es offensichtlich, daß die Geschichte mit der Walker-Erde eine reine Erfindung war; es wäre nämlich absurd, anzunehmen, solch eine gewaltige Maschine könnte einem so unangemessen winzigen Zweck dienen. Die Wände bestanden aus Holz, der Boden dagegen war eine große Eisenmulde, und als ich sie genauer untersuchte, fand ich überall eine Kruste metallischer Ablagerungen. Ich habe mich gebückt und daran herumgekratzt, um genau sehen zu können, worum es sich handelt, als ich einen unterdrückten Ausruf auf Deutsch höre und das leichenhafte Gesicht des Colonel auf mich herabstarren sehe.

›Was machen Sie da?‹ fragt er.

Ich bin erbost darüber, mit einer derartigen Schwindelgeschichte hereingelegt worden zu sein, wie er sie mir aufgetischt hatte. ›Ich habe gerade Ihre Walker-Erde bewundert‹, sage ich; ›ich glaube, ich könnte Sie besser bei Ihrer Maschine beraten, wenn ich genau wüßte, wozu sie wirklich verwendet wird.‹

In dem Augenblick, als ich das sage, bedaure ich schon die Schroffheit meiner Worte. Sein Gesicht wird hart, und in seine grauen Augen kommt ein böses Leuchten.

›Sehr gut‹, sagt er, ›Sie sollen alles über die Maschine erfahren.‹ Er macht einen Schritt rückwärts, wirft die kleine Tür zu und dreht den Schlüssel im Schloß. Ich laufe zur Tür und zerre an der Klinke, aber sie ist gut abgeschlossen und gibt bei meinen Tritten und Stößen kein bißchen nach. Ich schreie ›Hallo! Hallo! Colonel! Lassen Sie mich raus!«

Und dann höre ich in der Stille plötzlich ein Geräusch, bei dem mir das Herz bis an den Hals klopft. Es ist das Klirren der Hebel und das Zischen des lecken Zylinders. Er hat die Maschine in Gang gebracht. Die Lampe steht noch immer auf dem Boden, wo ich sie abgesetzt habe, als ich die Mulde untersuchte. In ihrem Licht kann ich sehen, wie die schwarze Decke über mir herunterkommt, langsam und ruckartig, aber wie keiner besser weiß als ich, mit einer Gewalt, die mich innerhalb einer Minute zu einer formlosen Masse zerquet schen muß. Ich werfe mich schreiend gegen die Tür und reiße mit den Fingernägeln am Schloß. Ich flehe den Colonel an, mich hinauszulassen, aber das unerbittliche Klirren der Hebel übertönt meine Schreie. Die Decke ist nur noch ein oder zwei Fuß über meinem Kopf, und mit der erhobenen Hand kann ich ihre harte rauhe Fläche fühlen. Dann durchzuckt mich der Gedanke, daß die Qual meines Todes ganz von der Lage abhängt, in der ich ihn erwarte. Wenn ich mich auf das Gesicht lege, kommt das ganze Gewicht auf mein Rückgrat herunter, und ich schaudere bei dem Gedanken an das gräßliche Krachen. Vielleicht ist es anders herum leichter, aber habe ich denn wirklich die Nerven, dort zu liegen und dem tödlichen schwarzen Schatten entgegenzusehen, der sich über mich senkt? Ich kann schon nicht mehr aufrecht stehen, als plötzlich mein Auge auf etwas fällt, das mir wieder einen Funken Hoffnung eingibt.

Ich habe gesagt, daß Decke und Boden aus Eisen, die Wände aber aus Holz waren. Als ich mich zum letzten Mal hastig umschaue, sehe ich eine dünne Linie gelben Lichts zwischen zwei Brettern, die breiter und breiter wird, indem sich ein kleines Stück Täfelung beiseite schiebt. Einen Augenblick lang kann ich kaum glauben, daß da wirklich eine Tür ist, die vom Tod fort führt. Im nächsten Moment werfe ich mich durch die Öffnung und liege halb bewußtlos auf der anderen Seite. Hinter mir hat sich die Täfelung wieder geschlossen, aber das Krachen der Lampe und, Augenblicke später, der klirrende Zusammenprall der beiden Metallflächen sagen mir, wie knapp mein Entrinnen gewesen ist.

Ich komme wieder zu mir, als jemand heftig an meinem Handgelenk zieht, und ich stelle fest, daß ich auf dem steinernen Boden eines engen Korridors liege, während eine Frau sich über mich beugt und mit der linken Hand an mir zerrt, wobei sie in der rechten eine Kerze hält. Es ist meine gute alte Freundin, deren Warnungen ich so töricht in den Wind geschlagen hatte.

›Kommen Sie! Kommen Sie!‹ ruft sie atemlos. ›Sie werden

gleich hier sein. Sie werden sehen, daß Sie nicht da sind. Oh, vergeuden Sie doch nicht so viel kostbare Zeit, sondern kommen Sie!‹

Wenigstens dieses Mal habe ich ihre Ratschläge nicht verschmäht. Ich bin taumelnd auf die Füße gekommen und mit ihr den Gang entlang gelaufen und dann eine Wendeltreppe hinab. Sie führt zu einem weiteren, breiten Gang, und gerade als wir ihn erreichen, hören wir hastende Schritte und das Geschrei zweier Stimmen – die eine antwortet der anderen – aus dem Stockwerk, in dem wir uns befinden, und aus dem unter uns. Meine Führerin bleibt stehen und sieht sich um wie jemand, der am Ende seiner Weisheit ist. Dann reißt sie eine Tür auf, die zu einem Schlafzimmer führt, durch dessen Fenster der Mond hell hereinscheint.

›Das ist Ihre einzige Chance‹, sagt sie. ›Es ist hoch, aber vielleicht können Sie hinausspringen.‹

Noch während sie spricht, leuchtet am anderen Ende des Ganges ein Licht auf, und ich sehe die dürre Gestalt von Colonel Lysander Stark, der mit einer Laterne in der einen Hand und einer Waffe wie einem Schlachterbeil in der anderen auf uns zustürzt. Ich laufe durch das Schlafzimmer, reiße das Fenster auf und sehe hinaus. Wie ruhig und lieblich heil der Garten im Mondschein ausgesehen hat, und er konnte allenfalls dreißig Fuß unter mir liegen. Ich bin auf die Fensterbank geklettert habe aber mit dem Sprung gezögert, weil ich zuerst hören wollte, was zwischen meiner Retterin und dem Bösewicht, der mich verfolgte, vorging. Hätte er sie mißhandelt, dann wäre ich entschlossen gewesen, das Risiko einzugehen und umzukehren um ihr zu helfen. Der Gedanke war mir kaum durch den Kopf geschossen, als er auch schon an der Tür angekommen war und sie beiseite schob; sie hat jedoch ihre Arme um seinen Hals gelegt und versucht, ihn zurückzuhalten.

›Fritz! Fritz!‹ ruft sie auf englisch. ›Erinnere dich an dein Versprechen nach dem vorigen Mal. Du hast gesagt, es würde nicht mehr vorkommen. Er wird schweigen! Oh, er wird bestimmt schweigen!‹

›Du bist verrückt, Elise!‹ ruft er und versucht, sich von ihr zu lösen. ›Du wirst uns ruinieren. Er hat zuviel gesehen. Laß mich vorbei, sage ich dir!‹ Er schleudert sie beiseite, stürzt zum Fenster und schlägt mit seiner schweren Waffe nach mir. Ich bin schon hinausgeklettert und hänge nur noch mit den Fingern am Fensterrahmen, als sein Hieb mich trifft. Ich spüre einen dumpfen Schmerz, mein Griff löst sich, und ich stürze in den Garten hinab.

Der Fall erschüttert mich, verletzt mich aber nicht; ich raffe mich also auf und renne durch die Büsche weg, so schnell ich kann, weil ich natürlich weiß, daß ich noch längst nicht außer Gefahr bin. Während ich laufe, überkommen mich aber plötzlich tödlicher Schwindel und Übelkeit. Ich starre auf meine Hand hinunter, die schmerzhaft pocht, und da sehe ich zum ersten Mal, daß mein Daumen abgeschnitten ist und Blut aus meiner Wunde strömt. Ich habe versucht, mein Taschentuch darum zu wickeln, aber dann habe ich plötzlich ein Summen in den Ohren, und im nächsten Augenblick falle ich ohnmächtig, wie tot, zwischen die Rosenbüsche.

Ich kann nicht sagen, wie lange ich bewußtlos war. Es muß aber eine lange Zeit gewesen sein; als ich wieder zu mir gekommen bin, war der Mond nämlich schon untergegangen und ein heller Morgen angebrochen. Meine Kleider waren vom Tau völlig durchtränkt und mein Rockärmel durchgeweicht mit dem Blut aus meinem verwundeten Daumen. Die Schmerzen haben mir innerhalb eines Augenblicks wieder alle Einzelheiten meines nächtlichen Abenteuers ins Gedächtnis zurückgebracht, und ich bin mit dem Gefühl aufgesprungen, daß ich vor meinen Verfolgern noch immer kaum sicher sein konnte. Als ich aber dazu gekommen bin, mich umzuschauen, konnte ich zu meinem Erstaunen weder Haus noch Garten entdecken. Ich hatte im Winkel einer Hecke nahe der Landstraße gelegen, und nur ein kleines Stück die Straße hinab lag ein langes Gebäude, das sich, als ich näher kam, als eben jener Bahnhof herausstellte, wo ich in der vergangenen Nacht angekommen war. Ohne die häßliche Wunde an meiner Hand hätten alle Vorfälle dieser schrecklichen Stunde ein Traum sein können.

Immer noch halb benommen bin ich in den Bahnhof gegangen und habe nach dem Frühzug gefragt. Binnen weniger als einer Stunde würde einer nach Reading abgehen. Ich stellte fest, daß der gleiche Kontrolleur Dienst hatte wie bei meiner Ankunft. Ich habe ihn gefragt, ob er je von Colonel Lysander Stark gehört hätte. Der Name war ihm unbekannt. Ob er am Vorabend einen Wagen gesehen hätte, der auf mich wartete? Nein, das hatte er nicht. Ob es in der Nähe eine Polizeistation gäbe? Ja, und zwar etwa drei Meilen entfernt.

In meinem schwachen und kranken Zustand war das ein allzu weiter Fußmarsch für mich. Ich habe beschlossen, bis nach meiner Rückkehr in die Stadt zu warten, um der Polizei meine Geschichte zu erzählen. Es war kurz nach sechs Uhr, als ich ankam, und dann habe ich mir zuerst die Wunde behandeln lassen, und dann war der Doktor so freundlich, mich herzubringen. Ich vertraue die Angelegenheit Ihren Händen an und will genau das tun, was Sie mir raten.«

Wir saßen beide einige Zeitlang schweigend da, nachdem wir dieser außerordentlichen Erzählung gelauscht hatten. Dann nahm Sherlock Holmes vom Regal eines der schweren Notizbücher, in denen er seine Ausschnitte aufbewahrte.

»Hier ist eine Anzeige, die Sie interessieren wird«, sagte er. »Sie ist vor etwa einem Jahr in allen Zeitungen erschienen. Hören Sie: ›Vermißt seit dem 9. des lfd., Mr. Jeremiah Hayling, 26 Jahre, Hydraulik-Ingenieur. Verließ seine Wohnung nachts um zehn Uhr und wurde seither nicht mehr gesehen. Bekleidet vermutlich‹ und so weiter. Ha! Ich schätze, das war wohl, als der Colonel zum letzten Mal seine Maschine überholen lassen mußte.«

»Lieber Himmel!« rief mein Patient. »Das würde dann erklären, was das Mädchen sagte.«

»Ohne Zweifel. Es ist ganz klar, daß der Colonel ein kaltblütiger und verzweifelter Mann ist, absolut entschlossen nicht zuzulassen, daß ihm bei seinem netten Spiel etwas in die Quere kommt; wie diese absolut hartgesottenen Piraten, die auf einem gekaperten Schiff niemanden am Leben lassen. Nun ist aber jeder Augenblick kostbar; wenn Sie sich dem also gewachsen fühlen, sollten wir sogleich zu Scotland Yard gehen, als Vorbereitung, bevor wir uns auf den Weg nach Eyford machen.«

Etwa drei Stunden später saßen wir alle zusammen im Zug, der von Reading zu dem kleinen Dorf in Berkshire unterwegs war. Wir, das waren Sherlock Holmes, der Hydraulik-Ingenieur, Inspektor Bradstreet von Scotland Yard, ein Detektiv in Zivil und ich. Bradstreet hatte ein Meßtischblatt der Gegend auf dem Sitz ausgebreitet und war damit beschäftigt, mit seinen Zirkeln Kreise zu ziehen, die Eyford zum Mittelpunkt hatten.

»So«, sagte er. »Dieser Kreis hier um das Dorf hat einen Radius von zehn Meilen. Der Ort, den wir suchen, muß irgendwo in der Nähe dieser Linie liegen. Sie haben doch zehn Meilen gesagt, nicht wahr, Sir?«

»Wir waren eine gute Stunde unterwegs.«

»Und Sie nehmen an, daß man Sie den ganzen Weg zurückgeschafft hat, während Sie bewußtlos waren?«

»Das müssen sie wohl getan haben. Ich erinnere mich auch dunkel daran, daß man mich aufgehoben und irgendwo hingetragen hat.«

»Was ich nicht begreife«, sagte ich, »ist, daß sie Sie verschont haben sollen, als sie Sie ohnmächtig im Garten liegend gefunden haben. Vielleicht hat sich der Schuft von den Bitten der Frau erweichen lassen.«

»Das halte ich kaum für möglich. In meinem ganzen Leben habe ich nie ein so unerbittliches Gesicht gesehen.«

»Ach, das werden wir alles bald klären«, sagte Bradstreet. »Jedenfalls habe ich meinen Kreis gezogen, und ich wünschte nur, ich wüßte, an welchem Punkt darauf man die Leute finden kann, die wir suchen.«

»Ich glaube, ich könnte meinen Finger auf diesen Punkt legen«, sagte Holmes ruhig.

»Ah, tatsächlich!« rief der Inspektor. »Sie haben sich also eine Meinung gebildet! Nun, mal sehen, wer mit Ihnen einer Meinung ist. Ich sage im Süden, das Land ist nämlich dort öde.«

»Und ich sage im Osten«, meinte mein Patient.

»Ich bin für den Westen«, bemerkte der Detektiv. »Da gibt es mehrere ruhige kleine Dörfer.«

»Und ich bin für den Norden«, sagte ich, »weil es dort keine Hügel gibt, und unser Freund sagt, er hätte im Wagen nichts von Steigungen bemerkt.«

»Also wirklich«, sagte der Inspektor lachend, »das sind ja hübsche Meinungsunterschiede. Wir haben die ganze Windrose unter uns aufgeteilt. Wem stimmen Sie denn nun zu?«

»Sie alle irren sich.«

»Wir können uns doch nicht *alle* irren!«

»O doch, das können Sie. Das hier ist mein Punkt.«

Damit legte er seinen Finger auf den Mittelpunkt des Kreises. »Dort werden wir sie finden.«

»Aber die Fahrt von zwölf Meilen?« ächzte Hatherley.

»Sechs hin und sechs zurück. Nichts einfacher als das. Sie selbst sagen, daß das Pferd frisch und glänzend war, als Sie eingestiegen sind. Wie könnte das sein, wenn es zwölf Meilen schlechter Straßen hinter sich hätte?«

»Das ist wirklich ein sehr wahrscheinlicher Trick«, bemerkte Bradstreet nachdenklich. »Natürlich kann kein Zweifel über das Wesen dieser Bande bestehen.«

»Überhaupt keiner«, sagte Holmes. »Das sind Falschmünzer in großem Maßstab, und sie haben die Maschine verwendet, um das Amalgam zu verfertigen, das als Silber ausgegeben wird.«

»Wir wissen seit einiger Zeit, daß eine sehr gerissene Bande am Werk ist«, sagte der Inspektor. »Sie haben zu Tausenden halbe Kronen herausgebracht. Wir haben sie sogar bis nach Reading verfolgt, sind dann aber nicht mehr weiter gekommen; sie hatten nämlich ihre Spuren in einer Weise verwischt, die beweist, daß es sich um sehr erfahrene Leute handelt. Aber ich glaube, daß wir sie jetzt dank dieses glücklichen Zufalls wirklich erwischt haben.«

Aber der Inspektor irrte sich, denn diese Verbrecher sollten nicht in die Hände der Justiz fallen. Als wir in den Bahnhof von Eyford einfuhren, sahen wir eine riesige Rauchsäule, die hinter einer nahegelegenen Baumgruppe in den Himmel wuchs und wie eine gewaltige Straußenfeder über der Landschaft hing.

»Brennt da ein Haus?« fragte Bradstreet, als der Zug weiterdampfte.

»Ja, Sir«, sagte der Stationsvorsteher.

»Wann ist das Feuer ausgebrochen?«

»Angeblich in der Nacht, Sir, aber es ist schlimmer geworden, und jetzt steht da alles in Flammen.«

»Wem gehört das Haus?«

»Dr. Becher.«

»Sagen Sie«, warf der Ingenieur ein, »ist Dr. Becher ein Deutscher, sehr dünn, mit einer scharfen langen Nase?«

Der Stationsvorsteher lachte herzlich. »Nein, Sir, Dr. Becher ist ein Engländer, und in der ganzen Gemeinde gibt es keinen Menschen mit einer hübscher ausgefüllten Weste. Bei ihm wohnt aber ein Gentleman, ein Patient, soviel ich weiß, der Ausländer ist und so aussieht, als könnte ihm ein wenig gutes Rindfleisch aus Berkshire nicht schaden.«

Der Stationsvorsteher hatte noch nicht zu Ende gesprochen, als wir schon alle in Richtung des Brandes eilten. Die Straße erklomm einen niedrigen Hügel, und vor uns lag ein ausgedehntes, weißgekälktes Gebäude; aus allen Ritzen und Fenstern schlugen Flammen, während im Vordergarten drei Feuerwehrwagen vergebens versuchten, das Feuer unter Kontrolle zu bekommen.

»Das ist es!« rief Hatherley ganz aufgeregt. »Da ist der Kiesweg, und da sind die Rosenbüsche, wo ich gelegen habe. Das zweite Fenster da ist das, aus dem ich gesprungen bin.«

»Nun ja«, sagte Holmes, »immerhin haben Sie sich an ihnen gerächt. Es kann kein Zweifel daran bestehen, daß es Ihre

Öllampe war, die, als sie in der Presse zerquetscht wurde, die hölzernen Wände in Brand gesetzt hat, und zweifellos waren sie mit allzu viel Erregung hinter Ihnen her, um es zeitig zu bemerken. Nun halten Sie Ihre Augen gut offen, ob vielleicht in dieser Menge Ihre Freunde aus der vergangenen Nacht sind; ich fürchte allerdings sehr, daß sie inzwischen gute hundert Meilen entfernt sind.«

Und Holmes' Befürchtungen wurden wahr, denn seit jenem Tag bis heute hat man weder von der schönen Frau noch von dem finsteren Deutschen noch von dem mürrischen Engländer etwas gehört. Früh an jenem Morgen war ein Bauer einem Wagen begegnet, der mehrere Personen und einige sehr große Kisten trug und eilig in Richtung Reading fuhr, aber dort lösten sich alle Spuren der Flüchtigen auf, und sogar Holmes' Einfallsreichtum gelang es nicht, auch nur den kleinsten Hinweis auf ihren Aufenthaltsort zu entdecken.

Die Feuerwehrleute waren von den seltsamen Vorrichtungen, die sie im Haus fanden, sehr verwirrt, und noch mehr, als sie einen frisch abgetrennten menschlichen Daumen auf einer Fensterbank im zweiten Stockwerk entdeckten. Gegen Sonnenuntergang waren ihre Bemühungen jedoch endlich erfolgreich, und sie löschten die Flammen, aber nicht, ehe das Dach eingestürzt und das ganze Gebäude so sehr verwüstet war, daß außer einigen verbogenen Zylindern und eisernen Leitungen von der Maschinerie, die unseren unglücklichen Bekannten so viel gekostet hatte, keine Spur mehr übrig blieb. In einem Nebengebäude wurden große Mengen Nickel und Zinn entdeckt, es fanden sich jedoch keine Münzen, was vielleicht eine Erklärung für jene großen Kisten ist, die bereits erwähnt wurden.

Wie unser Hydraulik-Ingenieur vom Garten zur der Stelle gebracht wurde, an der er wieder zu Bewußtsein kam, hätte ewig ein Geheimnis bleiben können, wenn da nicht die weiche Gartenerde gewesen wäre, die uns eine sehr deutliche Geschichte erzählte. Offensichtlich hatten zwei Personen ihn getragen, von denen die eine besonders kleine, die andere ungewöhnlich große Füße besaß. Im ganzen war es sehr wahrscheinlich, daß der schweigsame Engländer, der vielleicht weniger mutig oder weniger mörderisch war als sein Gefährte, der Frau geholfen hatte, den bewußtlosen Mann außer Gefahr zu schleppen.

»Nun ja«, sagte unser Ingenieur kläglich, als wir unsere Plätze einnahmen, um nach London zurückzukehren, »das war ein schönes Geschäft für mich! Ich habe meinen Daumen verloren und außerdem ein Honorar von fünfzig Guineen, und was habe ich gewonnen?«

»Erfahrung«, sagte Holmes lachend. »Das könnte indirekt sehr wertvoll sein, wissen Sie; Sie brauchen das Erlebnis nur in Worte zu fassen, um bis an Ihr Lebensende den Ruf zu genießen, daß Sie ein ausgezeichneter Gesellschafter sind.«

## DER ADLIGE JUNGGESELLE

Die Vermählung von Lord St. Simon und ihr merkwürdiges Ende sind schon seit langem kein Objekt des Interesses jener erlauchten Zirkel mehr, in denen der unglückliche Bräutigam sich bewegt. Neue Skandale haben sich davorgeschoben, und deren pikantere Einzelheiten haben die Klatschmäuler von diesem vier Jahre alten Drama abgelenkt. Ich habe jedoch Grund zu der Annahme, daß die Gesamtheit der Tatsachen niemals dem allgemeinen Publikum enthüllt wurde, und da mein Freund Sherlock Holmes beträchtlichen Teil an der Aufklärung der Angelegenheit hatte, glaube ich, daß kein ihn betreffendes *mémoire* ohne eine kleine Skizze dieser bemerkenswerten Episode vollständig wäre.

Einige Wochen vor meiner eigenen Heirat, in jenen Tagen, als ich noch mit Holmes Räumlichkeiten in der Baker Street teilte, kam er von einem nachmittäglichen Spaziergang heim und fand auf dem Tisch einen Brief vor. Ich war den ganzen Tag im Hause geblieben, denn das Wetter war jäh in Regen umgeschlagen, und die Jezail-Kugel, die ich in einem meiner Glieder als Erinnerung an meine afghanische Campagne heimgebracht hatte, pochte mit dumpfer Beharrlichkeit. Meinen Leib in einem Lehnstuhl und meine Beine auf einem anderen hatte ich mich mit einem Gewölk von Zeitungen umgeben, bis ich sie schließlich, gesättigt von den Nachrichten des Tages, sämtlich beiseite warf, matt dort lag, das riesige Wappen und Monogramm des Couverts auf dem Tisch betrachtete und mich träge fragte, wer denn wohl meines Freundes nobler Korrespondent sein möchte.

»Da liegt eine sehr feine Epistel«, bemerkte ich, als er eintrat. »Ihre Briefe heute früh stammten, wenn ich mich recht erinnere, von einem Fischhändler und einem Flußzöllner.«

»Ja, meine Korrespondenz verfügt zweifellos über den Reiz

der Unterschiedlichkeit«, antwortete er lächelnd, »und die schlichteren sind in der Regel die interessanteren. Dies da sieht aus wie eine jener unerwünschten gesellschaftlichen Einladungen, die einen entweder zur Langeweile oder zur Lüge verpflichten.«

Er erbrach das Siegel und überflog den Inhalt. »Oh, na, es könnte am Ende doch noch interessant werden.«

»Also nichts Gesellschaftliches?«

»Nein, entschieden etwas Berufliches.«

»Und von einem noblen Klienten?«

»Einem der höchststehenden in England.«

»Ich gratuliere Ihnen, mein Lieber.«

»Ohne mich spreizen zu wollen, Watson, kann ich Ihnen versichern, daß der Status meines Klienten mir sehr viel weniger bedeutet als die Frage, ob sein Fall interessant ist. Es ist jedoch durchaus möglich, daß es bei dieser neuen Untersuchung auch an Interesse nicht fehlt. Sie haben doch in der letzten Zeit die Zeitungen aufmerksam gelesen, nicht wahr?«

»Es sieht so aus«, sagte ich bedauernd; ich deutete auf ein riesiges Bündel in der Ecke. »Ich hatte sonst nichts zu tun.«

»Das ist erfreulich, so können Sie mich vielleicht auf den neuesten Stand bringen. Ich lese nichts als die Berichte über Verbrechen und die Nachrufe. Letztere sind immer sehr instruktiv. Wenn Sie aber die jüngsten Ereignisse so aufmerksam verfolgt haben, dann haben Sie doch sicher über Lord St. Simon und seine Hochzeit gelesen?«

»Aber ja, mit dem größten Interesse.«

»Das ist gut. Der Brief, den ich in der Hand halte, ist von Lord St. Simon. Ich werde ihn Ihnen vorlesen, und als Gegenleistung müssen Sie diese Zeitungen durchsehen und mir alles geben, was mit der Angelegenheit zu tun hat. Er schreibt das Folgende:

> Lieber Mr. Sherlock Holmes,
> Lord Backwater versichert mir, ich könne mich voll und ganz auf Ihr Urteilsvermögen und Ihre Diskretion

verlassen. Ich habe daher beschlossen, mich an Sie zu wenden und Sie im Hinblick auf die sehr schmerzlichen Ereignisse zu konsultieren, die in Zusammenhang mit meiner Vermählung vorgefallen sind. Mr. Lestrade von Scotland Yard ist in dieser Angelegenheit bereits aktiv, doch versichert er mir, er habe keinerlei Einwände gegen Ihre Mitarbeit und sei sogar davon überzeugt, daß sie sich als hilfreich erweisen könne. Ich werde Sie um vier Uhr am Nachmittag aufsuchen, und sollten Sie für diese Zeit andere Verabredungen eingegangen sein, so hoffe ich, daß Sie diese verschieben wollen, da es sich um eine Angelegenheit von allergrößter Bedeutung handelt.

Hochachtungsvoll
ROBERT ST. SIMON

Der Brief ist mit *Grosvenor Mansions* überschrieben, abgefaßt mit einer Gänsekiel-Feder, und der noble Lord hat das Pech gehabt, sich einen Tintenfleck an der Außenseite seines rechten kleinen Fingers zuzuziehen«, bemerkte Holmes, als er das Schreiben faltete.

»Er sagt vier Uhr. Es ist jetzt drei. In einer Stunde wird er hier sein.«

»Dann bleibt mir eben noch Zeit, mit Ihrer Hilfe Klarheit in dieser Sache zu gewinnen. Sehen Sie doch bitte die Zeitungen durch und sortieren Sie die Ausschnitte ihrer zeitlichen Abfolge nach, während ich feststelle, wer unser Klient eigentlich ist.« Er zog ein rot eingebundenes Buch aus einer Reihe von Nachschlagewerken neben dem Kaminsims. »Da haben wir ihn«, sagte er; er setzte sich und legte das Buch aufgeschlagen auf seine Knie. »›Robert Walsingham de Vere St. Simon, zweiter Sohn des Herzogs von Balmoral‹ – hm! – ›Wappen: Azur, drei Zackensterne über einem schwarzen Querbalken. Geboren 1846.‹ Er ist einundvierzig Jahre alt, also reif genug für eine Heirat. War in einer der letzten Regierungen Stellvertretender Minister für die Kolonien. Der Herzog, sein Vater, war früher einmal Außenminister. Sie haben in direkter Linie Plantagenet-Blut geerbt, und Tudor auf der weiblichen Seite. Ha! Nun ja, das ist alles nicht besonders aufschlußreich. Ich fürchte, Watson, ich muß mich an Sie halten, um etwas Greifbareres zu bekommen.«

»Ich habe kaum Schwierigkeiten, das zu finden, was ich suche«, sagte ich, »denn die Ereignisse liegen nicht lange zurück, und die Angelegenheit erschien mir bemerkenswert. Ich habe Sie aber nicht darauf aufmerksam machen wollen, weil ich wußte, daß Sie mit einer Nachforschung beschäftigt waren, und ich weiß ja, daß Sie dabei nicht mit anderen Dingen behelligt werden wollen.«

»Ach, Sie meinen das kleine Problem mit dem Möbelwagen vom Grosvenor Square. Das ist inzwischen völlig geklärt – obwohl es ja eigentlich von Anfang an offensichtlich war. Bitte geben Sie mir die Resultate Ihrer Zeitungsauslese.«

»Das hier ist die erste Meldung, die ich finden kann. Sie steht in den Gesellschaftsnachrichten der *Morning Post* und ist, wie Sie sehen, einige Wochen alt. Es heißt hier: ›Eine Hochzeit wurde vereinbart und soll, wenn die Gerüchte sich bewahrheiten, bald stattfinden, und zwar zwischen Lord Robert St. Simon, dem zweiten Sohn des Herzogs von Balmoral, und Miss Hatty Doran, der einzigen Tochter von Aloysius Doran, Esq., aus San Francisco, Cal., U.S.A.‹ Das ist alles.«

»Knapp und sachlich«, bemerkte Holmes; er streckte seine langen Beine dem Feuer entgegen.

»In der gleichen Woche war in einem der Gesellschaftsblätter ein Passus, der das weiter ausführte. Ah, hier ist er. ›Binnen kurzem werden protektionistische Maßnahmen zugunsten des Heiratsmarktes erwartet, da das augenblicklich angewandte Freihandels-Prinzip unsere heimischen Produkte ernstlich zu beeinträchtigen scheint. Eine nach der anderen gehen die Geschäftsführungen der vornehmen Häuser Großbritanniens in die Hände unserer reizenden Cousinen von jenseits des Atlantik über. Die Liste der von diesen anmutigen Invasorinnen heimgeführten Prisen erfuhr in der vergangenen

Woche eine bedeutende Ergänzung. Lord St. Simon, der sich seit über zwanzig Jahren als wider die Pfeile des kleinen Gottes gefeit erwiesen hatte, hat nun endgültig seine bevorstehende Vermählung mit Miss Hatty Doran bekanntgegeben, der faszinierenden Tochter eines kalifornischen Millionärs. Miss Doran, deren anmutige Gestalt und deren auffallendes Antlitz bei den Festlichkeiten im Westbury House viel Aufmerksamkeit erregten, ist das einzige Kind, und gegenwärtig heißt es, ihre Mitgift werde weit mehr denn nur sechsstellig sein, mit besten Erwartungen für die Zukunft. Da es ein offenes Geheimnis ist, daß der Herzog von Balmoral während der zurückliegenden Jahre gezwungen war, seine Gemälde zu veräußern, und da Lord St. Simon abgesehen von dem kleinen Gut Birchmoor nicht über eigenes Besitztum verfügt, ist es offensichtlich, daß die kalifornische Erbin nicht als einzige Gewinn aus dieser Allianz zieht, die es ihr ermöglichen wird, die einfache und verbreitete Wandlung von einer republikanischen Dame zu einem britischen Titel zu vollziehen.‹«

»Sonst noch etwas?« fragte Holmes gähnend.

»O ja, soviel Sie wollen. Dann ist hier eine weitere Meldung in der *Morning Post*, in der es heißt, daß es eine ganz stille Hochzeit sein soll, und zwar in der Kirche von St. George, Hanover Square, daß nur ein halbes Dutzend engster Freunde eingeladen sei, und daß die Gesellschaft von dort zu dem von Mr. Aloysius Doran angemieteten und zur Verfügung gestellten Haus am Lancaster Gate zurückkehren werde. Zwei Tage später – also am vergangenen Mittwoch – findet sich eine kurze Mitteilung, daß die Hochzeit stattgefunden habe, und daß man die Flitterwochen auf Lord Backwaters Besitz nahe Petersfield verbringen werde. Das sind alle Meldungen, die erschienen sind, bevor die Braut verschwunden ist.«

»Bevor die Braut was?« fragte Holmes; er fuhr auf.

»Bevor die Dame verschwunden ist.«

»Wann ist sie denn verschwunden?«

»Beim Hochzeitsfrühstück.«

»Wirklich? Das ist interessanter, als es zu werden versprach. Sogar ziemlich dramatisch.«

»Ja; es erschien mir ein wenig ungewöhnlich.«

»Sie verschwinden oft vor der Zeremonie und bisweilen auch während der Flitterwochen; ich kann mich aber nicht an etwas derart Promptes erinnern. Bitte geben Sie mir die Einzelheiten.«

»Ich muß Sie vorwarnen; sie sind nicht besonders vollständig.«

»Vielleicht können wir sie vervollständigen.«

»Soweit sie bekannt sind, finden sie sich in einem einzigen Artikel einer Morgenzeitung von gestern; den will ich Ihnen vorlesen. Er ist überschrieben mit:

Einzigartiger Vorfall bei vornehmer Hochzeit

> Die seltsamen und schmerzlichen Ereignisse, die sich gelegentlich seiner Hochzeit zutrugen, haben Lord Robert St. Simons Familie in die tiefste Verwirrung gestürzt. Wie in den gestrigen Zeitungen kurz mitgeteilt, fand die Zeremonie am Morgen zuvor statt; es wurde jedoch erst jetzt möglich, die seltsamen Gerüchte zu bestätigen, die so beharrlich umherschwirrten. Trotz der Versuche von Freunden, die Angelegenheit zu vertuschen, hat sie inzwischen so viel öffentliche Aufmerksamkeit erregt, daß kein sinnvoller Zweck mehr erfüllt wird durch den Anschein, man könne etwas ignorieren, was längst allgemeiner Gesprächsstoff geworden ist.
>
> Die in der Kirche von St. George, Hanover Square, vorgenommene Zeremonie war sehr still; außer dem Brautvater, Mr. Aloysius Doran, der Herzogin von Balmoral, Lord Backwater, Lord Eustace und Lady Clara St. Simon (dem jüngeren Bruder und der Schwester des Bräutigams) sowie Lady Alicia Whittington nahm niemand daran teil. Die ganze Gesellschaft begab sich anschließend in das Haus von Mr. Aloysius

Doran am Lancaster Gate, wo ein Frühstück vorbereitet war. Dort scheint eine Frau ein wenig Ärger verursacht zu haben, deren Name nicht festgestellt werden konnte und die versuchte, sich im Gefolge der Hochzeitsgesellschaft Zugang zum Haus zu erzwingen, indem sie vorgab, gewisse Ansprüche gegen Lord St. Simon zu haben. Erst nach einer längeren, betrüblichen Szene konnte sie durch den Butler und den Lakaien entfernt werden. Die Braut, welche glücklicherweise vor dieser unerfreulichen Unterbrechung das Haus betreten hatte, hatte sich bereits mit den übrigen zum Frühstück niedergelassen, als sie über eine plötzliche Unpäßlichkeit klagte und sich in ihre Räumlichkeiten zurückzog. Nachdem ihr langes Fernbleiben Anlaß zur Beunruhigung gab, folgte ihr Vater ihr; er erfuhr jedoch von ihrer Zofe, daß sie nur für einen Augenblick in ihr Zimmer hinaufgegangen war, einen Ulster und eine Haube ergriffen hatte und dann wieder zum Korridor hinabgehastet war. Einer der Lakaien sagte aus, er habe eine in dieser Weise angetane Dame das Haus verlassen sehen; er habe jedoch nicht geglaubt, es könne sich um seine Herrin handeln, da er diese bei der Gesellschaft wähnte. Nachdem er festgestellt hatte, daß seine Tochter verschwunden war, setzte sich Mr. Aloysius Doran, zusammen mit dem Bräutigam, sogleich mit der Polizei in Verbindung, und zur Zeit werden äußerst energische Untersuchungen vorgenommen, die vermutlich zu einer baldigen Erhellung dieser einzigartigen Angelegenheit führen werden. Bis spät in der vergangenen Nacht war aber noch nichts über den Aufenthaltsort der vermißten Dame in Erfahrung zu bringen. Es kursieren jedoch Gerüchte über üble Machenschaften in dieser Sache, und dem Vernehmen nach soll die Polizei die Festnahme der Frau, die die anfängliche Störung verursacht hatte, veranlaßt haben, in dem Glauben, sie könne aus Eifersucht oder sonstigen Motiven an dem merkwürdigen Verschwinden der Braut beteiligt gewesen sein.«

»Und das ist alles?«

»Nur noch eine kleine Meldung in einer anderen Morgenzeitung, aber die ist sehr aufschlußreich.«

»Und zwar?«

»Daß Miss Flora Millar, die Dame, die die Aufregung verursacht hat, tatsächlich festgenommen worden ist. Anscheinend war sie früher eine *danseuse* im ›Allegro‹ und hat den Bräutigam seit Jahren gekannt. Weitere Einzelheiten gibt es nicht, und damit verfügen Sie über den ganzen Fall – soweit er in der Presse dargelegt worden ist.«

»Und es scheint ein überaus interessanter Fall zu sein. Ich möchte ihn um keinen Preis versäumt haben. Aber da wird geläutet, Watson, und da die Uhr kurz nach vier zeigt, zweifle ich nicht daran, daß das unser vornehmer Klient ist. Kommen Sie nicht auf den Gedanken zu gehen, Watson, ich hätte nämlich sehr gern einen Zeugen, und sei es auch nur zur Stützung meines eigenen Gedächtnisses.«

»Lord Robert St. Simon«, kündigte unser Page an, indem er die Tür weit öffnete. Es trat ein Gentleman ein, mit einem angenehmen, kultivierten Gesicht, blaß und mit feiner Nase, einem Zug um den Mund, der vielleicht auf Verdrießlichkeit schließen ließ, und mit dem ruhigen, offenen Blick eines Mannes, dessen angenehmes Los es allezeit war, zu befehlen und zu sehen, daß man ihm gehorcht. Seine Haltung zeugte von Lebhaftigkeit, und doch machte sein Äußeres insgesamt einen unangemessenen Eindruck von Alter, denn er ging leicht vorgebeugt, und seine Knie gaben beim Gehen ein wenig nach. Als er den Hut mit geschwungener Krempe abnahm, war auch sein Haar an den Rändern ergraut und obenauf gelichtet. Seine Kleidung war sorgfältig bis an die Grenze der Geckenhaftigkeit, mit hohem Kragen, schwarzem Gehrock, weißer Weste, gelben Handschuhen, Glanzlederschuhen und hellen Gamaschen. Er trat langsam vor bis in die Mitte des Raumes, wandte sein Haupt nach links und nach rechts und schwang in der Rechten die Kette, die seinen goldenen Kneifer hielt.

»Guten Tag, Lord St. Simon«, sagte Holmes; er stand auf und verbeugte sich. »Bitte nehmen Sie in dem Korbsessel Platz. Dies ist mein Freund und Kollege Dr. Watson. Kommen Sie ein wenig näher ans Feuer, und dann wollen wir diese Angelegenheit bereden.«

»Für mich ist es eine sehr schmerzliche Angelegenheit, wie Sie sich sicher vorstellen können, Mr. Holmes. Sie hat mich aufs empfindlichste getroffen. Ich hörte, Sie haben bereits mehrmals derart delikate Fälle behandelt, Sir, wenn ich auch annehme, daß sie kaum aus der gleichen Gesellschaftsschicht waren.«

»Das ist richtig; ich bin auf dem Abstieg.«

»Verzeihung?«

»Mein letzter derartiger Klient war ein König.«

»Ach, tatsächlich! Das war mir nicht bekannt. Und welcher König?«

»Ein skandinavischer König.«

»So! War ihm seine Frau abhanden gekommen?«

»Sie werden verstehen«, sagte Holmes sanft, »daß ich den Affairen meiner anderen Klienten die gleiche Geheimhaltung angedeihen lasse, die ich Ihnen in der Ihrigen zusage.«

»Natürlich! Ganz richtig! Ganz richtig! Ich bitte selbstverständlich um Vergebung. Was nun meinen Fall betrifft, so will ich Ihnen gern jede Information geben, die Ihnen helfen kann, sich ein Urteil zu bilden.«

»Ich danke Ihnen. Ich weiß bereits alles, was in der Presse zu finden war, aber auch nicht mehr. Ich nehme an, ich kann davon ausgehen, daß die Berichte korrekt sind – zum Beispiel dieser Artikel, über das Verschwinden der Braut.«

Lord St. Simon überflog ihn. »Ja, er ist korrekt, jedenfalls soweit er geht.«

»Es ist aber noch viel zusätzliche Auskunft nötig, bevor jemand ein Urteil fällen könnte. Ich glaube, der kürzeste Weg für mich, um an die Tatsachen zu kommen, ist, Sie zu befragen.«

»Bitte fragen Sie.«
»Wann haben Sie Miss Hatty Doran kennengelernt?«
»In San Francisco, vor einem Jahr.«
»Sie haben die Staaten bereist?«
»Ja.«
»Haben Sie sich damals verlobt?«
»Nein.«
»Aber Sie standen auf freundschaftlichem Fuß miteinander?«
»Ihre Gesellschaft hat mich amüsiert, und Sie konnte sehen, daß ich amüsiert war.«
»Ihr Vater ist sehr reich?«
»Er gilt als der reichste Mann an der pazifischen Küste.«
»Und wie hat er sein Geld gemacht?«
»Mit Minen. Bis vor ein paar Jahren hatte er nichts. Dann hat er Gold gefunden, es investiert, und danach ging es mit Riesenschritten aufwärts.«
»Was ist denn nun Ihr Eindruck vom Charakter der jungen Dame – Ihrer Gemahlin?«
Der Adlige schwang seinen Kneifer ein wenig schneller und starrte hinunter ins Feuer. »Sehen Sie, Mr. Holmes«, sagte er, »meine Frau war zwanzig, bevor ihr Vater reich wurde. In dieser Zeit ist sie in einem Prospektorenlager frei herumgelaufen und durch die Wälder und Berge gestreift, ihre Erziehung stammt also eher von der Natur als von einem Schulmeister. Sie ist, was wir hier eine Range nennen, mit einem starken Wesen, wild und frei, ungebändigt durch Traditionen irgend einer Art. Sie ist ungestüm – vulkanisch, hätte ich beinahe gesagt. Sie ist sehr rasch mit Entscheidungen bei der Hand und furchtlos in deren Durchführung. Andererseits hätte ich ihr nicht den Namen gegeben, den zu tragen ich die Ehre habe«, er hüstelte geziemend, »wenn ich nicht der Meinung gewesen wäre, daß sie im Grunde eine edle Frau ist. Ich glaube, daß sie zu heroischer Selbstaufopferung fähig ist und alles Unehrenhafte ihr zuwider wäre.«
»Haben Sie eine Photographie von ihr?«

»Ich habe dies hier mitgebracht.« Er öffnete ein Medaillon und zeigte uns das Gesicht einer überaus liebreizenden Frau. Es war keine Photographie, sondern eine Elfenbein-Miniatur, und der Künstler hatte das glänzende schwarze Haar, die großen dunklen Augen und den feinen Mund zu voller Geltung gebracht. Holmes betrachtete das Bild lange und ernsthaft. Dann schloß er das Medaillon und gab es Lord St. Simon zurück.

»Die junge Dame ist dann also nach London gekommen, und Sie haben die Bekanntschaft erneuert?«

»Ja. Ihr Vater hat sie zur vergangenen Londoner *saison* herübergebracht. Ich habe sie mehrmals getroffen, mich mit ihr verlobt und sie nun geheiratet.«

»Wenn ich recht verstehe, hat sie eine beträchtliche Mitgift mitgebracht?«

»Eine angemessene Mitgift. Nicht mehr, als in meiner Familie üblich ist.«

»Und diese Mitgift verbleibt Ihnen natürlich, da ja die Heirat ein *fait accompli* ist?«

»Ich habe mich wirklich nicht danach erkundigt.«

»Natürlich nicht. Haben Sie Miss Doran am Tag vor der Hochzeit gesehen?«

»Ja.«

»War sie in guter Stimmung?«

»Sie war niemals in besserer Stimmung. Sie hat immer wieder davon gesprochen, was wir künftig mit unserem Leben machen sollten.«

»So? Das ist sehr interessant. Und am Hochzeitsmorgen?«

»Sie war so munter wie nur möglich – zumindest bis nach der Zeremonie.«

»Und haben Sie dann bei ihr irgendeine Veränderung wahrgenommen?«

»Nun, um die Wahrheit zu sagen, ich habe danach bei ihr zum ersten Mal überhaupt Anzeichen von schlechter Laune bemerkt. Der Vorfall war jedoch zu unbedeutend, als daß man ihn erwähnen müßte, und kann keineswegs etwas mit dem Fall zu tun haben.«

»Lassen Sie uns bitte trotzdem davon erfahren.«

»Ach, es ist kindisch. Als wir zur Sakristei gingen, hat sie ihr *bouquet* fallen lassen. Sie ging gerade an der Vorderreihe der Kirchenstühle vorbei, und das *bouquet* fiel in die erste Bank. Es gab eine winzige Verzögerung, aber der Gentleman reichte es ihr sofort zurück, und es schien durch den Fall nicht gelitten zu haben. Als ich dann aber mit ihr darüber geredet habe, hat sie mir sehr kurz angebunden geantwortet; und in der Kutsche, auf der Heimfahrt, schien sie mir wegen dieser albernen Sache lächerlich erregt zu sein.«

»Aha. Sie sagten, ein Gentleman saß in der Bankreihe. Dann waren also doch Ungeladene anwesend?«

»Natürlich. Es ist unmöglich, die Öffentlichkeit fernzuhalten, wenn die Kirche offen ist.«

»Dieser Gentleman gehörte nicht zu den Freunden Ihrer Frau?«

»Nein, nein; ich rede aus Höflichkeit von einem Gentleman; tatsächlich sah er ganz gewöhnlich aus. Ich habe sein Äußeres kaum wahrgenommen. Ich glaube aber, wir kommen nun ziemlich weit vom Thema ab.«

»Lady St. Simon ist also von der Trauung in einem Gemütszustand heimgekehrt, der weniger gut war als bei der Hinfahrt. Was hat sie getan, als sie das Haus ihres Vaters wieder betrat?«

»Ich habe gesehen, daß sie mit ihrer Zofe sprach.«

»Und wer ist diese Zofe?«

»Sie heißt Alice. Sie ist Amerikanerin und mit ihr aus Kalifornien gekommen.«

»Eine vertraute Dienerin?«

»Ein wenig zu vertraut. Es ist mir immer so vorgekommen, als erlaube ihre Herrin ihr zu viele Freiheiten. Allerdings sieht man in Amerika diese Dinge natürlich ganz anders.«

»Wie lange hat sie mit dieser Alice gesprochen?«

»Nun, einige Minuten. Ich hatte mich um andere Dinge zu kümmern.«

»Sie haben nicht gehört, was sie gesagt haben?«

»Lady St. Simon sagte etwas wie ›Einen *claim* unter den Nagel reißen‹. Sie hat oft *slang* dieser Art benutzt. Ich habe keine Ahnung, was sie damit sagen wollte.«

»Amerikanischer *slang* ist manchmal sehr ausdrucksstark. Und was hat Ihre Frau getan, nachdem sie mit der Zofe gesprochen hatte?«

»Sie ist in den Frühstücksraum gegangen.«

»An Ihrem Arm?«

»Nein, allein. In solchen kleinen Dingen war sie sehr unabhängig. Dann, als wir etwa zehn Minuten dort gesessen hatten, ist sie eilig aufgestanden, hat einige Worte der Entschuldigung gesagt und den Raum verlassen. Sie ist nie zurückgekommen.«

»Aber diese Zofe Alice sagt, wenn ich mich nicht irre, daß sie in ihr Zimmer gegangen ist, das Brautkleid mit einem langen Ulster bedeckt, eine Haube aufgesetzt hat und dann fortgegangen ist.«

»Das ist richtig. Und man hat sie später in den Hyde Park gehen sehen, zusammen mit Flora Millar, einer Frau, die sich jetzt in Gewahrsam befindet und die an jenem Morgen schon in Mr. Dorans Haus eine Störung verursacht hatte.«

»Ah, ja, ich wüßte gern Näheres über diese junge Dame und Ihre Beziehungen zu ihr.«

Lord St. Simon zuckte die Achseln und hob die Augenbrauen. »Wir haben miteinander einige Jahre lang auf freundlichem Fuße verkehrt – ich sollte besser sagen, auf *sehr* freundlichem Fuße. Sie war früher im ›Allegro‹. Ich bin ihr gegenüber durchaus großzügig gewesen, und sie hat keinen gerechtfertigten Grund, über mich zu klagen, aber Sie wissen ja, wie Frauen sind, Mr. Holmes. Flora war ein liebes Ding, aber über alle Maßen hitzig und mir sehr ergeben und anhänglich. Sie hat mir furchtbare Briefe geschrieben, als sie hörte, daß ich heiraten wollte, und, um die Wahrheit zu sagen, der Grund, aus dem ich die Vermählung so still habe feiern lassen war, daß ich befürchtete, es könnte in der Kirche zu einem Skandal kommen. Sie ist zu Mr. Dorans Haus gekommen, als wir eben heimgekehrt waren, und dort hat sie versucht, mit Gewalt einzudringen; dabei hat sie meine Frau mit sehr üblen Ausdrücken bedacht und sogar Drohungen gegen sie ausgestoßen, aber ich hatte die Möglichkeit vorhergesehen, daß etwas Derartiges geschehen könnte, und die Dienerschaft entsprechend instruiert, und die haben sie auch bald wieder hinausgeworfen. Sie war dann still, als sie eingesehen hat, daß es ihr nichts nützen würde, einen Aufruhr zu veranstalten.«

»Hat Ihre Frau all dies angehört?«

»Nein, Gott sei Dank, das hat sie nicht.«

»Aber später hat man sie zusammen mit dieser Frau gesehen?«

»Ja. Es ist genau das, was Mr. Lestrade von Scotland Yard für so ernst hält. Man nimmt an, daß Flora meine Frau aus dem Haus gelockt und ihr irgendeine schreckliche Falle gestellt hat.«

»Nun ja, das ist eine mögliche Annahme.«

»Glauben Sie es auch?«

»Ich habe nicht gesagt, daß es eine wahrscheinliche Annahme ist. Aber Sie selbst halten es nicht für sehr wahrscheinlich?«

»Ich glaube, daß Flora keiner Fliege etwas zuleide tun könnte.«

»Immerhin ist Eifersucht aber imstande, Charaktere auf seltsame Weise zu verändern. Was, bitte sehr, ist denn Ihre eigene Theorie über die Vorfälle?«

»Also, ich bin wirklich nicht gekommen, um eine Theorie vorzubringen, sondern um eine zu suchen. Ich habe Ihnen alle Tatsachen gegeben. Wenn Sie mich nun aber schon fragen, will ich Ihnen sagen, daß es mir als möglich erschienen ist, daß die Aufregung über diese Affaire, das Bewußtsein einen so gewaltigen gesellschaftlichen Schritt getan zu haben bei meiner Frau eine kleine nervliche Verstörung verursacht haben mag.«

»Kurz gesagt, daß sie plötzlich gestörten Geistes war?«

»Nun ja, also, wenn ich bedenke, daß sie – ich will nicht sagen mir, aber immerhin so vielem, was ich, wenn auch ohne Erfolg, zu erreichen versucht habe, den Rücken gekehrt hat, dann kann ich es kaum anders erklären.«

»Nun, das ist sicher ebenfalls eine mögliche Hypothese«, sagte Holmes lächelnd. »Und jetzt, Lord St. Simon, glaube ich, habe ich fast alle notwendigen Daten. Darf ich Sie noch fragen, ob Sie so am Frühstückstisch gesessen haben, daß Sie aus dem Fenster schauen konnten?«

»Wir konnten die andere Straßenseite und den Park sehen.«

»Ah, ja. Dann glaube ich nicht, daß ich Sie noch länger aufzuhalten brauche. Ich werde mich mit Ihnen in Verbindung setzen.«

»Falls Sie das Glück haben sollten, dieses Problem lösen zu können«, sagte unser Klient, als er sich erhob.

»Ich habe es bereits gelöst.«

»Eh? Was war das?«

»Ich sagte, ich habe es bereits gelöst.«

»Wo ist denn dann meine Frau?«

»Das ist ein Detail, das ich bald liefern werde.«

Lord St. Simon schüttelte den Kopf. »Ich fürchte, dazu wird es weiserer Häupter als Ihres oder meines bedürfen«, bemerkte er; er verneigte sich förmlich nach alter Art und ging.

»Es ist reizend von Lord St. Simon, daß er meinen Kopf ehrt, indem er ihn auf eine Stufe mit dem seinen hebt«, sagte Sherlock Holmes lachend. »Ich glaube, ich werde nach diesem Kreuzverhör einen Whisky mit Soda und eine Zigarre zu mir nehmen. Ich hatte meine Schlüsse in diesem Fall schon gezogen, ehe unser Klient den Raum betreten hatte.«

»Mein lieber Holmes!«

»Ich habe Aufzeichnungen über mehrere ähnliche Fälle, wenn auch davon keiner, wie ich bereits bemerkt habe, so prompt verlaufen ist. Mein ganzes Untersuchungsverfahren hat nur dazu gedient, meine Mutmaßung zu einer Gewißheit zu machen. Umstände und Indizien sind manchmal sehr überzeugend, so, wenn Sie eine Forelle in der Milch finden, um Thoreaus Beispiel zu zitieren.«

»Aber ich habe doch alles gehört, was Sie gehört haben.«

»Aber ohne die Kenntnis früherer Fälle, die mir so gute Dienste tut. Es gab einen gleichgearteten Fall in Aberdeen, vor einigen Jahren, und etwas sehr Ähnliches in München, im Jahr nach dem Preußisch-Französischen Krieg. Es ist einer dieser Fälle – aber hallo, das ist Lestrade! Guten Tag, Lestrade! Drüben auf dem Bord finden Sie einen weiteren Schwenker, und in der Kiste da sind Zigarren.«

Der Detektivbeamte trug eine schwere Seemannsjacke und eine Krawatte, was ihm ein entschieden nautisches Aussehen verlieh; in der Hand hielt er eine schwarze Segeltuchtasche. Mit einem kurzen Gruß setzte er sich und zündete die angebotene Zigarre an.

»Also, was ist los?« fragte Holmes mit einem Augenzwinkern. »Sie sehen unzufrieden aus.«

»Ich bin auch unzufrieden. Es ist dieser teuflische Fall mit der St. Simon-Hochzeit. Ich werde aus dieser Sache nicht schlau.«

»Tatsächlich? Sie überraschen mich!«

»Wer hat jemals von einer so wirren Angelegenheit gehört? Jeder Hinweis zerrinnt mir zwischen den Fingern. Ich habe den ganzen Tag lang daran gearbeitet.«

»Und Sie scheinen dabei ordentlich naß geworden zu sein«, sagte Holmes; er legte die Hand auf den Ärmel der Seemannsjacke.

»Ja, ich habe den Teich im Hyde Park abgefischt.«

»Allmächtiger! Wozu denn das?«

»Um den Leichnam von Lady St. Simon zu finden.«

Sherlock Holmes lehnte sich in seinem Sessel zurück und lachte herzlich.

»Haben Sie auch das Becken der Fontäne auf dem Trafalgar Sqaure abgefischt?« fragte er.

»Wieso? Was meinen Sie?«

»Weil Ihre Chancen, diese Dame zu finden, hier wie dort gleich groß sind.«

Lestrade warf meinem Gefährten einen ärgerlichen Blick zu. »Ich nehme an, Sie wissen schon wieder alles«, knurrte er.

»Nun ja, die Tatsachen habe ich eben erst gehört, aber mein Urteil ist fertig.«

»So, tatsächlich! Dann glauben Sie also, daß der Teich im Hyde Park keine Rolle in dieser Sache spielt?«

»Ich halte es für sehr unwahrscheinlich.«

»Dann erklären Sie mir vielleicht freundlicherweise, wie es kommt, daß wir dies darin gefunden haben?« Er öffnete bei den letzten Worten seine Tasche und schüttete ein Hochzeitskleid aus Moirée, ein Paar weiße Satin-Schuhe sowie Brautkranz und Schleier auf den Boden; alle Objekte waren verfärbt und von Wasser durchtränkt. »Da«, sagte er; er warf einen neuen Hochzeitsring auf den Haufen. »Da haben Sie eine kleine Nuß, die Sie knacken dürfen, Meister Holmes.«

»Oh, interessant«, sagte mein Freund; er blies blaue Kringel in die Luft. »Das haben Sie aus dem Teich gefischt?«

»Nein. Ein Parkhüter hat das gefunden; es trieb nahe am Rand des Teichs. Es wurde identifiziert als ihre Kleider, und mir schien, daß, wenn die Kleider dort sind, der Leichnam nicht weit entfernt sein kann.«

»Vermöge der gleichen brillanten Logik hat sich jeder Leichnam in der Nähe seiner Garderobe auffinden zu lassen. Und was, bitte sehr, wollten Sie mit all dem erreichen?«

»Irgendein Indiz für Flora Millars Beteiligung am Verschwinden.«

»Ich fürchte, da werden Sie Schwierigkeiten haben.«

»So, das fürchten Sie also?« rief Lestrade ein wenig bitter. »Ich dagegen fürchte, Holmes, daß Sie mit Ihren Deduktionen und Schlußfolgerungen nicht besonders praktisch sind. Sie haben innerhalb von zwei Minuten die gleiche Menge stümperhafter Fehler gemacht. Diese Kleid belastet Miss Flora Millar.«

»Wie das?«

»Im Kleid ist eine Tasche. In der Tasche ist ein Kartentäschchen. Im Kartentäschchen ist eine Mitteilung. Und hier ist diese Mitteilung selbst.« Er warf sie auf den Tisch vor sich. »Hören Sie sich das an. ›Treffen, wenn alles fertig ist. Sofort kommen. F.H.M.‹ Nun ist meine Theorie schon die ganze Zeit gewesen, daß Lady St. Simon von Flora Millar aus dem Haus gelockt worden ist und daß diese, zweifellos mit Bundesgenossen, für ihr Verschwinden verantwortlich ist. Hier ist, unterzeichnet mit ihren Initialen, eben jene Mitteilung, die ohne Zweifel an der Haustür unauffällig in ihre Hand gedrückt wurde, und die sie in die Reichweite der Übeltäter gelockt hat.«

»Sehr gut, Lestrade«, sagte Holmes lachend. »Sie sind wirklich hervorragend. Lassen Sie mich das mal sehen.« Er nahm das Papier ganz lässig auf, aber sogleich wurde seine Aufmerksamkeit gefesselt, und er stieß einen leisen Schrei der Befriedigung aus. »Das ist wirklich wichtig«, sagte er.

»Ha, finden Sie?«

»Sehr sogar. Ich beglückwünsche Sie wärmstens.«

Lestrade erhob sich triumphierend und verrenkte den Hals, um Holmes über die Schulter zu blicken. »Wieso denn«, rief er, »Sie sehen sich ja die falsche Seite an.«

»Im Gegenteil, das ist die richtige Seite.«

»Die richtige Seite? Sie sind verrückt! Da, auf der anderen Seite, das ist die Mitteilung, geschrieben mit Bleistift.«

»Und auf dieser Seite hier ist etwas, das aussieht wie ein Teil einer Hotelrechnung, und das interessiert mich sehr.«

»Damit ist nichts anzufangen. Ich habe mir doch alles längst angesehen«, sagte Lestrade. »›4. Okt., Zimmer 8 Shilling, Frühstück 2 Shilling 6 Pence, Cocktail 1 Shilling, Mittagessen 2 Shilling 6 Pence, Glas Sherry 8 Pence.‹ Ich sehe da nichts Interessantes.«

»Das glaube ich Ihnen. Trotzdem ist es sehr wichtig. Was die Mitteilung angeht, die ist auch wichtig, oder zumindest die Initialen, deshalb beglückwünsche ich Sie noch einmal.«

Lestrade stand auf. »Ich habe schon genug Zeit verschwendet«, sagte er. »Ich glaube an harte Arbeit, nicht daran, daß man am Feuer sitzt und feine Theorien ausspinnt. Guten Tag, Mr. Holmes, und wir werden sehen, wer als erster auf den Grund dieser Sache kommt.« Er sammelte die Kleidungsstükke auf, stopfte sie in die Tasche und ging zur Tür.

»Ein kleiner Hinweis für Sie, Lestrade«, sagte Holmes gedehnt, bevor sein Rivale verschwand. »Ich will Ihnen die wahre Lösung des Problems verraten. Lady St. Simon ist ein Mythos. Solch eine Person gibt es nicht, und es hat sie nie gegeben.«

Lestrade sah meinen Gefährten traurig an. Dann wandte er sich mir zu, tippte dreimal an seine Stirn, schüttelte feierlich den Kopf und eilte von hinnen.

Er hatte kaum die Tür hinter sich geschlossen, als Holmes sich erhob und in seinen Paletot schlüpfte. »An dem, was der Bursche über Arbeit im Freien sagt, ist etwas«, bemerkte er. »Ich glaube, Watson, daß ich Sie deshalb eine Weile Ihren Zeitungen überlassen muß.«

Es war nach fünf Uhr, als Sherlock Holmes wegging, ich hatte jedoch keine Zeit, mich einsam zu fühlen, denn noch vor Ablauf einer Stunde traf ein Bote eines Feinkostladens ein, mit einer großen flachen Schachtel. Diese packte er mit Hilfe eines Jungen, den er mitgebracht hatte, aus, und innerhalb kurzer Zeit baute sich zu meinem Erstaunen auf unserem bescheidenen Mietwohnungs-Mahagoni ein recht epikuräisches kaltes Abendmahl auf. Da gab es etliche kalte Waldschnepfen, einen Fasan, einen *pâté de foie gras*, dazu eine Gruppe alter Flaschen voller Spinnweben. Nachdem sie all diese Delikatessen ausgebreitet hatten, verschwanden meine beiden Besucher, wie die Dschinns aus *Tausendundeiner Nacht*, ohne eine andere Erklärung abzugeben als die, daß die Waren bezahlt und zu dieser Adresse bestellt worden seien.

Kurz vor neun Uhr trat Sherlock Holmes munter in den Raum. Seine Züge wirkten ernst, aber in seinen Augen glomm ein Licht, das mich annehmen ließ, daß ihm mit seinen Schlußfolgerungen keine Enttäuschung zuteil geworden war.

»Man hat also das Abendessen aufgetragen«, sagte er; er rieb sich die Hände.

»Sie scheinen Gesellschaft zu erwarten. Man hat für fünf Personen gedeckt.«

»Ja, ich glaube wir werden noch Gesellschaft bekommen«, sagte er. »Ich bin überrascht, daß Lord St. Simon noch nicht eingetroffen ist. Ha! Ich glaube, ich höre eben seine Schritte auf der Treppe.«

Tatsächlich war es unser Morgenbesucher, der da hereingehastet kam; er schwang seinen Kneifer heftiger denn je und trug einen Ausdruck größter Verwirrung auf seinen aristokratischen Zügen.

»Sie haben also meine Nachricht erhalten?« fragte Holmes.

»Ja, und ich muß gestehen, daß ihr Inhalt mich über alle Maßen erschreckt hat. Haben Sie gute Beweise für das, was Sie sagen?«

»Die besten, die es gibt.«

Lord St. Simon sank in einen Sessel und fuhr sich mit der Hand über die Stirn.

»Was wird der Herzog sagen«, murmelte er, »wenn er erfährt, daß ein Mitglied der Familie solch eine Demütigung über sich hat ergehen lassen müssen?«

»Es handelt sich um reinen Zufall. Ich kann Ihnen nicht zustimmen, daß da irgendwo eine Demütigung vorläge.«

»Ach, Sie betrachten diese Dinge von einem anderen Standpunkt aus.«

»Ich sehe nicht ein, daß hier irgend jemand schuldig sein soll. Und ich sehe auch kaum, wie die Dame hätte anders handeln können, obwohl die abrupte Art, in der sie vorgegangen ist, zweifellos bedauerlich ist. Da sie allein war, hatte sie niemanden, der sie in solch einer Krise hätte beraten können.«

»Das war ein Akt der Geringschätzung, Sir, und zwar ein öffentlicher«, sagte Lord St. Simon; er klopfte mit seinen Fingern auf den Tisch.

»Sie müssen dem armen Mädchen einiges zugute halten, da sie sich in einer so ungewöhnlichen Lage befand.«

»Ich halte niemandem etwas zugute. Ich bin wirklich sehr verärgert, und man hat mich schamlos mißhandelt.«

»Ich glaube, ich habe es läuten hören«, sagte Holmes. »Ja, das sind Schritte auf dem Treppenabsatz. Für den Fall, daß ich Sie nicht dazu überreden kann, die Sache nachsichtig zu betrachten, Lord St. Simon, habe ich einen Advokaten hergebeten, der vielleicht erfolgreicher ist.«

Er öffnete die Tür und führte eine Dame und einen Gentleman herein. »Lord St. Simon«, sagte er, »gestatten Sie, daß ich Sie mit Mr. und Mrs. Francis Hay Moulton bekannt mache. Ich glaube, der Dame sind Sie bereits begegnet.«

Beim Anblick dieser Neuankömmlinge war unser Klient aus seinem Sessel aufgesprungen; er stand dort sehr aufrecht, musterte den Boden und hatte die Hand brusthoch in den Gehrock gesteckt, ein Bild verletzter Würde. Die Dame hatte einen schnellen Schritt vorwärts getan und ihm ihre Hand entgegengestreckt, doch weigerte er sich noch immer, den Blick zu erheben. Für seine Standhaftigkeit war dies vielleicht besser, denn ihrem bittenden Gesicht konnte man schwerlich widerstehen.

»Du bist verärgert, Robert«, sagte sie. »Nun ja, ich glaube, du hast allen Grund dazu.«

»Bitte entschuldige dich nicht bei mir«, sagte Lord St. Simon verbittert.

»Oh, doch, ich weiß, daß ich dich ganz schlecht behandelt habe und daß ich mit dir hätte sprechen sollen, bevor ich gegangen bin; aber ich war ziemlich durcheinander, und seit ich Frank hier wiedergesehen hatte, habe ich nicht mehr gewußt, was ich tue oder sage. Ich wundere mich nur, daß ich nicht mitten vor dem Altar ohnmächtig umgefallen bin.«

»Mrs. Moulton, vielleicht wäre es Ihnen lieber, wenn mein Freund und ich den Raum verließen, während Sie die Angelegenheit erklären?«

»Wenn ich meine Meinung dazu sagen darf«, bemerkte der fremde Gentleman, »dann haben wir in dieser Sache schon ein bißchen zuviel Geheimniskrämerei gehabt. Was mich angeht, können ganz Europa und Amerika gern alles hören, wie es seine Ordnung hat.« Er war klein, drahtig und braungebrannt, mit einem scharfgeschnittenen Gesicht und machte einen aufgeweckten Eindruck.

»Dann will ich frei heraus unsere Geschichte erzählen«, sagte die Dame. »Frank hier und ich haben uns '81 kennengelernt, in McQuire's Camp nahe den Rockies, wo Pa einen *claim* ausgebeutet hat. Wir haben uns verlobt, Frank und ich; aber eines Tages ist Pa auf ein ziemlich reichhaltiges Nest gestoßen und hat einen ganzen Haufen rausgeholt, während der arme Frank hier einen *claim* hatte, der versackt ist und aus dem nichts zu machen war. Je reicher Pa wurde, um so ärmer wurde Frank; deshalb wollte Pa schließlich nichts mehr davon wissen, daß wir noch länger verlobt wären, und hat mich nach Frisco mitgenommen. Frank wollte aber trotzdem nicht aufstecken, deshalb ist er mir dahin nachgekommen, und wir haben uns getroffen, ohne daß Pa etwas davon wußte. Er wäre nur wütend geworden, wenn er es gewußt hätte, deshalb haben wir alles für uns behalten. Frank hat gesagt, er wollte losziehen und auch sein Glück machen und nicht wiederkommen, um um mich anzuhalten, bevor er nicht genauso viel hätte wie Pa. Deshalb habe ich ihm da versprochen, bis ans Ende der Zeit auf ihn zu warten, und ich habe mein Wort gegeben, ich würde niemals einen anderen heiraten, solange er lebt. Da hat er gesagt: ›Warum sollen wir denn dann nicht gleich heiraten, dann bin ich deiner sicher; und ich werde nicht als dein Mann auftreten, bis ich wiederkomme.‹ Also, wir haben das durchgeredet, und er hatte alles schon so gut vorbereitet, mit einem Geistlichen, der nur noch auf das Kommando wartete, daß wir es gleich da erledigt haben; und dann ist Frank losgezogen, um sein Vermögen zu machen, und ich bin zu Pa zurückgekehrt.

Das nächste, was ich von Frank hörte, war, er wäre in Montana, und dann ist er als Prospektor nach Arizona gegangen, und dann habe ich von ihm aus New Mexico gehört. Danach kam eine lange Zeitungsgeschichte darüber, wie ein

Goldsucherlager von Apachen überfallen worden war, und der Name von meinem Frank war bei den Getöteten. Ich bin einfach ohnmächtig geworden und danach monatelang krank gewesen. Pa hat gemeint, es wäre Schwindsucht, und er hat mich zu beinahe allen Ärzten von Frisco geschleppt. Ein Jahr lang oder länger habe ich kein Sterbenswörtchen mehr gehört, deshalb konnte ich nicht mehr daran zweifeln, daß Frank wirklich tot war. Dann ist Lord St. Simon nach Frisco gekommen, und wir nach London, und die Hochzeit wurde festgesetzt, und Pa hat alles sehr gefallen, aber ich wußte die ganze Zeit, daß kein Mann auf dieser Welt jemals den Platz in meinem Herzen einnehmen kann, der meinem armen Frank gehört hatte.

Trotzdem, wenn ich Lord St. Simon geheiratet hätte, hätte ich natürlich ihm gegenüber meine Pflicht erfüllt. Wir können nicht unserer Liebe befehlen, wohl aber unseren Taten. Ich bin mit ihm zum Altar gegangen in der Absicht, ihm eine so gute Frau zu sein, wie es mir möglich ist. Aber Sie können sich vorstellen, was ich gefühlt habe, als ich eben zum Geländer vor dem Altar komme, mich umschaue und da sehe ich Frank in der ersten Bankreihe stehen, und er blickt mich an. Zuerst habe ich gedacht, es ist sein Geist; als ich dann aber noch einmal hinschaue, ist er immer noch da, mit einer Art Frage in den Augen, als ob er von mir wissen will, ob ich froh oder traurig bin, ihn zu sehen. Ich wundere mich noch immer, daß ich nicht umgefallen bin. Ich weiß, daß sich alles um mich gedreht hat, und was der Priester gesagt hat, war, wie wenn eine Biene in meinem Ohr summt. Ich wußte nicht, was ich tun soll. Soll ich die Trauung anhalten und in der Kirche eine Szene machen? Ich sehe ihn noch einmal an, und er scheint zu wissen, was ich denke; er legt nämlich den Finger auf die Lippen, um mir zu sagen, ich soll still sein. Dann sehe ich ihn etwas auf ein Stück Papier kritzeln, und ich weiß, er schreibt mir eine Notiz. Beim Hinausgehen aus der Kirche habe ich dann an seiner Bank mein *bouquet* fallen lassen, und als er mir die Blumen zurückgibt, hat er mir den Zettel in die Hand gedrückt. Es war nur eine Zeile, in der er mich aufgefordert hat, zu ihm zu kommen, sobald er mir das Zeichen dazu gibt. Natürlich habe ich keinen Augenblick daran gezweifelt, daß meine erste Pflicht jetzt ihm gilt, und ich habe beschlossen, einfach zu tun, was auch immer er mir vorschlägt.

Als ich nach Hause kam, habe ich es meiner Zofe gesagt, die ihn in Kalifornien gekannt hat und immer gut mit ihm ausgekommen ist. Ich habe ihr aufgetragen, nichts zu sagen, sondern nur ein paar Sachen zu packen und meinen Ulster bereitzuhalten. Ich weiß, ich hätte mit Lord St. Simon sprechen sollen, aber das war schrecklich schwierig, vor seiner Mutter und all den hohen Herrschaften. Ich habe einfach beschlossen, fortzulaufen und hinterher alles zu erklären. Ich war keine zehn Minuten am Tisch, da habe ich durch das Fenster Frank auf der anderen Straßenseite gesehen. Er hat mir zugewinkt und ist dann langsam in den Park gegangen. Ich bin hinausgeschlüpft, habe meine Sachen angezogen und bin ihm gefolgt. Dann ist irgendeine Frau angekommen und wollte mir etwas über Lord St. Simon erzählen – von dem wenigen, was ich gehört habe, hatte ich den Eindruck, als hätte er auch sein kleines Geheimnis vor der Ehe gehabt –, aber ich konnte sie loswerden und habe dann bald Frank eingeholt. Wir sind zusammen in einen Wagen gestiegen und fortgefahren, zu einem Quartier, das er am Gordon Square gemietet hatte, und das war dann meine richtige Hochzeit nach all den Jahren des Wartens. Frank war bei den Apachen gefangen gewesen, war entkommen, ist nach Frisco gegangen, hat herausgefunden, daß ich ihn für tot aufgegeben hatte und nach England gereist war, ist mir hierher gefolgt und hat mich schließlich ausgerechnet am Morgen meiner zweiten Hochzeit gefunden.«

»Ich habe es in einer Zeitung gelesen«, erklärte der Amerikaner. »Darin stand der Name und die Kirche, aber nicht die Wohnung der Dame.«

»Dann haben wir darüber gesprochen, was wir tun sollten, und Frank war ganz für Offenheit, aber ich habe mich wegen allem so geschämt, daß ich am liebsten verschwunden wäre und nie wieder einen von ihnen gesehen hätte; ich hätte nur vielleicht Pa kurz geschrieben, um ihm zu sagen, daß ich noch lebe. Mir war schrecklich zumute, wie ich an all die Lords und Ladies gedacht habe, die da um den Frühstückstisch herum sitzen und darauf warten, daß ich zurückkomme. Also hat Frank meine Hochzeitskleider und die anderen Sachen genommen und ein Bündel daraus gemacht, damit man mich nicht entdeckt, und hat sie irgendwo weggeworfen, wo niemand sie finden sollte. Wahrscheinlich wären wir morgen nach Paris gefahren, wenn nicht heute abend dieser gute Gentleman, Mr. Holmes, zu uns gekommen wäre, wenn ich mir auch nicht denken kann, wie er uns gefunden hat, und er hat uns ganz freundlich klargemacht, daß ich unrecht habe und Frank recht, und daß wir uns ganz ins Unrecht setzen, wenn wir so geheimnisvoll tun. Dann hat er angeboten, uns eine Chance zu geben, allein mit Lord St. Simon zu sprechen, und deshalb sind wir sofort hergekommen, und es tut mir sehr leid, wenn ich dir wehgetan habe, und ich hoffe, du denkst nicht zu schlecht von mir.«

Lord St. Simon hatte seine starre Haltung keineswegs aufgegeben, doch hatte er dieser langen Erzählung mit gerunzelter Stirn und zusammengepreßten Lippen gelauscht.

»Verzeih«, sagte er, »aber es ist gewöhnlich nicht meine Art, meine intimsten persönlichen Belange derart öffentlich zu erörtern.«

»Du willst mir also nicht verzeihen? Du willst mir nicht die Hand geben, bevor ich gehe?«

»Oh, gewiß, wenn es dir Vergnügen macht.« Er streckte die Hand aus und ergriff kalt die ihre, die sie ihm reichte.

»Ich hatte gehofft«, regte Holmes an, »daß Sie uns bei einem freundschaftlichen Abendessen Gesellschaft leisten.«

»Ich schätze, da verlangen Sie ein wenig zuviel«, erwiderte Seine Lordschaft. »Man kann mich zwingen, diesen jüngsten Entwicklungen zuzustimmen, man kann aber kaum von mir erwarten, daß ich mich darob vergnüge. Ich glaube, mit Ihrer Erlaubnis werde ich Ihnen allen nun eine sehr gute Nacht wünschen.« Er schloß uns alle in einen Halbkreis der Verneigung ein und stapfte aus dem Raum.

»Dann hoffe ich aber, daß wenigstens Sie mich mit Ihrer Gesellschaft beehren werden«, sagte Sherlock Holmes. »Es ist mir immer eine Freude, einem Amerikaner zu begegnen, Mr. Moulton, denn ich gehöre zu denen, die daran glauben, daß die Torheit eines Monarchen und die Stümperei eines Ministers vor vielen Jahren unsere Nachkommen doch nicht daran hindern werden, eines Tages Bürger desselben weltweiten Landes unter einer Flagge zu sein, die den Union Jack und das Sternenbanner vereint.«

»Der Fall war sehr interessant«, bemerkte Holmes, als unsere Gäste gegangen waren, »denn er ist dazu geeignet, sehr deutlich zu zeigen, wie einfach die Erklärung für eine Angelegenheit sein kann, die zunächst nahezu unerklärlich zu sein scheint. Nichts wäre erklärlicher. Nichts könnte natürlicher sein als die Folge der Ereignisse, so, wie diese Dame sie vorgetragen hat, und nichts seltsamer als das Ergebnis, wenn zum Beispiel Mr. Lestrade von Scotland Yard es betrachtet.«

»Sie haben sich also nicht geirrt, nicht wahr?«

»Von Anfang an waren zwei Tatsachen mir ganz offensichtlich; einmal die, daß die Dame durchaus willens gewesen war, die Trauung vornehmen zu lassen, zum anderen die, daß sie dies innerhalb weniger Minuten nach ihrer Rückkehr bereut hatte. Im Verlauf des Morgens war also offenbar etwas vorgefallen, was diesen Meinungswandel bei ihr verursacht hatte. Was konnte das sein? Sie kann mit niemandem gesprochen haben, während sie nicht im Haus war, denn sie ist die ganze Zeit mit dem Bräutigam zusammen gewesen. Hat sie also jemanden gesehen? Wenn, dann muß es jemand aus Amerika sein, denn sie ist erst seit so kurzer Zeit in diesem Land, daß kaum jemand einen so tiefen Einfluß auf sie gewonnen haben kann, daß allein sein Anblick sie veranlassen könnte, ihre Pläne so vollkommen zu ändern. Wie Sie sehen, sind wir durch ein Ausschließungsverfahren bereits zu der Idee gekommen daß sie einen Amerikaner gesehen haben kann. Wer könnte nun dieser Amerikaner sein, und weshalb sollte er einen so großen Einfluß auf sie haben? Er könnte ein Liebhaber sein; er könnte ein Ehemann sein. Mir war bekannt, daß sie ihre Zeit als junge Frau auf rauhen Schauplätzen und unter seltsamen Bedingungen verbracht hat. So weit war ich gekommen, noch bevor ich Lord St. Simons Bericht gehört hatte. Als er uns von dem Mann in der Kirchenbank erzählt hat, von der Veränderung in der Haltung der Braut, von einem so durchsichtigen Verfahren wie dem, einen Blumenstrauß fallen zu lassen, um ein Briefchen erhalten zu können, von ihrem Gespräch mit ihrer vertrauten Zofe, und von ihrer sehr bezeichnenden Anspielung darauf, einen ›*claim* unter den Nagel zu reißen‹, was unter Goldsuchern soviel heißt wie, etwas in Besitz nehmen, worauf eine andere Person ältere Ansprüche hat, da wurde mir die ganze Situation absolut klar. Sie war mit einem Mann fortgegangen, und der Mann war entweder ein Liebhaber oder ein früherer Ehemann, und die Chancen standen zugunsten der letzteren Möglichkeit.«

»Und wie um alles in der Welt haben Sie sie gefunden?«

»Das hätte schwierig sein können, aber unser Freund Lestrade hatte Informationen in der Hand, deren Wert er selbst nicht kannte. Die Initialen waren natürlich von allergrößter Bedeutung, aber es war noch wertvoller, zu wissen, daß er in der letzten Woche seine Rechnung in einem der erlesensten Londoner Hotels beglichen hatte.«

»Woraus haben Sie diese Erlesenheit deduziert?«

»Aus den erlesenen Preisen. Acht Shilling für ein Bett und acht Pence für ein Glas Sherry, das deutete auf eines der teuersten Hotels. In London gibt es nicht sehr viele, die solche Preise verlangen. Im zweiten Hotel, das ich aufgesucht habe, in der Northumberland Avenue, habe ich bei einer Durchsicht des Gästebuchs erfahren, daß Francis H. Moulton, ein Gentleman aus Amerika, erst einen Tag zuvor ausgezogen war, und als ich die sonstigen ihn betreffenden Eintragungen durchgesehen habe, bin ich auf die gleichen Posten gestoßen, die ich auf der Rechnungsdurchschrift gesehen hatte. Seine Post sollte nach 226 Gordon Square weitergeleitet werden, also bin ich dorthin gefahren, und da ich das Glück hatte, das liebende Paar zu Hause anzutreffen, habe ich mich erdreistet, ihnen einige väterliche Ratschläge zu geben und ihnen klarzumachen, daß es für sie in jedem Fall besser wäre, ihre Position ein wenig deutlicher darzulegen, sowohl der Öffentlichkeit allgemein als auch Lord St. Simon im besonderen. Ich habe sie eingeladen, sich hier mit ihm zu treffen, und wie Sie gesehen haben, habe ich ihn dazu gebracht, die Verabredung einzuhalten.«

»Aber ohne ein besonders gutes Ergebnis«, bemerkte ich. »Seine Haltung war nicht eben huldreich.«

»Ach, Watson«, sagte Holmes lächelnd, »vielleicht wären Sie auch nicht gerade huldreich, wenn Sie sich nach all der Mühsal von Werbung und Vermählung innerhalb eines Augenblicks um Frau und Vermögen gebracht fänden. Ich glaube, wir sollten Lord St. Simon sehr gnädig beurteilen und unseren Sternen danken, daß wir uns höchstwahrscheinlich niemals in der gleichen Lage befinden werden. Ziehen Sie Ihren Sessel näher und geben Sie mir meine Geige; wir haben nämlich noch immer ein Problem zu lösen, und zwar, wie wir uns diese trüben Herbstabende vertreiben können.«

# DIE BERYLL-KRONE

»HOLMES«, sagte ich, als ich eines Morgens in unserem Erkerfenster stand und die Straße entlangschaute, »da kommt ein Verrückter. Es scheint mir bedauerlich, daß seine Verwandten ihn allein ausgehen lassen.«

Mein Freund erhob sich träge aus seinem Lehnsessel, stellte sich, die Hände in den Taschen seines Morgenrocks, hinter mich und sah mir über die Schulter. Es war ein lichter, frischer Februarmorgen, und der Schnee des Vortages lag noch hoch auf dem Boden und leuchtete hell in der Wintersonne. In der Mitte der Baker Street hatte der Verkehr ihn zu einem braunen, bröckelnden Band zerpflügt, aber an den Rändern und aufgetürmt auf den Seiten der Gehsteige lag er noch so weiß, wie er gefallen war. Man hatte das graue Pflaster gesäubert und gefegt, doch war es immer noch gefährlich glatt, so daß weniger Passanten als gewöhnlich zu sehen waren. Tatsächlich kam sogar aus der Richtung der Untergrundbahn-Station niemand außer diesem einzelnen Gentleman, dessen exzentrisches Benehmen meine Aufmerksamkeit erregt hatte.

Er mochte um die Fünfzig sein, groß, stattlich und imposant, mit einem massigen Gesicht mit ausgeprägten Zügen und einer gebieterischen Gestalt. Er trug dezente, wiewohl kostbare Kleidung, schwarzen Gehrock, glänzenden Hut, feine braune Gamaschen und gutgeschnittene, perlgraue Hosen. Sein Verhalten stand jedoch in einem absurden Kontrast zur Würde der Kleidung und der Züge, denn er lief eilig, bisweilen mit kleinen Sprüngen, wie ein müder Mann sie zu machen pflegt, der kaum daran gewöhnt ist, seine Beine jemals zu belasten. Beim Laufen fuhr er mit den Händen auf und nieder, wackelte mit dem Kopf und verzog sein Gesicht zu den ungewöhnlichsten Grimassen.

»Was um alles in der Welt mag mit ihm vorgehen?« fragte ich. »Er schaut zu den Hausnummern auf.«

»Ich glaube, er will zu uns«, sagte Holmes; er rieb sich die Hände.

»Zu uns?«

»Ja; ich nehme stark an, er kommt, um mich beruflich zu konsultieren. Ich denke, ich erkenne die Symptome. Ha! Habe ich es Ihnen nicht gesagt?« Noch während er sprach, stürzte sich der Mann keuchend und schnaufend auf unsere Tür und zerrte am Klingelzug, bis das ganze Haus vom Läuten widerhallte.

Einige Augenblicke später stand er in unserem Raum, noch immer keuchend, noch immer gestikulierend, aber mit einem so eingegrabenen Ausdruck von Kummer und Verzweiflung in den Augen, daß uns das Lächeln verging und von einem Moment zum anderen zu Entsetzen und Mitleid wurde. Eine ganze Weile brachte er kein Wort heraus, sondern schwankte und zupfte an seinen Haaren wie einer, den es an die äußersten Grenzen seines Verstandes verschlagen hat. Dann sprang er plötzlich auf und rammte seinen Kopf mit solcher Wucht gegen die Wand, daß wir uns beide auf ihn stürzten und ihn zur Mitte des Raums rissen. Sherlock Holmes stieß ihn in den Lehnstuhl, setzte sich neben ihn, klopfte ihm auf die Hand und plauderte mit ihm in jenem gelassenen, besänftigenden Tonfall, den er so gut anzuwenden wußte.

»Sie sind zu mir gekommen, um mir Ihre Geschichte zu erzählen, nicht wahr?« sagte er. »Sie sind durch die Eile ganz erschöpft. Bitte warten Sie, bis Sie sich erholt haben, und dann wird es mir ein Vergnügen sein, jedes noch so geringe Problem zu untersuchen, das Sie mir vorzulegen wünschen.«

Der Mann saß dort eine Minute oder länger; seine Brust hob und senkte sich, und er rang mit seinen Gefühlen. Dann fuhr er sich mit dem Taschentuch über die Stirn, preßte die Lippen zusammen und wandte uns sein Gesicht zu.

»Zweifellos halten Sie mich für verrückt«, sagte er.

»Ich sehe, daß Sie in großen Schwierigkeiten gewesen sind«, gab Holmes zurück.

»Weiß Gott, das bin ich! – Schwierigkeiten, die ausreichen, mich um den Verstand zu bringen, so plötzlich und so schrecklich sind sie. Mit öffentlicher Entehrung hätte ich fertigwerden können, obwohl ich ein Mann mit bisher absolut fleckenlosem Charakter bin. Privates Ungemach ist ebenfalls jedem beschieden; aber beide zusammen und gleichzeitig und in so schrecklicher Form, das ist genug, um mich bis in die Tiefen meiner Seele zu erschüttern. Außerdem betrifft es nicht mich allein. Die erlauchtesten Personen in diesem Land könnten darunter leiden, wenn nicht ein Ausweg aus dieser gräßlichen Affaire gefunden wird.«

»Bitte fassen Sie sich, Sir«, sagte Holmes, »und geben Sie mir eine klare Darlegung, wer und was Sie sind und was Sie heimgesucht hat.«

»Mein Name«, antwortete unser Besucher, »ist Ihnen vielleicht bekannt. Ich bin Alexander Holder, von der Bankgesellschaft Holder & Stevenson, Threadneedle Street.«

Der Name war uns tatsächlich wohlbekannt und gehörte dem Seniorpartner der zweitgrößten privaten Bankgesellschaft der Londoner City. Was konnte sich nur ereignet haben, das einen der ersten Bürger Londons in diesen beklagenswerten Zustand versetzt hatte? Voller Neugier warteten wir, bis er sich mit Hilfe einer weiteren Anstrengung so weit gefaßt hatte, daß er seine Geschichte erzählen konnte.

»Ich glaube, daß Zeit kostbar ist«, sagte er, »deshalb bin ich hergeeilt, als der Polizeiinspektor vorschlug, ich sollte mich um Ihre Mitarbeit bemühen. Ich bin mit der Untergrundbahn zur Baker Street gekommen und dann zu Fuß geeilt, weil Droschken bei diesem Schnee nur langsam vorankommen. Deshalb war ich so außer Atem; ich bin nämlich einer, der sich körperlich kaum fordert. Jetzt geht es mir besser, und ich will Ihnen die Tatsachen so knapp und doch so deutlich darlegen, wie ich kann.

Sie wissen natürlich, daß für erfolgreiche Bankgeschäfte

ebensoviel davon abhängt, daß man lohnende Objekte findet, um seine Mittel zu investieren, wie auch davon, daß man seine Verbindungen ausbaut und die Anzahl seiner Kunden erhöht. Eine unserer lukrativsten Möglichkeiten, Geld anzulegen, ist in Form von Darlehen, wenn die Sicherheiten einwandfrei sind. In den vergangenen Jahren haben wir in dieser Richtung einiges getan, und es gibt viele vornehme Familien, denen wir große Summen vorgeschossen haben, welche durch ihre Gemälde, Bibliotheken oder ihr Silber gesichert sind.

Gestern früh saß ich in meinem Büro in der Bank, als einer der Angestellten mir eine Karte hereinbrachte. Ich habe einen Schrecken bekommen, als ich den Namen darauf sah, es war nämlich kein anderer als der von – also, vielleicht sollte ich nicht einmal Ihnen mehr sagen, als daß es ein Name war, den auf der ganzen Welt jeder kennt – einer der höchsten, vornehmsten, herausragendsten Namen in England. Ich war von der Ehre überwältigt, und als er eintrat, habe ich versucht, das so sagen, aber er ist sofort zum Geschäft gekommen, mit der Haltung eines Mannes, der es eilig hat, eine unangenehme Aufgabe hinter sich zu bringen.

›Mr. Holder‹, sagte er, ›man hat mir mitgeteilt, daß Sie gewöhnlich Geld vorschießen.‹

›Die Gesellschaft tut dies, wenn die Sicherheiten in Ordnung sind‹, habe ich geantwortet.

›Es ist für mich absolut wichtig‹, sagte er, ›sofort fünfzigtausend Pfund zu bekommen. Natürlich könnte ich mir eine derart lächerliche Summe und zehnmal mehr von meinen Freunden borgen; ich ziehe es aber vor, die Sache geschäftsmäßig zu erledigen und dieses Geschäft persönlich abzuwickeln. Sie verstehen sicher, daß es bei meiner Position unklug wäre, Verpflichtungen einzugehen.‹

›Für welche Zeit, wenn ich fragen darf, möchten Sie diese Summe haben?‹ habe ich gefragt.

›Am kommenden Montag wird eine große Summe zu meinen Gunsten fällig, und dann werde ich Ihnen selbstverständlich das zurückzahlen, was Sie mir geliehen haben, zu jedem

Zinssatz, den zu fordern Sie für tunlich halten. Es ist für mich aber äußerst wichtig, daß das Geld sogleich ausgezahlt wird.‹

›Ich wäre glücklich, wenn ich es Ihnen ohne weitere Verhandlungen aus meinem Privatvermögen vorstrecken könnte‹, habe ich gesagt, ›die Belastung wäre jedoch mehr, als es vertragen kann. Wenn ich es, andererseits, namens der Gesellschaft tue, dann muß ich, um meinem Partner gerecht zu werden, sogar in Ihrem Fall darauf bestehen, daß alle geschäftsüblichen Vorsichtsmaßnahmen getroffen werden.‹

›Ich zöge es durchaus vor, dies so zu handhaben‹, sagte er; dann hat er ein viereckiges Etui aus schwarzem Marockleder hochgehoben, das er neben seinen Stuhl gestellt hatte. ›Sie haben zweifellos von der Beryll-Krone gehört?‹

›Eines der kostbarsten öffentlichen Besitztümer des Empire‹, habe ich gesagt.

›Sehr richtig.‹ Er hat das Etui geöffnet, und da lag, eingebettet in weichem, fleischfarbenem Samt, die herrliche Juwelenarbeit, die er genannt hatte. ›Es sind neununddreißig riesige Berylle‹, sagte er, ›und der Wert der Goldfassung ist unschätzbar. Die niedrigste Schätzung würde den Wert der Krone auf das Doppelte jener Summe veranschlagen, um die ich gebeten habe. Ich bin bereit, sie Ihnen als meine Sicherheit zu überlassen.‹

Ich habe die kostbare Schachtel in die Hände genommen und in einiger Verwirrung zwischen ihr und meinem erlauchten Kunden hin und her geschaut.

›Zweifeln Sie an ihrem Wert?‹ fragte er.

›Keineswegs. Ich zweifle nur . . .‹

›. . . an meinem Recht, sie hierzulassen. In diesem Punkt können Sie Ihr Gewissen beruhigen. Ich würde nicht im Traum daran denken, derlei zu tun, wenn es nicht absolut sicher wäre, daß ich innerhalb von vier Tagen imstande bin, sie auszulösen. Es ist eine reine Formsache. Ist die Sicherheit ausreichend?‹

›Bei weitem.‹

›Sie verstehen, Mr. Holder, daß ich Ihnen einen großen

Beweis für das Vertrauen gebe, das ich in Sie setze und das auf all dem beruht, was ich über Sie gehört habe. Ich verlasse mich nicht nur darauf, daß Sie diskret sind und Abstand davon nehmen werden, über diese Angelegenheit zu reden, sondern vor allem darauf, daß Sie diese Krone mit aller nur denkbaren Vorsicht bewahren; ich brauche wohl nicht zu sagen, daß es einen großen öffentlichen Skandal gäbe, wenn ihr irgendein Schaden zustoßen sollte. Jegliche Beschädigung der Krone wäre nahezu so schwerwiegend wie ihr völliger Verlust, denn es gibt auf der Welt keine gleichwertigen Berylle, und es wäre unmöglich, sie zu ersetzen. Ich überlasse sie Ihnen jedoch mit vollem Vertrauen, und ich werde sie am Montagmorgen persönlich abholen.‹

Ich konnte sehen, daß mein Kunde möglichst bald wieder gehen wollte, deshalb habe ich nichts mehr gesagt, sondern meinen Kassierer rufen lassen und ihn angewiesen, fünfzig Tausend-Pfund-Noten auszuzahlen. Als ich dann aber wieder allein war mit der kostbaren Schachtel, die vor mir auf dem Tisch lag, war mir doch reichlich unwohl bei dem Gedanken an die ungeheure Verantwortung, die mir die Krone aufbürdete. Es konnte keinen Zweifel daran geben, daß, da sie ein nationales Besitztum ist, ein schrecklicher Skandal folgen würde, wenn ihr irgend etwas zustieße. Da habe ich es schon bedauert, daß ich mich überhaupt bereit erklärt hatte, sie in meine Obhut zu nehmen. Es war aber zu spät, um noch etwas daran zu ändern, also habe ich sie in meinen privaten *safe* geschlossen und mich wieder meiner Arbeit zugewandt.

Als der Abend kam, hatte ich das Gefühl, es wäre äußerst unklug, einen so kostbaren Gegenstand im Büro zurückzulassen. Es sind schon öfter *safes* von Bankiers aufgebrochen worden, wieso dann nicht vielleicht meiner? Wenn das geschähe, in welcher entsetzlichen Lage befände ich mich dann! Ich habe daher beschlossen, daß ich in den nächsten Tagen die Schachtel immer mit mir hin und her tragen würde, so daß sie niemals außerhalb meiner Reichweite wäre. In dieser Absicht habe ich eine Droschke gerufen und bin zu meinem Haus nach

Streatham gefahren und habe das Juwel mitgenommen. Ich habe nicht frei geatmet, bis ich es nicht im oberen Stockwerk in den Schreibtisch meines Ankleidezimmers geschlossen hatte.

Nun ein Wort über meinen Haushalt, Mr. Holmes, denn ich möchte, daß Sie die Situation voll und ganz verstehen. Mein Stallknecht und mein Page schlafen außerhalb des Hauses und können ganz außer acht gelassen werden. Ich habe drei Dienerinnen, die seit vielen Jahren bei mir sind und deren Zuverlässigkeit über jeden Zweifel erhaben ist. Eine weitere, Lucy Parr, das zweite Kammermädchen, ist erst seit einigen Monaten in meinen Diensten. Sie hat aber hervorragende Zeugnisse mitgebracht und mich immer zufriedengestellt. Sie ist sehr hübsch und hat etliche Bewunderer, die bisweilen das Haus umlagert haben. Das ist der einzige Nachteil, den wir an ihr finden konnten, aber wir halten sie in jeder Beziehung für ein durch und durch gutes Mädchen.

So viel zu den Dienstboten. Meine Familie an sich ist so klein, daß ihre Beschreibung nicht viel Zeit in Anspruch nimmt. Ich bin Witwer und habe nur einen Sohn, Arthur. Er ist mir eine Enttäuschung gewesen, Mr. Holmes, eine schwere Enttäuschung. Ich bezweifle nicht, daß ich daran Schuld trage. Man hält mir vor, ich hätte ihn verwöhnt. Wahrscheinlich habe ich das. Als meine liebe Frau starb, war er alles, was mir noch zu lieben blieb. Ich habe es nicht ertragen können, von seinem Gesicht auch nur für einen Augenblick das Lächeln schwinden zu sehen. Nie habe ich ihm einen Wunsch abgeschlagen. Vielleicht wäre es für uns beide besser, wenn ich strenger gewesen wäre, aber ich wollte nur das Beste.

Natürlich hatte ich den Wunsch, daß er im Geschäft mein Nachfolger wird, aber er hat keine Neigungen zum Geschäftlichen. Er war immer ungebärdig und launisch, und, um die Wahrheit zu sagen, ich habe ihm nie größere Geldsummen anvertrauen können. Als er noch jung war, ist er Mitglied eines aristokratischen Clubs geworden, und da er charmant im Umgang ist, war er bald eng mit einer Reihe von Männern mit großen Börsen und kostspieligen Gewohnheiten befreundet. Er hat es sich angewöhnt, hoch auf Karten zu setzen und Geld beim Pferderennen zu vergeuden, und wieder und wieder ist er zu mir gekommen und hat mich darum gebeten, daß ich ihm auf seinen Wechsel einen Vorschuß gebe, damit er seine Ehrenschulden begleichen kann. Mehr als einmal hat er versucht, sich von seiner gefährlichen Gesellschaft zu trennen, aber jedesmal hat der Einfluß seines Freundes Sir George Burnwell ausgereicht, ihn zurückzuholen.

Und ich brauchte mich auch wirklich nicht darüber zu wundern, daß ein Mann wie Sir George Burnwell Einfluß über ihn gewonnen hat, denn er hat ihn oft in mein Haus gebracht, und ich selbst habe festgestellt, daß ich mich der Faszination seines Wesens kaum widersetzen konnte. Er ist älter als Arthur, bis in die Fingerspitzen ein Mann von Welt, einer, der überall gewesen ist, alles gesehen hat, ein glänzender Erzähler und ein Mann von großer persönlicher Schönheit. Wenn ich jedoch kalten Blutes an ihn denke, fern vom Zauber seiner Gegenwart, dann bin ich überzeugt davon, und zwar durch sein zynisches Reden und den Blick, den ich manchmal in seinen Augen gesehen habe, daß man ihm zutiefst mißtrauen sollte. Das ist es, was ich glaube, und das gleiche denkt meine kleine Mary, die den Frauen eigenen scharfen Blick für Charaktere hat.

Und nun bleibt nur noch sie zu beschreiben. Sie ist meine Nichte; aber als mein Bruder vor fünf Jahren starb und sie allein in der Welt zurückließ, habe ich sie adoptiert und sie seither immer als meine Tochter betrachtet. Sie ist der Sonnenschein in meinem Haus – anmutig, liebevoll, schön, eine wunderbare und aufmerksame Haushälterin, und bei allem so zart und ruhig und sanft, wie eine Frau es nur sein kann. Sie ist meine rechte Hand. Ich wüßte nicht, was ich ohne sie anfangen sollte. Nur in einer einzigen Angelegenheit hat sie sich immer meinen Wünschen entgegengestellt. Zweimal hat mein Sohn sie gebeten, ihn zu heiraten, denn er liebt sie abgöttisch, aber beide Male hat sie ihn abgewiesen. Ich glaube, wenn jemand ihn auf den rechten Weg hätte bringen können, dann wäre sie das gewesen, und daß diese Heirat sein ganzes Leben hätte verändern können; aber jetzt ist es leider zu spät – zu spät auf ewig!

Jetzt, Mr. Holmes, kennen Sie die Menschen, die unter meinem Dach leben, und ich werde in meiner beklagenswerten Geschichte fortfahren.

Als wir an jenem Abend im Salon nach dem Essen Kaffee tranken, habe ich Arthur und Mary von meinem Erlebnis berichtet, und auch von dem kostbaren Schatz, den wir unter unserem Dach beherbergten; allerdings habe ich den Namen meines Kunden verschwiegen. Lucy Parr, die den Kaffee gebracht hatte, war, dessen bin ich sicher, nicht mehr im Raum; ich kann aber nicht beschwören, daß die Tür geschlossen war. Mary und Arthur waren sehr interessiert und wollten die berühmte Krone sehen, aber ich hielt es für besser, sie nicht anzutasten.

›Wo hast du sie untergebracht?‹ hat Arthur gefragt.

›In meinem Schreibtisch.‹

›Na, ich hoffe sehr, daß das Haus nicht diese Nacht von Einbrechern heimgesucht wird‹, sagte er.

›Er ist verschlossen‹, habe ich geantwortet.

›Ach, jeder beliebige Schlüssel paßt für den Schreibtisch. Als ich noch klein war, habe ich ihn selbst mit dem Schlüssel vom Speicherschrank geöffnet.‹

Er hat oft wildes Zeug dahergeredet, deshalb habe ich das, was er sagte, nicht ernstgenommen. Er ist mir aber in dieser Nacht mit einem sehr ernsten Gesicht zu meinem Raum gefolgt.

›Hör mal, Vater‹, sagte er, mit niedergeschlagenen Augen. ›Kannst du mir zweihundert Pfund geben?‹

›Nein, das kann ich nicht!‹ habe ich scharf geantwortet. ›Ich bin dir gegenüber in Geldsachen ohnehin viel zu großzügig gewesen.‹

›Du bist sehr freundlich gewesen‹, sagte er; ›aber ich muß das Geld haben, sonst kann ich mich im Club nie mehr blicken lassen.‹

›Das wäre eine sehr gute Sache!‹ habe ich daraufhin ausgerufen.

›Ja, aber du willst mich doch sicher nicht ehrlos dastehen sehen‹, sagte er. ›Ich könnte die Schande nicht ertragen. Irgendwie muß ich das Geld auftreiben, und wenn du es mir nicht geben willst, muß ich andere Wege finden.‹

Ich war sehr verärgert, denn das war bereits die dritte derartige Bitte im Verlauf des Monats. ›Von mir bekommst du keinen Heller‹, habe ich gerufen; daraufhin hat er sich verneigt und den Raum ohne ein weiteres Wort verlassen.

Als er gegangen war, habe ich meinen Sekretär aufgeschlossen, um nachzusehen, ob mein Schatz in Sicherheit war, und ihn dann wieder verschlossen. Danach habe ich mich auf einen Rundgang durch das Haus gemacht, um nachzusehen, ob alles abgeschlossen ist – eine Pflicht, die ich normalerweise Mary überlasse, aber in dieser Nacht hielt ich es für tunlich, sie selbst zu übernehmen. Als ich die Treppe hinunterkam, sah ich Mary am Seitenfenster der Diele stehen; als ich näher kam, hat sie es geschlossen und verriegelt.

›Sag mir, Vater‹, fragte sie, wobei sie, wie ich dachte, ein wenig verstört dreinblickte, ›hast du Lucy, dem Mädchen, heute abend Ausgang gegeben?‹

›Natürlich nicht.‹

›Sie ist eben erst zur Hintertür hereingekommen. Ich bin sicher, daß sie am Seitentor war, um da jemanden zu treffen, aber ich glaube, daß das wohl nicht ungefährlich ist und aufhören sollte.‹

›Dann sprich mit ihr, morgen früh, oder wenn es dir lieber ist, kann ich das übernehmen. Bist du sicher, daß alles verriegelt ist?‹

›Ganz sicher, Vater.‹

›Dann gute Nacht.‹ Ich habe sie geküßt und bin dann in mein Schlafzimmer gegangen und bald eingeschlafen.

Ich versuche, Ihnen alles zu erzählen, Mr. Holmes, das irgendwie für den Fall von Bedeutung sein könnte, aber ich bitte Sie, mich zu allen Punkten zu befragen, die ich nicht deutlich darlege.«

»Aber im Gegenteil, Ihre Darstellung ist überaus erhellend.«

»Ich komme jetzt zu einem Teil meiner Geschichte, bei dem ich das besonders hoffe. Ich schlafe nicht sehr fest, und die Besorgnis in meinem Kopf hat mich, nehme ich an, noch weniger fest schlafen lassen als sonst. Gegen zwei Uhr morgens bin ich dann von einem Geräusch im Haus wachgeworden. Noch bevor ich ganz wach war, war es verstummt, aber es hatte bei mir einen Eindruck hinterlassen, als wäre irgendwo ein Fenster leise geschlossen worden. Ich habe dagelegen und mit aller Konzentration gelauscht. Plötzlich habe ich zu meinem Entsetzen ganz deutlich leise Schritte im Nebenzimmer gehört. Ich bin aus dem Bett geschlüpft, zitternd vor Furcht, und habe um die Ecke der Tür in mein Ankleidezimmer gespäht.

›Arthur!‹ habe ich geschrien, ›du Schuft! Du Dieb! Wie kannst du es wagen, die Krone anzufassen?‹

Das Gaslicht war halb angedreht, wie ich es hinterlassen hatte, und da stand mein unseliger Junge, nur in Hemd und Hosen gekleidet, und hielt die Krone in der Hand. Er schien daran zu zerren oder zu versuchen, sie mit aller Kraft zu verbiegen. Bei meinem Schrei hat er sie fallen lassen und ist leichenblaß geworden. Ich habe sie aufgehoben und untersucht. Eine der goldenen Ecken mit drei Beryllen darin fehlte.

›Du Schurke‹, schreie ich, außer mir vor Wut. ›Du hast sie zerstört! Du hast mich für immer entehrt! Wo sind die Juwelen, die du gestohlen hast?‹

›Gestohlen!‹ ruft er.

›Ja, du Dieb!‹ schreie ich und rüttle ihn an den Schultern.

›Es fehlen keine. Es können keine fehlen‹, sagt er.

›Es fehlen drei. Und du weißt, wo sie sind. Muß ich dich nicht nur Dieb, sondern auch noch Lügner nennen? Habe ich denn nicht gesehen, wie du versucht hast, noch ein Stück abzubrechen?‹

›Du hast mir genug Namen an den Kopf geschmissen‹, sagt er. ›Das mache ich nicht länger mit. Ich werde zu dieser Sache kein Wort mehr sagen, da du es vorziehst, mich zu beleidigen. Ich werde morgen früh dein Haus verlassen und mir in der Welt meinen eigenen Weg suchen.‹

›Du wirst das Haus in Händen der Polizei verlassen!‹ rufe ich, halb verrückt von Kummer und Zorn. ›Ich werde dieser Sache auf den Grund gehen.‹

›Von mir wirst du nichts erfahren‹, sagt er mit einer Leidenschaft, die ich bei ihm nicht erwartet hätte. ›Wenn du unbedingt die Polizei holen willst, dann sollen die zusehen, was sie herausfinden können.‹

Inzwischen war das ganze Haus in Aufruhr, denn in meiner Wut war ich laut geworden. Mary stürzte als erste in mein Zimmer, und beim Anblick der Krone und von Arthurs Gesicht hat sie die ganze Geschichte lesen können und ist mit einem Schrei bewußtlos zusammengebrochen. Ich habe das Hausmädchen nach der Polizei geschickt und die Aufklärung sofort in ihre Hände gelegt. Als der Inspektor und ein Constable das Haus betraten, hat Arthur, der die ganze Zeit mürrisch mit verschränkten Armen dagestanden hatte, mich gefragt, ob ich ihn des Diebstahls zu bezichtigen gedächte. Ich habe geantwortet, das alles sei nun keine Privatsache mehr, sondern eine der Öffentlichkeit geworden, da die zerstörte Krone Nationaleigentum ist. Ich war entschlossen, daß das Gesetz in allem seinen Lauf nehmen sollte.

›Wenigstens‹, hat er gesagt, ›wirst du mich doch nicht sofort verhaften lassen. Es ist zu deinem und zu meinem Vorteil, wenn ich das Haus fünf Minuten lang verlassen darf.‹

›Damit du fliehen oder vielleicht das verstecken kannst, was du gestohlen hast‹, habe ich gesagt. Und dann ist mir die schreckliche Lage klargeworden, in der ich mich befand, und ich habe ihn angefleht, daran zu denken, daß nicht nur meine Ehre, sondern auch die einer sehr viel höhergestellten Person auf dem Spiel stand, und daß er im Begriff war, einen Skandal auszulösen, der die ganze Nation erschüttern würde. Er könnte all das abwenden, wenn er mir nur sagen wollte, was er mit den drei fehlenden Steinen getan hatte.

›Du kannst der Sache klar ins Gesicht sehen‹, habe ich gesagt. ›Du bist auf frischer Tat ertappt worden, und kein Geständnis kann die Abscheulichkeit deiner Tat mildern. Wenn du aber tust, was in deiner Macht steht, um alles wieder gutzumachen, indem du uns sagst, wo die Berylle sind, soll alles vergeben und vergessen sein.‹

›Spar dir deine Vergebung für die auf, die darum bitten‹, hat er geantwortet und sich mit einem höhnischen Grinsen von mir abgewandt. Ich habe sehen können, daß er zu sehr verhärtet war, als daß ich ihn mit Worten hätte beeinflussen können. Es gab nur einen Weg. Ich habe den Inspektor herbeigerufen und meinen Sohn in Gewahrsam gegeben. Man hat sofort nicht nur ihn selbst, sondern auch sein Zimmer untersucht, und außerdem jeden Teil des Hauses, in dem er vielleicht die Juwelen hätte verstecken können; man hat aber keine Spur von ihnen finden können, und der unselige Junge hat trotz all unserer Bitten und Drohungen den Mund nicht aufgemacht. Heute morgen hat man ihn in eine Zelle gebracht, und nachdem ich alle polizeilichen Formalitäten eilig erledigt hatte, bin ich hierhergelaufen, um Sie zu bitten, daß Sie Ihre Fähigkeiten einsetzen, um diese Sache zu enträtseln. Die Polizei hat offen gestanden, daß sie zur Zeit nicht schlau daraus wird. Sie können alle Ausgaben machen, die Sie für nötig halten. Ich habe schon eine Belohnung von tausend Pfund ausgesetzt. Mein Gott, was soll ich nur tun! In einer einzigen Nacht habe ich meine Ehre, meine Juwelen und meinen Sohn verloren. Oh, was soll ich nur tun!«

Er ließ den Kopf in die Hände sinken und wiegte sich vor und zurück, wobei er vor sich hin summte wie ein Kind, dessen Kummer zu groß für Worte geworden ist.

Sherlock Holmes saß einige Minuten lang schweigend da, die Stirn gerunzelt und die Augen auf das Feuer geheftet.

»Haben Sie zu Hause oft Gesellschaften?« fragte er.

»Nein; außer meinem Partner und seiner Familie und hin und wieder einem Freund von Arthur kommt keiner zu mir.

In letzter Zeit war Sir George Burnwell mehrfach da. Sonst niemand, glaube ich.«

»Gehen Sie viel aus?«

»Arthur ja. Mary und ich bleiben daheim. Wir legen beide keinen großen Wert darauf.«

»Das ist ungewöhnlich für ein junges Mädchen.«

»Sie ist von Natur aus still. Außerdem ist sie nicht mehr so jung. Sie ist vierundzwanzig.«

»Nach dem, was Sie sagen, scheint diese Angelegenheit auch für sie ein Schock gewesen zu sein.«

»Ein schrecklicher! Sie hat es sogar noch mehr getroffen als mich.«

»Keiner von Ihnen hegt einen Zweifel an der Schuld Ihres Sohnes?«

»Wie könnten wir, da ich ihn doch mit meinen eigenen Augen mit der Krone in der Hand gesehen habe?«

»Das halte ich kaum für einen hinlänglichen Beweis. War der Rest der Krone irgendwie beschädigt?«

»Ja, verbogen.«

»Meinen Sie denn nicht auch, daß er versucht haben könnte, sie gerade zu biegen?«

»Gott segne Sie! Sie tun für ihn und für mich, was Sie können. Aber die Aufgabe ist zu schwer. Was hat er da überhaupt gewollt? Wenn er einen unschuldigen Zweck verfolgte, warum hat er es dann nicht gesagt?«

»Das ist richtig. Und wenn er schuldig war, warum hat er nicht einfach eine Lüge erfunden? Sein Schweigen scheint mir auf beide Weisen auszulegen zu sein. Es gibt in diesem Fall einige einzigartige Punkte. Was hält denn die Polizei von dem Geräusch, das Sie aus dem Schlaf gerissen hat?«

»Sie nehmen an, es könnte daher stammen, daß Arthur seine Schlafzimmertür geschlossen hat.«

»Eine sehr wahrscheinliche Geschichte! Als ob ein Mann der ein Verbrechen begehen will, die Tür laut schlösse, um das ganze Haus zu wecken. Was sagen sie denn zum Verschwinden dieser Juwelen?«

»Sie untersuchen noch immer die Bohlen und die Möbel, in der Hoffnung, sie zu finden.«

»Haben sie daran gedacht, sich außerhalb des Hauses umzusehen?«

»Ja, sie haben ungewöhnliche Energie bewiesen. Der ganze Garten ist schon überaus gründlich untersucht worden.«

»Nun, mein lieber Sir«, sagte Holmes, »ist Ihnen nicht auch inzwischen offensichtlich, daß diese ganze Angelegenheit wirklich viel verwickelter ist, als Sie oder die Polizei zunächst anzunehmen geneigt waren? Ihnen schien es ein einfacher Fall zu sein; mir scheint er überaus kompliziert. Bedenken Sie, was Ihre Theorie voraussetzt. Sie nehmen an, Ihr Sohn habe sein Bett verlassen, sei heruntergekommen, das große Risiko eingegangen, in Ihr Ankleidezimmer zu gehen, habe Ihren Sekretär geöffnet, die Krone herausgenommen, mit Gewalt einen Teil davon abgebrochen, sei dann zu einer anderen Stelle im Haus gegangen, um drei der neunundvierzig Juwelen zu verstecken, so geschickt, daß niemand sie finden kann, und sei anschließend mit den restlichen sechsundvierzig in den Raum zurückgekehrt, wo er sich der allergrößten Gefahr aussetzte, entdeckt zu werden. Ich frage Sie nun: Ist solch eine Theorie haltbar?«

»Aber welche andere gibt es denn?« rief der Bankier mit einer Geste der Verzweiflung. »Wenn seine Motive unschuldig sind, warum erklärt er sie dann nicht?«

»Das herauszufinden ist unsere Aufgabe«, erwiderte Sherlock Holmes. »Deshalb werden wir uns nun, wenn es Ihnen genehm ist, Mr. Holder, zusammen nach Streatham begeben und eine Stunde darauf verwenden, uns die Einzelheiten ein wenig gründlicher anzusehen.«

Mein Freund bestand darauf, daß ich sie auf ihrer Expedition begleitete, was ich sehr gern tat, denn die Geschichte, der wir gelauscht, hatte meine Neugier und Sympathie sehr erregt. Ich gestehe, daß mir die Schuld des Sohnes des Bankiers ebenso offensichtlich schien wie seinem unglücklichen Vater, doch hatte ich bei allem so viel Vertrauen in Holmes' Urteile, daß ich durchaus glaubte, es müsse Anlaß zur Hoffnung geben, solange er mit der allgemein hingenommenen Erklärung unzufrieden war. Auf dem ganzen Weg zur südlichen Vorstadt sprach er kaum ein Wort, sondern saß versunken in tiefstes Nachdenken, mit dem Kinn auf der Brust und dem Hut über den Augen. Unser Klient schien bei dem kleinen Hoffnungsschimmer, der ihm gezeigt worden war, neuen Mut geschöpft zu haben und begann sogar eine sprunghafte Plauderei über seine geschäftlichen Angelegenheiten mit mir. Eine kurze Eisenbahnfahrt und ein noch kürzerer Fußmarsch brachten uns nach Fairbank, dem bescheidenen Wohnsitz des großen Finanziers.

Fairbank war ein geräumiges, viereckiges Haus aus weißem Stein; es wich von der Straße ein wenig zurück. Eine doppelte Auffahrt für Wagen und ein schneebedecktes Rasenstück erstreckten sich vorn zu den beiden großen Eisentoren hinab, die die Zufahrt beschlossen. Rechter Hand befand sich ein kleines, dichtes Gehölz, das zu einem schmalen Weg zwischen zwei gepflegten Hecken führte, die von der Straße zur Küchentür verliefen und den Zugang für Lieferanten markierten. Linker Hand zog sich ein breiterer Weg hin, der zu den Ställen führte und sich nicht auf dem eigentlichen Grundstück befand, da es sich um einen öffentlichen, wiewohl kaum genutzten Durchgang handelte. Holmes verließ uns, als wir an der Tür standen, und ging langsam rund um das Haus, die Vorderseite entlang, den Lieferanten-Pfad hinunter, und schließlich durch den rückwärtigen Garten zum Weg, der zu den Stallungen führte. Er blieb so lange, daß Mr. Holder und ich in den Speiseraum gingen und beim Kamin auf seine Rückkehr warteten. Wir saßen dort schweigend, als sich die Tür öffnete und eine junge Dame eintrat. Sie war eher über mittelgroß, schlank, mit dunklem Haar und Augen, die neben der vollkommenen Blässe ihrer Haut noch dunkler wirkten. Ich glaube nicht, daß ich je solch eine Leichenblässe im Antlitz einer Frau gesehen habe. Auch ihre Lippen waren blutleer, ihre Augen jedoch gerötet vom Weinen. Als sie stumm in den Raum schwebte, vermittelte sie mir einen stärkeren Eindruck von Trauer als der Bankier am Morgen, und an ihr war dies um so auffälliger, da sie offensichtlich eine Frau von ungewöhnlicher Charakterstärke war, mit ungeheurer Fähigkeit zur Selbstbeherrschung. Sie ignorierte meine Anwesenheit, begab sich sogleich zu ihrem Onkel, und in einer sanften, fraulichen Liebkosung strich sie mit der Hand über seinen Kopf.

»Du hast doch sicher angeordnet, daß man Arthur freiläßt, nicht wahr, Vater?« fragte sie.

»Nein, nein, mein Liebes, man muß der Sache auf den Grund gehen.«

»Aber ich bin so sicher, daß er unschuldig ist. Du weißt, was der Instinkt einer Frau ist. Ich weiß, daß er nichts Böses getan hat, und daß es dir leid tun wird, so streng gehandelt zu haben.«

»Warum schweigt er denn dann, wenn er unschuldig ist?«

»Wer weiß? Vielleicht, weil er verärgert darüber war, daß du ihn verdächtigst.«

»Wie kann ich ihn denn nicht verdächtigen, wenn ich ihn doch selbst mit der Krone in der Hand da gesehen habe?«

»Ach, aber er hatte sie doch nur aufgehoben, um sie anzusehen. O bitte, bitte, glaub mir, ich gebe dir mein Wort, daß er unschuldig ist. Laß die Sache fallen und sag nichts mehr. Es ist so schrecklich, sich vorzustellen, unser lieber Arthur könnte im Gefängnis sitzen!«

»Ich werde es nie auf sich beruhen lassen, bis die Steine gefunden sind – niemals, Mary! Deine Zuneigung zu Arthur macht dich blind, was die furchtbaren Folgen für mich angeht. Ich werde die Sache nicht vertuschen; im Gegenteil, ich habe einen Gentleman aus London mitgebracht, um tiefer in die Angelegenheit einzudringen.«

»Diesen Gentleman?« fragte sie; sie wandte sich mir zu.

»Nein, seinen Freund. Er wollte, daß wir ihn allein lassen. Er ist jetzt hinten auf dem Weg zu den Ställen.«

»Auf dem Weg zu den Ställen?« Sie hob ihre dunklen Brauen. »Was kann er denn da zu finden hoffen? Ah, ich nehme an, das ist er. Ich hoffe, Sir, es wird Ihnen gelingen, die Wahrheit zu beweisen, von der ich überzeugt bin, nämlich, daß mein Vetter Arthur an diesem Verbrechen unschuldig ist.«

»Ich teile Ihre Meinung voll und ganz, und mit Ihnen bin ich sicher, daß wir es beweisen können«, erwiderte Holmes; er ging zurück zur Matte, um den Schnee von seinen Schuhen abzustreifen. »Ich nehme an, ich habe die Ehre, mit Miss Mary Holder zu sprechen. Darf ich Ihnen eine oder zwei Fragen stellen?«

»Bitte, Sir, fragen Sie, wenn es dazu helfen kann, diese schreckliche Affaire aufzuklären.«

»Sie selbst haben letzte Nacht nichts gehört?«

»Nichts, bis mein Onkel hier laut zu reden anfing. Das habe ich gehört, und dann bin ich heruntergekommen.«

»Sie haben am Abend zuvor die Fenster und Türen geschlossen. Haben Sie alle Fenster verriegelt?«

»Ja.«

»Waren sie heute morgen noch alle verriegelt?«

»Ja.«

»Sie haben eine Zofe, die einen Liebhaber hat? Ich glaube, Sie haben gestern abend Ihrem Onkel gegenüber bemerkt, sie habe das Haus verlassen, um ihn zu treffen?«

»Ja, und sie war diejenige, die uns im Salon bedient hat und vielleicht Onkels Bemerkungen über die Krone gehört haben könnte.«

»Aha. Sie wollen damit andeuten, sie könnte hinausgegangen sein, um ihrem Liebhaber davon zu berichten, und daß die beiden den Diebstahl ausgeheckt haben könnten?«

»Aber wozu sind denn all diese vagen Theorien gut?« rief der Bankier ungeduldig. »Ich habe Ihnen doch gesagt, daß ich Arthur mit der Krone in Händen gesehen habe!«

»Bitte einen Augenblick, Mr. Holder. Darauf müssen wir noch zurückkommen. Was dieses Mädchen angeht, Miss Holder. Sie haben gesehen, wie sie durch die Küchentür zurückgekommen ist, nehme ich an?«

»Ja; als ich nachsehen wollte, ob die Tür für die Nacht verriegelt war, habe ich sie getroffen, als sie gerade hereinschlüpfte. Ich habe auch den Mann in der Dunkelheit draußen gesehen.«

»Kennen Sie ihn?«

»O ja; es ist der Händler, der unser Gemüse liefert. Er heißt Francis Prosper.«

»Er stand«, sagte Sherlock Holmes, »links von der Tür – das heißt, er war weiter auf das Grundstück gekommen, als man kommen muß, wenn man die Tür erreichen will?«

»Ja.«

»Und er hat ein Holzbein?«

Etwas wie Furcht leuchtete in den ausdrucksvollen Augen der jungen Dame auf. »Also, Sie sind ja ein Zauberer«, sagte sie. »Wie können Sie das denn wissen?« Sie lächelte, aber auf Holmes schmalem konzentriertem Gesicht war kein antwortendes Lächeln zu sehen.

»Ich würde jetzt sehr gern nach oben gehen«, sagte er. »Wahrscheinlich werde ich danach noch einmal die Außenseite des Hauses untersuchen wollen. Vielleicht sollte ich mir die Fenster im Erdgeschoß ansehen, bevor ich hinaufgehe.«

Er ging schnell von einem Fenster zum anderen und blieb nur bei dem großen stehen, das von der Diele auf den Weg zu den Ställen hinausschaut. Dieses öffnete er und untersuchte sehr sorgsam die Fensterbank mit Hilfe seines starken Vergrößerungsglases. »Jetzt wollen wir nach oben gehen«, sagte er schließlich.

Das Ankleidezimmer des Bankiers war eine einfach eingerichtete kleine Kammer mit einem grauen Teppich, einem großen Sekretär und einem hohen Spiegel. Holmes ging zunächst zum Sekretär und betrachtete das Schloß sehr gründlich.

»Welcher Schlüssel wurde verwendet, um es zu öffnen?« fragte er.

»Der, den mein Sohn selbst genannt hat – der zum Schrank im Abstellraum.«

»Haben Sie ihn hier?«

»Er liegt da auf der Kommode.«

Sherlock Holmes nahm ihn und öffnete den Sekretär.

»Das Schloß ist völlig geräuschlos«, sagte er. »Kein Wunder, daß Sie nicht davon wachgeworden sind. Ich nehme an, diese Schachtel enthält die Krone. Wir müssen sie uns ansehen.« Er öffnete die Schachtel, nahm das Diadem heraus und legte es auf den Tisch. Es war ein prachtvolles Stück Juwelierskunst, und die sechsunddreißig Steine waren die schönsten, die ich je gesehen habe. An einer Seite der Krone war eine verbogene, zackige Kante zu sehen, wo ein Eckstück mit drei Steinen abgerissen worden war.

»Also, Mr. Holder«, sagte Holmes; »hier ist die gegenüberliegende Ecke, die der so unglücklich verlorenen entspricht. Ich möchte Sie bitten, sie abzubrechen.«

Der Bankier fuhr entsetzt zurück. »Nicht einmal im Traum würde ich das tun«, sagte er.

»Dann will ich es tun.« Holmes spannte jäh all seine Kraft bei dem Versuch an, aber ohne Erfolg. »Ich fühle, daß es ein wenig nachgibt«, sagte er; »aber obwohl ich außerordentlich starke Finger habe, würde ich sehr lange brauchen, um es abzubrechen. Ein gewöhnlicher Mann könnte es nicht. Was also glauben Sie, Mr. Holder, würde geschehen, wenn ich die Ecke abbräche? Es gäbe einen Lärm wie von einem Pistolenschuß. Wollen Sie mir erzählen, daß sich all das wenige Yards von Ihrem Bett entfernt zugetragen hat und daß Sie nichts davon gehört haben?«

»Ich weiß nicht, was ich glauben soll. Mir ist alles völlig undurchsichtig.«

»Aber vielleicht wird es durchsichtiger, wenn wir fortfahren. Was meinen Sie, Miss Holder?«

»Ich muß gestehen, ich teile meines Onkels Verwirrtheit.«

»Ihr Sohn trug keine Schuhe oder Hausschuhe, als Sie ihn gesehen haben?«

»Er hatte nichts an außer Hosen und Hemd.«

»Danke sehr. Wir sind bei dieser Untersuchung ohne Zweifel durch außerordentliches Glück begünstigt worden und wenn es uns nicht gelingt, die Sache aufzuklären, wird das allein unser Fehler sein. Mit Ihrer Erlaubnis, Mr. Hol der, werde ich jetzt meine Nachforschungen im Freien fortsetzen.«

Wie er es wünschte, ging er allein, denn er erklärte, jeder unnötige Fußabdruck werde seine Aufgabe erschweren. Eine Stunde oder länger befaßte er sich damit, und als er schließlich zurückkehrte, waren seine Füße schwer von Schnee und sein Gesicht undurchdringlich wie immer.

»Ich glaube, ich habe nun alles gesehen, was zu sehen ist, Mr. Holder«, sagte er. »Ich kann Ihnen jetzt am besten helfen, indem ich in meine Wohnung zurückkehre.«

»Aber die Steine, Mr. Holmes. Wo sind sie?«

»Das kann ich Ihnen nicht sagen.«

Der Bankier rang die Hände. »Ich werde sie nie wieder sehen!« rief er. »Und mein Sohn? Können Sie mir Hoffnung machen?«

»Meine Meinung hierzu hat sich keineswegs geändert.«

»Was um Gottes willen war denn dieser finstere Vorgang, der letzte Nacht in meinem Haus geschehen ist?«

»Wenn Sie mich morgen früh in meinen Räumen in der Baker Street zwischen neun und zehn Uhr aufsuchen, werde ich mich freuen, alles zu tun, was in meiner Macht steht, um die Sache klarer zu machen. Ich verstehe Sie recht, daß Sie mir *carte blanche* geben, an Ihrer Statt zu handeln, unter der einzigen Bedingung, daß ich die Steine wieder beschaffe, und daß Sie die Summe, die ich dafür ansetzen kann, in keiner Weise begrenzen?«

»Ich gäbe mein Vermögen, um sie zurückzubekommen.«

»Sehr gut. Ich werde mich bis dahin mit dieser Sache beschäftigen. Good-bye; es ist allerdings möglich, daß ich vor dem Abend noch einmal herkommen muß.«

Mir war es offensichtlich, daß mein Gefährte in diesem Fall zu einer endgültigen Meinung gelangt war; welche Schlüsse er jedoch gezogen hatte, war mehr, als ich mir auch nur undeutlich ausmalen konnte. Während unserer Heimfahrt versuchte ich ihn mehrmals zu diesem Punkt auszuhorchen, aber er entglitt mir und kam immer wieder auf andere Themen zu sprechen, bis ich schließlich den Versuch verzweifelt aufgab. Es war noch nicht drei Uhr, als wir uns wieder in unserem Wohnraum befanden. Er eilte in sein Zimmer und war wenige Minuten später wieder unten, gekleidet wie ein gewöhnlicher Herumtreiber. Mit dem hochgeschlagenen Kragen, dem schäbigen blankgeriebenen Rock, der roten Halsbinde und den abgetragenen Stiefeln war er ein vollkommenes Exemplar der Gattung.

»Ich glaube, das müßte ausreichen«, sagte er; er blickte in den Spiegel über dem Kamin. »Ich wünschte nur, Sie könnten mit mir kommen, Watson, aber ich fürchte, das ist nicht durchführbar. Vielleicht bin ich in dieser Sache auf einer heißen Spur, vielleicht laufe ich einem Irrlicht nach, aber ich werde bald wissen, welches von beiden. Ich hoffe in ein paar Stunden zurück zu sein.« Er schnitt eine Scheibe Rindfleisch von dem Bratenstück auf dem Bord, machte mittels zweier Brotkanten ein Sandwich daraus, schob dieses grobe Mahl in die Tasche und begab sich auf seine Expedition.

Ich hatte eben meinen Tee beendet, als er heimkehrte; er war offensichtlich bester Laune und schwenkte in der Hand einen alten Stiefel mit Gummilaschen. Er warf ihn in eine Ecke und goß sich eine Tasse Tee ein.

»Ich schaue nur so im Vorbeigehen herein«, sagte er. »Ich gehe gleich wieder.«

»Wohin?«

»Ach, zur anderen Seite des West End. Es kann eine Weile dauern, bis ich wiederkomme. Bleiben Sie bitte nicht meinetwegen auf, wenn es spät wird.«

»Wie kommen Sie voran?«

»Ach, so-so. Kein Grund zur Klage. Seit wir uns gesehen haben, bin ich draußen in Streatham gewesen, habe aber nicht im Haus vorgesprochen. Es ist ein sehr nettes kleines Problem, und ich möchte es um keinen Preis versäumt haben. Trotzdem darf ich nicht hier herumsitzen und plaudern, sondern ich muß diese unreputierlichen Kleider loswerden und wieder zu meinem überaus ehrenwerten Ich werden.«

Seinem Verhalten konnte ich entnehmen, daß er bessere

Gründe zur Zufriedenheit hatte, als seine Worte allein anzudeuten vermochten. Seine Augen leuchteten, und es war sogar ein wenig Farbe in seinen fahlen Wangen. Er eilte die Treppe hinauf, und wenige Minuten später hörte ich die Haustür ins Schloß fallen, was mir anzeigte, daß er sich abermals auf die ihm gemäße Jagd begeben hatte.

Ich wartete bis Mitternacht, doch gab es keine Anzeichen für seine Heimkehr, so daß ich mich in mein Zimmer zurückzog. Es war nicht ungewöhnlich, daß er Tage und Nächte unterwegs war, wenn er sich auf einer heißen Spur befand, daher bedeutete seine Verspätung für mich keine Überraschung. Ich weiß nicht, wann er zurückkehrte, aber als ich am Morgen zum Frühstück hinunterging, saß er dort mit einer Tasse Kaffee in der einen und der Zeitung in der anderen Hand, so frisch und gepflegt wie nur möglich.

»Sie werden mir verzeihen, daß ich ohne Sie angefangen habe, Watson«, sagte er; »aber Sie erinnern sich sicher daran, daß wir mit unserem Klienten heute morgen eine reichlich frühe Verabredung haben.«

»Ach, es ist ja schon nach neun«, antwortete ich. »Ich würde mich nicht wundern, wenn er das wäre. Ich glaube, es hat geläutet.«

Tatsächlich war es unser Freund, der Finanzier. Ich war entsetzt von der Veränderung, denn sein eigentlich breit und massiv geschnittenes Gesicht war nun bedrückt und eingefallen, und sein Haar schien zumindest eine Nuance weißer geworden zu sein. Er trat mit einer Müdigkeit und Lethargie ein, die noch schmerzlicher anzusehen war als seine hektische Verzweiflung vom Vortag, und er ließ sich schwerfällig in den Lehnsessel fallen, den ich ihm hinschob.

»Ich weiß nicht, was ich getan habe, um diese schweren Prüfungen zu verdienen«, sagte er. »Es ist erst zwei Tage her, daß ich ein glücklicher und wohlhabender Mann ohne eine einzige Sorge war. Nun bleibt mir nur ein einsames und ehrloses Alter. Ein Kummer folgt dem anderen auf den Fersen. Meine Nichte Mary hat mich verlassen.«

»Verlassen?«

»Ja. Heute früh war ihr Bett unberührt, ihr Zimmer leer, und es lag ein Brief an mich auf dem Tisch in der Diele. Gestern Abend hatte ich ihr, im Kummer, nicht im Zorn, gesagt, wenn sie meinen Jungen geheiratet hätte, dann könnte mit ihm alles zum besten stehen. Es war vielleicht gedankenlos von mir, das zu sagen. Auf diese Bemerkung bezieht sie sich in diesem Brief:

> Mein liebster Onkel – Ich weiß, daß ich diesen Kummer über Dich gebracht habe und daß, hätte ich mich anders verhalten, dieses schreckliche Unheil sich niemals würde ereignet haben. Mit diesem Gedanken im Herzen kann ich unter Deinem Dach nie wieder glücklich sein, und ich empfinde, daß ich Dich für immer verlassen muß. Sorge Dich nicht um meine Zukunft, denn für diese ist gesorgt; und vor allem: Such nicht nach mir, denn das wäre fruchtlose Mühe und für mich ein schlechter Dienst. Im Leben oder im Tode bleibe ich immer Deine Dich liebende
>
> Mary

Was kann sie mit diesem Brief nur meinen, Mr. Holmes? Glauben Sie, er deutet auf Selbstmord hin?«

»Nein, nein, nichts Derartiges. Es ist vielleicht die beste mögliche Lösung. Ich bin sicher, Mr. Holder, daß Sie sich dem Ende Ihrer Schwierigkeiten nähern.«

»Ha! Das sagen Sie! Sie haben etwas gehört, Mr. Holmes; Sie haben etwas erfahren! Wo sind die Steine?«

»Sie würden tausend Pfund pro Stück nicht für eine übertriebene Summe halten?«

»Ich würde zehntausend pro Stück bezahlen.«

»Das wird nicht nötig sein. Dreitausend wird ausreichen die Sache zu bereinigen. Und Sie hatten eine kleine Belohnung ausgesetzt, nicht wahr? Haben Sie Ihr Scheckbuch

Hier haben Sie einen Stift. Stellen Sie den Scheck besser über viertausend aus.«

Mit benommenem Gesichtsausdruck stellte der Bankier den verlangten Scheck aus. Holmes ging zu seinem Schreibtisch hinüber, nahm ein kleines dreieckiges Stück Gold mit drei Steinen darin heraus und warf es auf den Tisch.

Mit einem Freudenschrei griff unser Klient danach. »Sie haben es?« ächzte er. »Ich bin gerettet! Ich bin gerettet!«

Die Freudenreaktion war so leidenschaftlich wie sein Kummer gewesen war, und er drückte die wiedererlangten Steine an seinen Busen.

»Sie schulden noch etwas, Mr. Holder«, sagte Sherlock Holmes eher streng.

»Schulden!« Er griff nach dem Stift. »Nennen Sie die Summe, und ich will sie bezahlen.«

»Nein, nicht mir schulden Sie etwas. Eine sehr demütige Bitte um Vergebung schulden Sie diesem noblen Burschen, Ihrem Sohn, der sich in dieser Angelegenheit in einer Weise verhalten hat, die mich bei meinem Sohn mit Stolz erfüllte, wenn ich je zu einem Sohn käme.«

»Dann hat nicht Arthur die Steine genommen?«

»Ich habe Ihnen bereits gestern gesagt und wiederhole es nun, daß er es nicht war.«

»Sie sind dessen sicher! Dann lassen Sie uns schnell, sofort, zu ihm gehen, damit er erfährt, daß die Wahrheit uns bekannt ist.«

»Er weiß es bereits. Als ich alles aufgeklärt hatte, habe ich ein Gespräch mit ihm geführt, und da ich feststellte, daß er mir die Geschichte nicht erzählen wollte, habe ich sie ihm erzählt; daraufhin hat er zugeben müssen, daß ich recht habe, und er hat die wenigen Einzelheiten hinzugefügt, die mir noch nicht ganz klar waren. Die Neuigkeiten, die Sie heute früh erfahren haben, könnten allerdings seinen Mund öffnen.«

»Um Himmels willen sagen Sie mir doch endlich, wie dieses außerordentliche Rätsel zu lösen ist!«

»Das werde ich tun, und ich will Ihnen die einzelnen

Schritte zeigen, mit denen ich zur Lösung gelangt bin. Und lassen Sie mich Ihnen zunächst das sagen, was mir zu sagen und Ihnen zu hören am schwersten fallen wird. Es hat eine Übereinkunft zwischen Sir George Burnwell und Ihrer Nichte Mary gegeben. Sie sind nun zusammen geflohen.«

»Meine Mary? Unmöglich!«

»Unglücklicherweise ist es mehr denn nur möglich; es ist gewiß. Weder Sie noch Ihr Sohn kannten den wahren Charakter dieses Mannes, als Sie ihm Zutritt zu Ihren Familienkreisen gewährt haben. Er ist einer der gefährlichsten Männer in England – ein ruinierter Spieler, ein absolut verzweifelter Schurke; ein Mann ohne Herz noch Gewissen. Ihre Nichte wußte nichts über solche Männer. Als er ihr seine Schwüre zugeflüstert hat, wie schon hundert anderen vor ihr, hat sie sich geschmeichelt, sie allein habe sein Herz gerührt. Der Teufel weiß selbst am besten, was er alles gesagt hat, aber schließlich wurde sie sein Werkzeug und hat ihn fast jeden Abend getroffen.«

»Ich kann und will das nicht glauben!« rief der Bankier mit aschgrauem Gesicht.

»Dann will ich Ihnen erzählen, was sich in jener Nacht in Ihrem Haus ereignet hat. Als sie dachte, daß Sie sich in ihr Zimmer zurückgezogen hätten, ist Ihre Nichte heimlich nach unten gegangen und hat sich durch das Fenster, das auf den Weg zu den Stallungen schaut, mit ihrem Liebhaber unterhalten. Seine Fußspuren waren durch den Schnee hindurch eingedrückt, so lange hat er dort gestanden. Sie hat ihm von der Krone erzählt. Seine üble Gier nach Gold wurde durch die Neuigkeiten entfacht, und er hat ihrer Nichte seinen Willen aufgezwungen. Ich zweifle nicht daran, daß sie Sie geliebt hat, aber es gibt Frauen, in denen die Liebe zu einem Liebhaber alle anderen Neigungen auslöscht, und ich glaube, sie muß zu diesen gehören. Sie hatte kaum seine Anweisungen angehört, als sie Sie die Treppe herunterkommen sah; daraufhin hat sie rasch das Fenster geschlossen und Ihnen von der Eskapade einer Dienerin mit ihrem holzbeinigen Liebhaber erzählt, was völlig zutreffend war.

Ihr Sohn, Arthur, ist nach seinem Gespräch mit Ihnen zu Bett gegangen, aber er hat schlecht geschlafen, weil ihm wegen seiner Schulden im Club unwohl in seiner Haut war. Mitten in der Nacht hörte er leise Schritte an seiner Tür vorübergehen, deshalb ist er aufgestanden und hat hinausgeschaut, und zu seiner Überraschung sah er seine Cousine ganz verstohlen den Korridor entlanggehen, bis sie in Ihrem Ankleidezimmer verschwunden war. Zuerst war er starr vor Staunen, dann hat der Junge sich einige Kleider übergeworfen und in der Dunkelheit gewartet, um zu sehen, was sich aus dieser seltsamen Sache ergibt. Ihre Nichte ist bald wieder aus dem Zimmer gekommen, und im Schein der Flurlampe hat Ihr Sohn gesehen, daß sie die kostbare Krone in Händen hielt. Sie ist die Treppe hinabgegangen, und er ist völlig entsetzt bis zum Vorhang nahe Ihrer Tür gelaufen und hat sich dort verborgen; von dort aus konnte er sehen, was unten in der Diele geschah. Er sah, wie sie vorsichtig das Fenster öffnete, die Krone jemandem draußen in der Dunkelheit reichte, dann das Fenster schloß und wieder zu ihrem Zimmer zurückeilte, wobei sie ganz dicht an dem Vorhang vorbeikam, hinter dem er sich versteckte.

Solange sie auf dem Schauplatz war, konnte er nichts unternehmen, ohne die Frau, die er liebte, entsetzlich bloßzustellen. Aber in dem Moment, als sie gegangen war, ist ihm klargeworden, welch ein furchtbares Unheil das alles für Sie sein würde, und wie überaus wichtig es war, alles wieder in Ordnung zu bringen. Er ist also, so wie er war, barfuß hinabgelaufen, hat das Fenster geöffnet, ist hinaus in den Schnee gesprungen und den Weg zu den Ställen entlanggelaufen, wo er im Mondlicht eine dunkle Gestalt sehen konnte. Sir George Burnwell hat versucht, zu entkommen, aber Arthur hat ihn erreicht, und zwischen ihnen ist es zu einer Auseinandersetzung gekommen, bei der Ihr Sohn an der einen Seite der Krone zerrte und sein Widersacher an der anderen. Bei dem Handgemenge hat Ihr Sohn Sir George geschlagen und ihn über dem Auge verletzt. Dann ist plötzlich etwas zerbrochen, und Ihr Sohn stellte fest, daß er die Krone in Händen hielt; er ist zurückgelaufen, hat das Fenster geschlossen, ist in Ihr Zimmer emporgegangen und hatte eben bemerkt, daß die Krone bei der Auseinandersetzung verbogen worden war, und versuchte, sie geradezubiegen, als Sie auf der Szene erschienen sind.«

»Ist das möglich?« ächzte der Bankier.

»Dann haben Sie ihn in Wut versetzt, indem Sie ihn beschimpft haben, in einem Augenblick, da er das Gefühl hatte, er hätte Ihren wärmsten Dank verdient. Er konnte die wahre Sachlage nicht erklären, ohne die zu verraten, welche sicherlich kaum Rücksichtnahme seinerseits verdiente. Trotzdem hat er sich für den ritterlicheren Weg entschieden und ihr Geheimnis gewahrt.«

»Und deshalb hat sie geschrien und ist ohnmächtig geworden, als sie die Krone sah«, rief Mr. Holder. »Oh, mein Gott! Was für ein blinder Narr ich war! Und er fragt, ob er für fünf Minuten das Haus verlassen darf! Der liebe Junge wollte nur nachsehen, ob das fehlende Stück noch am Ort der Auseinandersetzung lag. Wie grausam falsch ich ihn eingeschätzt habe!«

»Als ich beim Haus ankam«, fuhr Holmes fort, »bin ich sofort sehr vorsichtig um das Haus herumgegangen, um festzustellen, ob ich im Schnee vielleicht hilfreiche Fußspuren finden konnte. Ich wußte, daß seit dem Vorabend kein neuer Schnee gefallen war, und außerdem, daß es streng gefroren hatten, was Fußabdrücke bekanntlich konserviert. Ich bin den Lieferantenpfad entlanggegangen, habe da aber alles zertrampelt und unkenntlich vorgefunden. Aber ein kleines Stückchen weiter, auf der anderen Seite der Küchentür, hatte eine Frau gestanden und sich mit einem Mann unterhalten, dessen runde Abdrücke auf der einen Seite zeigten, daß er ein Holzbein hatte. Ich konnte sogar feststellen, daß sie unterbrochen worden waren, denn die Frau war schnell zur Tür zurückgelaufen wie die tiefen Abdrücke der Zehen und die leichten der Fersen zeigten, während Freund Holzbein kurze Zeit gewartet hatte und dann gegangen war. Ich dachte mir da schon, daß dies die Zofe und ihr Liebhaber gewesen sein könnten, von denen Sie bereits erzählt hatten, und Fragen haben ergeben, daß es so war. Ich bin dann durch den Garten um das Haus gegangen, ohne anderes als zufällige Spuren zu finden, die ich für die von Polizisten gehalten habe; als ich dann aber auf den Weg zu den Stallungen kam, habe ich im Schnee eine sehr lange und komplizierte Geschichte lesen können.

Es gab eine doppelte Reihe Spuren eines Mannes mit Stiefeln, und eine weitere doppelte Reihe, bei der ich mit Vergnügen sah, daß sie von einem barfüßigen Mann stammte. Nach dem, was Sie mir erzählt hatten, war ich sofort davon überzeugt, daß letztere von Ihrem Sohn sein mußte. Der erste hatte beide Wege langsam gehend zurückgelegt, aber der zweite war schnell gelaufen, und da sein Schritt an einigen Stellen über den Stiefeleindrücken lag, war es offensichtlich, daß er dem anderen gefolgt war. Ich habe die Spuren verfolgt und festgestellt, daß sie zum Dielenfenster führten, wo der Stiefelmann so lange gestanden hat, daß er den Schnee bis auf den Erdboden durchgedrückt hatte. Dann bin ich ans andere Ende gegangen, hundert Yards oder mehr den Weg hinunter. Ich sah, wo Freund Stiefel sich umgedreht hatte, wo der Schnee aufgewühlt war, als ob dort ein Kampf stattgefunden hätte, und schließlich habe ich eine Stelle gefunden, wo ein paar Blutstropfen gefallen waren, was mir zeigte, daß ich mich nicht geirrt hatte. Freund Stiefel war dann den Weg hinabgerannt, und ein weiterer kleiner Blutstropfen zeigte mir, daß er derjenige war, der sich verletzt hatte. Da, wo er am anderen Ende die Straße erreicht hatte, war der Schnee geräumt worden, so daß diese Spur dort endete.

Ich habe aber, nachdem ich das Haus betreten hatte, wie Sie sich erinnern werden, Bank und Rahmen des Dielenfensters mit meinem Vergrößerungsglas untersucht, und ich konnte sofort sehen, daß jemand hinausgeklettert war. Ich konnte den Umriß eines Außenrists erkennen, dort, wo der nasse Fuß beim Wiedereinstieg angesetzt worden war. Da begann es mir dann möglich zu werden, mir eine Meinung über das zu bilden, was sich ereignet hatte. Ein Mann hatte vor dem Fenster gewartet, jemand hatte ihm die Juwelen gebracht; Ihr Sohn hatte den Vorgang beobachtet, den Dieb verfolgt, mit ihm gekämpft, beide hatten an der Krone gezerrt, wobei ihre vereinten Kräfte die Beschädigungen bewirkt haben, die keiner von ihnen allein hätte verursachen können. Ihr Sohn war mit dem Siegespreis zurückgekommen, hatte aber ein Bruchstück in Händen seines Widersachers gelassen. So weit war alles klar. Nun war die Frage, wer war der Mann, und wer war derjenige, der die Krone gebracht hatte?

Es ist eine alte Maxime von mir, daß das, was übrig bleibt, wenn man das Unmögliche ausgeschieden hat, die Wahrheit sein muß, so unwahrscheinlich es auch scheinen mag. Nun wußte ich, daß Sie die Krone nicht nach unten gebracht hatten, also blieben nur Ihre Nichte und die Mädchen. Wenn es aber die Mädchen wären, warum sollte Ihr Sohn sich dann an ihrer Statt bezichtigen lassen? Dafür gab es keinen denkbaren Grund. Da er aber seine Cousine liebte, gab es eine hervorragende Erklärung, weshalb er ihr Geheimnis wahrte – um so mehr, als das Geheimnis schimpflich war. Als ich mich dann daran erinnert habe, daß Sie sie am Fenster gesehen hatten und daß sie ohnmächtig geworden war, als sie die Krone wiedersah, ist meine Mutmaßung zur Gewißheit geworden.

Und wer konnte ihr Verbündeter sein? Offensichtlich ein Liebhaber, denn wer außer einem solchen konnte die Liebe und Dankbarkeit aufwiegen, die sie Ihnen gegenüber empfunden haben muß? Ich wußte ja, daß Sie wenig ausgehen und daß Ihr Freundeskreis nicht sehr groß ist. Unter diesen Freunden fand sich aber Sir George Burnwell. Ich hatte schon vorher von ihm gehört als von einem Mann, der bei Frauen in einem üblen Ruf steht. Er mußte es sein, der diese Stiefel getragen hatte und die fehlenden Juwelen besaß. Obwohl er wußte, daß Arthur ihn entdeckt hatte, konnte er sich doch noch immer schmeicheln, sicher zu sein, da der Junge ja kein Wort sagen konnte, ohne seine eigene Familie zu kompromittieren.

Nun wird Ihnen Ihr eigener Menschenverstand verraten,

welche Schritte ich dann unternommen habe. Als Herumtreiber verkleidet bin ich zu Sir Georges Haus gegangen, habe seinen Burschen kennengelernt, erfahren, daß sein Meister sich am Vorabend den Kopf verletzt hatte und schließlich alles dadurch klargemacht, daß ich für sechs Shilling ein Paar alter Schuhe von ihm gekauft habe. Mit ihnen bin ich nach Streatham gefahren und habe festgestellt, daß sie genau zu den Abdrücken paßten.«

»Gestern nachmittag habe ich auf dem Weg einen schlechtgekleideten Vagabunden gesehen«, sagte Mr. Holder.

»Richtig. Das war ich. Ich wußte, daß ich meinen Mann gefunden hatte, also bin ich heimgefahren und habe meine Kleidung gewechselt. Die Rolle, die ich dann spielen mußte, war delikat, weil ich begriff, daß ein Verfahren vermieden werden mußte, um einem Skandal zu entgehen, und ich wußte wohl, daß ein so schlauer Schurke zusehen würde, daß uns in dieser Sache die Hände gebunden wären. Ich bin also zu ihm gegangen und habe mit ihm gesprochen. Zuerst hat er natürlich alles abgestritten. Als ich ihm dann in allen Einzelheiten erzählt habe, was geschehen ist, ist er grob geworden und hat einen Totschläger von der Wand genommen. Ich kannte meinen Mann aber und habe ihm die Pistole an den Kopf gesetzt, bevor er zuschlagen konnte. Dann ist er ein wenig umgänglicher geworden. Ich habe ihm gesagt, wir würden ihm für die Steine, die er hatte, einen Preis bezahlen – tausend Pfund pro Stück. Daraufhin hat er zum ersten Mal Anzeichen von Bekümmerung gezeigt. ›Oh, verflixt noch mal‹, sagte er, ›und ich habe sie für sechshundert für alle drei abgegeben!‹ Ich habe ihm sehr bald die Adresse des neuen Besitzers entlockt, mit dem Versprechen, daß man ihn nicht belangen würde. Dann habe ich mich dorthin auf den Weg gemacht und nach einigem Feilschen die Steine für tausend Pfund pro Stück bekommen. Danach habe ich Ihren Sohn besucht, ihm erzählt, daß alles in Ordnung sei, und bin schließlich gegen zwei Uhr ins Bett gekommen, am Ende von etwas, das ich getrost als hartes Tagewerk bezeichnen darf.«

»Das Werk eines Tages, an dem England vor einem großen öffentlichen Skandal bewahrt wurde«, sagte der Bankier; er erhob sich. »Sir, ich kann keine Worte finden, um Ihnen zu danken. Sie werden mich aber nicht undankbar finden für das, was Sie getan haben. Ihre Fertigkeiten haben wirklich alles übertroffen, was ich je darüber gehört hatte. Und jetzt muß ich zusehen, daß ich schnell zu meinem lieben Jungen komme, um mich für das Unrecht zu entschuldigen, das ich ihm zugefügt habe. Was Sie mir da über meine arme Mary erzählen, tut mir im Herzen weh. Nicht einmal Ihre Fertigkeiten können mir sagen, wo sie sich nun aufhält.«

»Ich glaube, wir können mit Sicherheit sagen«, erwiderte Holmes, »daß sie sich aufhält, wo auch immer Sir George Burnwell sich aufhält. Genauso sicher ist etwas anderes: Welche Sünden sie auch immer begangen haben mag, alle werden sehr bald mehr als nur hinlänglich bestraft werden.«

# DIE BLUTBUCHEN

»WER die Kunst um ihrer selbst willen liebt«, bemerkte Sherlock Holmes, während er den Anzeigenteil des *Daily Telegraph* beiseite warf, »stellt oft fest, daß ihm die größte Freude aus ihren unwichtigsten und niedrigsten Ausprägungen erwächst. Ich bemerke mit Vergnügen, Watson, daß Sie diese Wahrheit so gut erfaßt haben, daß Sie in diesen kleinen Darlegungen unserer Fälle, die Sie freundlicherweise entworfen und, wie ich wohl sagen darf, bisweilen ausgeschmückt haben, den Vorrang nicht so sehr den vielen *causes célèbres* und Sensationsprozessen einräumen, an denen ich mitgewirkt habe, sondern eher jenen Vorfällen, die an sich trivial gewesen sein mögen, die aber jenen Fähigkeiten der Deduktion und der logischen Synthese Spielraum gaben, welche ich zu meinem Spezialgebiet gemacht habe.«

»Und dennoch«, sagte ich lächelnd, »kann ich mich damit noch nicht als von der Anklage des Sensationalismus freigesprochen betrachten, die gegen meine Berichte erhoben wurde.«

»Sie haben vielleicht einen Fehler begangen«, bemerkte er, wobei er mit der Zange ein glühendes Holzstück aufnahm und damit die lange Kirschholz-Pfeife anzündete, durch die er die Tonpfeife ersetzte, wenn er eher in der Laune war, zu disputieren denn zu meditieren – »Sie haben vielleicht einen Fehler begangen, indem Sie versucht haben, all Ihre Darlegungen farbig und lebendig zu machen, statt sich auf jenes streng logische, an Ursache und Wirkung orientierte Denken zu beschränken, das wirklich der einzige bemerkenswerte Zug an der Angelegenheit ist.«

»Mir scheint, ich bin Ihnen in dieser Hinsicht gerecht geworden«, sagte ich mit einiger Kälte, denn mich stieß der Egoismus ab, den ich mehr als einmal als starken Faktor im einzigartigen Charakter meines Freundes beobachtet hatte.

»Nein, es geht nicht um Selbstsucht oder Dünkel«, sagte er; wie üblich beantwortete er eher meine Gedanken denn meine Worte. »Wenn ich für meine Kunst volle Gerechtigkeit fordere, dann, weil sie unpersönlich ist – sie ist etwas jenseits meiner Person. Das Verbrechen ist weitverbreitet. Logik ist selten. Aus diesem Grunde sollten Sie sich ausführlicher mit der Logik als mit dem Verbrechen befassen. Was eine Vorlesungsreihe hätte sein sollen, haben Sie zu einer Serie von Erzählungen degradiert.«

Es war ein kalter Vorfrühlingsmorgen, und nach dem Frühstück saßen wir beiderseits eines fröhlichen Kaminfeuers im alten Raum in der Baker Street. Dichter Nebel wälzte sich zwischen den Reihen fahlbrauner Häuser entlang, und die Fenster auf der anderen Straßenseite dräuten wie düstere, formlose Flecken durch die schweren gelben Schleier. Unser Gaslicht war entzündet und schien auf die weiße Tischdecke; Porzellan und Metall glänzten, denn der Tisch war noch nicht abgeräumt worden. Sherlock Holmes war den ganzen Morgen schweigsam gewesen und hatte sich unausgesetzt in die Anzeigenspalten einer Reihe von Zeitungen versenkt, bis er schließlich seine Suche offenbar aufgab und in keiner besonders guten Laune aus den Zeitungen auftauchte, um mich über meine literarischen Unzulänglichkeiten zu belehren.

»Gleichzeitig«, bemerkte er nach einer Pause, während der er dort gesessen, an seiner langen Pfeife gezogen und ins Feuer gestarrt hatte, »kann man Ihnen kaum füglich Sensationsgier vorwerfen, denn unter den Fällen, für die sich zu interessieren Sie so freundlich waren, befaßt sich ein großer Teil gar nicht mit Verbrechen im rechtlichen Sinn. Die kleine Angelegenheit, in der ich versucht habe, dem König von Böhmen zu helfen, das einzigartige Erlebnis von Miss Mary Sutherland, das Problem des Mannes mit der entstellten Lippe und der Vorfall mit dem adligen Junggesellen, all dies waren Dinge, die sich außerhalb der Reichweite des Gesetzes abgespielt haben. Aber ich fürchte, beim Versuch, das Sensationelle zu meiden, sind Sie in die Trivialität geraten.«

»Das mag für die Ergebnisse gelten«, gab ich zurück, »aber die Methoden halte ich noch immer für neuartig und interessant.«

»Pah, mein Lieber, was schert sich denn das Publikum, das große unaufmerksame Publikum, das nicht einmal einen Weber an seinem Zahn oder einen Setzer an seinem linken Daumen erkennen würde, um die feineren Nuancen von Analyse und Deduktion! Aber selbst wenn Sie ins Triviale geraten sind, kann ich Sie nicht tadeln, denn die Zeit der großen Fälle ist vorüber. Der Mensch, oder jedenfalls der verbrecherische Mensch, hat all seinen Unternehmungsgeist und seine Originalität verloren. Was meine eigene kleine Praxis betrifft, so scheint sie zu degenerieren und zu einer Agentur zu werden, deren Aufgabe es ist, verlorene Bleistifte wiederzufinden oder jungen Damen aus Internaten Ratschläge zu erteilen. Ich glaube, ich bin nun wirklich ganz unten angekommen. Dieser Brief, den ich heute früh bekommen habe, markiert meinen Nullpunkt, nehme ich an. Lesen Sie!« Er warf mir einen zerknitterten Brief zu.

Er war mit *Montague Place* und dem vergangenen Abend datiert und lautete folgendermaßen:

> Lieber Mr. Holmes – Ich lege großen Wert darauf, Sie zu konsultieren, ob ich nun eine Stellung als Gouvernante, die mir angeboten wurde, annehmen soll oder nicht. Ich werde Sie morgen gegen halb elf Uhr aufsuchen, in der Hoffnung, Sie nicht zu inkommodieren. Mit freundlichen Grüßen
>
> Violet Hunter

»Kennen Sie die junge Dame?« fragte ich.

»Ich kenne sie nicht.«

»Es ist jetzt halb elf.«

»Ja, und ich zweifle nicht daran, daß sie es ist, die dort läutet.«

»Es könnte sich herausstellen, daß es interessanter ist, als

Sie annehmen. Erinnern Sie sich daran, daß die Affaire um den blauen Karfunkel, die zunächst eine schlichte Schrulle zu sein schien, sich dann zu einer ernsthaften Nachforschung entwickelt hat. In diesem Fall könnte es genau so sein.«

»Nun, wir wollen es hoffen! Aber unsere Fragen werden bald beantwortet werden, denn wenn ich mich nicht sehr irre, ist hier die fragliche Person.«

Bei seinen letzten Worten öffnete sich die Tür, und eine junge Dame betrat den Raum. Sie war schlicht, aber sauber gekleidet, hatte ein frisches, waches Gesicht, mit Sommersprossen übersät wie das Ei des Regenpfeifers, und zeigte das entschiedene Auftreten einer Frau, die sich in der Welt ihren eigenen Weg hat bahnen müssen.

»Ich hoffe, Sie entschuldigen, daß ich Sie behellige«, sagte sie, als mein Gefährte sich erhob, um sie zu begrüßen; »aber ich hatte ein sehr merkwürdiges Erlebnis, und da ich keine Eltern oder sonstige Verwandte habe, die ich um Rat fragen könnte, dachte ich, Sie wären vielleicht so freundlich, mir zu sagen, was ich tun soll.«

»Bitte setzen Sie sich, Miss Hunter. Ich will gern alles für Sie tun, was in meiner Macht steht.«

Ich konnte sehen, daß Holmes durch Auftreten und Redeweise seiner neuen Klientin zu ihren Gunsten eingenommen war. Er musterte sie in seiner eindringlichen Art und sammelte sich dann, um ihrer Geschichte mit hängenden Lidern und zusammengelegten Fingerspitzen zu lauschen.

»Ich bin«, sagte sie, »fünf Jahre lang in der Familie von Colonel Spence Munro Gouvernante gewesen, aber vor zwei Monaten wurde der Colonel nach Halifax, Neuschottland, versetzt und hat seine Kinder mit nach Amerika genommen, so daß ich ohne Anstellung war. Ich habe Anzeigen aufgegeben und beantwortet, aber ohne Erfolg. Schließlich ist dann das wenige Geld, das ich gespart hatte, knapp geworden, und ich wußte nicht mehr, was ich tun sollte.

Im West End gibt es eine wohlbekannte Agentur für Gouvernanten, namens Westaway, und ich bin dort etwa einmal die

Woche gewesen, um zu sehen, ob etwas für mich Passendes angefallen war. Westaway war der Name des Geschäftsgründers, aber der eigentliche Geschäftsführer ist eine Miss Stoper. Sie sitzt in ihrem kleinen Büro, und die Damen, die eine Anstellung suchen, warten in einem Vorzimmer und werden dann nacheinander hereingebeten; sie konsultiert dann ihre Ordner und sieht nach, ob sie etwas Passendes hat.

Also, als ich letzte Woche dort war, bin ich wie üblich in das kleine Büro geführt worden, habe aber Miss Stoper nicht allein angetroffen. Neben ihr saß ein ungeheuer dicker Mann mit einem sehr freundlichen lächelnden Gesicht und einem großen schweren Kinn, das in Falten über Falten zu seiner Kehle hinunterwogte; er hatte eine Brille auf der Nase und hat sich die eintretenden Damen sehr gründlich angesehen. Als ich hineingekommen bin, ist er von seinem Stuhl aufgefahren und hat sich schnell Miss Stoper zugewandt.

›Das ist es genau!‹ sagte er. ›Etwas Besseres kann ich gar nicht verlangen. Kapital! Kapital!‹ Er schien ganz begeistert zu sein und hat sich sehr fröhlich die Hände gerieben. Er sah so gemütlich aus, daß es eine richtige Freude war, ihn anzuschauen.

›Sie suchen eine Anstellung, Miss?‹ fragt er.

›Ja, Sir.‹

›Als Gouvernante?‹

›Ja, Sir.‹

›Und welches Gehalt erwarten Sie?‹

›In meiner letzten Stellung bei Colonel Spence Munro habe ich vier Pfund pro Monat bekommen.‹

›Ach du liebe Zeit – ein Hungerlohn, der reine Hungerlohn‹, ruft er und wirft seine fetten Hände in die Luft wie einer, der schrecklich aufgeregt ist. ›Wie kann jemand einer so anziehenden und gebildeten Dame nur eine so klägliche Summe anbieten?‹

›Meine Bildung, Sir, ist vielleicht geringer, als Sie annehmen‹, sage ich. ›Ein bißchen Französisch, ein bißchen Deutsch, Musik und Zeichnen . . .‹

›Na, na!‹ ruft er. ›Das tut alles nichts zur Sache. Die Frage ist, haben Sie die Haltung und das Benehmen einer Dame oder nicht? Darauf kommt es an. Wenn Sie das nicht haben, dann sind Sie ungeeignet, um ein Kind zu erziehen, das einmal eine beträchtliche Rolle in der Geschichte des Landes spielen könnte. Aber wenn Sie das haben, ja, wie kann dann ein Gentleman verlangen, daß Sie sich dazu herablassen, irgend etwas Geringeres als eine dreistellige Summe zu akzeptieren? Ihr Gehalt bei mir, Madame, wäre für den Anfang einhundert Pfund pro Jahr.‹

Sie können sich vorstellen, Mr. Holmes, daß für mich, mittellos wie ich bin, ein derartiges Angebot fast zu schön schien, um wahr zu sein. Aber der Gentleman hat vielleicht den Ausdruck von Ungläubigkeit auf meinem Gesicht gesehen, seine Brieftasche geöffnet und eine Note herausgenommen.

›Ich habe außerdem die Angewohnheit‹, sagt er, wobei er in der freundlichsten Weise lächelt, bis seine Augen nur noch zwei leuchtende Schlitze zwischen den weißen Runzeln seines Gesichts sind, ›meinen jungen Damen die Hälfte ihres Gehalts vorab zu zahlen, damit sie keine Probleme mit den anfallenden Kosten für Reise und Kleidung haben.‹

Mir kam es so vor, als hätte ich noch nie einen so faszinierenden und fürsorglichen Mann getroffen. Weil ich bei all meinen Händlern schon Schulden hatte, ist mir der Vorschuß sehr gelegen gekommen, und trotzdem war bei der ganzen Transaktion etwas Unnatürliches, so daß ich gern ein wenig mehr wissen wollte, bevor ich mich völlig festlegte.

›Darf ich noch fragen, wo Sie wohnen, Sir?‹ habe ich gefragt.

›In Hampshire. Nettes Haus auf dem Land. *The Copper Beeches* (Die Blutbuchen), fünf Meilen hinter Winchester. Die Gegend ist ganz entzückend, meine liebe junge Dame, und das alte Landhaus ist allerliebst.«

›Und meine Pflichten, Sir? Ich wüßte gern, welcher Art sie wären.‹

›Ein Kind – ein lieber kleiner Wildfang, gerade sechs Jahre

alt. Ach, wenn Sie ihn nur sehen könnten, wie er Kakerlaken mit dem Pantoffel totschlägt! Patsch! Patsch! Patsch! Drei erledigt, bevor Sie auch nur blinzeln können!‹ Er lehnt sich im Stuhl zurück und lacht wieder so sehr, daß seine Augen im Kopf verschwinden.

Ich war ein wenig erschreckt über die Art der Zerstreuungen dieses Kindes, aber das Lachen des Vaters hat mich annehmen lassen, daß er vielleicht einen Scherz machte.

›Meine einzige Pflicht wäre es also‹, frage ich, ›mich um ein einzelnes Kind zu kümmern?‹

›Nein, nein, nicht die einzige Pflicht, nicht die einzige, meine liebe junge Dame‹, ruft er. ›Wie Ihnen bestimmt Ihr gesundes Empfinden sagt, wäre es Ihre Pflicht, allen kleinen Anweisungen, die meine Frau geben könnte, nachzukommen, immer unter der Voraussetzung, daß es sich um Anweisungen handelt, die eine Dame unbesorgt befolgen kann. Sie sehen da doch keine Schwierigkeit, eh?‹

›Ich wäre glücklich, mich nützlich machen zu können.‹

›Natürlich. Also zum Beispiel, was die Kleidung angeht! Wir sind ein bißchen schrullig, wissen Sie – schrullig, aber gutmütig. Wenn wir Sie auffordern würden, irgendein Kleid zu tragen, das wir Ihnen geben, da hätten Sie dann doch nichts einzuwenden gegen so eine kleine Laune, eh?‹

›Nein‹, sage ich, einigermaßen erstaunt über seine Worte.

›Oder sich hierhin zu setzen oder dahin zu setzen, das würde Ihnen doch nichts ausmachen?‹

›Aber nein.‹

›Oder Ihr Haar ganz kurz zu schneiden, bevor Sie zu uns kommen?‹

Ich habe meinen Ohren kaum getraut. Wie Sie bemerken werden, Mr. Holmes, ist mein Haar ziemlich üppig und hat einen ganz besonderen kastanienbraunen Farbton. Man hat mir gesagt, es sei künstlerisch wertvoll. Ich würde nicht einmal im Traum daran denken, es einfach so zu opfern.

›Ich fürchte, das ist ganz unmöglich‹, habe ich gesagt. Mit seinen kleinen Augen hatte er mich sehr neugierig angeschaut, und ich konnte sehen, wie ihm bei meinen Worten ein Schatten über das Gesicht glitt.

›Ich fürchte, das ist ganz wesentlich‹, sagt er. ›Das ist eine kleine Laune meiner Frau, und, wissen Sie, Madame, auf die Launen von Ladies muß man Rücksicht nehmen. Sie wollen also Ihr Haar nicht abschneiden?‹

›Nein, Sir, das kann ich wirklich nicht‹, sage ich standhaft.

›Ach, nun ja, damit ist die Sache dann erledigt. Es ist jammerschade; in jeder anderen Hinsicht hätten Sie nämlich wirklich sehr gut getaugt. In diesem Fall, Miss Stoper, sollte ich wohl noch einige Ihrer jungen Damen inspizieren.‹

Während all dem hatte die Geschäftsführerin dort gesessen und sich mit ihren Papieren beschäftigt, ohne zu einem von uns auch nur ein Wort zu sagen, aber jetzt hat sie mich mit so viel Verärgerung im Gesicht angesehen, daß ich den Verdacht nicht unterdrücken konnte, daß sie wegen meiner Weigerung eine nette Provision verloren hatte.

›Legen Sie Wert darauf, daß Ihr Name weiter in unseren Büchern bleibt?‹ hat sie mich gefragt.

›Ja, bitte, Miss Stoper.‹

›Also, eigentlich erscheint mir das als sinnlos, da Sie ja die prächtigsten Angebote in dieser Form ablehnen‹, sagt sie scharf. ›Sie können kaum erwarten, daß wir uns die Mühe machen, für Sie noch so eine Gelegenheit aufzutun. Guten Tag, Miss Hunter.‹ Sie schlägt auf dem Tisch einen Gong, und der Page begleitet mich hinaus.

Als ich dann wieder in meiner Wohnung war, Mr. Holmes, und kaum etwas in der Speisekammer und zwei oder drei Rechnungen auf dem Tisch fand, da habe ich angefangen, mich zu fragen, ob ich nicht einen sehr dummen Fehler gemacht hatte. Immerhin: Wenn diese Leute seltsame Schrullen haben und Gehorsam auch bei den ungewöhnlichsten Dingen verlangen, sind sie jedenfalls bereit, für ihre Exzentrik zu bezahlen. Nur sehr wenige Gouvernanten in England bekommen hundert im Jahr. Und außerdem, was nützt mir mein Haar? Vielen Leuten steht es besser, wenn sie es kurz tragen, und vielleicht gehöre ich ja dazu. Jedenfalls war ich am nächsten Tag im Zweifel, ob ich nicht einen Fehler gemacht hatte, und noch einen Tag später war ich sicher, daß es falsch gewesen war. Ich hatte fast meinen Stolz soweit überwunden, daß ich zurück zur Vermittlung gehen und mich erkundigen wollte, ob die Stelle noch zu haben war, als ich diesen Brief von dem Gentleman persönlich erhielt. Ich habe ihn bei mir und möchte ihn Ihnen vorlesen.

*The Copper Beeches*, nahe Winchester

Liebe Miss Hunter,
Miss Stoper war so freundlich, mir Ihre Anschrift zu geben, und so schreibe ich Ihnen nun von hier aus, um Sie zu fragen, ob Sie sich Ihre Entscheidung nicht vielleicht noch überlegt haben. Meine Frau hätte sehr gern, wenn Sie kämen, denn von meiner Beschreibung von Ihnen war sie sehr angetan. Wir sind bereit, Ihnen dreißig Pfund pro Quartal, also 120 £ jährlich, zu zahlen, um Sie für jegliche kleine Unannehmlichkeit zu entschädigen, die unsere Schrullen für Sie darstellen könnten. Letzten Endes sind diese ja nicht gar so anspruchsvoll. Meine Frau liebt einen besonderen Blauton und hätte es gern, wenn Sie morgens im Haus solch ein Kleid trügen. Sie brauchen sich allerdings nicht die Unkosten aufzuerlegen, ein neues zu kaufen, da wir eines haben, das meiner lieben Tochter Alice (sie lebt jetzt in Philadelphia) gehört und Ihnen wohl sehr gut passen würde. Was nun die Frage angeht, wo Sie sich hinsetzen oder ob Sie sich auf eine bestimmte Art nach Anweisung zerstreuen, das braucht Sie wirklich nicht zu beunruhigen. Was Ihr Haar angeht, so ist es zweifellos jammerschade, vor allem, da ich während unseres kurzen Gesprächs nicht umhin konnte, seine Schönheit zur Kenntnis zu nehmen, aber ich fürchte, ich muß in diesem Punkte fest bleiben, und ich hoffe nur, daß das erhöhte Gehalt Sie für den Verlust entschädigen wird.

Ihre Pflichten, soweit das Kind betroffen ist, sind ganz leicht. Nun hoffe ich, Sie kommen doch, und ich darf Sie bald in Winchester mit dem Wagen abholen. Lassen Sie mich wissen, welchen Zug Sie nehmen.

Mit freundlichen Grüßen

JEPHRO RUCASTLE

Das ist also der Brief, den ich eben bekommen habe, Mr. Holmes, und ich habe mich entschlossen, die Stellung anzutreten. Bevor ich allerdings den letzten Schritt tue, wollte ich Ihnen gern die Sache vorlegen und um Ihre Meinung bitten.«

»Nun ja, Miss Hunter – wenn Sie sich entschlossen haben, dann ist die Sache doch erledigt«, sagte Holmes lächelnd.

»Sie raten mir also nicht dazu, abzulehnen?«

»Ich muß gestehen, es ist nicht gerade eine Stellung, bei der ich es gern sähe, wenn meine eigene Schwester sich darum bewürbe.«

»Was bedeutet das alles, Mr. Holmes?«

»Ah, ich weiß zu wenig darüber. Ich kann es Ihnen nicht sagen. Vielleicht haben Sie sich selbst schon eine Meinung gebildet?«

»Also, ich sehe nur eine mögliche Lösung. Mr. Rucastle scheint ein gutmütiger, freundlicher Mann zu sein. Wäre es nicht denkbar, daß seine Frau verrückt ist und er die Sache vertuschen will, aus Angst, man könnte sie sonst in ein Irrenhaus stecken, und daß er all ihren Launen entgegenkommt um auf alle Fälle einen Ausbruch zu vermeiden?«

»Das ist eine mögliche Lösung – es ist sogar, so, wie die Sache zur Zeit aussieht, die wahrscheinlichste. Es schein aber in keinem Fall ein angenehmer Haushalt für eine jung Dame zu sein.«

»Aber das Geld, Mr. Holmes, das Geld!«

»Nun ja, natürlich, die Bezahlung ist gut – zu gut. Das is es, was mir daran so unbehaglich erscheint. Warum sollte sie Ihnen 120 £ pro Jahr bezahlen, wenn sie doch schon fü

40 £ die freie Auswahl haben? Dafür muß es einen sehr guten Grund geben.«

»Ich dachte, wenn ich Ihnen die Umstände mitteile, können Sie mich hinterher verstehen, wenn ich Ihre Hilfe brauche. Ich würde mich so viel besser fühlen, wenn ich wüßte, daß Sie hinter mir stehen.«

»Ach, dieses Gefühl dürfen Sie unbesorgt haben. Ich versichere Ihnen, daß Ihr kleines Problem das interessanteste zu werden verspricht, das mir seit Monaten vorgelegt worden ist. Einige der Züge weisen entschieden neuartige Einzelheiten auf. Sollten Sie im Zweifel oder gar in Gefahr sein . . .«

»Gefahr! Welche Gefahr sehen Sie denn voraus?«

Holmes schüttelte ernst den Kopf. »Wenn wir sie definieren könnten, wäre sie keine Gefahr mehr«, sagte er. »Aber ganz gleich, ob es Tag oder Nacht ist, ein Telegramm wird mich jederzeit dazu bringen, Ihnen zu Hilfe zu kommen.«

»Das ist mehr als genug.« Sie erhob sich munter von ihrem Sitz; alle Besorgnis war aus ihrem Gesicht gewichen. »Jetzt werde ich beruhigt nach Hampshire fahren. Ich werde Mr. Rucastle sofort schreiben, meine armen Haare heute abend noch opfern und morgen nach Winchester aufbrechen.« Mit einigen Dankesworten an Holmes wünschte sie uns beiden einen guten Tag und eilte davon.

»Immerhin«, sagte ich, als wir ihre schnellen, festen Tritte auf der Treppe hörten, »scheint sie eine junge Dame zu sein, die sehr wohl auf sich aufpassen kann.«

»Das wird sie wohl auch müssen«, sagte Holmes ernst; »ich müßte mich sehr irren, wenn wir nicht innerhalb weniger Tage von ihr hörten.«

Tatsächlich dauerte es nicht lange, bis sich die Vorhersage meines Freundes erfüllte. Vierzehn Tage vergingen, während welcher meine Gedanken häufig zu ihr abschweiften, und ich fragte mich, in welche seltsamen Seitenwege menschlichen Erfahrens es diese einsame Frau verschlagen haben mochte. Das ungewöhnliche Gehalt, die merkwürdigen Bedingungen, die leichten Pflichten, all dies deutete auf etwas Anomales hin, wenn es auch jenseits meiner Fähigkeiten war, zu entscheiden, ob es eine Laune oder eine Intrige, ob der Mann ein Philanthrop oder ein Schurke war. Was Holmes betrifft, so bemerkte ich, daß er oft eine halbe Stunde lang mit gerunzelter Stirn und einem Ausdruck der Geistesabwesenheit herumsaß, aber wenn ich die Angelegenheit erwähnte, wischte er sie mit einer Handbewegung fort. »Angaben, Angaben, Angaben!« rief er ungeduldig. »Ich kann ohne Lehm keine Ziegel machen!« Und dennoch murmelte er schließlich immer wieder, er hätte es niemals zugelassen, daß eine Schwester von ihm solch eine Stellung anträte.

Das Telegramm, das wir schließlich erhielten, kam spät eines Abends, als ich eben daran dachte mich zurückzuziehen und Holmes sich über eine jener nächtelangen Forschungsarbeiten hermachte, wie er es häufig tat; ich ließ ihn dann abends zurück, wie er sich über eine Retorte und ein Reagenzglas beugte, und fand ihn in der gleichen Stellung vor, wenn ich morgens zum Frühstück herunterkam. Er öffnete den gelben Umschlag, überflog die Botschaft und warf mir das Telegramm zu.

»Suchen Sie doch die Züge im Kursbuch heraus«, sagte er; dann kehrte er zu seinen chemischen Studien zurück.

Die Aufforderung war kurz und dringend.

> Bitte seien Sie morgen mittag im Black Swan Hotel zu Winchester. Bitte, kommen Sie! Ich weiß nicht mehr aus noch ein. – Hunter

»Kommen Sie mit?« fragte Holmes; er blickte auf.

»Sehr gern.«

»Dann suchen Sie den Zug heraus.«

»Es gibt einen um halb zehn«, sagte ich; ich blätterte im Kursbuch. »Er ist um 11 Uhr 30 in Winchester.«

»Das paßt ja ausgezeichnet. Dann sollte ich wohl mein Analyse der Azetone aufschieben; vielleicht müssen wir mor gen früh in guter Verfassung sein.«

Um elf Uhr am nächsten Tag waren wir bereits weit auf dem Weg zur alten Hauptstadt Englands gediehen. Die ganze Strecke bis hierher hatte Holmes sich in den Morgenzeitungen vergraben, aber als wir die Grenze von Hampshire hinter uns gelassen hatten, warf er sie beiseite und begann die Landschaft zu bewundern. Es war ein idealer Frühlingstag: Hellblauer Himmel, gesprenkelt von kleinen weißen Wolkenvliesen, die von Westen nach Osten trieben. Die Sonne schien sehr hell, und dennoch barg die Luft eine ermunternde Frostschärfe, die unseren Tatendurst förderte. Über das ganze Land bis hin zu den wogenden Hügeln um Aldershot lugten die kleinen roten und grauen Dächer der Bauernhäuser durch das helle Grün des frischen Blattwerks.

»Ist nicht alles frisch und wunderschön?« rief ich mit der ganzen Begeisterung eines Mannes, der eben erst den Nebel der Baker Street hinter sich gelassen hatte.

Holmes jedoch schüttelte ernst den Kopf. »Wissen Sie, Watson«, sagte er, »es ist der Fluch eines Geistes, der wie der meine angelegt ist, daß ich alles im Hinblick auf mein besonderes Thema betrachten muß. Sie schauen sich diese verstreuten Häuser an und sind von ihrer Schönheit beeindruckt. Ich sehe sie an, und der einzige Gedanke, der mir kommt, ist ein Gespür für ihre Isolation und die Straflosigkeit, mit der dort Verbrechen begangen werden können.«

»Lieber Himmel!« rief ich. »Wer denkt denn bei diesen liebenswerten alten Heimstätten an Verbrechen?«

»Mich erfüllen sie immer mit einem gewissen Grauen. Gestützt auf meine Erfahrung, Watson, glaube ich, daß die niedrigsten und übelsten Straßen Londons kein schrecklicheres Sündenregister zu bieten haben als das lächelnde und wunderschöne Land.«

»Das ist ja entsetzlich!«

»Aber die Gründe dafür sind ganz offensichtlich. Der Druck der öffentlichen Meinung kann in der Stadt etwas erreichen, was das Gesetz nicht vermag. Keine Nebenstraße ist so schlimm, daß nicht der Schrei eines gequälten Kindes oder die dumpfen Schläge, die ein Betrunkener austeilt, bei den Nachbarn Mitgefühl und Empörung auslösten, und zudem ist die ganze Maschinerie des Rechts immer so nahe, daß ein Wort der Klage sie in Gang setzen kann, und zwischen Verbrechen und Anklagebank liegt nur ein kleiner Schritt. Aber schauen Sie sich diese einsamen Häuser an, jedes von seinen eigenen Feldern umgeben, und die meisten von ihnen sind voll armer unwissender Leute, die wenig Ahnung vom Gesetz haben. Denken Sie an die Taten von höllischer Grausamkeit, die verborgene Niedertracht, die jahrein, jahraus an solchen Orten herrschen mag, ohne sich je zu bessern. Wenn diese Dame, die sich an uns um Hilfe gewandt hat, eine Stellung in Winchester angetreten hätte, dann hätte ich mich niemals um sie gesorgt. Es sind die fünf Meilen Landes, die die Gefahr ausmachen. Immerhin ist es aber klar, daß sie nicht persönlich bedroht ist.«

»Nein. Wenn sie nach Winchester kommen kann, um uns zu treffen, dann kann sie sich frei bewegen.«

»Sehr richtig. Die Freiheit ist ihr nicht genommen.«

»Was kann denn nur hinter der Sache stecken? Haben Sie wirklich keine Erklärung, die Sie anbieten könnten?«

»Ich habe sieben verschiedene Erklärungen entwickelt, von denen jede die uns bekannten Tatsachen hinlänglich erfaßt. Aber welche von ihnen die richtige ist, kann nur mit Hilfe weiterer Informationen festgestellt werden, und die werden wir bei unserem Eintreffen vorfinden. Na, da ist der Turm der Kathedrale, und bald werden wir alles wissen, was uns Miss Hunter zu erzählen hat.«

Der *Black Swan* ist ein Gasthaus mit gutem Ruf in der High Street, nicht weit entfernt vom Bahnhof, und dort trafen wir die junge Dame an, die auf uns wartete. Sie hatte einen Nebenraum reserviert, und unser Mittagessen stand bereits auf dem Tisch.

»Ich bin so froh, daß Sie gekommen sind«, sagte sie ernst. »Es ist so nett von Ihnen beiden; aber ich weiß wirklich nicht mehr, was ich tun soll. Ihr Rat wäre wirklich von unschätzbarem Wert für mich.«

»Erzählen Sie uns doch bitte, was Ihnen widerfahren ist.«

»Das werde ich tun, und ich muß mich beeilen, weil ich nämlich Mr. Rucastle versprochen habe, vor drei Uhr zurück zu sein. Er hat mir erlaubt, heute morgen in die Stadt zu fahren, aber er weiß natürlich nicht, zu welchem Zweck.«

»Erzählen Sie uns alles in der richtigen Reihenfolge.« Holmes streckte seine langen dünnen Beine dem Feuer entgegen und sammelte sich.

»Zuallererst möchte ich sagen, daß ich im ganzen von Mr. und Mrs. Rucastle keineswegs schlecht behandelt worden bin. Es ist ihnen gegenüber nur gerecht, das zu sagen. Aber ich kann sie nicht begreifen, und mir ist ihretwegen gar nicht wohl zu Mute.«

»Was können Sie nicht begreifen?«

»Die Gründe für ihr Verhalten. Aber Sie sollen alles so hören, wie es sich zugetragen hat. Als ich angekommen bin, hat Mr. Rucastle mich hier abgeholt und mit dem Wagen nach *The Copper Beeches* gefahren. Wie er gesagt hatte, liegt das Haus wunderschön, aber selbst ist es nicht schön, sondern ein viereckiger Klotz von einem Haus, weißgekälkt, aber von der Feuchtigkeit und dem schlechten Wetter überall verfärbt und gezeichnet. Es ist auf drei Seiten von Wald und auf der vierten von einem Feld umgeben, das zur Landstraße nach Southampton abfällt, die etwa hundert Yards vor der Eingangstür verläuft. Der Grund vorne gehört zum Haus, aber die Wälder ringsum sind ein Teil von Lord Southertons Gehege. Eine Gruppe von Blutbuchen gleich vor der Tür des Anwesens hat dem Haus den Namen gegeben.

Mein Arbeitgeber, der so liebenswürdig war wie immer, hat mich hingebracht und abends seiner Frau und dem Kind vorgestellt. Es ist nichts an der Vermutung, Mr. Holmes, die uns in Ihren Räumlichkeiten in der Baker Street so glaubwürdig erschienen ist. Mrs. Rucastle ist nicht verrückt. Sie ist eine schweigsame, blasse Frau, viel jünger als ihr Mann, nicht älter als dreißig, glaube ich, während er kaum jünger als fünfundvierzig sein kann. Aus ihren Gesprächen habe ich entnommen, daß sie seit ungefähr sieben Jahren verheiratet sind, daß er

Witwer war und daß sein einziges Kind von der ersten Frau die Tochter war, die nach Philadelphia gegangen ist. Mr. Rucastle hat mir im Vertrauen erzählt, der Grund, aus dem sie gegangen ist, sei eine unvernünftige Abneigung gegen ihre Stiefmutter. Da die Tochter kaum jünger als zwanzig gewesen sein kann, kann ich mir durchaus vorstellen, daß ihre Stellung gegenüber der jungen Frau ihres Vaters unbehaglich war.

Mrs. Rucastle kommt mir geistig genauso farblos vor wie in ihren Gesichtszügen. Sie hat auf mich weder einen günstigen noch einen ungünstigen Eindruck gemacht. Sie ist ein Nichts. Man kann leicht sehen, daß sie sowohl ihrem Mann als auch ihrem kleinen Sohn leidenschaftlich ergeben ist. Ihre hellgrauen Augen wandern unaufhörlich von einem zum anderen, nehmen den kleinsten Wunsch wahr, und sie versucht möglichst, ihn zu erfüllen, bevor er ausgesprochen wird. In seiner direkten, lauten Art ist er ihr gegenüber durchaus freundlich, und im ganzen schienen sie mir ein glückliches Paar zu sein. Und trotzdem hat diese Frau irgendeinen tiefen Kummer. Manchmal ist sie ganz verloren in tiefem Grübeln und hat dann einen unendlich traurigen Gesichtsausdruck. Mehr als nur einmal habe ich sie überrascht, als sie weinte. Manchmal denke ich, es ist das Kind, das ihr Gemüt belastet; ich habe nämlich noch nie ein so völlig verzogenes und übellauniges kleines Geschöpf gesehen. Für sein Alter ist er klein, mit einem absolut übermäßig großen Kopf. Er scheint sein ganzes Leben damit zu verbringen, zwischen wilden Wutanfällen und finsteren Trotzphasen hin und her zu schwanken. Seine einzige Freude scheint es zu sein, alle Geschöpfe, die schwächer sind als er, zu quälen, und er beweist ein erstaunliches Talent wenn es darum geht, Fallen für Mäuse, kleine Vögel und Insekten zu entwerfen. Aber von diesem Geschöpf möchte ich lieber nicht reden, Mr. Holmes, und im übrigen hat er auch mit meiner Geschichte wenig zu tun.«

»Ich bin froh über alle Einzelheiten«, bemerkte mein Freund, »ob sie Ihnen nun als wichtig erscheinen oder nicht.«

»Ich will versuchen, nichts Wichtiges auszulassen. Das ein

zig Unerfreuliche am Haus, was mir sofort auffiel, ist die äußere Erscheinung und das Verhalten des Personals. Es gibt nur zwei Diener, Mann und Frau. Toller, so heißt er, ist ein grober, ungeschlachter Bursche, mit angegrautem Haar und Backenbart, und er riecht ewig nach Schnaps. Seit ich im Haus bin, ist er zweimal völlig betrunken gewesen, aber Mr. Rucastle scheint das nicht zur Kenntnis zu nehmen. Seine Frau ist eine große, starke Person mit säuerlichem Gesicht, so schweigsam wie Mrs. Rucastle und viel weniger liebenswürdig. Sie sind ein sehr unangenehmes Paar, aber zum Glück verbringe ich die meiste Zeit im Kinderzimmer und meinem eigenen Raum, die in einer Ecke des Gebäudes nebeneinander liegen.

Die ersten beiden Tage nach meiner Ankunft in *The Copper Beeches* hatte ich ein sehr ruhiges Leben; am dritten ist Mrs. Rucastle gleich nach dem Frühstück heruntergekommen und hat ihrem Mann etwas ins Ohr geflüstert.

›Oh, ja‹, sagt er und wendet sich mir zu, ›wir sind Ihnen sehr dankbar, Miss Hunter, daß Sie unseren kleinen Schrullen so weit entgegengekommen sind, daß Sie sich die Haare abgeschnitten haben. Ich versichere Ihnen, daß es Ihr Äußeres aber auch nicht um ein Quentchen beeinträchtigt. Wir wollen nun sehen, wie Ihnen das blaue Kleid steht. Sie finden es ausgelegt auf dem Bett in Ihrem Raum, und wenn Sie die Güte hätten, es anzuziehen, wären wir Ihnen beide sehr verbunden.‹

Das Kleid, das man für mich bereitgelegt hatte, war eigenartig blau getönt. Es bestand aus hervorragendem Material, einer Art Wollserge, aber es wies unmißverständliche Zeichen auf, daß es schon getragen worden war. Es hätte nicht besser passen können, selbst wenn es für mich maßgeschneidert worden wäre. Mr. und Mrs. Rucastle waren so offensichtlich über meinen Anblick entzückt, daß es mir einigermaßen übertrieben vorkam. Sie haben im Salon auf mich gewartet, einem sehr großen Raum, der sich über die gesamte Vorderseite des Hauses erstreckt, mit drei hohen Fenstern, die bis zum Boden reichen. Neben das mittlere Fenster hatten sie einen Stuhl gestellt, mit dem Rücken zum Vordergarten. Sie haben mich aufgefordert, mich auf diesen Stuhl zu setzen, und dann hat mir Mr. Rucastle, der auf der anderen Seite des Zimmers hin und her ging, eine Reihe der komischsten Geschichten erzählt, die ich je gehört habe. Sie können sich nicht vorstellen, wie lustig er war, und ich habe gelacht, bis ich ganz erschöpft war. Aber Mrs. Rucastle, die offenbar keinen Sinn für Humor hat, hat die ganze Zeit nicht einmal gelächelt; sie hat einfach dagesessen, mit den Händen im Schoß und einem traurigen, besorgten Ausdruck im Gesicht. Nach ungefähr einer Stunde hat Mr. Rucastle plötzlich bemerkt, es sei an der Zeit, mit den Pflichten des Tages zu beginnen, und ich sollte mich umziehen und ins Kinderzimmer zum kleinen Edward gehen.

Zwei Tage später haben wir die ganze Prozedur unter genau den gleichen Bedingungen wiederholt. Ich habe mich wieder umgezogen, wieder am Fenster gesessen und wieder sehr herzlich über die lustigen Geschichten gelacht, von denen mein Arbeitgeber ein ungeheures Repertoire hat und die er unnachahmlich gut erzählt. Dann hat er mir einen Schmöker in die Hand gedrückt, meinen Stuhl ein wenig zur Seite gedreht, damit nicht mein Schatten auf die Seiten fällt, und mich gebeten, ihm laut vorzulesen. Ich habe etwa zehn Minuten lang gelesen, wobei ich mitten in einem Kapitel angefangen hatte, und dann, mitten in einem Satz, hat er mir plötzlich gesagt, ich solle aufhören und mich umziehen.

Sie können sich sicher vorstellen, Mr. Holmes, wie neugierig ich war, was denn die Bedeutung dieser außerordentlichen Vorführung sein könnte. Mir ist aufgefallen, daß sie immer sehr sorgsam darauf bedacht waren, daß mein Gesicht dem Fenster abgewandt war, so daß ich den dringenden Wunsch hatte, festzustellen, was denn wohl hinter meinem Rücken vorging. Zuerst schien das unmöglich, aber dann habe ich einen Weg gefunden. Mein Handspiegel war zerbrochen, da kam ich auf einen glücklichen Einfall und habe ein Bruchstück in meinem Taschentuch versteckt. Bei der nächsten Gelegenheit mitten im Lachen, habe ich das Taschentuch gezogen und an meine Augen geführt, und so konnte ich ohne große Mühe sehen, was hinter mir war. Ich muß gestehen, es war eine Enttäuschung. Da war nämlich nichts.

Das war jedenfalls mein erster Eindruck. Beim zweiten Blick habe ich aber gesehen, daß da ein Mann auf der Straße nach Southampton stand, ein kleiner bärtiger Mann in einem grauen Anzug, und er schien zu mir herüber zu blicken. Die Straße ist ein wichtiger Verbindungsweg, und es sind normalerweise immer Leute darauf unterwegs. Dieser Mann stand aber gegen das Geländer gelehnt, das unser Feld umgibt, und sah angespannt herüber. Ich habe mein Handtuch sinken lassen, und als ich Mrs. Rucastle ansah, hatte sie ihre Augen mit einem überaus forschenden Blick auf mich geheftet. Sie hat nichts gesagt, aber ich bin sicher, sie hat erraten, daß ich einen Spiegel in der Hand und gesehen hatte, was hinter mir war. Sie ist sofort aufgestanden.

›Jephro‹, hat sie gesagt, ›auf der Straße steht ein unverschämter Kerl, der Miss Hunter anstarrt.‹

›Kein Freund von Ihnen, Miss Hunter?‹ fragt er.

›Nein; ich kenne niemanden hier in der Gegend.‹

›Liebe Güte! Wie aufdringlich! Drehen Sie sich doch bitte um und bedeuten Sie ihm, daß er gehen soll.‹

›Es wäre aber doch bestimmt besser, keine Notiz davon zu nehmen?‹

›Nein, nein, dann würde er nur immer wieder hier herumlungern. Bitte drehen Sie sich um und winken Sie ihn weg, so etwa.‹

Ich habe getan, was man mir sagte, und gleichzeitig hat Mrs. Rucastle den Vorhang vorgezogen. Das war vor einer Woche, und seitdem habe ich nicht mehr am Fenster gesessen, noch das blaue Kleid getragen, noch den Mann auf der Straße gesehen.«

»Bitte fahren Sie fort«, sagte Holmes. »Ihre Geschichte verspricht, überaus interessant zu werden.«

»Ich fürchte, Sie werden sie eher zusammenhanglos finden,

und es kann kaum Verbindungen geben zwischen den unterschiedlichen Vorfällen, von denen ich zu berichten habe. Als ich den ersten Tag in *The Copper Beeches* war, hat Mr. Rucastle mich zu einem kleinen Nebengebäude in der Nähe der Küchentür gebracht, und als wir näherkamen, habe ich das helle Rasseln einer Kette gehört und ein Geräusch, als ob ein großes Tier in dem Schuppen wäre und sich bewegte.

›Schauen Sie mal!‹ hat Mr. Rucastle gesagt und mir einen Spalt zwischen zwei Brettern gezeigt. ›Ist er nicht eine Schönheit?‹

Ich habe hindurchgeschaut und zwei glühende Augen und eine in der Dunkelheit kauernde undeutliche Gestalt wahrgenommen.

›Keine Angst‹, sagt mein Brotherr und lacht darüber, daß ich zusammenzucke, ›das ist nur Carlo, mein Bullenbeißer. Ich sage ‘mein’, aber in Wahrheit ist der alte Toller, der Bursche, der einzige Mann, der mit ihm fertig wird. Wir füttern ihn einmal pro Tag, und dann auch nicht zu gut, damit er immer scharf ist wie Senf. Toller läßt ihn nachts immer los, und gnade Gott dem Eindringling, den er zwischen die Fänge bekommt. Setzen Sie um Himmels willen, gleich aus welchem Grund, niemals nachts einen Fuß über die Schwelle, wenn Ihnen Ihr Leben etwas wert ist.‹

Das war keine leere Warnung; zwei Nächte später habe ich nämlich zufällig aus meinem Schlafzimmerfenster geschaut, so gegen zwei Uhr morgens. Es war eine wunderschöne Mondnacht, und der Rasen vor dem Haus war ganz versilbert und fast taghell. Ich stand da und war gefangen von der friedvollen Schönheit der Szenerie, als ich bemerkt habe, daß sich im Schatten der Blutbuchen etwas bewegte. Es war ein riesiger Hund, groß wie ein Kalb, lohfarben, mit hängender Wamme, schwarzer Schnauze und großen, hervorstehenden Knochen. Er ist langsam über den Rasen gelaufen und im Schatten auf der anderen Seite verschwunden. Dieser schreckliche stumme Wachtposten hat mir solche Angst eingejagt, wie, glaube ich, kein Einbrecher es gekonnt hätte.

Und nun habe ich Ihnen von einer sehr seltsamen Erfahrung zu berichten. Wie Sie wissen, hatte ich in London mein Haar abgeschnitten und es in einer großen Schlinge ganz unten in meinen Koffer gelegt. Eines Abends, nachdem das Kind im Bett war, habe ich mich damit unterhalten, daß ich die Möbel in meinem Raum untersucht und meine wenigen Habseligkeiten verteilt habe. Im Zimmer steht eine alte Kommode mit Schubladen; von ihnen waren die beiden oberen leer und offen, die untere verschlossen. Ich hatte meine Wäsche in die beiden oberen gepackt und hatte noch viel unterzubringen, deshalb war ich natürlich verärgert darüber, daß ich die dritte Schublade nicht benutzen konnte. Ich dachte, vielleicht ist sie nur aus Versehen verschlossen worden, also habe ich meinen Schlüsselbund genommen und versucht, sie zu öffnen. Schon der erste Schlüssel hat bestens gepaßt, und ich habe die Schublade herausgezogen. In der Schublade lag nur ein einziger Gegenstand, aber ich bin sicher, Sie würden nie erraten, was es war. Es war die Schlinge aus meinem Haar.

Ich habe sie aufgenommen und untersucht. Das Haar war von der gleichen eigenartigen Färbung und der gleichen Dichte. Aber dann fiel mir auf, daß das ja völlig unmöglich war. Wie hätte mein Haar in die abgeschlossene Schublade kommen sollen? Mit zitternden Händen habe ich meinen Koffer geöffnet, alle Sachen herausgenommen und vom Boden mein Haar herausgeholt. Ich habe die beiden Flechten nebeneinandergelegt, und ich versichere Ihnen, sie waren identisch. Ist das nicht sonderbar? So sehr ich mir auch den Kopf zerbrochen habe, ich konnte nicht dahinterkommen, was das zu bedeuten hatte. Ich habe das fremde Haar wieder in die Schublade gelegt und den Rucastles nichts davon erzählt, weil ich das Gefühl hatte, ein Unrecht begangen zu haben, indem ich eine Schublade öffne, die sie verschlossen hatten.

Wie Sie bemerkt haben werden, Mr. Holmes, bin ich eine gute Beobachterin, und ich hatte sehr bald den Plan des ganzen Hauses im Kopf. Es gibt aber einen Flügel, der völlig unbewohnt zu sein scheint. Dorthin geht eine Tür, die jener gegenüberliegt, die zu den Räumen der Tollers führt, und diese Tür war immer verschlossen. Aber eines Tages, als ich die Treppe hinaufstieg, habe ich Mr. Rucastle getroffen, wie er aus dieser Tür tritt, die Schlüssel in der Hand und mit einem Gesichtsausdruck, der ihn zu einer ganz anderen Person machte als dem rundlichen, jovialen Mann, an den ich gewöhnt war. Seine Wangen waren rot, seine Stirn von Zorn ganz zerfurcht, und an seinen Schläfen traten die Adern hervor, aus Erregung. Er hat die Tür abgeschlossen und ist an mir vorbeigeeilt, ohne ein Wort oder einen Blick.

Das hat meine Neugier geweckt; also bin ich, als ich mit meinem Schützling einen Spaziergang durch die nähere Umgebung gemacht habe, unauffällig dahin gegangen, von wo aus ich die Fenster sehen konnte, die zu diesem Teil des Hauses gehören. Es sind vier nebeneinander; drei von ihnen waren einfach schmutzig, aber das vierte war mit Läden versperrt. Offensichtlich war da alles unbewohnt. Während ich da auf und ab gegangen bin und gelegentlich einen Blick auf die Fenster geworfen habe, ist Mr. Rucastle aus dem Haus gekommen, zu mir; er sah so fröhlich und jovial aus wie immer.

›Ah‹, hat er gemacht, ›Sie müssen mich nicht für grob halten, weil ich ohne ein Wort an Ihnen vorbeigegangen bin, meine liebe junge Dame. Ich hatte den Kopf voll mit geschäftlichen Dingen.‹

Ich habe ihm versichert, daß ich nicht beleidigt war. Dann habe ich gesagt: ›Übrigens scheinen Sie ja da oben eine ganze Reihe ungenutzter Räume zu haben, und in einem sind die Läden geschlossen.‹

›Die Photographie ist eines meiner Steckenpferde‹, sagt er. ›Ich habe mir da oben meine Dunkelkammer eingerichtet. Aber, liebe Güte! was für eine aufmerksame junge Dame wir da haben. Wer hätte das denn gedacht? Wer hätte das denn jemals gedacht?‹ Er hat in einem scherzhaften Tonfall gesprochen, aber in seinen Augen war kein Scherz, als er mich angesehen hat. Ich habe in ihnen Mißtrauen und Verärgerung gelesen, aber keinen Scherz.

Nun habe ich von dem Moment an, Mr. Holmes, als ich begriffen hatte, daß in diesen Räumen etwas war, was ich nicht wissen durfte, darauf gebrannt, sie mir anzuschauen. Das war nicht nur die reine Neugier, obwohl ich davon auch genug mitbekommen habe. Es war mehr eine Art Pflichtgefühl – ein Gefühl, daß sich irgend etwas Gutes daraus ergeben kann, wenn ich in diese Ecke des Hauses eindringe. Man redet immer von weiblichen Instinkten; vielleicht war es ein weiblicher Instinkt, der mir dieses Gefühl eingeflößt hat. Es war jedenfalls da, und ich habe ungeduldig auf eine Möglichkeit gewartet, durch die verbotene Tür gehen zu können.

Die Möglichkeit hat sich erst gestern ergeben. Ich kann Ihnen noch sagen, daß neben Mr. Rucastle sowohl Toller als auch seine Frau in diesen öden Räumen etwas zu tun haben, und einmal habe ich Toller gesehen, wie er einen großen schwarzen Leinenbeutel mit durch die Tür genommen hat. In der letzten Zeit hat er kräftig getrunken, und gestern abend war er betrunken; und als ich nach oben gekommen bin, steckte ein Schlüssel in der Tür. Ich bin ganz sicher, daß er ihn da hat stecken lassen. Mr. und Mrs. Rucastle waren beide unten, und das Kind war bei ihnen, also hatte ich eine prächtige Gelegenheit. Ich habe den Schlüssel leise im Schloß gedreht, die Tür geöffnet und bin hineingeschlüpft.

Vor mir lag ein kleiner Gang, ohne Tapeten und ohne Teppiche, der am Ende in einem rechten Winkel nach rechts bog. Hinter dieser Ecke liegen drei Türen nebeneinander, die erste und die dritte standen offen. Sie führen in leere Zimmer, verstaubt und freudlos; das eine hat zwei, das andere ein Fenster, und alle so dick mit Schmutz beschmiert, daß das Abendlicht nur schwach hindurchschimmern kann. Die mittlere Tür war verschlossen, und auf der Außenseite hatte man die Querstange eines Eisenbetts angebracht; auf der einen Seite war sie mit einem Vorlegeschloß an einem Ring in der Wand befestigt; auf der anderen mit einer starken Schnur. Die Tür selbst war auch abgeschlossen, und der Schlüssel war nicht da. Diese verbarrikadierte Tür entspricht ganz klar dem verriegelten

Fenster an der Außenseite, und trotzdem konnte ich an dem Lichtspalt unter der Tür sehen, daß der Raum nicht völlig dunkel war. Es scheint da eine Art Dachfenster zu geben, das von oben Licht hereinläßt. Als ich so im Gang stehe und diese unheimliche Tür betrachte und mich frage, welches Geheimnis sie wohl verbergen mag, höre ich plötzlich im Raum das Geräusch von Schritten und sehe im kleinen Lichtspalt unter der Tür einen Schatten auf und ab gehen. Bei dem Anblick hat mich eine irre, völlig unvernünftige Furcht gepackt, Mr. Holmes. Meine allzu straff gespannten Nerven haben mich plötzlich im Stich gelassen, und ich habe mich umgedreht und bin gerannt – gerannt, als ob eine schreckliche Hand hinter mir ist und nach dem Saum meines Kleides packt. Ich bin den Gang entlang gelaufen, dann durch die Tür, und geraden Wegs in die Arme von Mr. Rucastle, der draußen wartete.

›So‹, sagt er lächelnd, ›Sie waren das also. Ich hatte es mir schon gedacht, als ich die Tür offen sah.‹

›Oh, ich habe solche Angst!‹ keuche ich.

›Meine liebe junge Dame!‹ – Sie können sich nicht vorstellen, wie beruhigend und liebevoll seine Art war – ›und was hat Ihnen denn solche Angst gemacht?‹

Aber seine Stimme ist ein wenig zu einschmeichelnd gewesen. Er hat es übertrieben. Ich war ihm gegenüber sofort sehr auf der Hut.

›Ich bin dumm genug gewesen, in den leeren Flügel zu gehen‹, habe ich geantwortet. ›Aber da ist es so einsam und unheimlich in diesem Zwielicht, daß ich Angst bekommen habe und wieder herausgelaufen bin. Oh, da drin ist es so schrecklich still!‹

›Sonst nichts?‹ fragt er und sieht mich scharf an.

›Wieso, was meinen Sie?‹ frage ich.

›Warum, glauben Sie, ist diese Tür verschlossen?‹

›Ich habe keine Ahnung.‹

›Um Leute fernzuhalten, die darin nichts zu suchen haben. Verstehen Sie?‹ Er lächelt immer noch ganz besonders liebenswürdig.

›Wenn ich das gewußt hätte, bestimmt ...‹

›Also, jetzt wissen Sie es. Und wenn Sie jemals wieder den Fuß über diese Schwelle setzen ...‹ An dieser Stelle wird das Lächeln plötzlich innerhalb eines Augenblicks zu einer wütenden Grimasse, und er starrt mich mit dem Gesicht eines Dämons an. ›Dann werfe ich Sie dem Bullenbeißer vor.‹

Ich war so entsetzt, daß ich nicht mehr weiß, was ich getan habe. Ich glaube, ich bin wohl an ihm vorbei zu meinem Zimmer gelaufen. Ich weiß nichts mehr, ich erinnere mich erst wieder daran, daß ich auf dem Bett liege und am ganzen Leibe zittere. Dann habe ich an Sie gedacht, Mr. Holmes. Ohne irgendeinen Rat konnte ich da nicht länger wohnen. Ich hatte Angst vor dem Haus, vor dem Mann, vor der Frau, vor den Dienern, sogar vor dem Kind. Ich fand sie alle entsetzlich. Ich dachte mir, wenn es mir nur gelingt, Sie dazu zu bringen, herzukommen, dann geht alles in Ordnung. Natürlich hätte ich aus dem Haus fliehen können, aber meine Neugier war fast so stark wie meine Angst. Ich habe mich schnell entschlossen. Ich wollte Ihnen drahten. Ich habe Hut und Mantel genommen, bin zum Postamt gegangen, das ungefähr eine halbe Meile vom Haus entfernt ist, und bin dann wieder zurückgekommen, mit einem sehr viel leichteren Herzen. Als ich mich der Tür genähert habe, kam mir plötzlich der furchtbare Gedanke, daß vielleicht der Hund los sein könnte, aber dann ist mir eingefallen, daß Toller sich an diesem Abend bis zur Bewußtlosigkeit betrunken hatte, und ich wußte ja, daß er der einzige im Haus ist, der mit dem wilden Biest fertig wird und es wagen kann, das Tier freizulassen. Ich bin unbehelligt wieder ins Haus geschlüpft und habe die halbe Nacht wachgelegen, aus lauter Vorfreude darauf, Sie zu sehen. Es war nicht schwierig, heute früh die Erlaubnis zu bekommen, nach Winchester zu fahren, aber ich muß bis drei Uhr zurück sein, weil Mr. und Mrs. Rucastle jemanden besuchen und den ganzen Nachmittag fortbleiben werden, deshalb muß ich auf das Kind aufpassen. Nun habe ich Ihnen all meine Abenteuer berichtet, Mr. Holmes, und ich wäre sehr froh, wenn Sie mir sagen könnten, was das alles bedeutet, und vor allem, was ich tun soll.«

Holmes und ich hatten dieser außerordentlichen Geschichte wie gebannt gelauscht. Nun erhob sich mein Freund und ging im Raum auf und ab, die Hände in den Taschen, auf dem Gesicht einen Ausdruck der größten Besorgnis.

»Ist Toller noch immer betrunken?« fragte er.

»Ja. Ich habe gehört, wie seine Frau Mrs. Rucastle gesagt hat, mit ihm sei heute nichts anzufangen.«

»Das ist gut. Und die Rucastles gehen heute abend aus?«

»Ja.«

»Gibt es im Haus einen Keller mit einem sicheren Schloß?«

»Ja, den Weinkeller.«

»Mir scheint, Sie haben sich bei all dem wie ein tapferes und vernünftiges Mädchen verhalten, Miss Hunter. Glauben Sie, Sie könnten das noch einmal? Ich würde Sie nicht fragen, wenn ich Sie nicht für eine ganz außergewöhnliche Frau hielte.«

»Ich will es versuchen. Worum geht es?«

»Mein Freund und ich werden um sieben Uhr nach *The Copper Beeches* kommen. Die Rucastles werden dann fort sein, und Toller, hoffen wir es, zu nichts zu gebrauchen. Es bleibt nur Mrs. Toller übrig, die Alarm schlagen könnte. Wenn Sie sie in den Keller schicken mit irgendeinem Auftrag und dann hinter ihr den Schlüssel umdrehen könnten, dann würden Sie die Dinge ungeheuer erleichtern.«

»Das will ich gern tun.«

»Ausgezeichnet! Wir werden uns dann gründlich mit dieser Angelegenheit befassen. Natürlich gibt es nur eine sinnvolle Erklärung. Man hat Sie dorthin geholt, damit Sie jemanden darstellen, und die Person selbst, um die es geht, ist in diesem Raum oben eingesperrt. Das ist offensichtlich. Und was den Gefangenen betrifft, so zweifle ich nicht daran, daß es die Tochter ist, Miss Alice Rucastle, die, wenn ich mich recht entsinne, angeblich nach Amerika gegangen ist. Zweifellos sind Sie deswegen ausgesucht worden, weil Sie ihr in Größe, Gestalt und Haarfarbe ähneln. Ihr Haar ist möglicherweise wegen irgendeiner Krankheit abgeschnitten worden, an der sie gelitten hat, und deshalb mußte Ihres natürlich auch geopfert werden. Durch einen seltsamen Zufall haben Sie ihre Haarflechten gefunden. Der Mann auf der Straße war ohne Zweifel ein Freund von ihr – möglicherweise ihr Verlobter –, und da Sie das Kleid des Mädchens getragen haben und ihr so ähnlich sehen, war er jedesmal, wenn er Sie gesehen hat, durch Ihr Lachen und später durch Ihre Gesten davon überzeugt, daß Miss Rucastle in bester Laune ist und seine Aufmerksamkeiten nicht länger wünscht. Der Hund wird nachts deshalb losgelassen, um ihn an dem Versuch zu hindern, sich mit ihr in Verbindung zu setzen. So viel ist ziemlich klar. Der wichtigste Punkt des Falles ist der Zustand des Kindes.«

»Was um alles in der Welt hat das Kind damit zu tun?« rief ich.

»Mein lieber Watson, als Mediziner gewinnen Sie doch immer Aufschlüsse über die Veranlagung eines Kindes, indem Sie die Eltern beobachten. Sehen Sie denn nicht, daß man das Verfahren auch umdrehen kann? Meinen ersten wertvollen Einblick in den Charakter von Eltern habe ich oft dadurch gewonnen, daß ich ihre Kinder beobachtet habe. Das Kind ist anomal grausam veranlagt, Grausamkeit um der Grausamkeit willen, und ob der Junge das von seinem lächelnden Vater hat, wie ich vermute, oder von seiner Mutter, jedenfalls bedeutet es etwas Schlimmes für das arme Mädchen, das in ihrer Gewalt ist.«

»Ich bin sicher, daß Sie recht haben«, rief unsere Klientin. »Tausend Dinge fallen mir jetzt wieder ein, die mich davon überzeugen, daß Sie es getroffen haben. Oh, lassen Sie uns keinen Augenblick verlieren, sondern diesem armen Geschöpf helfen.«

»Wir müssen umsichtig sein, denn wir haben es mit einem sehr schlauen Mann zu tun. Vor sieben Uhr können wir nichts unternehmen. Um diese Zeit werden wir zu Ihnen kommen, und dann wird es nicht lange dauern, bis wir das Rätsel gelöst haben.«

Wir hielten Wort, denn es war genau sieben Uhr, als wir *The Copper Beeches* erreichten; wir hatten unseren Wagen in einer Gaststätte am Wegesrand zurückgelassen. Die Gruppe von Bäumen, deren dunkle Blätter im Licht der untergehenden Sonne wie poliertes Metall leuchteten, hätte ausgereicht, das Haus zu bezeichnen, selbst wenn Miss Hunter nicht lächelnd auf der Schwelle gestanden hätte.

»Haben Sie es erledigen können?« fragte Holmes.

Von irgendwo unterhalb des Erdgeschosses drang ein lautes Klopfen nach oben. »Das ist Mrs. Toller im Keller«, sagte sie. »Ihr Mann liegt schnarchend auf dem Teppich in der Küche. Hier sind seine Schlüssel, Duplikate von denen, die Mr. Rucastle hat.«

»Das haben Sie wirklich sehr gut gemacht!« rief Holmes begeistert. »Zeigen Sie uns jetzt den Weg, und wir werden bald das Ende dieser finsteren Angelegenheit sehen.«

Wir stiegen die Treppen hinauf, schlossen die Tür auf, gingen den Gang entlang und befanden uns dann vor der Barrikade, die Miss Hunter beschrieben hatte. Holmes zerschnitt die Schnur und entfernte die Querstange. Dann probierte er die verschiedenen Schlüssel am Schloß aus, aber ohne Erfolg. Kein Geräusch drang von innen zu uns, und bei der Stille verdüsterte sich Holmes' Gesicht.

»Ich hoffe, wir sind nicht zu spät«, sagte er. »Miss Hunter, ich glaube, wir sollten besser ohne Sie hineingehen. Also, Watson, her mit Ihrer Schulter, und dann werden wir sehen, ob wir nicht einen Eingang machen können.«

Es war eine alte, morsche Tür, und als wir unsere Kräfte vereinten, gab sie sofort nach. Gemeinsam stürzten wir in den Raum. Er war leer. Die gesamte Einrichtung bestand aus einem kleinen Strohlager, einem winzigen Tisch und einem angefüllten Wäschekorb. Das Fenster im Dach stand offen und die Gefangene war fort.

»Hier hat eine Schurkerei stattgefunden«, sagte Holmes

»Der Kerl hat Miss Hunters Absichten erraten und sein Opfer fortgeschafft.«

»Aber wie?«

»Durch die Dachluke. Wir werden gleich sehen, wie er das gemacht hat.« Er schwang sich auf das Dach. »Ah, ja«, rief er. »Da an der Traufe lehnt eine lange leichte Leiter. So hat er es gemacht.«

»Aber das ist unmöglich«, sagte Miss Hunter. »Die Leiter war nicht da, als die Rucastles fortgefahren sind.«

»Er ist zurückgekommen und hat es dann getan. Ich sage Ihnen, er ist schlau und gefährlich. Ich wäre nicht überrascht, wenn das jetzt seine Schritte auf der Treppe wären. Watson, ich glaube, es könnte nicht schaden, wenn Sie Ihren Revolver bereithielten.«

Er hatte es kaum gesagt, als ein Mann in der Zimmertür erschien, ein sehr fetter, stämmiger Mann mit einem dicken Stock in der Hand. Miss Hunter schrie auf und preßte sich bei seinem Anblick gegen die Wand, aber Sherlock Holmes sprang vor und stellte sich ihm in den Weg.

»Schurke«, sagte er, »wo ist Ihre Tochter?«

Der fette Mann blickte sich um, dann sah er zu der offenen Dachluke empor.

»Die Frage sollte ich Ihnen stellen«, schrie er. »Diebe! Spione und Diebe! Ich habe Sie erwischt, oder nicht? Sie sind in meiner Gewalt. Ich werde es Ihnen besorgen!« Er wandte sich und stürzte sich die Treppe hinunter, so schnell er konnte.

»Er holt den Hund!« rief Miss Hunter.

»Ich habe meinen Revolver«, sagte ich.

»Schließen Sie besser die Haustür«, rief Holmes, und wir alle liefen zusammen die Treppe hinunter. Wir hatten kaum die Diele erreicht, als wir einen Hund bellen hörten und dann einen qualvollen Schrei, mit einem fürchterlichen, würgenden Unterton, der entsetzlich anzuhören war. Ein älterer Mann mit rotem Gesicht und zitternden Gliedmaßen stolperte aus einer Nebentür.

»Mein Gott!« rief er. »Jemand hat den Hund losgelassen.

Er hat zwei Tage kein Futter bekommen. Schnell, schnell, oder es ist zu spät!«

Holmes und ich stürzten hinaus und um die Hausecke; Toller folgte uns eilig. Da sahen wir das riesige ausgehungerte Biest, die schwarze Schnauze in Rucastles Kehle vergraben, während der Mann sich auf dem Boden wand und schrie. Ich rannte zu ihnen und leerte meinen Revolver in den Kopf des Tieres, und es fiel auf die Seite, die weißen scharfen Zähne noch immer in den dicken Falten des Halses. Mit großer Mühe trennten wir die beiden und trugen den Mann ins Haus; er lebte noch, war aber entsetzlich zugerichtet. Wir legten ihn auf das Sofa im Salon, und nachdem ich Toller fortgeschickt hatte, um seiner Frau die Neuigkeiten zu erzählen, tat ich, was ich konnte, um Rucastles Schmerzen zu lindern. Wir standen alle um ihn her, als die Tür sich öffnete und eine große, hagere Frau den Raum betrat.

»Mrs. Toller!« rief Miss Hunter.

»Ja, Miss. Mr. Rucastle hat mich rausgelassen, als er zurückgekommen ist, bevor er zu Ihnen nach oben ging. Ah, Miss, ein Jammer, daß Sie mich nicht haben wissen lassen, was Sie vorhatten. Ich hätte Ihnen nämlich gesagt, daß Ihr Vorhaben sinnlos ist.«

»Ha!« rief Holmes; er sah sie scharf an. »Offenbar weiß Mrs. Toller über diese Sache mehr als alle anderen.«

»Ja, Sir, das stimmt, und ich will Ihnen gern alles sagen, was ich weiß.«

»Dann setzen Sie sich doch bitte und lassen Sie es uns hören; es gibt da nämlich mehrere Punkte, muß ich gestehen, bei denen ich noch im dunkeln tappe.«

»Das will ich Ihnen bald erklären«, sagte sie; »und das hätte ich schon längst getan, wenn ich aus dem Keller rausgekonnt hätte. Wenn's zum Polizeigericht gehen sollte, denken Sie bitte dran, daß ich zu Ihnen gehalten habe, und daß ich auch Miss Alices Freundin war.

Sie ist zu Hause nie glücklich gewesen, Miss Alice, war sie nie, seit ihr Vater wieder geheiratet hat. Sie haben sie links liegen lassen, und sie hat nie nichts zu sagen gehabt; aber richtig schlimm ist es für sie erst geworden, als sie Mr. Fowler bei Freunden in denen ihrem Haus kennengelernt hat. Ich glaub, soweit ich weiß, daß Miss Alice eigenes Geld hatte, vom Testament her, aber sie ist immer so still und geduldig gewesen, das ist sie gewesen, daß sie nie ein Sterbenswörtchen darüber gesagt hat, sie hat nur alles Mr. Rucastle machen lassen. Er hat gewußt, daß er vor ihr sicher war; aber als es so ausgesehen hat, als ob da ein Ehemann im Busch wär', der sich nach allem erkundigt, was ihm von Rechts wegen zusteht, da hat der Vater gemeint, er muß die Sache schnell beenden. Er hat gewollt, daß sie ein Papier unterschreibt, damit er ihr Geld benutzen kann, ob sie jetzt heiratet oder nicht. Als sie das nicht unterschreiben will, hat er sie weiter damit gequält, bis sie Gehirnentzündung gekriegt hat, und sechs Wochen ist sie kurz vorm Tod gewesen. Dann hat sie sich endlich gebessert, aber sie war nur noch 'n Schatten, und ihr schönes Haar alles abgeschnitten, aber das hat ihrem jungen Mann nichts ausgemacht, und er hat zu ihr gehalten, so treu, wie ein Mann überhaupt nur sein kann.«

»Ah«, sagte Holmes. »Ich glaube, was Sie uns da freundlicherweise erzählt haben, macht die Sache ganz klar, und ich kann wohl alles Weitere deduzieren. Mr. Rucastle hat dann, nehme ich an, zu diesem System des Gefangenhaltens gegriffen?«

»Ja, Sir.«

»Und er hat Miss Hunter aus London geholt, um Mr. Fowlers unangenehme Beharrlichkeit zu beenden.«

»Genau so, Sir.«

»Aber Mr. Fowler, der ein beharrlicher Mann ist, wie ein guter Seemann es sein sollte, hat das Haus belagert, sich mit Ihnen getroffen und Sie mit guten Argumenten, ob sie nun aus Metall waren oder anderer Art, davon überzeugt, daß Ihre Interessen die gleichen waren wie seine.«

»Mr. Fowler ist immer ein freundlicher und freigiebiger Gentleman gewesen«, sagte Mrs. Toller gelassen.

»Und auf diese Weise hat er es erreicht, daß Ihr lieber Mann immer genug zu trinken hatte, und daß eine Leiter bereitstand, in dem Augenblick, als Ihr Herr ausgegangen war.«

»Sie sagen es, Sir, genau so war's.«

»Ich fürchte, wir müssen uns bei Ihnen entschuldigen, Mrs. Toller«, sagte Holmes. »Sie haben alles klargestellt, was uns noch beschäftigte. Und da kommen der Landarzt und Mrs. Rucastle, deshalb glaube ich, Watson, wir sollten Miss Hunter besser zurück nach Winchester eskortieren. Mir scheint nämlich, unser *locus standi* ist im Moment reichlich fragwürdig.«

Und so wurde das Rätsel des unheimlichen Hauses mit den Blutbuchen vor der Tür gelöst. Mr. Rucastle überlebte, war aber hinfort ein gebrochener Mann, den nur die Fürsorge seiner hingebungsvollen Gattin am Leben erhielt. Sie wohnen noch immer mit ihren alten Dienern zusammen, die vermutlich so viel über Rucastles Vorleben wissen, daß es ihm schwer fällt, sich von ihnen zu trennen. Mr. Fowler und Miss Rucastle wurden am Tag nach ihrer Flucht in Southampton mittels einer Sondergenehmigung getraut, und er lebt heute als Angestellter der Regierung auf der Insel Mauritius. Was Miss Violet Hunter betrifft, so zeigte mein Freund Holmes, durchaus zu meiner Enttäuschung, kein weiteres Interesse an ihr, nachdem sie nicht länger Mittelpunkt eines seiner geliebten Probleme war, und heute leitet sie eine Privatschule in Walsall, wo sie, wie ich glaube, sehr erfolgreich ist.

# ANHANG

## Editorische Notiz

Der vorliegende Band folgt den englischen Standardnachdrucken der Originalausgabe von 1892, *The Adventures of Sherlock Holmes*. Wann und wo die einzelnen Erzählungen erstmals erschienen, steht in den Anmerkungen. Die Übersetzung ist vollständig und wortgetreu; kleinere Abweichungen habe ich nur in folgenden Fällen vorgenommen:

– Wenn keine genaue deutsche Entsprechung für bestimmte Begriffe existiert; so erscheinen die unterschiedlichen Fuhrwerkstypen (*Brougham, Hansom, Dog-cart* etc.) je nach Kontext als »Droschke«, »Kutsche« oder schlicht »Wagen«, sofern nicht für die Geschichte ihre genaue Beschaffenheit wichtig ist und umschrieben wird; so wird aus der fürstlichen *Albert Chain* eine »kurze Uhrkette«, aus einem Verweis auf ein *gazogene* (Apparat zur Erzeugung einer Art Sodawasser) ein Verweis auf »Sodawasser«.

– Wenn geographische oder politische Fakten nicht unverändert übernommen werden konnten; so wird aus *The King of Scandinavia* »ein skandinavischer König«; so lautet, wenn Holmes in einem alphabetischen Register die Stadt Eger sucht, die Reihenfolge der genannten Orte nicht *Eglow, Eglonitz, Egria*, sonder »Egeln, Egelsee, Eger«.

Abweichungen nicht vom Wortlaut, wohl aber vom Tempus waren nötig bei langen Passagen wörtlicher Rede, da – anders als im Englischen und den meisten anderen europäischen Sprachen – deutsche Sprecher kaum das Imperfekt verwenden; mit leichten Verschiebungen gilt dies auch für ca. 1890.

Je nach Status des Sprechers, Belebtheit der Rede, Eintritt neuer Ereignisse o. ä. habe ich hier versucht, durch den Gebrauch von Perfekt oder erzählendem Präsens eine etwas größere Wirklichkeitsnähe herzustellen, wobei ich einigen Personen (so dem blasierten Holmes oder dem gebildeten Openshaw in *Die fünf Orangenkerne*) eine gehobene Schrift-Sprache belassen habe. Befriedigend zu lösen ist dieses Problem allerdings nicht, es sei denn, man schriebe die wörtlichen Passagen größtenteils um und löste die langen Sprecher-Berichte, die z. T. seitenlang druckreif wiedergegebene Dialoge enthalten, völlig auf. Dies gehört jedoch nicht zu den Befugnissen eines Übersetzers.

Beibehalten wurden englische Orts- und Lagenamen wie *Street, Lodge, Hall, Valley*. Teils übersetzt, teils unübersetzt übernommen wurden Begriffe wie *Coroner*, dessen quasi richterliche Befugnisse ein »Leichenbeschauer« nicht hat, oder »Polizeigericht« (*Police Court*), das bereits eine Art Hauptinstanz ist und nicht mit unserer Vorinstanz des »Untersuchungsrichters« verglichen werden kann.

In den Erzählungen verweist Dr. Watson mehrfach auf sein Vorleben: Nach dem Studium der Medizin weilte er als Militärarzt in Indien und Afghanistan, wo er von einer ihm als Souvenir verbliebenen und bisweilen schmerzenden Vorderlader-Kugel in der linken Schulter getroffen wurde; später begann er wieder, zivil zu praktizieren. Dies zum Verständnis einiger Anspielungen; die ganze Vorgeschichte einschließlich des Beginns der Freundschaft mit Sherlock Holmes findet sich in *Eine Studie in Scharlachrot.*

## Anmerkungen

Da es in vielen Geschichten des Bandes um Geld geht, halte ich es für sinnvoll, hier eine kurze Übersicht über die wichtigsten englischen Zahlungsmittel Ende des 19. Jahrhunderts einzuschieben.

Bis zur Umstellung auf das Dezimalsystem 1970 (seither 1 *Pound* = 100 *Pence*, Einzahl *Penny*) bestand das Pfund aus 20 Shilling zu je 12 Pence. Unter Wilhelm dem Eroberer (1027?–1087) wurde erstmals ein Pfund Silber (damals vermutlich ca. 440 g) in 240 Silberpence gemünzt. Die ersten Shillingmünzen wurden 1506 geprägt. Das Verhältnis der einzelnen Münzen zu Gold- bzw. Silbergewichten änderte sich im Verlauf der Jahrhunderte häufig. Ebenso wie »Pfund« (von *pondus*, Gewicht) entstammen auch die gebräuchlichen Abkürzungen dem Lateinischen: £ von *libra*, Pfund; *s* (für Shilling) von *solidus*, einer Münze, von der auch der frz. *sou* abstammt; *d* (für Penny) von *denarius*.

Laut *Dictionary of Banking* (London 1919) gab es in England zu Beginn des 20. Jahrhunderts insgesamt 16 verschiedene Gold-, Silber- und Bronzemünzen; die wichtigsten hiervon sind: Gold – 5 £, 2 £, Sovereign (= 1 £), Half-sovereign; Silber – Crown (= 5 *s*), Half-crown, Shilling, Sixpence, Penny; Bronze – Penny, Halfpenny. Der Sovereign (Wert 1 £) galt als Standardmünze mit dem Gewicht von 7,98805 Gramm (123.27447 Grains), davon elf Zwölftel Feingold, der Rest Legierung. Wegen der Weichheit des Goldes nutzte der Sovereign sich relativ schnell ab und erreichte nach 15 bis 20 Jahren sein gesetzliches Mindestgewicht von

7,93787 Gramm. Zu bemerken ist, daß es keine Münze gab, die Ein-Pfund-Münze hieß. Die von Holmes und Watson ebenfalls erwähnte Guinea war ursprünglich eine Goldmünze zu 21 *s*, damals aber längst nicht mehr gültig; der Name wurde jedoch noch verwendet. – Um den heutigen (1984) DM-Wert eines damaligen Pfund-Betrags zu erhalten, darf man die jeweilige Ziffer getrost mit 100, wenn nicht mit 150 multiplizieren, soweit es Preise betrifft. Für Löhne/Gehälter dürfte der Multiplikator eher 200 betragen.

Widmung
Joseph Bell (1837–1911), Doyles Lehrer an der Universität von Edinburgh, erstaunte seine Patienten damit, daß er Diagnosen abgab, noch bevor die Kranken überhaupt ein Wort gesagt hatten. Bell beobachtete sehr genau und zog daraus seine Schlüsse. Im Mai 1892 schrieb Doyle an Bell: »Sherlock Holmes habe ich ganz eindeutig Ihnen zu verdanken.«

## Ein Skandal in Böhmen

*A Scandal in Bohemia. ›The Strand Magazine‹, Juli 1891*

Seite 9
»Sodawasser« – im Original *gasogene:* zweiteiliges Glasgefäß; die obere Kammer wurde mit Säurekristallen und Karbonaten gefüllt; das entstehende Gas entwich in die wassergefüllte untere Kammer. – Vorläufer des Soda-Syphon.
Seite 10/11
Der Satz des Briefes, dessen Wortstellung Holmes als typisch deutsch ansieht, lautet im Original: »This account of you we have from all quarters received«; korrekt müßte er lauten ». . . we have received from . . .«. Bei der Analyse des Papiers finden sich »Gesellschaft« und »Papier« auf deutsch; vgl. hierzu auch Edit. Notiz.
Seite 17
»ein skandinavischer König« – im Original »the King of Scandinavia«. Während diese und einige andere Kleinigkeiten (so Sigismund statt Sigismond) behebbar waren, mußte Doyles Phantasiestaat Böhmen (1547–1918 österreichisch; die Wiederherstellung einer selbständigen böhmischen Krone gehörte 1863 zu den tschechischen Forderungen an Österreich) bestehen bleiben.
Seite 19
Das Format der Photographie ist im Original »cabinet«.
»die zwei von mir an anderer Stelle aufgezeichneten Verbrechen« – gemeint sind die Romane *Eine Studie in Scharlachrot* (1887) und *Das Zeichen der*

*Vier* (1890). *Ein Skandal in Böhmen* war die dritte Veröffentlichung eines Holmes-Abenteuers.

Seite 20

»Chubb-Schloß« – nach dem Erfinder, einem engl. Mechaniker, benanntes Sicherheitsschloß, »bei dem mehrere um eine Achse drehbare Zuhaltungen den Riegel nur frei lassen, wenn der treppenartig profilierte Schlüsselbart jede bis zu bestimmter Höhe emporhebt« (Brockhaus, 1926).

Seite 26

»nonkonformistischer Geistlicher« – protestantischer Geistlicher außerhalb der anglikanischen Kirche.

## Die Liga der Rotschöpfe

*The Red-Headed League. ›The Strand Magazine‹, August 1891*

Seite 38

»Miss Mary Sutherland« – die Hauptperson von *Eine Frage der Identität.* Holmes-Forscher nehmen an, daß der Fall von Miss Sutherland am 18./19. Oktober 1887 seine Klärung fand, während das vorliegende Abenteuer sich wohl am Wochenende vom 29./30. Oktober 1887 abspielte. Seltsamerweise erschienen die beiden Erzählungen nicht in der chronologischen Reihenfolge.

Seite 40

*omne ignotum pro magnifico* – Holmes zitiert hier Tacitus im Sinne von »Was man nicht kapiert, hält man für besonders großartig«.

Seite 41

»die *Morning Chronicle* vom 27. April 1890. Nur knapp zwei Monate alt.« Ja, da hat sich jemand vertan. Der 27. April 1890 war ein Sonntag, an dem keine Zeitungen erschienen, und zu Beginn seines Berichts sagt Watson, es sei Herbst. William S. Baring-Gould, der Herausgeber von *The Annotated Sherlock Holmes* kommt zum Schluß, es müsse sich um den 27. August 1887 gehandelt haben. Analog wäre dann die Notiz von der Auflösung der Liga datiert vom 29. Oktober 1887, einem Samstag. Ob Dr. Watson beim Abschreiben seiner Aufzeichnungen etwas zu tief ins Glas geschaut hat?

Seite 52

»Sarasate spielt heute nachmittag« – Pablo Martin Melitón Sarasate y Navascues (1844–1908), ein spanischer Geigenvirtuose, war berühmt für seinen ersten Auftritt in der St. James' Hall im Jahre 1861. Im Oktober 1890 spielte er allerdings nicht in London.

Seite 57/58
Im Original ist nur von einem erstmals seit vielen Jahren ausfallenden *rubber* die Rede; es könnte sich statt um Whist auch um Bridge handeln.
Seite 60
*Napoléon* – frz. Goldmünze zu 20 Francs; damaliger britischer Gegenwert etwa 16 Shilling.

## Eine Frage der Identität

*A Case of Identity. ›The Strand Magazine‹, September 1891*

Seite 69
»in der koketten Art der Herzogin von Devonshire« – Watson spielt hier auf Gainsboroughs Portrait der Herzogin von Devonshire, Georgiana Cavendish (1757–1806), an, eine berühmte Schönheit.

## Das Rätsel von Boscombe Valley

*The Boscombe Valley Mystery. ›The Strand Magazine‹, Oktober 1891*

Seite 91
»meine Frau« ... »was ich dank einem Fall gewonnen habe« – Seine nachmalige Frau, Mary Morstan, lernte Dr. Watson zur Zeit des Abenteuers vom *Zeichen der Vier* kennen.
Seite 95 f.
»Leichenschau« ist ein öffentliches Verfahren mit Zeugenaussagen, Arztbericht etc.; die »Leichenschau-Kommission« setzt sich zusammen aus einer Jury und dem »Coroner« (von lat. *corona*, Krone), ursprünglich Vertreter des Königs bei Verfahren. Aufgabe des Coroner ist es, bei Todesfällen, deren Ursache nicht einwandfrei natürlich ist, zu ermitteln und ggf., wenn ein »Fall« daraus wird, diesen an die nächsthöhere Instanz weiterzuleiten.
»Polizeigericht« *(Police Court)* – städtisches oder Bezirksgericht, das kleinere Straftaten berät oder ggf. an das Schwurgericht *(assizes)* weiterleitet.
Seite 108
George Meredith (1828–1909), wurde nicht nur von Holmes sondern auch von Conan Doyle sehr geschätzt wegen seiner Romane, in denen er großes psychologisches Einfühlungsvermögen zeigte.
Seite 118 (und 275 f.)
*claim*, von engl. *to claim*, fordern, verlangen, Anspruch erheben auf etc., bezeichnet das auf den Namen eines Prospektors eingetragene und ausschließlich von diesem auszubeutende Landstück; erfahrene Leser von Karl May und Gerstäcker verwenden »ich habe meinen Claim abge-

steckt« durchaus in übertragener Bedeutung. In der politischen Umgangssprache der BRD, z. B. bezogen auf Posten oder Leitlinienentwürfe des Kabinetts, hat sich diese Formel allerdings – vermutlich mangels Lektüre – nicht durchgesetzt.
Seite 121
»Baxters Worte« – hier hat sich Sherlock Holmes vertan, indem er den Satz »But for the grace of God there goes John Bradford« dem Theologen und Schriftsteller Richard Baxter (1615–1691) zuschrieb. Geäußert hat den Satz aber eben John Bradford (1510–1555) angesichts von Verbrechern, die zur Hinrichtung geführt wurden, und mit diesem einen Satz wurde er berühmt.

## Die fünf Orangenkerne

*The Five Orange Pips. ›The Strand Magazine‹, November 1891*

Seite 126 f.
Mr. Openshaw nennt hier eine Reihe von Protagonisten des amerikanischen Bürgerkriegs (1861–1865): Robert Edward Lee (1807–1870) war der Oberkommandierende der konföderierten Truppen zwischen 1862 und 1865 und unterzeichnete am 9. April 1865 in Appomattox die Kapitulation. – Thomas Jonathan »Stonewall« Jackson (1824–1863), konföderierter General. – John Bell Hood (1831–1879), konföderierter Offizier, zuletzt Generalleutnant.
Seite 131
»Abenteurer aus dem Norden« – im Original *carpet-bag politicians*, wörtl. etwa »Reisetaschenpolitiker« (auch *carpet-baggers*). Hierbei handelt es sich um Nordstaatler, die nach dem Bürgerkrieg in den Süden gingen oder geschickt wurden, um dort für Ordnung und Einhaltung der Verfassung zu sorgen, sich aber tatsächlich bereicherten.
Seite 140 f.
»Ku Klux Klan« – laut *Funk and Wagnalls College Standard Dictionary*, New York 1943, wurde die Geheimgesellschaft 1915 erneut gegründet und ist bekanntlich noch heute aktiv (wobei sie jüngeren Meldungen zufolge in letzter Zeit ihre Aktionen eher gegen vietnamesische Neuansiedler in den Südstaaten richtet); laut gleicher Quelle ist der Name der Gesellschaft lediglich *Ku Klux*, abgeleitet von griech. *kyklos*, der Kreis, und ein *Ku Klux Klan* ist ein Mitglied (angeblich nicht von schott. *clan*, sondern entstellt von *client*).

Der Mann mit der entstellten Lippe

*The Man with the Twisted Lip. ›The Strand Magazine‹, Dezember 1891*

Seite 147
»D.D.« = Doctor of Divinity
Seite 147
Thomas De Quincey (1785–1859), engl. Schriftsteller, verfaßte zahlreiche Artikel, Erzählungen, Essays über unterschiedlichste Themen (*Works*, 14 Bände, Edinburgh 1892 f.); bekannteste Werke *Essay on Murder Considered as One of the Fine Arts* und das hier angedeutete *Confessions of an English Opium-Eater.*
Seite 153
»Laskare« – anglo-indisch: ostindischer Eingeborener in englischen Diensten.

Der blaue Karfunkel

*The Adventure of the Blue Carbuncle. ›The Strand Magazine‹, Januar 1892*

Seite 189
*disiecta membra* – Der »gebildete Mann« Henry Baker spielt hier auf ein Zitat von Horaz an: »Invenias disiecti membra poetae«, zu deutsch »Du magst die Glieder des zerstückelten Dichters finden«. Horaz sprach hier davon, was mit literarischen Werken alles angestellt werden kann. Auch Conan Doyle mußte einiges über sich ergehen lassen: die ›Gesammelten Werke in Einzelausgaben. Herausgegeben von Nino Erné‹, die ursprünglich im Mosaik Verlag erschienen, sind stark gekürzt und auf »modern« getrimmt: Holmes und Watson duzen sich beispielsweise. Und die Verlagsgruppe Franck/Kosmos kündigte ihre Ausgabe mit den folgenden Worten an: »Verfolgen Sie eine heiße (Umsatz-)Spur ... Lebenssprühende intelligente Kriminalfälle ... in literarisch wertvoller, jugendgerechter Neufassung ... selbstverständlich ohne ›Sprach-Spinnweben‹ und Kokain ... Sherlock Holmes läßt Ihre Kasse klingeln!!! TV-gestärkt –« Danke, das reicht.
Seite 194
»Turf-Zeitschrift« – im Original *Pink 'Un* (*the pink one*, das Rosafarbene), eine auf billigem Papier gedruckte Zeitung, die sich nur mit Pferderennen und -wetten befaßte.

Das gesprenkelte Band

*The Adventure of the Speckled Band. ›The Strand Magazine‹, Februar 1892*

Seite 207
»Regentschaft« – *Regency*, die Zeit von 1810 bis 1820 in England; König

George III. (1738–1820, König seit 1760) war ab 1810 unheilbar irrsinnig; bis zu seinem Tod übernahm der Prinz von Wales die Regentschaft.
*acre:* Flächenmaß, etwa 40,47 Ar.
*squire:* Landbesitzer, Landedelmann.
Seite 213
»Band« und »Bande« – engl. beides *band.*
Seite 228
»Palmer und Pritchard« – William Palmer wurde 1856 hingerichtet, weil er einen Freund vergiftet hatte. Edward William Pritchard, »das gütige Ungeheuer«, vergiftete seine Frau und seine Schwiegermutter und wurde 1865 gehängt.
Seite 232
»Sumpfotter« – im Original »swamp adder«. Eine Schlange mit diesem Namen und mit all den beschriebenen Eigenschaften hat es nie gegeben. Es müsse sich um eine Kreuzung gehandelt haben, halb mexikanisches Gila Monster, halb indische Brillenschlange, meint der Holmes-Kommentator Laurence M. Klauber in seinem Essay *The Truth About The Speckled Band.*

Der Daumen des Ingenieurs

*The Adventure of the Engineer's Thumb. ›The Strand Magazine‹, März 1892*

Seite 244
»Walker-Erde« *(Fuller's Earth)* – »erdige, leicht zerreibliche, bräunliche und grünliche Masse, Verwitterungsrückstand vulkanischer Gesteine (Basalt, Gabbro etc.), saugt fette Öle auf, dient daher zu Fleckkugeln sowie zum Walken der Tuche, in der Ölindustrie zum Klären, Entfärben und Bleichen verschiedener Öle . . .« (Brockhaus 1927)

Der adlige Junggeselle

*The Adventure of the Noble Bachelor. ›The Strand Magazine‹, April 1892*

Seite 263
»Jezail« – langer afghanischer Vorderlader; vgl. auch Edit. Notiz.
Seite 265
»rot eingebundenes Buch . . .« – hierbei handelt es sich möglicherweise um die seinerzeit neueste Ausgabe von *Kelly's Handbook to the Titled, Landed & Official Classes* (Adels- und Administrationskalender). Die mir vorliegende 25. Auflage von 1899 führt zwar nicht den damals noch nicht geadelten Dr. med. Arthur Conan Doyle auf, dafür jedoch 16 Holmes', vom Landedelmann über einen für Manuskripte zuständigen Mitarbeiter des Briti

schen Museums bis zum Brigadegeneral. Sherlock H. und sein Bruder Mycroft H. finden dort keinerlei Erwähnung, ebensowenig wie der adlige Junggeselle Lord St. Simon.
Die Vermutungen, um was für ein rot eingebundenes Buch es sich gehandelt haben könnte, sind allerdings zahlreich: *Who's Who; Burke's Peerage; Doyle's Official Baronage; Thomas Robson's The British Herald, or Cabinet of Armorial Bearings* wurden auch schon vorgeschlagen. – Für Heraldik-Fachleute hier der Wortlaut der Beschreibung des Wappens: »Arms: Azure, three caltrops in chief over a fess sable.« Bei den erwähnten »caltrops« handelt es sich um eine heraldisierte Fassung der mittelalterlichen Fußangeln: »eiserne Körper mit vier etwa 8 cm langen, so gestellten Spitzen, daß immer drei auf dem Boden ruhen, während die vierte in die Höhe steht« (Meyers Konversations-Lexikon, 1887).
Seite 266
»Plantagenet« – englisches Königshaus von 1154–1485, benannt nach dem Ginstersproß *(planta genista)*, den Geoffrey von Anjou, Begründer der Linie, zu tragen pflegte.
»Tudor« – engl. Königshaus von 1485–1603, benannt nach dem Ahnherrn Sir Owen Tudor aus Wales.
Seite 275
»einen *claim* unter den Nagel reißen« – im Original *to jump a claim*. Vgl. auch Anm. zu S. 118.
Seite 278
Henry David Thoreau (1817–1862), amerikanischer Schriftsteller, Hauptwerk *Walden*. Das von Holmes hier verkürzte Zitat stammt aus seinen *Journals* und lautet wörtlich: »Some circumstantial evidence is very strong, as when you find a trout in the milk.«
Seite 280
Zur Hotelrechnung vgl. auch S. 289 und obenstehende Anm. zur britischen Währung.

### Die Beryll-Krone

*The Adventure of the Beryl-Coronet. ›The Strand Magazine‹, März 1892*

### Die Blutbuchen

*The Adventure of the Copper Beeches. ›The Strand Magazine‹, Juni 1892*

Seite 325
»einen Weber an seinem Zahn oder einen Setzer an seinem linken Daumen erkennen« – Ganz so einfach ist es nicht, es könnte sich im ersten Beispiel auch um einen Schneider oder – im Falle einer Dame – um eine

Näherin handeln. Was Holmes meint, ist die charakteristische V-förmige Kerbe in der Mitte eines Schneidezahns, die durch das Abbeißen des Fadens entsteht. – Der linke Daumen eines (Blei-)Setzers weist meist eine verhornte Spitze auf, da der Winkelhaken mit der linken Hand gehalten wird, während die einzelnen Typen mit der rechten Hand eingesetzt und dann mit dem linken Daumen nach links geschoben und an ihre Vorgänger gepreßt werden.

Seite 335
Winchester in Hampshire (kelt. Caer Gwent, röm. Venta Belgarum) ist seit AD 652 Bischofssitz, war ab 519 Hauptstadt des Königreichs Wessex, ab 829 Hauptstadt des angelsächsischen Anglia. London wurde erst nach 1066 von den Normannen zur Hauptstadt gemacht.

Seite 339
Der »eigenartig blaue« Farbton des Kleides ist im Original mit *electric blue* bezeichnet, was meist mit »stahlblau« übersetzt wird.

Seite 357
Der »Revolver« von Dr. Watson ist im Original (nicht nur dieses Buches) uneinheitlich einmal als Revolver, dann wieder als Pistole bezeichnet. Das hat damit zu tun, daß im Englischen nicht so streng unterschieden wird zwischen Revolvern und Pistolen. Das Wort »pistol« wird ganz allgemein für Handfeuerwaffen verwendet, und das Wort »gun« umfaßt gar Handfeuerwaffen und Gewehre. Der deutsche Übersetzer muß sich deshalb meist auf den Zusammenhang stützen.

G. H.

SIR ARTHUR CONAN DOYLE
SHERLOCK HOLMES
WERKAUSGABE IN NEUN EINZELBÄNDEN
NACH DEN ERSTAUSGABEN NEU UND GETREU
ÜBERSETZT

*Eine Studie in Scharlachrot*
Romane Bd. I.
Aus dem Englischen von Gisbert Haefs

*Das Zeichen der Vier*
Romane Bd. II.
Deutsch von Leslie Giger

*Der Hund der Baskervilles*
Romane Bd. III.
Deutsch von Gisbert Haefs

*Das Tal der Angst*
Romane Bd. IV.
Deutsch von Hans Wolf

*Die Abenteuer des Sherlock Holmes*
Erzählungen Bd. I.
Deutsch von Gisbert Haefs

*Die Memoiren des Sherlock Holmes*
Erzählungen Bd. II.
Deutsch von Nikolaus Stingl

*Die Rückkehr des Sherlock Holmes*
Erzählungen Bd. III.
Deutsch von Werner Schmitz

*Seine Abschiedsvorstellung*
Erzählungen Bd. IV.
Deutsch von Leslie Giger

*Sherlock Holmes' Buch der Fälle*
Erzählungen Bd. V.
Deutsch von Hans Wolf

sowie

*Sherlock-Holmes-Handbuch*
Conan-Doyle-Chronik, Die Plots aller Stories,
Who-is-who in Sherlock Holmes, Holmes-Illustrationen,
Holmes-Verfilmungen, Karten, Fotos etc.
Herausgegeben von Zeus Weinstein